Anna Jonas
Der Schokoladenpavillon

Anna Jonas

Der Schokoladen Pavillon

Roman

PIPER

Mehr über unsere Autoren und Bücher:
www.piper.de

Wenn Ihnen dieser Roman gefallen hat, schreiben Sie uns unter Nennung des Titels »Der Schokoladenpavillon« an *empfehlungen@piper.de*, und wir empfehlen Ihnen gerne vergleichbare Bücher.

Von Anna Jonas liegen im Piper Verlag vor:
Hotel-Hohenstein-Reihe:
Band 1: Das Hotel am Drachenfels
Band 2: Das Erbe der Hohensteins
Band 3: Wiedersehen am Drachenfels

Die Chocolatier-Familie:
Band 1: Das Rosenpalais
Band 2: Der Schokoladenpavillon

FSC
www.fsc.org
MIX
Papier aus verantwortungsvollen Quellen
FSC® C083411

Originalausgabe
ISBN 978-3-492-31546-3
Juni 2020

Redaktion: Lisa Wolf
Satz: Uhl + Massopust, Aalen
Gesetzt aus der Aldus
Druck und Bindung: CPI books GmbH, Leck
Printed in the EU

Personen

Familie Dorn

Eric, Eigentümer einer Süßwarenfabrik, Ellas Bruder
Clara, seine Ehefrau
Jochen (†), ihr Sohn, gestorben an den Folgen einer Kriegsverletzung
Fenja, ihre Tochter
Tobias (†), ihr Sohn, gestorben während der Bombardierungen
Hans, Erics und Ellas Cousin
Gideon, sein Sohn
Frank, sein Sohn, Gideons Zwillingsbruder

Familie Lombard

Sebastian, Eigentümer einer Firma für Gewürze
Ella (geb. Dorn), seine Ehefrau, Erics Schwester
Felix, ihr Sohn
Lukas, ihr Sohn

Familie von Oedinghof

Arvid, Hotelier
Helene (geb. Dorn), seine Ehefrau, Hans' Schwester

Lennart, ihr Sohn
Karina, ihre Tochter

Sonstige

Amelie Mosler, Felix' Verlobte
Louise Hermanns, Ellas beste Freundin
Lena Hermanns, Louises Tochter
Monika Greif, Angestellte in der Süßwarenfabrik Dorn
Paula Weiden, Angestellte im Rosenpalais
Berta Gladeck, Angestellte im Schokoladenpavillon

TEIL 1

1

JANUAR 1953

Fenja wurde von lauten Schreien geweckt, und im ersten Moment war sie desorientiert, tastete sich blinzelnd in die Wirklichkeit. Sie richtete sich auf, strich das wirre Haar zurück, während die Schreie andauerten. Schritte eilten über den Korridor. Ihre Mutter. Obwohl Fenja wusste, dass sie nun beruhigt weiterschlafen konnte, stand sie dennoch auf und ging zur Tür, öffnete sie und trat hinaus in den Korridor. Die Tür zum Zimmer ihres Vaters war einen Spalt weit geöffnet, ein Lichtschimmer fiel heraus. Ihr Vater schlief nie ohne Licht. Als Kind hatte sie darüber gekichert, weil sie selbst so viel furchtloser war. Die Wahrheit dahinter war ihr erst später aufgegangen.

Die beruhigende Stimme ihrer Mutter war zu hören, die Schreie verstummten, gingen über in ein Schluchzen. Langsam stieß Fenja den Atem aus, verharrte einen Moment lang und kehrte zurück in ihr Zimmer, wo sie jedoch feststellte, dass an Schlaf nicht zu denken war. Zu viele Erinnerungen hatten die Schreie in ihr aufgewühlt, zu vieles, an das sie kaum denken mochte, ohne sich wie unter Schmerzen zu krümmen.

Fenja verließ das Zimmer erneut, dieses Mal mit dem

Ziel, in die Küche zu gehen und sich eine heiße Schokolade zuzubereiten. Sie stellte einen Topf Milch aufs Feuer, raspelte dunkle Schokolade hinein und rührte fortwährend, beobachtete, wie die Schokolade sich auflöste. Schließlich gab sie Gewürze hinzu, eine Mischung, die ihre Tante Ella entworfen hatte und deren Geheimnis sie niemandem preisgeben wollte, nicht mal ihr, Fenja. Sie goss die Schokolade in eine Tasse, setzte sich damit an den Tisch. Ihre Finger schlossen sich um das Steingut, wärmten sich daran. Nutzlose Hände, die nach dem Krieg so viele Menschen im Krankenhaus versorgt und doch diesen einen daheim nicht hatten retten können.

Ihr kleiner Bruder war gestorben, als die Stadt bombardiert worden war, ihr älterer Bruder Jochen war kurze Zeit später aus dem Krieg zurückgekehrt, Granatsplitter überall im Körper. Die Ärzte hatten ihm einen schnellen Tod prognostiziert, aber davon hatten weder Fenja noch ihre Eltern etwas wissen wollen. Und aus dem schnellen Tod war ein langes Leiden geworden, ein Dahinsiechen, von Ärzten und der liebenden Schwester immer wieder verlängert. Hätte sie ihn von den Toten zurückholen können, um weiterhin zu versuchen, ihn am Leben zu erhalten, hätte sie es getan. Weil sie nicht klein beigeben wollte. Weil sie wollte, dass alles wurde wie früher, als er ihr lustiger Bruder war, den sie so unbändig liebte.

»Das ist doch kein Leben«, hatte ihre Mutter gesagt, als Fenja neben Jochen am Bett saß.

Er hatte Angst vor dem Tod gehabt, hatte ihn sich als gieriges Tier vorgestellt, das über Jahre an ihm zehrte, bis kaum mehr etwas von ihm übrig geblieben war. Und dann war der Tod sanft gekommen, war das, was man als Entschlafen bezeichnete. Unter Fenjas Händen hatte das Herz aufgehört zu schlagen, als dem letzten sachten Ausatmen kein weiteres Einatmen mehr folgte. Und mit ihm war Fenjas Wunsch, Ärztin zu werden, gestorben.

»Du musst irgendwie weitermachen«, hatte Tante Ella gesagt. »Ihr alle müsst es.«

»Du hast ja keine Ahnung«, war Fenjas Antwort gewesen. »Du hast deine beiden Söhne bei dir. Gesund und unversehrt.«

Sechs Monate war Jochens Tod nun her, sechs Monate, in denen ihr Vater nahezu jede Nacht schrie. In diesen Schreien lag so viel Grauen, so viel Schmerz, dass Fenja ihn fast körperlich zu spüren glaubte. Jochen war zum Kriegsende hin eingezogen worden, obwohl er noch so jung gewesen war. Aber man hatte jeden Mann gebraucht. In ihrer Kindheit hatte Fenja es nie so richtig wahrgenommen, wenn ihr Vater schreiend wach wurde, Kinder hatten einen anderen Schlaf als Erwachsene. Früher war es auch seltener gewesen, da hatten ihn vielmehr Albträume geplagt, aber laut ihrer Mutter hatte sich das mit den Jahren gebessert. Bis vor einem halben Jahr.

Sie fror bei dem Gedanken an Jochen, obwohl es in der Küche, dank der modernen Heizanlage, angenehm warm war. In den letzten Kriegsjahren und in der ersten Zeit nach dem Krieg, als es an allem gemangelt hatte, hatten sie immerzu gefroren und gehungert, hatten sich Kohlen und Essen über den Schwarzmarkt besorgt, was mit hohen Strafen geahndet wurde, so man sie erwischt hätte. Danach hatte ihre Mutter gesagt, sie wolle nie wieder frieren und hungern. Also wurde immerzu geheizt, den ganzen Winter hindurch. Geld hatten sie genug, und lieber hatte man es warm, als dass es auf der Bank vor sich hin rottete, sagte ihre Mutter.

Schritte waren zu hören, und Fenja blickte auf.

»Habe ich dich geweckt, mein Liebes?«, fragte ihr Vater.

»Nein, schon gut. Ich konnte einfach nicht schlafen. Möchtest du auch eine heiße Schokolade?«

»Ein Kaffee, wenn du so lieb wärst.«

»Um diese Zeit?«

»Ich werde heute ohnehin kein Auge mehr zutun.«

»Ach, Papa …« Sie zögerte, dann erhob sie sich und begann, Bohnen zu mahlen. Der Duft nach Kaffee erfüllte die Luft, und wüsste Fenja nicht, dass sie danach nicht mehr würde schlafen können, würde sie selbst auch eine Tasse trinken.

»Wir müssen uns überlegen, wie es jetzt weitergeht«, sagte ihr Vater.

Fenja brühte Wasser auf. Ihr Vater mochte Kaffee am liebsten per Hand aufgegossen und nicht aus der modernen Kaffeemaschine. »Ich dachte, das wäre klar.«

»Ich möchte nicht, dass du denkst, wir laden alles auf deinen Schultern ab.«

»Das denke ich nicht.«

»Du kannst immer noch Ärztin werden.«

Das konnte sie nicht. Jochens Tod hatte ihr Leben aus der Bahn geworfen, auf mehr als eine Weise. Diese Hilflosigkeit dem Sterben gegenüber, die Unfähigkeit, auch nur Linderung zu verschaffen, all ihre Versuche, ihn am Leben zu erhalten, das doch nur fortwährendes Leiden war… Fenja schüttelte den Kopf. »Felix hilft mir, das hat er versprochen.«

»Ich dachte, es stünde fest, dass er den Gewürzhandel übernimmt.«

»Er möchte das nicht, und Ella unterstützt ihn darin.«

»Und ficht harte Kämpfe mit Sebastian aus?«

»Das hat sie immer schon getan, die beiden können doch gar nicht anders.«

Ihr Vater nickte, und für die Dauer eines Lidschlags huschte ein Lächeln über sein Gesicht, eine flüchtige Erinnerung.

Fenja goss den Kaffee auf und brachte ihrem Vater die Tasse. »Es bleibt dabei, ich mache das.«

»Du magst Schokolade nicht einmal.«

Sie hob den Becher. »Ich bin lernfähig.«

Wieder dieses kurze Lächeln, dieses Mal ihr geschuldet und nicht der Vergangenheit. »Ich weiß nicht, wie weit ich dir helfen kann.«

»Das brauchst du nicht. Wir haben Mitarbeiter, die nur dazu da sind, mit Zahlen zu jonglieren.«

Dabei war sich Fenja ihrer Sache bei Weitem nicht so sicher, wie sie tat. Sie war vierundzwanzig, hatte ein sehr gutes Abitur gemacht, aber überhaupt keine Ahnung von Betriebswirtschaft. Schokolade hatte sie nie interessiert, und nun stand sie im Begriff, die Verantwortung für das Familienunternehmen, die Süßwarenfabrik der Dorns, zu übernehmen, die ihre Tante Ella in den Zwanzigerjahren vor dem Verfall gerettet hatte, indem sie daraus eine Schokoladenmanufaktur machte.

Schon während des Krieges war die Fabrik wieder auf Süßwaren und süßes Gebäck umgestellt worden, damit sie weiterhin Gewinne abwarf, denn Schokolade war ein knappes Gut geworden. Fenja trank ihren inzwischen nur noch lauwarmen Kakao, sah ihren Vater an, der an seinem Kaffee nippte. Seine Augen waren dunkel umschattet, eine Folge beständiger Schlaflosigkeit. Wenn ihr das schon bei seinem Kind nicht gelungen war, so würde sie wenigstens sein Unternehmen retten.

Felix hatte die Diskussion bereits kommen sehen, sein Vater erließ sie ihm grundsätzlich nicht, wenn sich abzeichnete, dass der älteste Spross sich so gar nicht in die gewünschte Form gießen ließ. Da hatte er es, selbst seine gedanklichen Metaphern waren beeinflusst von Schokolade. Aus ihm würde nie ein Gewürzhändler werden – zumindest nicht, solange man Schokoladenbohnen nicht als solche deklarierte.

»Die Verantwortung als Ältester und somit Haupterbe sollte dir bewusst sein«, sagte sein Vater. »Wir haben ein Unternehmen zu führen, eines, das über Generationen aufgebaut wurde. Und das willst du für eine Liebhaberei aufs Spiel setzen?«

»Liebhaberei?«, fuhr seine Mutter auf. Im Grunde genommen brauchte Felix diese Diskussion überhaupt nicht zu führen, er konnte sich einfach zurücklehnen und sie geschehen lassen.

»So war das nicht gemeint«, beschwichtigte sein Vater sie.

»Dann sag es auch nicht so.« Ihre Stimme hatte sich um mehrere Nuancen abgekühlt. »Warum überhaupt ist meine Chocolaterie weniger wert als dein Gewürzunternehmen?«

»Das habe ich doch überhaupt nicht gesagt.«

»Wenn Felix sich darum bemüht, dann ist das doch sehr lobenswert. Immerhin würde auch ich mein Werk gerne an eines meiner Kinder weitergeben, eines, das mit Herzen bei der Sache ist.«

»Er kann das ja gerne nebenher machen, aber …«

Wieder falsch, werter Vater, dachte Felix.

»Nebenher?«, fuhr Ella Lombard auf.

»Ich meinte …«

»Mir ist klar, was du meinst. Meine Arbeit ist schlicht und ergreifend nicht wichtig genug, weil es eine weibliche Liebhaberei ist.«

»Ella, ich …«

Sie knallte die Serviette auf den Tisch und erhob sich. »Esst nur ohne mich, mir ist der Appetit vergangen.«

Sebastian Lombard sah seiner Frau nach, indes Felix' Bruder Lukas, der die ganze Zeit schweigend dagesessen hatte, lediglich die Brauen hob.

»Bist du jetzt zufrieden, ja?«, wandte sich Sebastian Lombard an Felix.

»Ich? Ist das etwa meine Schuld?«

»Du musstest mit diesem Unfug ja wieder beim Frühstück anfangen.«

»Mit Verlaub, Vater, aber meine Zukunft ist mitnichten *Unfug*. Außerdem hast du den Disput begonnen, nicht ich.«

Sebastian Lombard trank seinen Kaffee, taxierte Felix über den Rand der Tasse hinweg, sah dann zur Tür, als überlegte er, wie er sich mit seiner Ehefrau aussöhnen sollte. Schließlich wandte er sich wieder an Felix. »Fenja wird das Unternehmen ihres Vaters übernehmen, obwohl sie andere Pläne hatte. Aber die stellt sie zurück für die Familie.«

»Du weißt ganz genau, warum sie keine Ärztin mehr werden möchte. Ich persönlich finde das übrigens falsch, das habe ich ihr auch gesagt, aber da lässt sie nicht mit sich reden. Frag mal Lukas, mit wie viel Ambitionen er sein Medizinstudium fortsetzen würde, wenn ich ihm nach dem Krieg nach nahezu sieben Jahren Siechtum unter den Händen weggestorben wäre.«

Im Gesicht seines Vaters zuckte es. Krieg. Das war etwas, das tief in ihm saß und über das er nie sprach. Er war darüber nicht krank geworden wie Fenjas Vater, Onkel Eric, aber als man Felix eingezogen hatte, hatte er eine Zeit lang aufgehört zu sprechen, hatte schier keine Worte gefunden. All die Bilder mussten zu der Zeit wieder hochgekocht sein. Dabei war Felix nur die letzten beiden Kriegsjahre dabei gewesen, aber diese Erinnerung reichte ihm für alle Zeiten. Nie wieder, so dachte er, durfte so etwas geschehen. Felix war in dem System erzogen worden, das zum Krieg geführt hatte, hatte erst spät angefangen, Dinge zu hinterfragen. Mit zehn zum Jungvolk, mit zwölf in die Hitlerjugend, vorgeschlagen für die SS, weil er so spurte, so gut dabei war. Seinen Eltern war das überhaupt nicht recht gewesen, aber der Einfluss der Kameraden war stärker gewesen. Was ihm am Ende die Augen geöffnet hatte, wusste er selbst nicht so recht. Vielleicht hatte er irgendwann einfach über den Tellerrand hinausgesehen.

Er erhob sich. »Wenn du möchtest, sehe ich mir deine

Geschäftsberichte heute Abend an, Vater. Aber ich setze mich nicht den ganzen Tag in dieses Büro.«

Wieder zuckte es in Sebastian Lombards Gesicht, dieses Mal jedoch aus Unwillen. Aber er sah wohl auch ein, dass er sich fürs Erste geschlagen geben musste. Warum durfte Lukas tun, was ihm beliebte, und Arzt werden, während man Felix' Leben praktisch von Geburt an vorgezeichnet hatte? Das war doch nicht gerecht.

»Ich kann ihn verstehen«, sagte Fenja, die auf einem Stuhl im Fertigungsraum des Rosenpalais saß und Felix bei der Arbeit zusah. Hier wurden Pralinen und Trüffel angefertigt, und seit jeher war dieser Raum für Fenja das Herz der Chocolaterie. Felix hatte seinerzeit die Ausbildung bei der besten Freundin seiner Mutter gemacht, Louise Hermanns, die ihrerseits gelernte Konditorin war. »Er möchte sein Unternehmen gerne in fähige Hände geben.«

»Definiere *fähig*.«

Fenja musste lachen. »Ich denke, du würdest das ganz gut meistern. Immerhin wurdest du geschäftlich ausgebildet und kannst wirtschaften.« Sie liebte es, ihm zuzusehen, wenn er arbeitete und aus Schokolade kleine Kunstwerke schuf. Das hatte er als Kind schon gerne getan, hatte viel Zeit und Liebe in das Herstellen von Pralinen gesteckt, die zu Beginn nur wenig Ähnlichkeit gehabt hatten mit dem, was er heute schuf. Damals waren es verunglückte Schokoladenhaufen gewesen, schief mit einer Pistazie in der Mitte.

»Ich möchte es aber nicht meistern. Meinetwegen kann mein Vater das Werk verkaufen.«

»Es ist seit Generationen in eurer Familie.«

»Ja, und es lief geradezu hervorragend dank der Tatsache, dass meine Großeltern überzeugte Nazis waren und wir ein Heer an Zwangsarbeitern hatten.«

Die Tür ging auf, als Louise Hermanns eintrat, im Schlepptau ihre Tochter und die winterliche Kälte der Straße. »Hier ist ja schon jemand fleißig.« Louise kniff Felix in die Wange und strubbelte ihm durchs Haar, was Fenja mit einem Grinsen bedachte. Louise war die beste Freundin seiner Mutter und behandelte Felix stets, als sei er noch ein kleiner Junge.

»Guten Morgen, Felix«, kam es von ihrer siebzehnjährigen Tochter Lena – eigentlich Magdalena –, die stets rot anlief, wenn Felix mit ihr sprach. So auch dieses Mal, als er lächelnd ihren Gruß erwiderte.

»Wenn das so weitergeht, bin ich hier bald überflüssig«, sagte Louise. »Dann werkelst du hier mit Lena, und ich kann mich aufs Altenteil zurückziehen.«

»Du bist die jüngste Alte, die ich kenne«, antwortete Felix.

»Und du bist ein Charmeur. Lass das nicht deine Mutter hören.«

»Die spricht immerhin noch nicht vom Altenteil.«

»Das wird sie auch mit siebzig nicht tun.« Louise drehte sich zu Fenja. »Liebes, kochst du uns noch einen Kaffee? Und dann erzählst du ein bisschen davon, wie du die Sache mit dem Werk angehen willst.«

»Du weißt davon?«

»Herzchen, ich weiß alles über euch. Ich sitze an der Quelle, schon vergessen? Eric erzählt es Ella, Ella erzählt es mir.« Louise band ein Tuch um ihre Haare.

»Lena, steh da nicht herum, füll den Zucker auf, der ist schon wieder leer.«

Gehorsam ging das Mädchen in die angrenzende Vorratskammer. In zwei Stunden würden sie öffnen, bis dahin war noch viel zu tun. Da Schokolade der Preisbindung unterlag und reglementiert wurde, konnten sie nicht mehr, so wie früher, allein auf den Verkauf von Pralinen setzen, sondern mussten das Sortiment um feines Gebäck erweitern.

»Kommt deine Mutter nachher noch?«, fragte Louise.

»Später, sie hat heute Vormittag noch einige Erledigungen zu machen.«

Fenja ging in die Kaffeeküche und begann damit, Kaffeebohnen zu mahlen. Nebenan hörte sie Felix und Louise diskutieren, kurz darauf ging die Tür zur Speisekammer, und Lena sagte etwas, das Fenja nicht verstand. Sie blickte aus dem Fenster in den von einer blassen Wintersonne erhellten Hof, atmete den Duft der Kaffeebohnen und dachte an das Frühstück mit ihrer Mutter. Früher hatten sie zu fünft um den Tisch gesessen, der stets zu Scherzen aufgelegte Jochen, Fenja, der kleine Tobias, das Nesthäkchen. Wie furchtbar weh das alles tat.

Die Gauleitung hatte seinerzeit Plakate aufgehängt, flehende Kindergesichter, ausgestreckte Hände. *Mama, sei stark, bring mich hier weg.* Das war, als die Bomben fielen. Später kamen dann Plakate mit Müttern, die ihre toten Kinder im Arm hielten, dazu die anklagende Frage: *Warum hast du mich nicht gerettet?* Als sei es die Schuld der Mütter, dass die Kinder im Bombenhagel starben. Tobias war bei Angriffen auf die Südliche Vorstadt gestorben, das war, noch ehe die richtig schlimmen Angriffe losgingen. Fenja schüttelte den Kopf, wollte nicht wieder an all das denken. Ihre Mutter hatte ihr an diesem Morgen, als sie zu zweit beim Frühstück gesessen hatten, gesagt, sie müsse nach vorne blicken, die Vergangenheit endlich loslassen.

Fenja brühte Kaffee auf, schenkte ihn in vier Tassen und trug das Tablett in den Fertigungsraum. Seit das Gebäude neu aufgebaut worden war, hatte sich einiges geändert. Der Fertigungsraum war vergrößert worden, indem man das kleine Büro hinter dem Verkaufsraum, das ohnehin kaum genutzt wurde, als zusätzliche Fläche einplante. Auch der Verkaufsraum war mitsamt Café ausgeweitet worden, dafür war das Treppenhaus nicht mehr so großzügig angelegt worden, sondern nur noch so groß, wie notwendig war.

»Wie geht es jetzt bei dir weiter?«, fragte Louise, als Fenja ihr gegenüber an dem kleinen Tisch am Fenster Platz nahm.

»Ich verschaffe mir einen Überblick über die Fabrik.« Na ja, zumindest den Teil, der nicht durch die Bombardierungen in Schutt und Asche gelegt worden war.

»Und dann?«

Fenja zuckte mit den Schultern. Sie wusste es selbst noch nicht. Sie verstand weder etwas von Schokolade oder sonstigen Süßwaren noch von Bilanzen.

»Ich habe versprochen, dass ich dir helfe«, sagte Felix. »Gemeinsam schaffen wir das.«

»Eben«, sagte Louise. »Du bist ja nicht allein.«

Amelie war schon etwas spät dran für die Verabredung mit ihrem Verlobten. Sein Vater, Sebastian Lombard, öffnete ihr die Tür. »Guten Tag, Amelie«, begrüßte er sie. »Felix ist noch nicht da.«

Aus der Art, wie er es sagte, konnte Amelie recht gut schließen, dass ihr Verlobter sich nicht im Handelshaus Lombard befand, sondern in der Chocolaterie seiner Mutter, dem Rosenpalais. Sebastian Lombard führte sie in den Salon und gab in der Küche Bescheid, damit Kaffee für sie zubereitet wurde, ehe er sich in sein Arbeitszimmer zurückzog und Amelie sich selbst überließ. Seit drei Jahren in enger Freundschaft mit Felix, seit einem halben Jahr verlobt – sie gehörte zur Familie, und so setzte man sich nicht zu ihr und nötigte ihr eine höfliche Unterhaltung auf.

Nachdem der Kaffee gebracht worden war, ging Amelie mit der Tasse zur Verandatür und sah in den Garten hinaus. Ihr Vater war Angestellter in der Reederei Dorn gewesen, darüber hatte sie die Familie Dorn kennengelernt, erst Eric Dorn, dann Ella Lombard, seine Schwester, und schließlich auch ihren Sohn Felix. Von seiner Seite aus war es Liebe auf den ersten Blick gewesen, bei Amelie hatte es etwas länger gedauert. Nicht, weil er ihr nicht gefallen hätte, das wahrhaftig nicht, er war sehr attraktiv mit dem dunklen Haar und den grauen Augen, aber sie war erst achtzehn gewesen und der Gedanke an eine Ehe noch nicht so richtig greifbar. Er war ein guter Freund geworden, dann ein etwas engerer Freund, und schließlich hatten sie sich auf einer Weihnachtsfeier unter einem Mistelzweig geküsst. Danach war alles sehr schnell offiziell geworden. Schwindelerregend schnell, und Amelie hoffte, keine überstürzte Entscheidung getroffen zu haben.

Sie hatte ihren Kaffee ausgetrunken und überlegte gerade, in der Küche nachzufragen, ob sie noch einen weiteren haben könnte, als Felix eintrat.

»Entschuldige bitte die Verspätung.« Er legte ihr den Arm um die Taille und küsste sie. »Im Werk hatten sie Probleme mit einem Lieferanten, was bedeutet, dass es auch für unsere nächste Schokoladenlieferung eng wird.« Das Rosenpalais bezog die Schokolade vom Schokoladenwerk Dorn, was bedeutete, dass Ella Lombard und ihr Bruder Eric Dorn eng zusammenarbeiteten.

Im Krieg hatte der Gewürzhandel Lombard seine Fertigung ebenfalls erweitert, bot Gewürzbrot an, würziges Gebäck, und man bemühte sich darum, eine Lizenz zum Zubereiten sogenannter Kartoffelchips zu erhalten, die bei den amerikanischen Soldaten sehr beliebt waren. Die GIs ließen diese aus den USA kommen, wobei das krosse Gebäck jedoch weich wurde, sodass man dazu überging, es hier zu produzieren. Die Flessner KG hatte letztes Jahr eine Lizenz für die Produktion erhalten. Amelie konnte diesem salzigen Gebäck nichts abgewinnen. Ihre beste Freundin ging mit einem amerikanischen Soldaten aus, und der hatte ihnen einmal Chips mitgebracht. Im Handel waren sie nicht zu bekommen, produziert wurde ausschließlich für die GIs, aber die allein waren ja schon ein sehr absatzstarker Markt. Amelie fand die Möglichkeiten interessant, die sich mit dem Beschreiten neuer Wege boten. Es war ihr unverständlich, dass Felix mit dem Werk seines Vaters nichts anzufangen wusste und dafür lieber in der Chocolaterie werkelte.

»Hat Fenja das Ruder im Dorn-Werk bereits übernommen?«, fragte Amelie.

»Offiziell schon, aber sie zögert noch, dort persönlich zu erscheinen. Die Angst, zu scheitern, ist wohl zu groß.«

Amelie nickte. »Warum begleitest du sie nicht?«

»Angeboten habe ich es ihr, aber sie wollte nicht.«

»Und ihr Vater?«

»Onkel Eric ist nicht in der gesundheitlichen Verfassung, ins Werk zu gehen.«

Amelie mochte Fenja – man konnte nicht mit Felix verlobt sein, ohne Fenja zu mögen, die beiden waren unzertrennlich –, aber diese Unentschlossenheit und Zurückhaltung waren ihr, die stets ungeduldig war und all diese Möglichkeiten zur Leitung eines Unternehmens gerne gehabt hätte, vollkommen unverständlich. An Felix' Seite konnte sie sich zumindest in die Chocolaterie einbringen, wenngleich das weit entfernt war von dem, was sie eigentlich wollte. Ihre Mutter setzte große Hoffnungen auf diese Verbindung, und das war nur zu verständlich, immerhin bedeutete sie einen enormen gesellschaftlichen Aufstieg.

»Dein Vater wirkte, als sei er heute nicht gerade bester Stimmung.«

»Wir hatten am Morgen mal wieder eine dieser leidigen Diskussionen.«

Amelie lag die Antwort auf er Zunge, Sebastian Lombard verstehen zu können, dachte dann aber, dass das wohl wenig zielführend war und Felix sofort auf Konfrontation gehen würde. Er war so festgefahren in seinen Plänen, Konditor zu werden, dass ihm das Unternehmen seiner Familie gänzlich egal war. »Was wird eigentlich daraus, wenn es niemand übernimmt?«, fragte sie stattdessen.

Felix zuckte nur mit den Schultern. »Man könnte es verkaufen, es wirft gewiss genug ab.«

Amelie unterdrückte ein Seufzen. »Eigentlich steht es ja unseren Kindern zu«, sagte sie. »So ein Besitz ist eine Treuhand, die man für nachkommende Generationen pflegt.«

Eine gehobene Braue war Felix' einzige Antwort darauf.

»Na ja, ich meine ja nur. Wenn es erst einmal verkauft ist, bringt es nichts wieder zurück.«

»Ich quäle mich doch nicht mein Leben lang in einem Unternehmen, nur damit meine Kinder, die es möglicherweise genauso wenig wollen wie ich, es einmal erben.«

In Amelie erwachte ein jäher Widerspruchsgeist. Ihre Eltern hatten immer gearbeitet, waren bestrebt, das Geld zusammenzuhalten und es zu etwas zu bringen, was seit dem Tod des Vaters noch schwerer für ihre Mutter geworden war. Und da war ihr Verlobter, dem alles in den Schoß fiel und der es mit so leichter Hand weggab. Bei aller Liebe – Amelie hatte nicht das geringste Verständnis dafür.

»Also erwartet uns eine sehr unerquickliche Kaffeestunde?«, fragte sie.

»In deiner Gegenwart reißt mein Vater sich für gewöhnlich zusammen.«

»Na, da bin ich beruhigt«, spöttelte Amelie. Dabei war es nie Sebastian Lombard, in dessen Gegenwart sie sich unwohl fühlte, sondern stets die von Felix' Mutter, Ella Lombard. Dieser analytische Blick, das stumme Sezieren von Amelies Mienenspiel, von ihren Stimmungen, ihren Worten, als gälte es, dahinter verborgene Wahrheiten offenzulegen – es war ein stetes Unbehagen in ihrer Gegenwart.

Louise band sich ein Tuch um die Haare und begann damit, Mehl abzumessen. All die Jahre hatte sie hier, im Rosenpalais, gearbeitet, auch nachdem sie einen Konditormeister geheiratet hatte, der seinen eigenen Betrieb führte. Diesen hatte Louise, nachdem ihr Mann im Krieg gefallen war, verkauft und das Geld angelegt für ihre drei Töchter, während sie ihren Lebensunterhalt aus dem bestritt, was sie im Rosenpalais verdiente. Ella, die es nie zur Perfektion ihrer Freundin beim Backen gebracht hatte, begnügte sich mittlerweile damit, entweder im Verkauf zu stehen oder die Bücher zu führen. Allerdings nahm ihr das Felix zunehmend ab, und auch Amelie war eine große Hilfe, wenngleich Ella nicht so richtig warm wurde mit ihr, das musste sie sich immer wieder eingestehen. Aber Felix liebte sie, und immerhin brachte sie kaufmännisches Geschick mit.

»Amelie und Felix wollen nächstes Jahr im Frühling heiraten«, sagte Ella jetzt.

Louise blickte nicht auf. »Doch nicht diesen Sommer?«

»Nein, weil ihnen das zu nah an Jochens Tod ist.«

»Das ist natürlich verständlich, allerdings ist das dann doch auch schon ein Jahr her.«

»Ja, aber die Einladungen müssten jetzt bald raus, und niemand ist in der Stimmung, eine Hochzeit zu planen.«

Louise hielt in ihrer Tätigkeit inne. »Vielleicht wäre das aber genau das Richtige, um endlich diese lähmende Trauer zu überwinden.«

Ella schüttelte nur den Kopf.

»Ich habe den Eindruck, du bist gar nicht mal unglücklich über den Aufschub. Und das hat nichts mit Jochen zu tun.«

Einen Moment lang schwieg Ella. »Ich weiß noch nicht so recht, was ich davon halten soll. Irgendetwas stört mich an dieser Beziehung.«

»Hm, kommt mir irgendwie bekannt vor.«

»Das ist etwas anderes als das mit Clara damals.«

»Nur insofern, als dass es damals um deinen Bruder und heute um deinen Sohn geht.«

Ella antwortete nicht, horchte in sich hinein, ob es wirklich nur mütterliche Eifersucht war, der Wunsch, das eigene Kind nicht teilen zu müssen – erst recht nicht mit einer anderen Frau. Aber so war sie nie gewesen. Sie hatte mit ihrer eigenen Schwiegermutter ein Beispiel vor Augen, das sehr angetan war als Warnung, nicht in ebensolche Muster zu fallen.

»Ich weiß nicht, woran es liegt. Aber gewiss sind es nicht dieselben Gründe wie damals bei Clara, da dachte ich, sie sei nur darauf aus, sich alles anzueignen. Aber diese Befürchtung muss ich bei Amelie ja nun wahrhaftig nicht haben, ich möchte ja, dass Felix alles übernimmt, und wenn sie ihm hilft, dann umso besser.«

»Was sagt Sebastian eigentlich dazu?«

Ella verdrehte die Augen. »Dasselbe, was er die ganze Zeit schon sagt. Aber mein Unternehmen ist doch wohl nicht weniger wichtig als seins.«

»Seins läuft besser.«

»Kunststück, er musste es auch nicht aus Trümmern wieder aufbauen und hat es zudem den ganzen Krieg über mit Gewinnen weiterbetrieben, weil seine Eltern gemeinsame Sache mit den Nazis gemacht haben.«

»Dafür kannst du ihm allerdings nicht die Schuld geben.«

»Tue ich auch nicht, aber ich sehe nicht ein, dass Felix moralisch in die Enge getrieben werden soll.«

»Was ist eigentlich mit Lukas?«

»Der macht sein Studium zu Ende, auf gar keinen Fall wird er Unternehmer, aber das stand ja ohnehin nie zur Debatte, es war immer klar, dass Felix der Haupterbe ist. Ob von mir oder Sebastian – darüber waren wir wohl von Anfang an unterschiedlicher Meinung.«

»Denkt er nun, du hättest Felix beeinflusst?«

»Nein, oder vielleicht doch, keine Ahnung, diesen Vorwurf macht er mir allerdings nicht.«

Louise fügte Zutaten zu ihrem Teig hinzu, rührte ihn glatt und cremig, ehe sie ihn in kleine Formen füllte. Mini-Kuchen, so wie damals, nur dass sie nicht allesamt aus Schokolade waren, da die immer noch ein knappes Gut war. Aus diesem Grund war auch das Schokoladenwerk Dorn wieder zu seinen Ursprüngen zurückgekehrt und setzte zusätzlich auf herkömmliche Süßwaren, um keine allzu massiven Umsatzeinbußen zu erleiden.

Nachdem sie in jede Form einzelne kleine Schokotropfen in den Teig gesetzt hatte, schob Louise die Kuchen in den Ofen. Ella ging in den Verkaufsraum, schloss die Tür auf, drehte das Schild um, sodass die Aufschrift »Geöffnet« von außen zu sehen war, dann sah sie sich um, ob irgendwo noch einmal Hand angelegt werden musste. Das Rosenpalais hatte nur noch wenig Ähnlichkeit mit jener romantisch anmutenden Ausstattung aus seiner Anfangszeit. Mit dem Neuaufbau galt es auch, mit dem Zeitgeist zu gehen. Zwar hätte Louise es gerne weiterhin nostalgisch gehalten, aber Felix hatte sehr richtig bemerkt, dass sie mit einer moderneren Einrichtung auch mehr junge Leute ansprachen.

Nach wie vor prägten Rosen das Interieur, da war Ella zu keinem Kompromiss bereit, aber das Mobiliar entsprach dem derzeitigen Geschmack, war modern und elegant. Beim Neuaufbau hatten sie das Baukonstrukt geändert, sodass keine Säule mehr den Raum teilte, was ihn größer erscheinen ließ. In der modernen Auslage, die über ein raffiniertes Kühlsystem verfügte, wurden Pralinen angeboten. Die Kuchensorten des Tages kamen in ein gläsernes Rondell. Regale an den Wänden enthielten Dosen mit Kaffee, Kakao oder Tee in verschiedenen Größen, edel ausgestattet, um keinen Zweifel an der ausgesuchten Exklusivität des Inhalts zu lassen.

Ella schlug das Rechnungsbuch auf, kniff die Augen leicht zusammen, um das Geschriebene lesen zu können, denn ihre Eitelkeit erlaubte ihr nicht, die Lesebrille öffentlich zu tragen. Als Sebastian Mitte vierzig seine erste Brille bekam, hatte sie ihn aufgezogen und einen alten Mann genannt. Irgendwann hatte sie gemerkt, dass sie das Lesen kleiner Schrift zunehmend anstrengte und sie Kopfschmerzen bekam. Sie hatte es lange hinausgezögert und dann doch eine Lesebrille bekommen – da war sie jünger gewesen als Sebastian bei seiner. Der wiederum hatte das Ganze nur mit einem Feixen kommentiert, während Felix und Lukas sagten, die Brille stehe ihr außerordentlich gut, sie gäbe ihr etwas Weiches und Großmütterliches. Sie hatte den Spott mit einem Schulterzucken hingenommen, aber das Wort *großmütterlich* schien immer wieder in großen Lettern vor ihr aufzublitzen, sobald sie die Brille aufsetzte.

Das Glöckchen an der Tür schlug in sanftem Klang an, als die ersten Gäste eintraten, eine Gruppe junger Frauen, die einen Schwall kalter Luft mit in den Raum brachten und sich plaudernd an einem Tisch am Fenster niederließen. Ella trat zu ihnen, um die Bestellung entgegenzunehmen und diese in die Fertigung an Louise weiterzugeben. Als die Tür erneut geöffnet wurde und Clara eintrat, hob sie verwundert die Brauen.

»Eric geht mit Fenja ins Werk«, erklärte sie. »Und da mir daheim derzeit etwas langweilig ist, dachte ich, ihr freut euch möglicherweise über eine helfende Hand.«

»In der Tat. Felix hat einen Termin bei der Bank, und Lena liegt mit einer Erkältung im Bett.«

Clara lächelte, zog ihren Mantel aus und hängte ihn an die Garderobe. »Na dann, wie in alten Zeiten. Nur wir drei.«

Wie immer, wenn sie angespannt war, spürte Fenja die Kälte überdeutlich, was sie so sehr zittern ließ, dass ihr fast die Zähne aufeinanderschlugen. Um ihren Vater dies nicht merken zu lassen, wandte sie sich ab und sah aus dem Beifahrerfenster auf die Straße, barg die behandschuhten Hände im Schoß in den Falten ihres Mantels.

»Du musst dir keine Sorgen machen.« Wie immer hatte er ein feines Gespür für Stimmungen. »Wenn du merkst, dass es nicht das Rechte ist, dann lässt du es einfach. Niemand würde dir das vorwerfen.«

Sie nickte nur, wusste aber, dass sie keinesfalls einen Rückzieher machen wollte. Was sie hier tat, war das Ergebnis von monatelangem Hader und Überlegungen. Es gab nur diesen einen Weg für sie, und sie würde ihn beschreiten. Ihre Tante Ella hatte das seinerzeit auch getan, obwohl sie früher gewiss andere Pläne für ihr Leben gehabt hatte. Und sie war erfolgreich gewesen. Fenja wollte das auch schaffen, wollte die Bürde von den Schultern ihres Vaters nehmen.

»Du bist nicht dafür verantwortlich, dass es mir besser geht oder ich mit meinem Leben zurechtkomme.« Wieder schien er ihre Gedanken gelesen zu haben. »Meine … Schwäche …«

»Du bist nicht schwach«, fiel sie ihm ins Wort.

Er schwieg, lenkte den Wagen ruhig durch den Verkehr. Seit ihrer Kindheit war er auf eine Art distanziert, aber gleichzeitig voller Hingabe an seine Familie gewesen. Und so sehr er ihre Brüder geliebt hatte, mit Fenja hatte ihn immer ein besonderes Band verbunden, sie war ihm schon als Kind näher gewesen als ihrer Mutter. Es schien, als wollte er etwas sagen, er holte tief Luft, öffnete den Mund und blieb dann doch stumm.

Als sie schließlich vor dem Firmengebäude mit der Aufschrift »Schokoladenwerk Dorn« parkten, hatte Fenjas Zittern nachgelassen. Sie öffnete die Tür und stieg aus, ging über den Hof mit dem aufgeplatzten Asphalt, durch dessen Risse das Unkraut quoll. Die Fabrik hatte einen Treffer abbekommen und war hernach in Teilen neu aufgebaut worden, was das ehemalige Backsteingebäude nicht gerade schöner machte. Es fügte sich in gleichförmiger Tristesse in das Industriegebiet ein, und Fenja, die Gärten liebte und Helligkeit, schnürte es einen Moment lang die Brust ein.

Sie betraten das Gebäude, wo der Pförtner dienstbeflissen auf sie zueilte.

»Herr Dorn, Fräulein Dorn, welch eine Freude.«

Ihr Vater schüttelte ihm die Hand. »Herr Arnheim.«

»Wie geht es der Frau Gemahlin?«

»Sehr gut, vielen Dank.« Ihr Vater setzte den Weg mit ihr zusammen fort, steuerte die Treppe an, die zu einer Galerie führte, von der aus man in die Büroräume gelangte.

Fenja kannte das Büro ihres Vaters, hatte ihn früher hin und wieder hier besucht. Jetzt lag es still und verlassen da, nachdem er die Arbeit fast komplett an seinen Stellvertreter abgegeben hatte. An dessen Tür klopften sie nun auch, nachdem sie das leere Vorzimmer durchquert hatten, und traten ein.

»Herr Dorn.« Rainer Hartmut erhob sich hinter seinem Schreibtisch. Er war ein Mann in mittlerem Alter, der mit seinen ausgeprägten Geheimratsecken und der Brille auf Fenja irgendwie professorenhaft wirkte. »Und das Fräulein Tochter. Wie schön, Sie zu sehen. Ich lasse einen Kaffee kommen … ach nein, meine Sekretärin hat mich ja verlassen.« Er wirkte etwas ratlos.

»Wenn Sie mir sagen, wo die Kaffeemaschine steht, mache ich das«, bot Fenja an, was ihr einen kurzen Blick von ihrem Vater einbrachte. Sie sollte hier als Geschäftsführerin auftreten und bot sogleich Sekretärinnendienste an. Aber für Fenja hatten diese vertrauten Handgriffe etwas Beruhigendes, und so lächelte sie nur.

»Dann kann ich mich gleich ein wenig umschauen.«

Nach kurzem Zögern, und nachdem ihr Vater nickend sein Einverständnis gegeben hatte, erklärte ihr Rainer Hartmut, wo sich die Küche befand, und sie machte sich auf den Weg, den Kaffee zuzubereiten. Auf dem Korridor atmete sie einmal tief durch, öffnete den Mantel am Kragen, denn obwohl das Gebäude kühl war, schwitzte sie inzwischen, und so lockerte sie zudem noch den Schal und nahm den Hut ab, brachte alles rasch in das leer stehende Büro ihres Vaters, wo sie es achtlos über einen der Sessel in der Besucherecke legte. Danach ging sie in die Küche, fror bereits wieder, als sie dort angelangt war.

Nach einigem Suchen fand sie die Kaffeebohnen, blieb bei der Kaffeemühle jedoch erfolglos.

»Sind Sie neu hier?« Eine adrett gekleidete Frau mit moderner Kurzhaarfrisur hatte die Küche betreten und steckte sich gerade eine Zigarette an. Sie trug eine schicke helle Bluse über einem dunkelgrauen Rock, dazu Schuhe mit hohen Absätzen.

»Nein, nicht direkt. Ich bin Fenja Dorn.«

»Verwandt mit Eric Dorn?«

»Er ist mein Vater.«

Die Frau hob eine Braue, fragte jedoch nicht, was sie dann in der Küche verloren hatte.

»Können Sie mir sagen, wo die Kaffeemühle ist?«

Die Frau griff zielsicher nach einer Schranktür, öffnete sie und holte die Mühle heraus. »Bitte schön. Ich bin übrigens Monika Greif.«

Die Kaffeebohnen verströmten einen verführerischen Duft, während sie knirschend zu Pulver wurden. Die stetig gleichen Kurbelbewegungen wirkten beruhigend auf Fenja, und sie atmete langsam aus.

»Sind Sie zu Besuch hier?«, fragte Monika Greif, die nun mit dem Rücken an die Küchenschränke gelehnt dastand.

»Nein. Ich übernehme das Werk anstelle meines Vaters.«

Überrascht wurde die Braue erneut hochgezogen. »Ach?«

Diese Antwort wusste Fenja nicht zu deuten. Sie konnte nicht sagen, ob sie zu ihren Gunsten sprach oder eher Skepsis ausdrücken sollte. »Mein Bruder hätte es übernehmen sollen, aber …« Da war er wieder, der vertraute Schmerz, scharfkantig und mit kleinen Widerhaken versehen.

»Davon habe ich gehört. Das tut mir sehr leid.«

»Ich wollte Ärztin werden.« Fenja wusste selbst nicht, warum sie das in diesem Moment erzählte. »Aber mein Bruder ist mir unter den Händen weggestorben. Ich habe sein Leid stetig mithilfe der Ärzte und Krankenschwestern verlängert. Wollte ihn nicht gehen lassen. Das sind keine guten Voraussetzungen für eine Ärztin. Heilung kann in so vielem liegen, aber gewiss nicht im qualvollen Verlängern des Lebens.«

»Diese Erkenntnis zeichnet eine gute Ärztin aus, möchte ich meinen.«

Fenja schüttelte nur den Kopf und machte sich daran, Wasser aufs Feuer zu stellen. Das hätte sie eigentlich zuerst tun sollen, denn gemahlener Kaffee musste frisch sein, er verlor schnell an Aroma. »In welchem Bereich arbeiten Sie?«

»Ich bin Kontoristin, kopiere und fertige Dokumente.«

»Verstehe.«

»Ich muss jetzt auch wieder zurück, sonst setzt es Überstunden, wenn ich die Zeit hier einfach verquatsche.«

»Das tun Sie doch gar nicht. Sie haben der künftigen Geschäftsführerin geholfen, Kaffee zu kochen.«

Monika Greif lachte. »Sie gefallen mir.« Damit drückte sie die Zigarette aus und verließ die Küche.

Als Fenja zwanzig Minuten später mit einem Tablett, auf dem sie Kaffeekanne, Tassen, Milchkännchen und Zuckerdose balancierte, das Büro von Rainer Hartmut betrat, verstummte das Gespräch zwischen den beiden Männern. Der Stellvertreter ihres Vaters wirkte sehr ernst, und obwohl sich die steile Falte zwischen seinen

Brauen glättete, blieb die kleine Furche doch bestehen, zeigte Sorge und Skepsis.

»Fräulein Dorn, vielen Dank. Ich muss mich für die Umstände entschuldigen.«

»Keine Ursache.« Sie stellte das Tablett auf dem niedrigen Tisch ab, um den sich vier halbrunde Sessel gruppierten, das einzige Zugeständnis an die Moderne in diesem Raum, in dem das Mobiliar schon vor dem Krieg altmodisch gewesen war.

»Ihr Vater hat mich gerade ausführlich ins Bild gesetzt.«

Fenja schlug das Herz bis zum Hals, und sie konnte nur nicken, während ihr Körper wieder anfing zu beben. Wie sollte sie so zittrig und unsicher jemals einer Belegschaft gegenübertreten? Ihre Tante Ella hatte ihr erzählt, für sie sei es auch zu Beginn schwierig gewesen, und alle hätten sich über sie lustig gemacht, aber sie hatte sich letzten Endes durchgesetzt. Rainer Hartmut wirkte indes nicht, als wollte er sich lustig machen, er war vielmehr besorgt.

»Ich freue mich, dass das Unternehmen in die Hände der nächsten Generation geht, Fräulein Dorn. Und wenn ich helfen kann, tue ich das sehr gerne. Aber Sie sind jung, und Sie haben von Schokolade und vor allem Wirtschaft überhaupt keine Ahnung. Ich kann Ihnen jetzt schon sagen, dass es nicht leicht wird, unter diesen Voraussetzungen ein Unternehmen zu leiten.«

Hatte ihr Vater ihn dazu angeleitet, das zu sagen? Sollte Rainer Hartmut dort erfolgreich sein, wo er gescheitert war? Sollte sie durch ihn zu ihrem Glück gezwungen werden – zu dem, was er als ihr Glück auserkoren hatte? Fenja atmete tief durch, sah ihren Vater an, der den Blick ausdruckslos erwiderte. Dann schenkte sie jedem eine Tasse Kaffee ein und ließ sich auf einem der Sessel nieder.

»Nehmen Sie doch bitte Platz, meine Herren. Und nun setzen Sie mich ins Bild, damit ich wenigstens weiß, woran ich scheitern werde.«

2

MÄRZ 1953

Der Zeitpunkt für einen Besuch war denkbar schlecht gewählt. Bis in die Halle hörte man Felix und seinen Vater streiten, und Lukas, der ihr die Tür geöffnet hatte, verdrehte nur die Augen.

»Na, herzlich willkommen in deinem neuen Leben«, sagte er, während er Amelie den Mantel abnahm und an die Garderobe hängt.

Ella Lombard kam die Treppe hinunter. Sie war so unfassbar elegant, dass jede Frau – Amelie konnte sich da nicht ausnehmen – unweigerlich in fast schon unbewusster Nachahmung die Haltung straffte, das Kinn hob. Gewiss half Ella nach, damit das Haar nach wie vor dunkel glänzte und kein grauer Faden zu sehen war. Sie nickte Amelie zu, indes ihre Stirn gefurcht war und sie in Richtung Salon lauschte. Dann durchquerte sie die Halle.

»Jetzt wird es für Vater wohl ungemütlich«, erklärte Lukas.

Amelie wusste, dass sie bei Ella gewiss keine Sympathien sammelte, wenn sie offen die Meinung vertrat, mehr Verständnis für Sebastian zu haben als für sie und Felix. Ihre Rolle erlaubte es ihr jedoch nicht, nun ebenfalls in den Salon zu gehen und Stellung zu beziehen. Und so blieb sie stehen, hörte Ellas Stimme, ohne zu verstehen, was sie sagte. Daraufhin Sebastian und dann Felix. Der verließ kurz darauf den Salon.

»Bleib hier!«, rief ihm sein Vater nach. »Ich bin noch nicht fertig.«

»Ich schon. Dann erzähl dir den Rest doch einfach selbst.«

Sebastian Lombard lief rot an angesichts dieser Respektlosigkeit. Aber noch ehe er eine Antwort artikulieren konnte, hatte Felix bereits Amelies Hand ergriffen und strebte mit ihr aus der Halle in die Bibliothek.

»Denkst du, hier findet er dich nicht?«

»Er wird sich dir zuliebe zusammenreißen. Das Donnerwetter kommt dann heute Abend, wenn wir wieder unter uns sind.« Auf Felix' Gesicht zeichnete sich Überdruss ab, und Amelie strich ihm über die Wange, zog seinen Kopf zu sich hinunter und küsste ihn.

»Am liebsten würde ich dich jetzt schon heiraten«, murmelte er an ihren Mund, als sie den Kuss einen Moment lang unterbrachen.

Während sie die Lippen erneut unter seinen öffnete, durchzuckte sie der Gedanke, dass sie gar nicht einmal unglücklich darüber war, die Hochzeit erst im nächsten Jahr stattfinden zu lassen. Die Umstände, die dazu geführt hatten, waren natürlich traurig, aber der Gedanke daran, im kommenden Sommer bereits verheiratet zu sein, hatte ein diffuses Gefühl der Panik in ihr ausgelöst.

Es war schön, ihn zu küssen, und sie mochte auch seine zögerlichen Liebkosungen, aber diese Sinnlichkeit ging nicht einher mit dem Wunsch eines dauerhaft gemeinsamen Bettes. Die Vorstellung, dass sie nie wieder allein schlafen würde, machte ihr sogar ein wenig Angst. Und sie wusste nicht, ob diese der Vorstellung einer Heirat allgemein galt oder nur einer Heirat mit Felix. Das wiederum war ein so verstörender Gedanke, dass sie ihn immer wieder rasch von sich schob. War sie so wankelmütig in ihren Gefühlen?

Offenbar bemerkte er, dass sie nicht bei der Sache war, denn er löste sich aus dem Kuss und sah sie prüfend an. »Ist alles in Ordnung?«

Sie lächelte. »Ja, gewiss.«

»Es tut mir leid, dass du diesen ganzen Ärger mitbekommen musst.«

»Das gehört dazu, wenn man in eine Familie einheiratet, nicht wahr?«

Er nickte nur vage.

»Und wenn du ihm ein klein wenig entgegenkommst?«, wagte Amelie einen behutsamen Vorstoß. »Also einmal die Woche ins Werk gehst und dich in die Sache einarbeitest?«

»Was soll das bringen? Es interessiert mich nicht im Geringsten.«

»Es soll ja auch nicht dein Lebensinhalt werden.«

»Das wird es zwangsläufig, wenn ich mich darauf einlasse. Anfangs ist es nur ein Tag, und dann wird es ein zweiter Tag, bis es nach und nach mein gesamtes Leben vereinnahmt.«

Amelie seufzte angesichts dieser dramatischen Ausführung. »Die Streitereien werden nie aufhören, weißt du. Es wird immer weitergehen.«

»Nicht, wenn er irgendwann einsichtig wird und merkt, dass es nichts bringt, einen Erben zu haben, der nicht mit dem Herzen bei der Sache ist.«

»Er wird dir Fenja vor Augen halten, und erzähl mir nicht, das hätte er nicht schon längst getan. Sie hatte auch andere Pläne, wollte Ärztin werden.«

»Der Unterschied ist, dass Onkel Eric von Fenja nicht verlangt, dass sie das Unternehmen übernimmt. Sie tut es, weil sie es will.«

»Weil die Umstände sie dazu zwingen.«

»Das ist schlicht und ergreifend nicht wahr. Onkel Eric würde das Werk auch verkaufen, ihm lag nie viel daran, er hat es nur geführt, damit die Familie ein Auskommen hat. Das hätte sie auch, wenn er einen guten Preis aushandelt. Und Fenja könnte hernach tun, was sie wollte.«

»Fenja ist eben zu der Einsicht gekommen, dass ein Erbe auch eine Verantwortung ist.«

»Ah, du willst mir sagen, ich sei mir der Verantwortung nicht bewusst?«

»Na ja, im Grunde genommen stimmt das doch.« Amelie biss sich auf die Unterlippe, wollte keinen Streit. Aber sie konnte einfach nicht mit ihrer Meinung hinter dem Berg halten.

Felix sah sie schweigend an, wirkte enttäuscht. Um keine Missstimmung zuzulassen, ging sie zu ihm, berührte seinen Arm. »Gewiss wurden Kaffee und Kuchen bereits aufgetragen.« Ein kleines Lächeln begleitete ihre Worte, und wie stets war bei ihm die Versöhnungsbereitschaft ihr gegenüber stärker, als jeder Groll und jede Enttäuschung es sein konnten.

Fenja gab ungern zu, dass sie am liebsten schon am ersten Tag alles hingeschmissen hätte. Sie arbeitete sich durch Geschäftsberichte, von denen sie nicht einmal die Hälfte verstand. Und das, nachdem Rainer Hartmut ihr alles geduldig erklärt hatte. Es war zum Verzweifeln. Sie klappte den Ordner zu, rieb sich die Augen und sah zum Fenster hinaus, das ihr einen wunderbaren Blick auf die Mosel gewährte.

Obwohl die Stadt im Wiederaufbau war, waren die Zeichen der Zerstörung nach wie vor überall präsent. Fast neunzig Prozent der Stadt hatten zum Kriegsende hin in Trümmern gelegen, und nicht einmal ein Zehntel der Menschen hatte überhaupt noch in der Stadt gelebt. Wochenlang waren die Menschen, deren Anwesenheit in der Stadt als kriegswichtig erachtet wurde, in Betonbunkern dahinvegetiert. Koblenz war kein wichtiger Industriestandort, niemand hatte begriffen, warum man die Stadt fast dem Erdboden gleichgemacht hatte. Bis zum Schluss hatte man die Stadt weitgehend in Ruhe gelassen, dann jedoch hatte das Eisenbahnnetz zunehmend an Bedeutung gewonnen, und die Aufmerksamkeit hatte sich auf Koblenz gerichtet. Die Familien Dorn und Lombard waren während der Evakuierung im Hotel von Oedinghof untergekommen.

Fenja hatte bei ihrer Rückkehr geweint. Es gab nichts Vertrautes mehr, an dem sich der Blick festhalten konnte, es war nur noch eine Landschaft aus zerklüfteten Ruinen und Schuttbergen. Die neuen Häuser, die auf den freigeräumten Flächen entstanden, waren modern und zweckmäßig. Zunächst baute man vor allem einstöckig, um möglichst viel neue Wirtschaftsfläche zu schaffen. Das Rosenpalais hatte man erst vier Jahre nach Kriegsende wieder eröffnet, als die Leute sich diese Art von Vergnügen wieder leisten konnten.

Seufzend wandte Fenja sich vom Fenster ab und ging zurück zu dem Schreibtisch, hinter dem sie sich klein und verloren fühlte, der ebenso zu groß für sie war wie das ganze Büro. Als sei sie ein Kind, das in die Kleidung eines Erwachsenen schlüpfte. Sie musste an ihre Tante Ella denken, die hier vor vielen Jahren ebenfalls gesessen hatte – vermutlich mit erhobenem Kopf und keineswegs bereit, klein beizugeben. Wieder seufzte Fenja und nahm die nächste Mappe zur Hand. Immerhin konnte sie damit etwas anfangen, das waren die Kosten für die Lieferanten von Kakaobohnen, eine Übersicht, in der Einnahmen und Ausgaben einander gegenübergestellt waren. Das verstand sogar sie. Und für die Auswahl der richtigen Qualität hatten sie Mitarbeiter. Derzeit wurde der Rohkakao unter den Herstellern aufgeteilt. Unternehmen, die keine eigene Herstellung hatten, konnten den Kakao wiederum verkaufen oder aber bei Herstellern für sich produzieren lassen. Fenja ging alles durch, setzte ihr Kürzel darunter und legte die Mappe beiseite. Danach stand sie auf und ging in die Küche, um sich einen Kaffee zu kochen.

Monika Greif, mit der Fenja gerne ein paar Worte wechselte, wenn sie sich hin und wieder in der Fabrik über den Weg liefen, war gerade dabei, sich eine Kanne Tee zuzubereiten.

»Sie brauchen eine Sekretärin«, sagte sie nun, als

Fenja mit geübtem Griff Wasser aufsetzte und die Kaffeemühle bediente.

»Und mich damit um die einzige Abwechslung des Tages bringen? Na, ich kann mich bremsen.«

Monika Greif lächelte. »Hat der Arbeitsalltag Sie so fest im Griff?«

»Ach, fragen Sie nicht.«

»Das klingt nicht eben begeistert.«

»Ich werde mich schon daran gewöhnen.«

»Eine Sekretärin brauchen Sie trotzdem. Kein männlicher Geschäftsführer würde sich selbst in die Küche stellen und Kaffee kochen. Man wird Sie nicht respektieren, wenn Sie nicht genauso auftreten, wie ein Mann das tun würde.«

Fenja nickte nur.

»Ich bin momentan ohnehin auf der Suche nach einer beruflichen Umorientierung«, sagte Monika Greif, und Fenja blickte sie erstaunt an.

»Bieten Sie sich gerade als meine Sekretärin an?«

»Nun ja, Geschäftsführersekretärin, das würde mir schon besser gefallen als Kontoristin. Ich habe einen Kurs in Stenografie abgeschlossen, ich kann schnell tippen, und ich mache gerade einen Kurs in Wirtschaftsmathematik.«

»Na, da können Sie ja bald mehr als ich.«

Monika Greif lachte. »Machen Sie dieses Geständnis nie in Gegenwart anderer. Ein Mann würde das niemals tun. Wenn Sie die Stelle ausschreiben, bewerbe ich mich ganz offiziell, und dann bin ich Ihre rechte Hand, und alle werden denken, dass Sie die Macherin hinter mir sind.«

»Warum so generös?«

»Weil ich lieber unter Ihnen arbeite als unter einem Mann, der ständig der Meinung ist, mich von oben herab behandeln zu können. Sie wertschätzen meine Arbeit bereits, noch ehe Sie sie kennen.«

»Vielleicht bin ich eine ganz schauderhafte Vorgesetzte, die herrisch und tyrannisch ist.«

»Gewiss doch.« Wieder lachte Monika Greif. »Und ich bin vielleicht eine intrigante Sekretärin, die nur auf den Moment wartet, das Unternehmen an sich zu reißen.«

Fenja goss den Kaffee auf und musste nun selbst lachen. »Dann passen wir ja gut zusammen. Ich werde die Stelle ausschreiben, und Sie sprechen bei meinem Personalchef vor. Die letzte Entscheidung treffe dann ich.«

»Das ist ein Wort.« Monika Greif hob die Teetasse, als wollte sie einen Toast aussprechen, und Fenja prostete ihr mit der Kaffeetasse zu.

»Das klingt doch alles ganz wunderbar«, sagte Ella, als Fenja abends bei ihr im Salon saß. »Wenigstens bei dir läuft es momentan gut.«

»Na ja, wenn du unter gut laufen meinst, dass ich im Büro sitze und keine Ahnung habe von dem, was ich tue, dann kann man es wohl so nennen.«

Ella hob kurz die Brauen. »Ach was, das wird schon. Mir ging es anfangs auch nicht besser, mich haben sie ausgelacht und wie ein Kind behandelt.«

Es war ihrer Nichte anzusehen, dass sie diesen Gedanken für absolut unmöglich hielt. »Du scherzt.«

»Keineswegs. Ich saß da und hatte überhaupt keine Ahnung. Und die Mitarbeiter waren sehr bestrebt darin, mir diesen Umstand stets unter die Nase zu reiben, damit ich nicht vergesse, wo mein Platz ist. Und der war nach ihrem Dafürhalten nicht an der Werksspitze.«

Fenjas Augen weiteten sich erstaunt. »Du?« Das erschien ihr völlig undenkbar, was Ella als Kompliment für sich verbuchte.

»Erst als dein Vater mich ins Werk begleitet hat, ist man mir endlich mit mehr Respekt begegnet. Du kannst dir nicht vorstellen, wie unverschämt die Leute waren. Immerhin haben sie vor dir Respekt, das ist schon mehr, als ich damals erwarten konnte.«

»Du denkst also, es war keine überstürzte Entscheidung, Monika Greif praktisch aus dem Stand heraus die Einstellung zuzusagen?«

»Wenn ihre Qualifikation hält, was sie verspricht, dann war das eine gute Entscheidung.« Ella betrachtete ihre Nichte, die so sehr nach ihrem Vater kam und damit auch ausreichend Ähnlichkeit mit Ella hatte, damit diese sich selbst in ihr erkennen konnte. Die Augen hatte sie von Clara, dasselbe klare Blau, während ihr Haar dunkel war wie das von Ella und Eric. Ella war jünger gewesen als Fenja jetzt, als sie das Werk übernommen hatte. In Fenjas Alter hatte sie bereits ein Kind gehabt, war sich so erwachsen und reif vorgekommen und fragte sich nun, ob sie auch Älteren gegenüber so anrührend jung erschienen war wie ihre Nichte.

Nachdem sich Erics Tochter verabschiedet hatte und den Abend damit verbringen würde, mit Felix, Amelie und Lukas auszugehen, erhob sich Ella aus ihrem bequemen Sessel und trat ins Arbeitszimmer, wo Sebastian immer noch über seinen Geschäftsunterlagen saß. Sein Vater hatte das Zepter bis ins letzte Kriegsjahr fest in der Hand gehalten, und nun, da Sebastian alles übernommen hatte, arbeitete er meist bis spät in die Nacht. Vorher war die Arbeit geteilt gewesen, nun lastete alles auf Sebastians Schultern. Angesichts dessen konnte Ella verstehen, dass ihn die Entscheidung seines Ältesten so aufbrachte. Nicht nur schlug dieser das Familienerbe aus, Sebastian stand nun vor der Wahl, die Arbeit an einen Angestellten zu delegieren oder aber weiterhin jeden Tag bis spät in den Abend am Schreibtisch zu sitzen. Die Lombards hatten die Geschäftsführung nie aus der Hand gegeben, und Sebastian brachte es bislang nicht über sich, als Erster damit zu beginnen.

»Brauchst du noch lange?«, fragte sie und bemerkte an seinem Blick, dass dies der gänzlich falsche Einstieg gewesen war.

»Nachdem du dich so vehement auf die Seite deines Sohnes gestellt hast, kann ich nicht so recht glauben, dass dich das wirklich bekümmert.«

Ella ging um den Schreibtisch herum, trat hinter ihn, legte ihm die Hände auf die Schultern und drückte die Daumen in den verspannten Nacken, verlagerte den Druck leicht und fand offenbar die richtige Stelle, denn Sebastian seufzte leise, und seine starren Schultern, die mit jedem Zoll sagen sollten, dass er auch bei einer Berührung nicht versöhnlicher gestimmt sein würde, wurden nachgiebiger unter ihren Händen.

»Wenn du möchtest, kann ich dir helfen.«

»An welche Art der Hilfe hattest du gedacht?« Seine Stimme indes ließ anklingen, dass er bereits recht konkrete Vorstellungen hatte.

»Ich könnte dir einen Teil der Büroarbeit abnehmen.«

»Danke, ich habe bereits eine Sekretärin … ah!« Er fuhr auf, weil sie ihn gekniffen hatte.

»Wann wirst du eigentlich lernen, mich als gleichwertige Geschäftsfrau anzuerkennen?« Ihre Hände packten fest zu, kneteten seine Schultermuskeln, wobei Sebastians Ächzen nicht so recht Aufschluss darüber gab, ob es ihn schmerzte oder dieser Schmerz gleichsam Entspannung war.

»Ein Gewürzunternehmen zu führen ist nun einmal nicht dasselbe wie das Herumgewerkel in einer … Verdammt, wenn du das noch einmal machst!«

»Ja, was dann?«

Er drehte sich um, sodass sie die Hände von seinen Schultern nehmen musste. »Hör zu, Ella. Ich bin voller Anerkennung für das, was du leistest und geleistet hast. Du hast ein ganzes Werk gerettet und zu neuer Blüte geführt – wenngleich ich ganz unvoreingenommen sagen darf, dass mein Geld auch keine unbedeutende Rolle dabei gespielt hat, aber geschenkt. Und du hast mit dem Rosenpalais nicht nur eine wunderbare Chocolaterie errichtet, sondern es geschafft, sie bis heute zu erhalten, und das, obwohl sie zwischenzeitlich dem Erdboden gleichgemacht worden war. Aber das hier ist nun einmal etwas anderes, in einer anderen Größenordnung als dein Rosenpalais. Ohne Felix wird es irgendwann nicht mehr weitergehen. Die Chocolaterie wird auch dann laufen, wenn er nicht vor Ort ist.«

»Aber er ist nun einmal gelernter Confiseur und Konditor, das ist es, was er machen will.«

»Das kann er in seiner Freizeit halten, wie er will, aber er sollte zuerst an seine Pflichten denken. So, wie das unzählige Generationen von Männern vor ihm getan haben.«

Es war sinnlos, in dieser Hinsicht war mit Sebastian einfach nicht zu reden. Ella schwieg, war an diesem Abend zu müde, um endlose Dispute zu führen. Früher hatten heftige Streitigkeiten meist im Bett geendet, wo man sich ebenso leidenschaftlich versöhnte, wie man zuvor gestritten hatte. Ella wünschte, es wäre dieses Mal auch so einfach, dass sie ihn lediglich mit ins Schlafzimmer nehmen musste und das Problem damit aus der Welt geschafft war. Da Ella aber nicht einfach gehen wollte, während der Unmut immer noch zwischen ihnen schwelte, nahm sie seine Hand und sah ihn auf eine Art an, die ihn ahnen ließ, worauf er hoffen durfte. Schön würde es in jedem Fall werden, und dann war er morgens beim Frühstück wenigstens gut gelaunt und hoffentlich nicht in Stimmung, wieder mit Felix zu streiten.

Es gab nichts, das sich mit dem Duft von Schokolade vergleichen ließ, dieser Meinung war Felix schon als Kind gewesen, und sie bestätigte sich wieder und wieder. Wenn er den Verkaufsraum des Rosenpalais betrat, blähten sich seine Nasenflügel leicht, sobald er das schokoladige Aroma atmete, das den Raum beherrschte. In den Auslagen lagen neue Kreationen, die er mit Louise zusammen ausgearbeitet hatte, rechteckige Koriander-Zitronen-Pralinen aus matt glänzender dunkler Schokolade. Daneben waren Pistazientrüffel angeordnet neben Himbeerpralinen, Walnuss-Marzipan-Trüffeln, Zimtpralinen, Schichtnugat und Kaffeemarzipan. Nach wie vor gab es eine Etagere, auf der die Pralinen des Tages probiert werden konnten. Außerdem wurden seit Neuestem Schokoladen-Soufflés frisch aus dem Ofen serviert.

Das zum Verkaufsraum gehörende Café war gut besucht und alle sechs Tische besetzt. Louise stand zusammen mit einer neuen Mitarbeiterin im Verkauf, um diese anzuweisen. Felix grüßte im Vorbeigehen, hängte Mantel und Hut auf und ging in den angrenzenden Raum. Lena stand in dem kleineren der beiden Fertigungsräume, der nach dem Neuaufbau auch als Kaffeeküche bezeichnet wurde. Sie zog gerade ein Blech mit Schokoladenkuchen aus dem Ofen, dessen Wärme ihre Wangen rötete. Als sie ihn bemerkte, vertiefte sich das Rot. Sie war wirklich entzückend mit ihrem blonden Haar und den Apfelwangen. Nicht so aufregend wie Amelie, aber gewiss würden viele Männer um ihre Gunst werben, sie war jener Typ Frau, den die meisten gerne heiraten wollten.

»Das riecht wunderbar.« Er machte Anstalten, nach einem Kuchen zu greifen, aber sie schlug ihm mit dem Handtuch auf die Finger.

»Untersteh dich.« Ihre Wangen waren, wenn möglich, noch dunkler geworden. »Genascht wird nicht.«

Die kleinen Kuchen hatten sich aufgewölbt, waren von außen kross gebacken, indes an jenen Stellen, wo die Kruste aufgebrochen war, der saftige Kern hindurchschimmerte. Felix warf einen letzten sehnsüchtigen Blick darauf, dann band er seine Schürze um und ging in die Fertigung, um den am Vorabend vorbereiteten Nugatkrokant zu verarbeiten. Dafür hatte er Nugat im Wasserbad geschmolzen und Krokant untergehoben, den er aus karamellisiertem Puderzucker und Kakaobohnensplittern bereitet hatte. Inzwischen war die Masse gekühlt und gut ausgehärtet, sodass er sie aus dem Backrahmen lösen konnte. Jetzt galt es nur noch, halbbittere Schokolade zu temperieren und den in Würfel geschnittenen Nugatkrokant damit zu überziehen.

Obwohl er auch Pralinen mit der helleren Milchschokolade anfertigte, war er selbst doch ein Liebhaber dunkler Schokolade, denn das intensive Aroma und das leicht Bittere unterstrich die Süße der Füllung seiner Meinung nach besser, als das die helle Schokolade vermochte. Seit den Dreißigerjahren gab es zudem etwas, das sich weiße Schokolade nannte, aber nach seinem Dafürhalten mit echter Schokolade nichts zu tun hatte. Es war eine Mischung aus Kakaobutter, Milchpulver und Zucker. Allerdings war sie für Fruchttrüffel gut geeignet, da sie geschmacklich gut harmonierte. Und weiße Pralinen sahen verziert mit Rosenzucker, Blattgold oder Safranfäden einfach sehr ansprechend aus.

Für die Himbeerpralinen nutzte er Himbeerpüree, das er mit Sahne aufkochte. In diese Mischung gab er fein gehackte Schokolade und stellte sie zum Abkühlen beiseite, ehe er sich an die Fertigung von Marzipan-Pistazien-Pralinen machte. Auf diese Weise verging die Zeit bis zum Mittag wie im Flug, und als Louise erschien, um ihm zu sagen, dass sie das Geschäft für die Pause geschlossen hatte, sah er erstaunt auf.

»Möchtest du heute bei uns essen?«, fragte sie.

»Nein, ich habe Fenja versprochen, noch ins Werk zu kommen.«

»Übernimm dich nicht.«

Das war ihm nur ein schiefes Lächeln wert, und Louise wuschelte ihm durch das Haar, ehe sie ging. Er strich es wieder ordentlich und fragte sich, wann sie endlich aufhören würde, ihn wie einen kleinen Jungen zu behandeln.

Amelie wartete vor der Chocolaterie auf ihn, was er mit erfreutem Erstaunen zur Kenntnis nahm. »Ich habe aber wohl hoffentlich keine Verabredung vergessen«, sagte er, als er sie küsste.

»Keine Sorge.«

Obwohl es noch kühl war, wirkte sie wie ein frühes Versprechen des Frühlings in dem zartgrünen Kleid und dem hellen Mantel darüber. Das hellbraune Haar hatte sie zu einem Pferdeschwanz gebunden, was er mochte, weil auf diese Weise ihr Gesicht mit den hohen Wangenknochen besser zur Geltung kam. Sie hakte sich bei ihm ein und begleitete ihn zu seinem Wagen.

»Was sind deine Pläne?«

»Eigentlich wollte ich zu Fenja und sehen, wie sie zurechtkommt. Aber ich kann meine Pläne gerne ändern.«

»Nein, alles bestens. Gehen wir zu Fenja. Sie wirkte

etwas niedergeschlagen, als ich sie das letzte Mal gesehen habe.«

»Ihrem Vater geht es nicht gut, und es wird wohl auch nicht besser.«

»Vermutlich hilft da nur die heilende Wirkung der Zeit.«

»Das sagt man zumindest.«

»Ich wollte mit dir über eine Idee für das Rosenpalais sprechen«, wechselte sie das Thema. »Als deine Mutter es in den Zwanzigern betrieben hat, hatte sie Sortimente, die sie als Tröster gegen Liebeskummer oder als Anregung für die Sinne – gemeint war wohl aphrodisierend – angeboten hat.«

»Ja, und ich habe das Gefühl, damit würde man heute mehr Menschen schockieren als damals.«

Amelie lachte. »Das ist wohl in der Tat so. Warum übernehmen wir dieses Liebesmotiv nicht in anderer Form? Wir drucken kleine Täfelchen mit Buchstaben, und damit kann man dann kurze Liebesbriefe versenden. Das würde praktisch so laufen, dass zum Beispiel ein Mann eine kleine Liebesbotschaft verfasst, wir legen die entsprechenden Buchstaben in eine flache Schachtel und bieten auch die Zustellung an. Bezahlt wird nach Größe.«

Felix überlegte, stellte sich vor, wie sich das umsetzen ließe. Die Schokolade und die Botschaften an sich waren kein Problem, aber die Briefe mussten auch zugestellt werden, und je nachdem, wohin und wie häufig, musste das auch personell machbar sein. »Wir könnten einen Testlauf machen. Liebesbotschaften zum Sommeranfang oder so.«

Amelie war sichtlich glücklich darüber, dass er ihrer Idee gegenüber so empfänglich war. »Wunderbar. Dann müssen wir nur früh in die Werbung gehen.«

Der schwarze Opel Kapitän parkte in der Nähe des Rosenpalais. Felix hatte ihn erst vor wenigen Monaten erworben, als er genug zusammengespart hatte. Sein Vater hätte ihm gewiss ein Auto gekauft, aber Felix wollte nicht die Annehmlichkeiten der Gewürzfirma genießen und gleichzeitig stets darüber streiten, dass er diese nicht weiterführte. Es war ein schöner Wagen, elegant und komfortabel. Formvollendet hielt Felix Amelie die Tür auf und stieg hernach selbst ein.

Überall auf den Straßen zeigte sich die Moderne, der aufkommende neue Zeitgeist. Werbeplakate präsentierten glückliche Hausfrauen, die das neue Waschmittel priesen, mit zum Kuss gespitzten Lippen Seife ansahen oder glücklich inmitten ihrer Kinder in Kochtöpfen rührten. Autos, neu und auf Hochglanz poliert, belebten die Straßen, die Schaufenster der neu entstandenen Geschäfte zeigten einen Überfluss, der vor wenigen Jahren noch undenkbar gewesen wäre.

»Wir sollten mal wieder tanzen gehen«, schlug er vor, während er von der Löhrstraße abbog.

»Ich finde ja schon lange … Grundgütiger!«

Das Wort ging in einem Scheppern unter, als der Wagen vor ihm links einbog und einen Mopedfahrer übersah, diesen erfasste und über die Straße schleuderte. Das Moped schlug gegen Felix' linken Kotflügel, und er konnte nur mit einer Vollbremsung verhindern, den Fahrer zu überrollen. Rasch stieß er die Fahrertür auf und eilte um das Auto herum, kam zeitgleich mit

Amelie bei dem jungen Mann an, befürchtete einen Moment gar, er sei tot, aber dann regte er sich, stieß ein leises Stöhnen aus.

Mittlerweile hatte sich um sie herum eine Traube von Menschen gebildet, und weiter hinten erklangen die Hupen ungeduldiger Fahrer, die offensichtlich den Grund für den plötzlichen Stau nicht erahnten, ihrer Eile aber dennoch Ausdruck verleihen wollten. Der Unfallfahrer war ebenfalls bereits ausgestiegen, kam kreidebleich zu ihnen gelaufen.

»Jemand muss einen Krankenwagen rufen«, rief ein Mann.

»Mein Mann ist schon los, er will von einem Geschäft aus anrufen«, antwortete eine Frau.

»Wie geht es Ihnen?« Jemand kniete neben dem Mopedfahrer, der sich nun umdrehte. »Ich hatte im Krieg Lazarettdienst.« Der Mann befühlte Arme und Beine des Gestürzten, bog behutsam Knie und Ellbogen.

Felix indes schnappte nach Luft, als er das Gesicht des Mopedfahrers erblickte. »Lennart?«

Der Fahrer blickte auf, wirkte irritiert, verzog das Gesicht vor Schmerz, als der Mann, der ihn gerade notdürftig untersuchte, an seine Rippen kam. »Ah, verdammt!«

»Arme und Beine sind nicht gebrochen«, kommentierte der Mann. »Aber vermutlich sind die Rippen geprellt oder angeknackst.«

Lennart von Oedinghof, Sohn der Cousine Ella Lombards, Erbe eines Hotels und Kindheitsfreund von Felix, schloss die Augen wieder und tat einen zittrigen Atemzug. Felix hatte nicht gewusst, dass er wieder zurück war. Sie waren zusammen aufgewachsen, hatten das letzte Kriegsjahr gemeinsam gedient, danach war Lennart in die Schweiz geschickt worden, um das Hotelhandwerk von der Pike auf zu lernen. Das Wiedersehen hatten sie sich wohl beide anders vorgestellt.

Felix drehte sich zu Amelie um und reichte ihr den Autoschlüssel. »Nimm du den Wagen, ich fahre mit Lennart ins Krankenhaus. Sag meiner Mutter Bescheid, damit die im Hotel Oedinghof bei Tante Helene anruft.«

Amelie nickte. Helene kannte sie von diversen Familienfeiern. »Ist gut.«

Als Felix sich wieder seinem Freund zuwandte, hörte er in der Ferne die Sirene des Krankenwagens.

Fenja fragte sich zum wiederholten Mal, ob die Geschäftsberichte absichtlich so verfasst wurden, dass sie sie nicht verstand. Wollte man ihr ihre Grenzen aufzeigen? Dass auch Monika Greif länger brauchte, um durchzublicken, beruhigte sie, da diese immerhin eine entsprechende Vorbildung hatte. Fenja würde Kurse besuchen müssen, daran führte kein Weg vorbei. In den Zwanzigerjahren hatte Ella das noch so geschafft, aber inzwischen waren die Erwartungen gestiegen, und mit reiner Schulbildung kam man hier nicht weiter. Dabei hatte sie immerhin das Abitur. Vielleicht sollte sie nicht nur Kurse besuchen, sondern gleich ein entsprechendes Studium belegen.

Inzwischen hatte sich Monika Greif in die Mittagspause verabschiedet, und Fenja saß allein mit den

Unterlagen an ihrem Schreibtisch, frustriert, weil sie so vieles einfach nicht verstand. Auf einem Block hatte sie Notizen gemacht, Begriffe aus der Wirtschaftsmathematik, die sie nachschlagen wollte. Irgendwann gab sie es auf, warf frustriert den Bleistift auf den Schreibtisch und lehnte sich zurück. Das war doch zum Verzweifeln.

»Wer wird denn gleich die Flinte ins Korn werfen?« Amelie stand in der offenen Bürotür.

»Bislang habe ich nur mit Stiften geworfen.«

»Ärgern sie dich hier wieder?«

»Nein, es sei denn, sie formulieren die Geschäftsberichte absichtlich besonders kompliziert. Wo ist Felix?«

»Im Krankenhaus. Nein«, sagte sie rasch auf Fenjas erschrockene Miene hin, »ihm ist nichts passiert, aber es gab einen Unfall, und der Verunglückte ist wohl sein Freund. Der Sohn von Helene von Oedinghof, der in der Schweiz war.«

»Lennart? Der ist wieder da?« Fenja erinnerte sich noch an den schlaksigen jungen Mann. »Ist er schwer verletzt?«

»Er war bei Bewusstsein, und zumindest waren weder Arme noch Beine gebrochen, und bewegen konnte er sich auch noch. Wird gewiss nicht so schlimm sein.« Amelie ließ sich auf einem der beiden Besucherstühle nieder, griff nach den Geschäftsberichten und krauste die Stirn. »Was ist mit deinen Angestellten und deinem Vater? Die müssten da doch auch Bescheid wissen und es dir erklären können.«

»Ich kann nicht wegen jeder Kleinigkeit meine Angestellten fragen, die haben in ihrer Arbeitszeit auch

Besseres zu tun, als ihrer Geschäftsführerin Geschäftsberichte zu erklären. Und meinem Vater würde ich fortwährend den Beweis liefern, überfordert zu sein.«

»Das kann ich gut verstehen, an deiner Stelle würde ich das wohl auch nicht machen. Du kannst ja Felix fragen, der versteht gewiss etwas davon.«

Fenja nickte nur. Das war für den Anfang eine Möglichkeit, aber auf Dauer würde das so natürlich nicht funktionieren. Sie konnte kein Unternehmen leiten, indem sie einfach nur hier saß und Arbeit delegierte, von der sie nichts verstand.

»Wir gehen demnächst tanzen. Warum kommst du nicht mit?«

»Das ist das Letzte, wonach mir der Sinn steht.«

»Immer noch wegen Jochen?«

Fenja schwieg, wandte den Blick ab, um aus dem Fenster zu blicken, das ihr einen deprimierenden Blick auf einen diesigen frühen Nachmittag offenbarte.

»Auf alles Schöne verzichten bringt ihn nicht zurück.«

»Wenigstens fühle ich mich dabei nicht frivol.«

»Ach, Unsinn. Frivol! Du bist jung und hast ein Recht darauf, dich zu amüsieren.«

»Ich wäre nur das fünfte Rad am Wagen.«

»Wir suchen dir einen schmucken Burschen, der uns begleitet.«

»Oh, bitte nicht.«

»Dann vielleicht eine Freundin?«

Fenja krauste die Stirn, aber ihr fiel niemand ein. Und so schüttelte sie nur schweigend den Kopf, blieb eingesponnen in dem Kokon gesellschaftlicher Isolation. Sie wollte nicht tanzen gehen, hatte nicht das geringste Verlangen danach. Amelie erkannte, dass Insistieren nichts bringen würde, und ging dazu über, ihr von ihren Plänen für das Rosenpalais zu erzählen. Liebesbotschaften. Das war eine reizende Idee. Ein Teil in Fenja, der den morbiden Gedanken nicht abgeneigt war, dachte sich, dass man auf diese Art gewiss auch gut Beziehungen beenden konnte. Jemanden zu verlassen war ja immer schlimm, gleich, wie man es formulierte. Da konnte man es doch auch auf nette Art tun. Eine hübsche Schachtel, darin hübsche Schokoladenplättchen mit hübsch verschnörkelten Buchstaben. *Werden uns auch zauberhafte Tage noch gegeben, wir werden keinen mehr zusammen erleben.*

»Was amüsiert dich?«, fragte Amelie.

Fenja ließ das Lächeln wieder von den Lippen rutschen. »Ach, nichts Besonderes.«

Monika Greif meldete sich von ihrer Mittagspause zurück, und erst jetzt wurde Fenja bewusst, dass sie noch nichts gegessen hatte. Wie zur Bestätigung dieser Pflichtvergessenheit stieß ihr Magen ein lautes Knurren aus. Amelie grinste.

»Gut, dass du als Geschäftsführerin Pause machen darfst, wann immer du möchtest.«

»Wenn ich schon sonst nichts auf die Reihe bekomme, dann wenigstens das.«

»Ach was, stell dein Licht nicht ständig unter den Scheffel. Gemeinsam schaffen wir das. Felix hilft dir bei dem Papierkram, ich helfe Felix im Rosenpalais. Wir werden berühmt als das Koblenzer Schokoladen-Trio.«

Jetzt musste Fenja lachen, und sie hob wie zum Toast ihre leere Kaffeetasse. »Auf das Koblenzer Schokoladen-Trio.«

3

APRIL 1953

Als der Rohkakao im Laufe des Krieges knapp geworden war und später überhaupt nicht mehr geliefert werden konnte, waren die Schokoladenfabriken in ihrer Produktion umgestellt worden, so auch das Dorn-Werk. Nach wie vor herrschte Vollbeschäftigung, nur dass nicht mehr Schokolade produziert wurde, sondern das Werk von der Regierung für andere »ernährungswirtschaftliche Aufgaben« vorgesehen war. Da es sich um kriegswichtige Industrie handelte, war zumindest Eric Dorn nicht eingezogen worden. Vermutlich hätte Fenjas Vater den Krieg auf diese Weise auch gar nicht überlebt, selbst wenn er lebend daraus zurückgekehrt wäre. Aber er war ja so schon nur noch ein Schatten seiner selbst.

Eric Dorn hatte nach dem Krieg die Produktion von süßem Gebäck beibehalten, da sich diese als gewinnträchtig erwiesen hatte. Auch die industrielle Produktion von Pralinen war eine Überlegung wert. Allerdings mussten die maroden Teile des Werks erst wieder instandgesetzt werden. Geld war vorhanden, daran mangelte es nicht, da sie auch dadurch verdienten, den Rohkakao anderer Firmen zu verarbeiten, ehe diese die fertige Schokolade zurückerhielten. Außerdem hatten sie finanzielle Rücklagen. Fenja fühlte sich wie jemand, der ein angeschlagenes, aber fahrtüchtiges Schiff als Steuermann und Kapitän zugleich durch die tosende See führen musste, ohne auch nur den Hauch einer Ahnung von Navigation zu haben.

Die Tür wurde geöffnet, und Monika Greif steckte ihren Kopf durch die schmale Öffnung. »Besuch für Sie. Ein Gideon Dorn.«

»Gideon?« Fenja legte die Schreibfeder beiseite und machte keinen Hehl aus ihrem Erstaunen. »Schicken Sie ihn herein.«

Gideon war der Sohn von Hans Dorn, einem Cousin ihres Vaters und Bruder von Helene von Oedinghof. Sie sahen sich dann und wann auf einer Familienfeier, hatten ansonsten aber recht wenig miteinander zu tun, und so verstand Fenja nicht so recht, was er jetzt von ihr wollte. Er trat ein, lächelte sie an mit jener Art von Lächeln, das dafür sorgte, auf der Hut zu sein. Ein Lächeln, das man aufsetzte, wenn man Sympathien sammeln wollte, weil das, was man zu sagen hatte, womöglich auf wenig Gegenliebe stieß.

»Wie geht es dir?«, fragte er, nachdem er sich in dem Besucherstuhl ihr gegenüber niedergelassen hatte.

»Komm zur Sache, Gideon.«

Das Lächeln zerfranste an den Rändern. »Du weißt ja, dass ich mit meinem Bruder in der Reederei arbeite.«

Fenja dachte nicht daran, das Offensichtliche zu bejahen.

»Die Reederei läuft, im Grunde genommen ist es nicht notwendig, dass Frank und ich ständig beide dort sind. Und da bat mich dein Vater, dir hier zur Hand zu gehen.«

Fenja starrte ihn an. Frank und Gideon waren Zwillinge und teilten sich das Firmenerbe. Dass einer von ihnen dazu abgezogen werden könnte, um in der Süßwarenfabrik das Ruder zu übernehmen, war so vollkommen absurd, dass Fenja dieser Gedanke im Traum nicht gekommen wäre. »Das soll doch wohl ein Scherz sein«, war alles, was ihr als Antwort einfiel.

Gideons Lächeln zeigte sich erneut, nicht triumphierend und siegessicher, sondern wie ein Friedensangebot. »Wir könnten ja erst einmal versuchen …«

»Wir versuchen überhaupt nichts. Geh einfach. Und richte meinem Vater aus, er möchte mir doch nächstes Mal im Vorfeld Bescheid geben, dann hättest du dir den Weg hierher sparen können.«

»Aber ich …«

»Hörst du nicht? Oder muss ich laut werden?«

Peinliche Szenen waren allen Männern der Familie ein Graus, und da bildete Gideon keine Ausnahme. Er zog kaum merklich die Brauen zusammen, erhob sich und verließ das Büro ohne ein weiteres Wort. Dafür hämmerte Fenjas Herz in stetem Takt das Wort »Verrat« gegen die Rippen. Was hatte sich ihr Vater denn dabei gedacht?

»Das war ja ein kurzer Besuch«, sagte Monika Greif, deren Kopf im Türspalt erschien.

»Kommen Sie doch auf einen Kaffee rein.« Wenn Fenja nicht augenblicklich mit jemand Vernünftigem sprach, würde sie hier tobend die Wände hochgehen.

Monika Greif wirkte erstaunt, widersprach jedoch

nicht. Ihr Kopf zog sich zurück, und kurz darauf erschien sie in ihrer ganzen adretten Erscheinung mitsamt Kaffeetasse in der einen und ihrem Stenografieblock in der anderen Hand. »Womit kann ich helfen?«

»Mit der vernünftigen weiblichen Sicht auf die Dinge.«

Monika Greif ließ sich ihr gegenüber am Schreibtisch nieder und hob erstaunt die Brauen. »Geht es um den hübschen Kerl, der gerade zur Tür raus ist?«

Fenja sah sie streng an. »Sie vergessen sich wohl.«

Ein Lächeln war die Antwort. »Ich lote lediglich ganz geschäftsmäßig die ansehnlichen Exemplare einer kriegsbedingten Mangelware aus.«

Jetzt musste Fenja doch lachen. »Ich bin mir sicher, Gideon ist sich seines Marktwertes sehr bewusst. Und er war gerade hier, um ihn sogar noch zu steigern, indem er sich meine Manufaktur aneignet.«

»Wie das?«

»Mein Vater schickt ihn, um zu *helfen.*« Fenja stieß den Atem so heftig aus, dass es einem Schnauben glich.

»Das ist doch sehr nett.«

»Gideon ist der Sohn seines Cousins, das heißt, er ist auch ein Dorn. Mit dem *Helfen* fängt es an, und dann werde ich Stück um Stück beiseitegedrängt, weil die Leute vor ihm mit seinem Wissen und seinem Können mehr Respekt haben als vor mir. Und so geht die Manufaktur von einer Generation Dorn zur nächsten. Männlicher Dorns, wohlgemerkt.«

»Aber Ihr Vater unterstützt Sie hierbei, dachte ich.«

In einem langen Zug stieß Fenja den Atem aus. »Das ist etwas komplizierter.«

Wieder trat dieses verschmitzte Lächeln auf Monika Greifs Lippen. »Ich habe gerade keine Termine.«

Obwohl Fenja wusste, dass sie eigentlich professionelle Distanz zu ihrer Sekretärin halten sollte, konnte sie nicht anders, als in Monika Greif eine Gleichaltrige zu sehen, die sie sich als Freundin vorstellen könnte. Einen Moment lang schloss sie die Augen, dann begann sie zu erzählen.

Schweigend hörte Monika Greif zu, trank ihren Kaffee aus und beugte sich vor, um aus der Kanne auf Fenjas Schreibtisch in beide Tassen neu einzuschenken. Sie war ernst geworden, der Anflug eines Lächelns, der in ihren Augen genistet hatte, war verschwunden. Die Krankheit ihres Vaters rief bei vielen nur Unverständnis hervor. Er war doch gesund, hatte zwei gesunde Hände und noch beide Beine. Was konnte seine Krankheit denn anderes sein als verweichlichtes Herumgejammer? Die Gebrochenheit ließ man ihm erst durchgehen, seit er beide Söhne verloren hatte. Ja, daran konnte man zugrunde gehen.

»Mein Vater denkt, dass ich all das hier nur für ihn mache und darüber mein eigenes Leben vergesse.«

»Und? Stimmt das?«

Fenja wollte reflexartig verneinen, tat das dann jedoch nicht, sondern überlegte. »An manchen Tagen fühlt es sich an, als sei ich es meinem Bruder schuldig.«

»Warum? Sie haben diesen Krieg doch nicht angezettelt.«

Fenja senkte den Blick, während sich Bilder vor ihre Augen schoben. Jochen in seinem Bett, so bleich, dass seine Haut beinahe durchscheinend wirkte. Die Lippen fahl, die einstmals lachenden Augen wie erloschen. Wie er dalag und so furchtbar litt, Schmerzen hatte und sie ihn nicht hatten gehen lassen. Eine Träne zerplatzte auf dem vor ihr liegenden Dokument, verschmierte die Tinte.

»Wissen Sie was?« Monika Greif schwieg nicht verlegen, suchte nicht nach Floskeln, mit denen sie den Augenblick überbrücken konnte, um hernach rasch das Büro zu verlassen. »Wir gehen heute Abend tanzen.«

Ruckartig ging Fenjas Kopf hoch. Es war schwer, den Sprung von Jochens Bett in eine Tanzbar zu machen, und so blinzelte sie einen Moment lang verwirrt, als erwachte sie in einem fremden Zimmer und wüsste nicht mehr, wie sie hineingeraten war.

»Die Toten sind tot«, sagte Monika Greif. »Denen nützt es nichts, dass wir für sie auf ein Leben verzichten und uns aufopfern. Weder werden sie davon wieder lebendig, noch füllt man die Lücke.«

Fenja starrte sie nur an, rang mit sich, ob sie sie einfach aus dem Raum oder gleich aus dem Werk schmeißen sollte. Sie war ihre Sekretärin, dergleichen stand ihr überhaupt nicht zu. Sie öffnete den Mund, wollte die Frau anfahren, endlich still zu sein, aber das Einzige, was ihr über die Lippen kam, war ein hilfloses Luftschnappen. Hastig erhob sie sich. Sie musste hier raus, sonst würde sie ersticken. Sie eilte an Monika Greif vorbei, lief aus dem Büro, indes ihr die Luft knapp wurde und sie fortwährend versuchte, tief einzuatmen. Als sie im Korridor stand, flimmerte es ihr bereits vor Augen. Sie schaffte es noch bis zur Treppe, als das Flimmern sich zu Schwärze verdichtete und der Boden bedenklich schwankte.

»Grundgütiger!« Gideon. Im nächsten Moment kippte der Boden zur Seite.

Als Fenja die Augen aufschlug, lag sie auf dem Sofa in ihrem Büro, und jemand kühlte ihr die Schläfen.

»Ich sagte ja, dass das Hirschhornsalz hilft«, hörte sie eine Frauenstimme.

»Ja, schon recht.« Männerstimme.

Einen Moment lang brauchte Fenja, um sich zu orientieren. Monika Greif. Gideon, der aus Gründen, die sie noch nicht ganz begriff, immer noch hier war.

»Ich habe dich doch weggeschickt«, war das Erste, was ihr einfiel.

»Danke, Gideon, dass du meinen Sturz die Treppe hinunter verhindert hast. Bitte, meine Liebe, habe ich gerne gemacht.«

Fenja richtete sich auf. Sie war noch nie ohnmächtig geworden, und die ganze Situation war ihr entsetzlich peinlich.

»Ich habe mich mit Herrn Hartmut unterhalten, sein Sohn ist damals mit mir zur Schule gegangen«, erklärte Gideon den Umstand, dass er sich immer noch im Werk aufgehalten hatte.

Ah ja. Fenja antwortete nicht. Der Schwindel war weg, offensichtlich war das nur ein kurzer Schwächeanfall gewesen. »Erzähl meinem Vater nichts davon.«

Gideon sah sie an, den Kopf leicht schräggelegt. »Wenn du im Gegenzug nicht erzählst, dass ich mich wie ein Schuljunge von dir habe vor die Tür setzen lassen.«

»Mein Vorschlag wäre ja immer noch, tanzen zu gehen«, kam es nun von Monika Greif.

»Das ist die beste Idee, die ich heute gehört habe«, antwortete Gideon.

Fenja beugte sich vor und barg das Gesicht in den Händen. »Ach, lasst mich doch beide in Ruhe.«

Seit Lennart sich so spektakulär aus der Schweiz zurückgemeldet hatte, kam auch Ellas Cousine Helene von Oedinghof wieder öfter zu Besuch. Anfangs hatte sie stets einen Abstecher zum Kaffee gemacht, wenn sie Lennart im Krankenhaus besuchte und immer wieder aufs Neue betont, wie unfassbar erleichtert sie war, dass nichts Schlimmeres passiert war. Lennart hatte mehrere Tage liegen müssen, wobei nicht die drei gebrochenen Rippen das Problem waren, sondern der Umstand, dass er sich den Kopf so hart angeschlagen hatte. Nachdem er ins Krankenhaus gekommen war, hatte ihn stetige Müdigkeit geplagt, danach hatte er begonnen, sich fortwährend zu übergeben.

»Diese Dinger sind einfach zu gefährlich«, beklagte sich Helene, als sie mit Ella in deren Wohnzimmer saß. »Und jetzt will er sich allen Ernstes auch noch ein Motorrad kaufen.«

»Lukas liebäugelt ebenfalls damit.«

Helene hatte das Glück gehabt, dass ihre Söhne zu spät geboren waren, um noch im Krieg verheizt zu werden. Lennart hatte nur ein Jahr lang an die Front gemusst, die beiden Jüngeren waren nicht eingezogen worden. Ihr Jüngster war das Abschiedsgeschenk ihres Mannes gewesen, als dieser eingezogen worden war. Und gleichzeitig das Begrüßungsgeschenk, mit dem sie ihn empfing, als er heimkehrte. Ihre Tochter war inzwischen neunzehn, und nach allem, was Ella so hörte, sehr eigensinnig.

»Leider kann man es ihnen im Erwachsenenalter nicht mehr verbieten«, sagte Helene.

Ella hatte sich nie für eine Glucke gehalten, aber gewissen Gefahren stand sie doch etwas skeptisch gegenüber. Seufzend wechselte sie das Thema. »Bleibt Lennart jetzt hier?«

»So war es eigentlich gedacht. In der Schweiz hat es ihm gut gefallen, und es klang an, dass er gerne geblieben wäre, aber so war es ja nicht geplant gewesen. Glücklicherweise blieben uns die Diskussionen erspart, und er ist heimgekehrt, um sich hier einzuarbeiten. Wenn Arvid sich irgendwann zur Ruhe setzt, sollte Lennart sich in dem Hotel so weit etabliert haben, dass er es allein weiterführen kann.«

»Würde es einer deiner anderen Söhne übernehmen, wenn Lennart sich entschieden hätte, nicht heimzukehren?«

Helene zuckte in einer kleinen Geste die Schultern. »Das stand eigentlich nie zur Diskussion. Aber vermutlich wäre dann Matthias eingesprungen. Anders wäre es ja gar nicht gegangen. Wie sieht es denn bei euch aus? Ist Felix mittlerweile zur Vernunft gekommen?«

»Er hat sie nie verloren.«

Helene war von ihrer Mutter gesellschaftlich sorgsam geschult worden. Zudem kannte sie Ella gut genug, um zu wissen, dass gewisse Themen ausreichend Sprengstoff boten, um bei einem falschen Tritt zu detonieren. Das Rosenpalais und Felix waren zwei davon. Ella reagierte sehr ungehalten darauf, wenn man ihr Werk im Rang unter dem ihres Mannes platzierte.

Ella erhob sich, um noch Kuchen aus der Küche zu holen. Die Haushälterin, die sowohl das Haus in Ordnung hielt als auch ausgebildete Köchin war, war das einzige Zugeständnis, das sie noch an die alten Zeiten machte. Die Köchin kam halbe Tage, richtete morgens das Frühstück an und kochte das Mittagessen. Um das Abendessen kümmerte Ella sich selbst.

Nachdem von ihrem früheren Haus nach Ellas Rückkehr nach Koblenz nur noch Ruinen gestanden hatten, hatte Sebastian es nach dem Krieg moderner neu erbauen lassen. Sie verfügten nun über eine Zentralheizung, die über Regler im Keller heißes Wasser durch Rohre in die Räume leitete. Außerdem eine gut ausgestattete Küche mit einem dieser modernen Kühlschränke und einer Eistruhe. Es war kleiner als die damalige Villa, bot keinen überflüssigen Platz, hatte drei Schlafzimmer, ein Gästezimmer, ein Arbeitszimmer, ein großes Wohnzimmer und ein Speisezimmer. Dahinter lag ein hübscher Garten. Was danach noch von dem Grundstück übrig geblieben war, hatte Sebastian verkauft.

Als Ella mit dem Kuchentablett zurückkehrte, saß zu ihrer Überraschung Fenja im Wohnzimmer. »Was für ein reizender Besuch. Ich habe dich gar nicht kommen hören.«

»Ich bin durch den Garten rein, weil vorne keiner geöffnet hat.«

»Der Türgong hat eine Störung, ich hoffe, der Elektriker kommt morgen endlich.«

Fenja beugte sich vor und nahm sich ein Stück Butterkuchen, den sie in Ermangelung eines Tellers auf Ellas Untertasse ablegte. Mit dem neuen Zeitalter verabschiedeten sich offenbar die Tischsitten. »Gideon war heute im Büro. Papa hat ihn geschickt.«

»Was wollte er bei euch?«, fragte Helene.

»Mir zur Hand gehen. Was wahrscheinlich bedeutet, dass er bald das gesamte Unternehmen leiten wird.«

Ella betrachtete ihre Nichte, bemerkte die Angespanntheit, die Fenja nur unzureichend übertünchte mit der Empörung über den unerwünschten Eindringling. Als sie den Kuchen zerkrümelte, zitterten ihre Finger kaum merklich, und ihr Blick war unstet. Helene bemerkte es offenbar ebenso und war taktvoll genug, sich zu verabschieden.

»Ich will noch einmal nach Lennart sehen und dann heim.«

»Richte ihm schöne Grüße aus«, sagte Ella. »Sobald er wieder auf den Beinen ist, laden wir ihn ein.«

»Das wird ihn freuen.« Helene erhob sich, und Ella begleitete sie höflich bis zur Tür, ehe sie zurück ins Wohnzimmer ging und sich ihrer Nichte gegenübersetzte. »Und nun erzähl, was wirklich los war.«

Fenja fuhr fort, den Kuchen zu zerkrümeln, sah dann auf ihre Finger, wischte die Krümel ab und richtete sich auf. »Ich komme nicht zurecht mit dem Werk.«

»Verstehe. Womit nicht?«

»Mit allem, ich habe keine Ahnung, wie man ein Unternehmen führt, ich verstehe nichts von Zahlen und Bilanzen. Ich sitze dort, als hätte ich mich in die falsche Geschichte verirrt.«

»Wenn es nur das Rechnungswesen ist, mit dem du nicht zurechtkommst, kann ich dich beruhigen, mir ging es anfangs auch nicht besser. Erst als dein Vater ein Machtwort gesprochen und es für alle so aussehen lassen hat, als würde er im Hintergrund die Fäden ziehen, hat es funktioniert. Aber heute sind es andere Zeiten. Man akzeptiert dich, weil dein Vater dich als Leiterin des Werks eingeführt hat, während man unter sich wohl der Meinung ist, dass du es nicht hinbekommst und das gewiss bald selbst einsehen wirst.«

»Das ist nicht sehr ermutigend.«

»Dein Vater wird sich etwas dabei gedacht haben, als er Gideon geschickt hat.«

»Mich zu ersetzen.«

»Und warum? Weil er dir nichts zutraut?«

»Nein, weil er denkt, dass ich das nur für ihn und Jochen tue.« Fenjas Augen schimmerten feucht, und mit einer geradezu trotzigen Geste wischte sie sich darüber.

»Stimmt das denn? Du wolltest immerhin Ärztin werden, und nichts könnte weiter davon entfernt sein, als eine Schokoladenfabrik zu leiten.«

»Ich kann keine Ärztin werden, das versteht nur niemand. Ich möchte keine sterbenden Menschen mehr betreuen, ich möchte kein Leiden verlängern und dabei denken, dass eine Spritze das Leiden doch so wirksam verkürzen könnte.« Fenja schlug sich die Hände vor das Gesicht. »Hörst du das? Ich wäre imstande zu töten. Ich wäre eine grässliche Ärztin.«

»Nein, ich denke, das wärest du nicht. Aber ich verstehe auch, dass dieser Weg nicht mehr der richtige für dich ist. Du solltest dir allerdings über die Motive im Klaren sein. Wenn es nur um dein schlechtes Gewissen gegenüber Jochen geht oder um deinem Vater über den Verlust hinwegzuhelfen, dann ist das nicht der richtige Weg. Als ich das Werk damals übernommen habe, habe ich das aus wirtschaftlicher Notwendigkeit heraus getan, und ich hatte Freude an dem, was ich gemacht habe.«

Fenja schwieg.

»Solange du nicht sicher bist, was du eigentlich willst, wirst du immer nur halbherzig bei der Sache sein. Und dann ist es in der Tat besser, wenn jemand anders das Werk übernimmt. Was hast du Gideon eigentlich gesagt?«

»Er soll sich fortscheren.«

»Nach einer richtigen Lösung klingt das nicht.«

»Ich glaube, meine Sekretärin mag ihn. Sie hat mir vorgeschlagen, tanzen zu gehen, und er hat sofort zugestimmt.«

»Das wäre ein erster Schritt.«

»Herauszufinden, was ich will?«

»Nein, wieder am Leben teilzunehmen. Glaub mir, ich weiß, wovon ich spreche.«

»Ich käme mir so furchtbar frivol vor.«

»Wegen Jochen und Tobias? Die Toten sind tot, sie brauchen uns nicht mehr. Von unserem Verzicht haben sie nichts. Jochen wird nicht zurückkehren, ob du dich nun in deinem Elend verkriechst oder dich dem Leben wieder öffnest. Ihm ist es auch gleich, ob du das Werk übernimmst oder nicht.«

Wieder schwieg Fenja.

»Geh tanzen«, wiederholte Ella. »Du kannst kein Werk führen, wenn du nicht auch ein Leben führst.«

»Der Zucker muss ohne Rühren hellbraun karamellisiert werden«, erklärte Felix, indes Lena an seinen Lippen hing. »Das bedeutet, du musst die Flamme klein halten, sonst verbrennt er. Die Nüsse – reich sie mir bitte mal rüber – gibst du erst danach zu. Siehst du, so. Jetzt rührst du so lange, bis die Nüsse vom Karamell umhüllt sind.« Er übergab ihr den Löffel.

Felix war Konditormeister und durfte seinerseits selbst ausbilden. Da es eleganter klang, hatte seine Mutter seine Berufsbezeichnung für das Rosenpalais als Patissier und Confiseur Felix Dorn angegeben. Sein Vater hatte ihn trotz allem beglückwünscht, denn auch wenn das Gewürzunternehmen nach wie vor ein Zankapfel zwischen ihnen war, so imponierte ihm Strebsamkeit. Außerdem hatte Felix gelernt zu wirtschaften, und das käme dem Gewürzunternehmen zugute.

Nachdem Lena die Nüsse eingerührt hatte, gab sie die Masse auf einen Teller, den Felix vorab mit Öl bepinselt hatte.

»Streich die Masse mit einem Messer glatt. Möglichst flach. Danach kannst du es erst einmal auskühlen lassen und schon einmal die weiße Schokolade zerhacken und Marzipan würfeln, das du in aufgekochter Sahne schmelzt. Wenn das Marzipan sich aufgelöst hat, fügst du die Schokolade hinzu.«

»Wie viel Sahne?«

»Hundertfünfzig Gramm. Marzipan und Schokolade habe ich bereits abgewogen und bereitgestellt.«

Die Pralinen mit Marzipancreme wurden gerne gekauft. Sie boten sie in verschiedenen Geschmacksrichtungen an, als reinen Marzipan sowie als Rosen- oder Kaffeemarzipan.

»Wie lange muss der Krokant auskühlen?«

»Eine gute halbe Stunde reicht. Bis dahin solltest du die Marzipancreme fertig haben.«

Felix ging in den Verkaufsraum, warf einen prüfenden Blick in das Café, in dem sich zwei Pärchen, drei ältere Damen und zwei junge Frauen niedergelassen hatten. Außerdem stand eine Kundin vor dem Regal und eine andere vor den Auslagen, während eine dritte gerade bedient wurde. Alles in allem hatten sie den ganzen Tag zu tun. Felix war überzeugt davon, dass dieser Hauch von Nostalgie sich gut mit einer modernen Einrichtung vertrug, und bisher konnten sie sich über mangelnde Besucher nicht beklagen.

»Wie kommt ihr voran?«, fragte Louise, als sie ihn in die Fertigung begleitete, indes die junge Verkäuferin sich um die Kundschaft kümmerte.

»Ganz gut.«

»Ist Lena anstellig?«

»Bislang kann ich nicht klagen.«

»Sag mal, ist da was dran, dass Gideon das Werk übernehmen möchte?«, fragte Louise nun, als sie zusammen die Fertigung durchquerten. Felix warf einen Blick auf Lenas Vorbereitungen, ehe er mit Louise in die Kaffeeküche ging.

»Na ja, ob er es gleich übernehmen möchte, weiß ich nicht. Aber Onkel Eric hat ihn geschickt, damit er Fenja zur Hand geht.«

»Ausgerechnet von Georg Dorns Seite kommt dieser Vorstoß.«

Von allen Verwandten war das Verhältnis zwischen Felix' Mutter und ihrem Onkel Georg Dorn das angespannteste. Sie hatte ihrer Cousine seinerzeit den Verlobten ausgespannt – für Felix heute noch unvorstellbar, dass sein Vater und Helene jemals hatten heiraten wollen –, und ihr gesamter Lebenswandel war der Verwandtschaft ein Ärgernis gewesen. Mit Helene verstand sie sich mittlerweile recht gut, was auch dadurch gefördert wurde, dass Felix und Lennart so eng befreundet waren. Zu Helenes Bruder Hans indes war das Verhältnis distanziert, man begegnete sich freundlich, aber nicht freundschaftlich. Seine Söhne allerdings waren mit Felix und Lennart oft abends losgezogen.

Louise übernahm es, den Kaffee zuzubereiten. »Hat Fenja ihrem Vater Vorwürfe gemacht?«

»Das würde sie nie tun. Sie hat ja ohnehin ständig Angst, ihm zuzusetzen. Aber begeistert war sie natürlich nicht, sie hat sich mit meiner Mutter darüber unterhalten. Heute Abend gehen wir übrigens alle zusammen aus.«

»Du, Amelie und Fenja?«

»Mit Gideon und Fenjas Sekretärin.«

»Ihrer Sekretärin?«

»Ja, ich fand es auch seltsam, aber von ihr kam wohl die Idee.«

Louise schwieg und fuhr fort, den Kaffee zu mahlen,

während Felix in den Fertigungsraum ging, um nachzusehen, wie Lena vorankam. Er gab Rosenwasser in einen Teil der Marzipanmischung und wies sie an, alles in einen Spritzbeutel zu füllen. Hohlkugeln aus Schokolade hatte er am Vortag angefertigt, die wurden nun von Lena gefüllt.

»Denk unbedingt daran, dass du einen Rand lässt und nicht wieder bis zum Anschlag füllst.«

Lena erinnerte sich ganz offensichtlich an ihr letztes Missgeschick, denn ihre Wangen verfärbten sich tiefrot.

»Wenn du fertig bist, fang an, dunkle Schokolade zu temperieren.«

Felix kehrte zurück in die angrenzende kleine Küche, wo bereits der Duft von Kaffee in der Luft lag. Er hatte noch viel zu tun, ehe sie abends loszogen. Einige Kreationen mussten vorbereitet werden, und er wollte eine neue Geschmacksrichtung ausprobieren. Zudem hatte er es nicht eilig, heimzukommen, am besten war es, wenn er gerade ausreichend Zeit dort verbrachte, um sich umzukleiden, ehe er wieder losging. Sein Vater hatte ihn zum Frühstück wieder einmal an seine Pflichten gegenüber der Familie erinnert, und dass Felix dazu mittlerweile stoisch schwieg, machte den Disput nicht erträglicher. Aber was hätte er dazu auch sagen sollen? In wie vielen Varianten sollte man »ich will nicht« noch äußern?

Er verbrachte den Nachmittag damit, Lena in die Feinheiten der Zubereitung von Honigmarzipan einzuweisen. Auf einem Gitter trockneten die mit Marzipancreme gefüllten Pralinen, deren dunkle Schokolade allmählich ihren matten Glanz bekam. Seit einem

Monat boten sie an, Schokoladenkuchen oder -torten auf Wunsch anzufertigen. Einige Spezialitäten gab es weiterhin nur für Cafébesucher, so kamen die Soufflés und die kleinen Kuchen mit dem flüssigen Schokoladenkern nicht in den regulären Handel, sondern waren nur zu kaufen, wenn man ins Café ging. Das hatte Ella Lombard seinerzeit eingeführt, und Felix behielt es bei.

Nachdem die letzten Cafébesucher gegangen waren, schickte er Lena nach Hause und übernahm es selbst, das Rosenpalais abzuschließen. Die letzten Momente in völliger Ruhe genoss er stets, und so ging er noch einmal durch den Verkaufsraum, rückte zwei Stühle im Café gerade und hängte hernach seinen weißen Konditorkittel in den Schrank in der Kammer hinter der Kaffeeküche. Gleich, wie lange er es hinauszögerte, heimgehen musste er ja doch. Er hatte sein Auto nicht dabei, was bedeutete, dass er noch ein wenig Schonfrist hatte, ehe er dem vorwurfsvollen Blick seines Vaters begegnete. Von der Löhrstraße aus waren es über die Roonstraße gute zehn Minuten bis nach Hause. Seufzend machte er sich auf den Weg.

»Ich komme mir so frivol vor«, sagte Fenja, während sie vor ihrem Frisiertisch saß und im Spiegel ihre Mutter ansah.

»Du bist nicht frivol, sondern jung.« Clara Dorn reichte ihr die Schachtel mit den Spangen. »Nimm die grüne Schleife, die passt zu dem Kleid.«

Fenja griff nach der Spange, hielt sie sich seitlich ans Haar, musterte sich kritisch im Spiegel. Sie trug ein dunkelgrünes Kleid mit einem breiten, schwarzen Bund um die Taille, der vorne spitz zulief. Das Haar hatte sie in Wellen gelegt und hielt es seitlich nun mit der Spange zurück. Fenja senkte den Blick, wollte ihrem Spiegelbild nicht länger begegnen, als zeigte es nicht sie, sondern eine Fremde. Sie hatte die Augen geschminkt, trug roten Lippenstift sowie kleine goldene Ohrstecker mit grünem Schmuckstein.

»Jetzt sieh nicht so zweifelnd drein«, sagte ihre Mutter und lächelte sie aufmunternd an.

Fenja musterte sich erneut im Spiegel. Ihr Vater hatte in dieser Nacht wieder geschrien, Fenja hatte ihn gehört, hatte auch mitbekommen, wie ihre Mutter zu ihm gegangen war, wie sie mit leisen Worten Trost gesprochen hatte. Dann hatte jemand geweint, wobei es schwierig gewesen war auszumachen, ob es sich um ihren Vater oder ihre Mutter handelte. Noch schlimmer, als seinen kleinen und großen Bruder zu verlieren, war es wohl, von zwei eigenen Kindern Abschied nehmen zu müssen. Fenja wollte nicht, dass ihre Eltern sich nun auch noch fortwährend Sorgen um sie machten. Sie straffte die Schultern, erwiderte das Lächeln ihrer Mutter.

Der Türgong schlug an, und als Fenja in den Korridor trat, hörte sie ihren Vater mit Felix in der Halle plaudern. Er und Amelie holten sie ab, und sie würden sich dann in der Tanzbar mit Gideon und Monika Greif treffen. Ein kleines Flattern war in ihrem Bauch zu spüren, eine gänzlich ungewohnte Vorfreude auf einen Abend. Zusammen mit ihrer Mutter kam Fenja die Treppe hinunter, und Felix grinste sie an, während Amelie anerkennend die Brauen hob.

»Na, bereit, um Eroberungen zu machen?«, fragte Felix.

»Denk daran, dass ich hier jeden Halunken genau in Augenschein nehmen werde«, fügte Fenjas Vater hinzu.

Das angenehm kribbelige Gefühl stieg vom Bauch hoch in Fenjas Brust. Wie wunderbar normal alles war. Felix reichte ihr den Arm, und sie hakte sich bei ihm ein, indes Amelie seinen anderen Arm nahm. »Wann soll ich sie heimbringen?«

»Ihr seid erwachsen, nicht wahr? Amüsiert euch.«

»Wir nehmen dich beim Wort.« Felix zwinkerte seinem Onkel zu, und gemeinsam verließen sie das Haus.

Das Tanzcafé lag ein Stück außerhalb des Zentrums, ein Gebäude, das von außen wenig hermachte. Vor der Tür standen Fahrräder und Mopeds dicht aneinandergedrängt, Menschen tummelten sich draußen, lachten, plauderten, rauchten. Es war das gewohnte Herumgebalze, die Männer ein wenig zu laut, die Frauen gewollt unbeeindruckt. Der eine oder andere rief Felix eine Anzüglichkeit hinterher, die sich darauf bezog, dass er gleich zwei Frauen ausführte. Felix parierte das mit einem zweideutigen Zwinkern.

»Wer hat, der hat.«

Amelie versetzte ihm dafür einen Rippenstoß. »Übertreib es nicht, mein Lieber.«

Innen war das Tanzcafé überraschend geräumig und modern eingerichtet. Tische gruppierten sich um eine Tanzfläche, auf der sich Paare tummelten, teils so eng umschlungen, dass es Fenja das Blut ins Gesicht trieb. In diesem Moment kam sie sich sehr prüde und provinziell vor. Tanzen, Liebe mit allem, was dazugehörte – all das war so weit von ihrer Lebenswirklichkeit entfernt, dass sie sich ein wenig fühlte wie aus der Zeit gefallen. Daran änderten auch das moderne Kleid und die Frisur nichts. Offenbar war dieses Tanzcafé auch beliebt bei den französischen Soldaten, die an der Bar standen oder sich mit jungen Frauen auf die Tanzfläche begaben. Der Anblick der Besatzungsmacht war mittlerweile so alltäglich geworden, dass es Fenja kaum einen zweiten Blick wert war, wenngleich viele Familien es nach wie vor nicht gerne sahen, wenn sich ihre Töchter mit den Soldaten einließen.

Gideon war bereits da und hob die Hand, um ihnen zuzuwinken. Er saß an einem Tisch, um den noch fünf freie Stühle standen. »Monika macht sich gerade noch einmal frisch.«

»Monika?« Fenja hob eine Braue.

»Ist doch albern, zusammen auszugehen und sich zu siezen, nicht wahr?«

Fenja taxierte ihn einen Moment lang. »Untersteh dich, meine Sekretärin auf Abwege zu führen.«

Er antwortete nicht, aber sein Lächeln hatte etwas, das Fenja auf der Hut sein ließ. Sie wusste, dass Gideon einem Flirt und auch einer schnellen Eroberung gegenüber nicht abgeneigt war. In dieser Hinsicht war er unbeständiger als Felix.

»Gideon, es ist mein Ernst. Ich bin froh, dass ich sie habe.«

»Ja, mach dir keine Sorgen.« Gideon verdrehte die Augen. »Du brauchst mich nicht so anzusehen, Felix, ich benehme mich, ja?«

Sie wurden einer Antwort enthoben, als Monika

Greif an den Tisch zurückkehrte. Es war ungewohnt, sie nicht so zurechtgemacht zu sehen wie sonst, sondern in einem schwarz-weißen Kleid. Der verschmitzte Blick, den sie Fenja zuwarf, war allerdings derselbe wie im Büro, als teilten sie ein Geheimnis, das sonst keiner wissen durfte. Zwei Frauen auf dem Weg nach oben, betitelte Fenja es im Stillen. Sie würde nicht zulassen, dass Gideon es bei ihr versuchte, nicht nur, weil sie sie als Sekretärin schätzte, sondern weil sie in diesem Moment feststellte, dass sie Monika Greif sehr mochte.

Felix winkte einen Kellner heran, der ihre Bestellung aufnahm. Noch während Fenja sich umsah, all das so lange entbehrte Leben in sich aufnahm, trat ein junger Mann auf sie zu, stellte sich vor und fragte, ob sie mit ihm tanzte. Als sie seine Hand nahm und ihm auf die Tanzfläche folgte, prickelte eine längst vergessen geglaubte Lebensfreude feinperlig in ihrer Brust. Die Standardtänze konnte sie, wenngleich mehr schlecht als recht, da ihre Mutter sie sie zwar hatte lernen lassen, Fenja aber nicht mit ganzem Herzen dabei gewesen war. Ihr Tanzpartner indes führte sehr gut, sodass die kleinen Patzer gar nicht auffielen. Es machte so viel Spaß, dass Fenja es schon fast bedauerte, als der Tanz vorüber war. Dann jedoch erschien der nächste junge Mann und übernahm direkt auf der Tanzfläche den nächsten Tanz. Felix löste ihn ab und schließlich Gideon.

»Bist du immer noch schlecht auf mich zu sprechen?«, fragte er.

»Nur, wenn du vorhast, dich weiterhin in meine Arbeit einzumischen.«

Er seufzte. »Also gut, dann wechseln wir für heute Abend das Thema, ja?«

Sie sah ihn aus leicht verengten Augen an, dann nickte sie. Ihr war nicht nach lästigen Disputen, nicht an diesem Abend.

Ein Soldat bat sie um den nächsten Tanz, und Fenja willigte ein, obwohl sie langsam etwas erschöpft war. Allerdings war er ziemlich attraktiv und sprach mit so charmantem Akzent, dass Fenja sich beim Tanzen sogar ein klein wenig verliebte, jene Art von Verliebtheit, die einen Abend lang schwärmerisch werden ließ und am nächsten Morgen noch ausreichend glänzte, um gut gelaunt durch den Tag zu gehen. Es war ein angenehmes Gefühl, und Fenja genoss es. Er hieß Jean. Sich den Nachnamen zu merken hatte sie gar nicht erst versucht.

Nach dem Tanz ließ sie sich von ihm an die Bar einladen und erzählte auf seine Frage hin bereitwillig ein wenig von sich, davon, dass sie Unternehmerin war, was ihn tatsächlich zu beeindrucken schien. Ob sie derzeit gebunden war? Nein, dieser junge Mann, der sie so aufmerksam beobachtete, sei nur ihr Cousin, erklärte sie.

Die Musik wechselte in eine Art schnellen Blues, und die Tanzfläche leerte sich, um im nächsten Moment von einigen Paaren erobert zu werden, die diese Art des Tanzes – Boogie-Woogie nannte man es – beherrschten. Zu Fenjas Erstaunen waren auch Gideon und Monika Greif darunter.

»Tanzen Sie?«, fragte Jean.

»Das hier nicht.« Fenja hob ihr Glas an die Lippen. »Können Sie es?«

»Nicht so besonders, aber ich bin … wie nennt man es? Lernmöglich?«

Fenja lachte. »Lernfähig. Für heute begnüge ich mich lieber mit Zuschauen.«

Sie beobachteten die Tanzenden, danach führte Jean sie auf die von Lampions beleuchtete Terrasse. Es war noch recht kühl abends, aber Fenja fand es trotzdem schön. Jean erzählte ihr, dass er in einem halben Jahr wieder nach Frankreich zurückkehren würde, sie berichtete von ihrem Familienerbe. Es war, als würden unsichtbare Frontlinien gezogen, die anzeigten, dass es nur bis hierher ging und nicht weiter. Keine falschen Hoffnungen wecken, kein Herzschmerz, weil man sich nach diesem Abend vielleicht nicht wiederbegegnete. Dennoch ließ Fenja zu, dass Jean sie küsste, zögernd zunächst, weil sie nicht wollte, dass er sich einbildete, sie sei für ein Abenteuer zu haben. Seine Hände jedoch blieben dort, wo sie hingehörten.

Als er sie später in den Tanzraum zurückführte, wurde dort wieder etwas Klassisches gespielt, und sie tanzten erneut miteinander, bis Felix schließlich das Zeichen zum Aufbruch gab.

»Es ist fast halb zwei«, erklärte er.

Jean verabschiedete sich von ihr, lächelte sie an, wirkte ein klein wenig verliebt, ebenso wie sie selbst. Es fühlte sich an, als sei man beschwipst. Fenja lächelte immer noch, als sie Felix zum Automobil begleitete.

»Du hast uns für diesen Franzosen sträflich vernachlässigt«, beschwerte sich Gideon.

»Du schienst dich mit meiner Sekretärin bestens amüsiert zu haben.«

»Ja, Monika ist reizend.«

»Wo ist sie überhaupt? Bringst du sie nicht wie ein echter Kavalier nach Hause?«

»Das wollte sie nicht. Sie hat ein Taxi genommen.« Er hob die Hand zum Gruß und ging zu seinem eigenen Automobil.

Während der Fahrt hatte Fenja den Kopf an die Rückenlehne gelegt und sah verträumt auf die Straße.

»Das war herrlich«, sagte Amelie. »Das müssten wir viel öfter machen.«

»Unbedingt«, antwortete Felix.

Vor der Villa Dorn stieg Fenja aus und stieß das Tor auf, um über die Auffahrt zu gehen. Eine breite Treppe führte zum Eingang, und Fenja kramte den Schlüssel aus ihrem kleinen Täschchen hervor. Sie bemerkte sofort, dass im Salon noch Licht brannte, und ahnte, dass ihr Vater dort saß, die Angst vor dem Schlaf in Besorgnis um seine Tochter kleidend. Fenja hängte ihren Mantel auf und durchquerte die Halle. Ihr Vater blickte von seinem Buch auf, als sie den Salon betrat. Seine Augen waren gerötet vor Müdigkeit, und er war blass, was die dunklen Schatten um seine Augen betonte.

Fenja spürte, wie das perlende Glücksgefühl langsam erstickt wurde wie unter einer Glasglocke. »Du hättest doch nicht auf mich warten müssen, Papa«, sagte sie in gespieltem Scherz, wollte so tun, als nehme sie ihm ab, dass ihn allein das davon abhielt, zu Bett zu gehen, wollte die Fröhlichkeit wiederaufleben lassen und sie so lange wie möglich bewahren.

»Du siehst aus, als hättest du einen schönen Abend

gehabt.« Ein Lächeln schimmerte durch die Müdigkeit in seinen Augen.

»Ja, den hatte ich.« Fenja fragte sich, was er dazu sagen würde, wenn sie ihm erzählte, dass sie an diesem Abend von einem französischen Soldaten ihren ersten Kuss bekommen hatte. Bei dem Gedanken daran huschte ein kleines Lächeln über ihre Lippen.

»Hast du jemanden kennengelernt?« Ihrem Vater war das Lächeln nicht entgangen, und er zog zielsicher den richtigen Schluss.

»Ach, nur flüchtig, aber es war trotzdem sehr nett.« Sie streckte sich und gähnte. »Willst du nicht langsam schlafen gehen?«

»Tauschen wir gerade die Rollen, hm?«, scherzte er ein wenig bemüht.

Eine Zeit lang hatte er etwas genommen, damit er nachts schlafen konnte, aber das sorgte dafür, dass er auch den ganzen Tag müde und angeschlagen war, sodass er damit wieder aufhörte. Fenja wünschte, sie könnte ihm einfach die Hände um den Kopf legen, alle schlimmen Bilder herausziehen und in den Abfall werfen. Unvermittelt stand ihr Tobias' lachendes Jungengesicht vor Augen, Jochens schalkhaftes Grinsen, wenn er sie mal wieder veralberte. Die Brust wurde ihr eng, und das Lächeln zerfiel.

»Weißt du«, sagte ihr Vater rasch. »Du hast recht. Ich sollte zu Bett gehen.« Aufmunternd lächelte er ihr zu. »Und auf dem Weg die Treppe hoch erzählst du mir von dem Halunken, der dir für eine Nacht das Herz gestohlen hat.«

4

MAI 1953

Überall war die Stadt im Aufbau, verlor ihren Charme und stülpte sich die Moderne in Klotzform über. Ella wusste, dass jede Zeit ihre Bauweise hatte, aber das musste ja nicht heißen, dass sie ihr gefiel. Wenn sie durch die Stadt ging, hatte sie das Gefühl, dass man anstelle des alten Koblenz einfach ein neues hier platziert hatte. Ebenso gut hätte sie in eine andere Stadt ziehen können, dort hätte sie sich genauso fremd gefühlt. Die moderne Löhrstraße hatte mit der alten nur noch den Namen gemeinsam. Die jungen Leute flanierten hindurch, blieben vor Schaufenstern stehen, genossen das Neue, Glänzende, das überall entstand. Nach zwei Generationen würde es niemanden mehr geben, der sich an das alte Koblenz erinnerte, dann gab es nur noch dieses eine. Ella machte die Vorstellung traurig.

Obwohl sie ein Automobil hatte, ging sie bei schönem Wetter gerne zu Fuß, da sie gelesen hatte, dass ausreichend Bewegung an der frischen Luft die Gesundheit erhielt. Seit Kriegsende wandelte sich die Stadt um sie herum und schoss in die Höhe. Die Straßen wurden breiter und autofreundlicher. Was erhaltenswert war, wurde aus dem Schutt herausgeschält und die Lücken dazwischen aufgefüllt. Das Neue wurde mit dem Alten nicht optisch verbunden, sondern nur im Geiste der Notwendigkeit.

Was für ein Anblick das gewesen war, als Ella nach dem Krieg in die Stadt zurückgekehrt war und vor Trümmerbergen gestanden hatte, die unüberwindlich schienen. Jetzt ging man durch veränderte Straßenzüge, die als neue Trassen für den Verkehr angelegt worden waren. Die Pfuhlgasse war nun als Verlängerung der Clemensstraße neu gestaltet worden, und man legte einen autogerechten Zubringer zur Balduinbrücke an. Außerdem war eine neue Verbindung zwischen Kastorpfaffenstraße und Eltzerhofstraße geplant.

»Vielleicht muss das einfach so sein«, hatte Louise einmal gesagt. »Wenn alles zerstört wurde, kann man es nicht so aufbauen wie früher mit all den Erinnerungen. Es muss etwas Neues her, das die Vergangenheit bannt und gleichzeitig konserviert. Denn jeder, der durch die Straßen geht, weiß, was dazu geführt hat, dass die alte Pracht nicht mehr existiert.«

Da Felix seit einiger Zeit das gemeinsame Frühstück mit der Familie mied, war er bereits im Rosenpalais, als Ella eintraf. Wie er dastand in seinem weißen Kittel und der Konditormütze auf dem Haar, während er kleine Kunstwerke aus Schokolade schuf, empfand sie einen unbändigen Stolz. Hoffentlich sah Sebastian irgendwann ein, dass sein Sohn nicht für die Büroarbeit geeignet war, sondern ein Kunsthandwerk betrieb.

»Guten Morgen, Mutter«, sagte Felix, ohne aufzublicken. Er hatte die Stirn konzentriert gefurcht, während er Schichtnugat zubereitete.

»Ist Louise noch nicht da?«

»Nein, sie hat irgendeinen Termin heute. Lena kommt gleich, und Amelie hat sich für vormittags angekündigt.«

Ella nickte. »Wie macht sich Fräulein Weiden?«

»Paula? Ganz gut bislang, zumindest kamen keine Klagen.«

»Paula?«

»Wir können uns nicht alle hier untereinander duzen, und sie steht außen vor. Das haben wir nie so gehalten.«

Einen Moment lang dachte Ella daran, wie sie gemeinsam mit Louise und Erics späterer Frau Clara hier gestanden hatte, ein Dreiergespann, das die Confiserie durch schwere Zeiten steuerte. Die Kinder waren in diesen Räumlichkeiten aufgewachsen, hatten hier gespielt, während ihre Mütter arbeiteten. Sie waren ihrer Zeit voraus gewesen, dachte Ella. Heute war dergleichen fast undenkbar. Eine verheiratete Frau gehörte an den Herd und nicht hinter den Verkaufstresen – so die nahezu einhellige Meinung.

»Wird das jetzt die Dauerlösung, dass du uns morgens aus dem Weg gehst?«

Felix zuckte nur mit den Schultern. »Er kann mich einfach nicht in Ruhe lassen. Ich habe keine Lust, mich jeden Morgen zu streiten.«

Ella wollte etwas sagen, als die Tür aufging und Paula Weiden den Kopf hineinsteckte. »Da ist ein junger Mann, der sagt, er sei ein Freund von dir, Felix.«

»Hat er seinen Namen genannt?«

»Lennart von Oedinghof.«

Felix blickte auf, lächelte. »Na so etwas. Biete ihm

einen Platz an und sag ihm, ich komme gleich. Du kannst ihm Kaffee servieren, er mag ihn schwarz und stark. Ich muss das hier nur erst fertig machen.«

»Ist gut.« Paula Weiden zog sich zurück, und Felix widmete sich wieder seiner Arbeit, in derselben ruhigen Sorgfalt wie zuvor das Nugat zu schichten.

»Ich will nicht, dass du dich hier überall einmischst!« Fenja hatte die Hände in die Seiten gestemmt und sich vor dem Schreibtisch – *ihrem* Schreibtisch – aufgebaut, hinter dem ihr Cousin saß und in aller Seelenruhe Dokumente durchging, gar abzeichnete, als hätte er ein Recht dazu.

»Das wirst du gar nicht verhindern können. Noch gehört all das deinem Vater, und der hat mich geschickt.«

Da wollte man doch die Wände hochgehen. Abrupt wandte sich Fenja ab und ging in das Vorzimmer, wo sie sich nun vor Monikas Schreibtisch stellte.

»Warum lässt du ihn einfach in das Büro?« In dieser Hinsicht hatte Gideon recht gehabt – man konnte nicht miteinander tanzen gehen und sich hernach siezen. Wenngleich das Hochgefühl nach jenem Abend längst gewichen war. Übrig blieb nur die Erinnerung an den Kuss, und selbst die hatte ihren Reiz verloren, blieb blass und fade, je länger es her war.

»Er wirkt so überzeugend und scheint zu wissen, was er tut.«

»Ah, ja? Fraternisierst du jetzt mit dem Feind?«

»Dem Feind?«

Fenja drehte sich um und stürmte zurück in ihr Büro. »So geht das nicht.«

»Warum versuchst du nicht, dich an der Universität einzuschreiben? Die Fristen müssten doch jetzt bald sein.«

Das konnte einem ja wahrhaftig die Sprache verschlagen. »Ich möchte nicht an die Universität. Wann begreift ihr das endlich? Du und mein Vater? Ich möchte ein Unternehmen leiten.«

»Nun, dieses hier zumindest leitest du nicht.«

Der Impuls, ihn über den Tisch hinweg anzuspringen, war fast übermächtig, und Fenja musste tief durchatmen, um ihn niederzuringen. Der nächste Gedanke war noch zerstörerischer, als sie sich vorstellte, wie sie heimlief und ihrem Vater in aller vernichtender Deutlichkeit darlegte, was sie von dieser ganzen Sache hielt. Das Bild indes, wie er sich – äußerlich ungerührt – innerlich unter ihrem Zorn krümmte, wiederum ertrug sie noch weniger als Gideons Anblick. Sie wandte sich ab, lief aus dem Büro, zog die Tür mit einem Knall hinter sich ins Schloss und durchquerte das Vorzimmer.

»Fenja!«, rief Monika, aber sie ignorierte sie und lief weiter.

Der schwarze VW Käfer ihrer Mutter parkte vor dem Betriebsgelände, und Fenja stieg ein, brauchte einen Moment, ehe sie sich imstande fühlte zu fahren, dann betätigte sie die Zündung, setzte zurück und rollte vom Gelände. Das Schlimmste war, dass Gideon es tatsächlich konnte, für ihn waren die Zahlen, dieses gesamte Wirtschaftskauderwelsch, eine klar strukturierte Sprache. Da war kein Zögern, kein langes Überlegen. Er rechnete, zeichnete ab, las, zeichnete ab, machte sich Notizen und überblickte in den drei Wochen, seit er sich in ihren Räumlichkeiten breitmachte, mehr als sie in den letzten Monaten.

Diese Erkenntnis sorgte dafür, dass ihr Tränen ohnmächtiger Wut in die Augen stiegen, und sie musste mehrmals blinzeln, damit ihr Blick wieder klarer wurde. Unwirsch legte sie den nächsten Gang ein und beschleunigte. Da sie nicht nach Hause fahren wollte, ihr aber auch nicht der Sinn danach stand, einfach in der Gegend herumzufahren, steuerte sie das Rosenpalais an. Es war früher Vormittag, zumindest Felix würde hier sein, vielleicht auch Amelie.

Die Felge schabte hörbar am Bordstein entlang, als Fenja den Wagen am Straßenrand parkte. Ein älterer Mann stand auf einen Stock gestützt da und sah sie über die Brille hinweg an. »Na, junges Fräulein, das üben wir aber noch mal, was?«

Fenja wurde rot und wandte sich rasch ab, um zum Rosenpalais zu eilen. Im Café waren alle Tische bis auf einen besetzt, fast ausschließlich Frauen, sodass der Mann, der ohne Begleitung an einem Tisch am Fenster saß, schon allein aus diesem Grund auffiel. Zwei junge Mädchen sahen immer wieder verstohlen zu ihm, was er entweder nicht bemerkte oder nicht bemerken wollte. Er trug eine offene Lederjacke über einem weißen Hemd und Jeans, das dunkle Haar fiel ihm halb in die Stirn, und er hatte – wie Fenja jetzt bemerkte, da er seinen Blick vom Fenster ab- und ihr zuwandte, blaue Augen. Sie fühlte sich ertappt, wie sie ihn so unverhohlen musterte, und offenbar bemerkte er das, denn ein Anflug von Belustigung tanzte in seinem Blick, und er zwinkerte ihr zu. Fenja drehte sich weg und stieß fast mit Felix zusammen, der in diesem Moment aus der Fertigung kam.

»Oh, du hier?«

»Ja, ich bin aus dem Büro geflohen.«

»Gab es wieder Ärger?«

Sie schwieg, wollte sich nicht vor den Gästen äußern, und Felix berührte ihren Arm, führte sie mit sich zum Fenster.

»Gideon macht mich wahnsinnig«, sagte sie nun mit gesenkter Stimme.

»Gideon?«, mischte sich der Kerl am Cafétisch ungefragt ein.

Felix wandte sich dem Mann zu, aber wenn Fenja erwartete, dass er diesen ob seiner Einmischung zurechtwies, lag sie falsch. »Lennart, ihr kennt euch ja bereits.«

»Ich habe die kleine Fenja Dorn durchaus erkannt, aber sie mich offenbar nicht.«

Fenja krauste die Stirn. »Lennart?« Und dann wurde es ihr klar. Lennart von Oedinghof. Da entkam sie Gideon, um prompt seinem Cousin in die Arme zu laufen. »Es ist lange her.«

»In der Tat. Ärgert Gideon dich immer noch? Ich hätte geglaubt, irgendwann ist er aus dem Alter heraus.«

Als Kind hatte Gideon sie manchmal an den Zöpfen gezogen und geneckt, hatte sie ausgelacht, wenn sie bei den Großen mitspielen wollte. An der Natur der Sache schien sich nichts geändert zu haben, nur zog er sie jetzt nicht mehr an den Zöpfen. Aber bei den Großen durfte sie nach wie vor nicht mitspielen.

»Setz dich doch«, bot Felix ihr an. »Ich wollte gerade einen Kaffee mit Lennart trinken.«

Fenja zögerte, dann zuckte sie die Schultern. Es war ja nicht so, dass niemand hören durfte, wie lästig ihr Gideon derzeit war. Sie zog einen Stuhl heran und ließ sich Lennart gegenüber nieder.

»Ich brauche jetzt erst einmal einen Kaffee, möglichst stark.«

»Was immer du wünschst, so wie immer«, antwortete Felix und winkte Paula heran. »Bringst du uns einen Kaffee?«

»Kommt sofort.« Die junge Frau öffnete die Tür zur Fertigung und sprach mit jemandem, ehe sie wieder an ihrem Platz an der Verkaufstheke zurückkehrte.

»Also? Was ist passiert?«

»Gideon, der ist passiert. Er macht sich in meinem Büro breit und reißt alles an sich. Und meine Sekretärin verbündet sich auch noch mit ihm.«

»Gideon kam immer schon gut an bei Frauen«, bemerkte Lennart.

»Das ist ein Arbeitsplatz und kein Verkupplungssalon!«

»Er hat also dein Büro bezogen«, nahm Felix den Faden wieder auf. »Könnt ihr da keinen Kompromiss finden?«

»Nein. Er sagte, er würde bleiben, da mein Vater ihn geschickt habe und das Unternehmen ihm gehöre.«

»Nun«, mischte Lennart sich erneut ein. »Da hat er, streng genommen, ja eigentlich recht.«

»Du weißt doch gar nicht, worum es geht«, fauchte Fenja ihn an.

»Dein Vater führt eine Schokoladenmanufaktur, hat keinen Erben, du versuchst dich an der Rolle, füllst sie aber offenbar so unzureichend aus, dass dein Vater nun Gideon geschickt hat, damit der die Sache in die Hand nimmt. Entspricht das ungefähr der Reihenfolge der Ereignisse?«, fragte Lennart.

Fenja hielt sich für einen ruhigen Menschen, der nicht zur Gewalt neigte, aber jetzt gerade hatte sie das dringende Bedürfnis, ihn zu schlagen. Wie er so lässig dasaß – hielt er sich gar für einen verhinderten Filmstar? Fehlte nur noch die Zigarette im Mundwinkel. Im nächsten Moment griff Lennart in seine Jackentasche, holte eine Packung hervor und entnahm ihr eine Zigarette. Fenja starrte ihn an. Hatte sie etwa laut gesprochen? Er erwiderte ihren Blick, während er das Feuerzeug mit einem Klicken entzündete, grinste halb, da in seinem anderen Mundwinkel die Zigarette hin.

Ella erschien mit einem Tablett, was Felix mit einem leichten Heben der Brauen kommentierte. »Das habe ich früher manchmal gemacht, als ich jung war«, erklärte sie.

»*Noch* jünger?«, fragte Felix.

»Du fängst dir gleich eine.« Ella stellte das Tablett vor ihnen ab. »Wie geht es dir, Lennart?«

»Mittlerweile wieder gut genug, um über den Kauf eines Motorrads nachzudenken.«

»Irgendwann brecht ihr jungen Männer euch damit noch allesamt den Hals und bringt damit das zu Ende, was der Krieg nicht vermocht hat.«

»Bei aller Jugend ist Mutter doch so altmodisch, als könne sie in ein paar Jahren Großmutter sein.«

Dieses Mal bekam er einen derben Klaps an den Hinterkopf. »Und was ist mit dir, Liebes?« Ella sah Fenja an. »Du siehst nicht glücklich aus.«

»Gideon ist gerade dabei, mich im Unternehmen zu ersetzen.«

Ella nickte. »Davon habe ich gehört.«

»Papa denkt, dass ich mich besinne, wenn ein Dorn die Firma übernimmt. Damit wäre ich aus meiner Verantwortung entlassen. Dabei mögen er und Hans sich nicht einmal besonders.« Hans war Gideons Vater.

»Sein Herz hängt auch nicht an dem Unternehmen, es ist eine Notwendigkeit, mit der man Geld verdient, und das fließt auch, wenn Gideon das Unternehmen leitet. Damit wärst du abgesichert und könntest trotzdem tun, was du möchtest.«

»Aber was, wenn mir mittlerweile Spaß macht, was ich tue?«

»Nichts für ungut, meine Liebe, aber diesen Eindruck macht es bislang nicht. Im Büro zu sitzen und alle Aufgaben zu delegieren reicht nicht, um ein Unternehmen zu führen.«

»Meine Rede«, sagte Lennart.

»Du mischst dich da nicht ein«, fertigte Ella ihn ab. »In dieser Sache reden ohnehin schon viel zu viele Leute mit.«

Lennart hob entschuldigend die Hände.

»Es bringt nichts, wenn du die ganze Zeit versuchst, etwas zu sein, das du nicht bist. Bei mir war es damals die Notwendigkeit, die mich zu der Übernahme der Geschäfte getrieben hat, und ich habe – vielen Demütigungen zum Trotz – entdeckt, dass es mir gefällt. Davon bist du weit entfernt.«

Fenja sank der Mut, und sie hatte das Gefühl, mit einem Mal vollkommen haltlos davonzutreiben.

»Was du brauchst«, fuhr Ella fort, »ist ein Bereich, in dem du dich selbst einbringen kannst. Dir fehlt eine gute Idee.«

In gewisser Weise konnte Amelie verstehen, dass Fenja an Schokolade nicht viel Interesse hatte, ihr selbst ging es nicht anders. Ja, sie aß sie gerne zwischendurch, aber ihr Leben verschrieb sie ihr nicht, so wie Felix das tat und zuvor seine Mutter. Amelie interessierte sich weitaus mehr dafür, neue Möglichkeiten auszuloten und Märkte zu erobern. Da bot das Rosenpalais nicht viele Herausforderungen, und Felix' stures Beharren darauf ärgerte sie. Sie stellte ihn sich gerne vor, wie er im Anzug im Büro der Firma seines Vaters saß. Das machte weitaus mehr her als der weiße Kittel und die alberne Konditormütze. Lukas hingegen fand sie in seinem weißen Arztkittel eine durchaus einnehmende Erscheinung. Es kam wohl immer auf die Sichtweise an. Ein Arzt war eben kein Konditor, ihm hing ein ganz anderes Flair an.

An diesem Nachmittag saß sie mit Fenja im Café des Rosenpalais – man konnte gar glauben, es gäbe sonst keines in ganz Koblenz – und unterhielt sich über die Manufaktur ihres Vaters. So zahlreiche Möglichkeiten, dachte Amelie, man konnte so viel daraus machen, wenn man nur verstand, wo man ansetzen musste. Die

Manufaktur wäre weit eher nach ihrem Geschmack gewesen als diese kleine Confiserie. Wenn sie nur in diese Verhältnisse hineingeboren worden wäre. Ihr hingegen stand nur der Weg offen, hineinzuheiraten.

»Ich habe mir einige Dinge überlegt«, sagte Fenja. »Ich möchte auf industrielle Fertigung von Pralinen setzen. Gewisse Dinge müssen natürlich per Hand erledigt werden, so wie das Schichten von Nugat, aber auch da kann man in die Massenproduktion gehen.«

Amelie nickte. Expansion und neue Ideen. Das war nach ihrem Geschmack. »Was sagt dein Vater dazu?«

»Der lässt mir grundsätzlich freie Hand, aber ich soll mich mit Gideon abstimmen.«

»Und hast du das getan?«

»Wir haben heute Morgen darüber gesprochen, und erstaunlicherweise war er sehr aufgeschlossen. Ich hätte mehr Ablehnung erwartet. Er wirkt immer, als wolle er sich nicht dreinreden lassen.«

Dass es frustrierend sein musste, einen Mann vor die Nase gesetzt zu bekommen, wenn man sich selbst beweisen wollte, glaubte Amelie sofort. »Du wirst ihn nicht aus dem Unternehmen herausbekommen, egal, was du tust. Also musst du ihn einbeziehen und dir gleichzeitig eine Nische schaffen, in der du das Sagen hast.«

»Wie soll das funktionieren?«

»Er denkt wirtschaftlich, mach dir das zunutze. Lass ihn für dich arbeiten, anstatt dass du ihm zuarbeitest.«

Fenja krauste die Stirn.

»Es ist ganz einfach. Du stellst Pläne auf, und er errechnet dir die Wirtschaftlichkeit. Das mit den Pralinen ist schon einmal eine gute Idee, aber es ist nur ein Anfang.«

Fenja bestellte noch einen Kaffee. »Die Firma Lindt hat ihre eigene Confiserie, so etwas überlege ich mir für unser Werk auch.«

»Ihr habt doch das Rosenpalais.«

»Wir liefern die Schokolade, aber Betreiber sind wir selbst ja nicht. Ich würde das etwas anders machen als hier, stärker auf den Zeitgeist ausrichten. Tagsüber eine Confiserie, abends ein Tanzcafé oder so ähnlich.«

»Dafür gibt es aber wiederum bestimmte Auflagen.«

»Das weiß ich, bisher sind das ja alles nur grobe Überlegungen.«

Der Kaffee wurde von Louise serviert, die noch kurz am Tisch stehen blieb und mit Fenja einige Worte wechselte, ehe sie in die Fertigung zurückkehrte. Fenja rührte Kaffeesahne ein und schwieg eine Zeit lang nachdenklich. »Der Schokoladenpavillon«, sagte sie schließlich.

»Wie bitte?«

»So nenne ich es. Der Schokoladenpavillon.«

»Hm, na ja …«

»Gefällt dir nicht?«

»Mich würde das wohl nicht anlocken.«

»Du magst ja auch nicht so gerne Schokolade. Sehr passend übrigens als Verlobte eines Chocolatiers.« Fenja lachte.

»Wo willst du es denn einrichten? Doch nicht bei euch im Industriegebiet.«

»Natürlich nicht. Ich werde Räumlichkeiten erwerben oder mieten. Wird zwar nicht ganz einfach, aber mit dieser Art von Schwierigkeit kann ich umgehen.

Ich suche so lange, bis ich etwas finde. Von Gideon lasse ich mir einen ausführlichen Kostenplan erstellen.«

»Du fängst an, in die richtige Richtung zu denken.« Leicht würde es wohl in der Tat nicht. Obwohl es langsam bergauf ging, war es ein schwieriges Jahr. Lehrstellen waren knapp, viele Schulabsolventen standen auf der Straße, Gebäude waren zwar im Aufbau, aber der Bedarf war bei Weitem noch nicht gedeckt.

»Bist du eigentlich verärgert über Felix?«, fragte Fenja unvermittelt.

»Nein, wie kommst du darauf?«

»Du bist in letzter Zeit ihm gegenüber so unleidlich.«

Amelie hob in einer knappen Geste die Schultern. »Na ja, ich verstehe eben nicht so recht, warum er seinen Vater so hängen lässt. Bei aller Liebe zu diesem ganzen Süßkram hier zählen doch die Familienbande mehr. Und das Unternehmen seines Vaters hat eine Tradition, es besteht in der vierten Generation.«

»Es wird auch ohne Felix weiter bestehen.«

»Aber so etwas gehört doch in die Hände der Familie. Das ist eine Verantwortung, die man erwirbt.«

»Durch seine Geburt?«

»Ja.«

»Dann hat man als Ältester ja nicht viel zu entscheiden in seinem Leben.«

»Das ist nun mal das Privileg des Erstgeborenen. Dessen muss man sich bewusst sein.«

Fenja sagte eine ganze Weile nichts. »Jochen mochte das Werk, er mochte Schokolade, er wäre ganz und gar Unternehmer geworden. Er konnte es einfach.« *Und ich kann es nicht*, schwang ungesagt mit.

»Jochen ist tot, und was er konnte oder nicht spielt für die Gegenwart keine Rolle.« Amelie legte ihre Hand auf Fenjas Arm. »Du kannst um ihn trauern, solange du willst, aber löse dich endlich von dem Gedanken, in seine Fußstapfen treten zu wollen. Du bist nicht er, und niemand erwartet das von dir. Die Idee mit den Schokoladenpavillon ist schon mal gut, jetzt musst du dich nur noch um die Umsetzung kümmern. Vor allem ist es *deine* Idee und nichts, was du von Jochen geerbt hast.«

Fenja nickte nur.

Die Tür ging auf, und ein Mann trat ein, sah sich einen Moment lang um, ehe sein Blick den von Fenja traf. Die verdrehte die Augen, während der Mann lächelte.

Na, das hatte ja zu ihrem Glück noch gefehlt. Noch schlimmer als Gideon war Gideons arroganter Cousin. Sie erwiderte sein Lächeln nicht, sondern wandte sich demonstrativ an Amelie.

Diese wirkte irritiert. »Kennt ihr euch?«

»Erinnerst du dich nicht? Das ist Lennart, Felix' bester Freund.«

»Ach …« Amelie sah ihn an, schenkte ihm ein flüchtiges Lächeln, das sich seltsam schüchtern auf ihrem Gesicht ausnahm. »Ich habe ihn gar nicht erkannt. Das einzige Mal, dass ich ihm begegnet bin, war nach seinem Unfall, und da habe ich kaum mehr als einen flüchtigen Blick erhascht.«

Paula öffnete die Tür zur Fertigung, sagte etwas und kehrte zurück, sprach kurz mit Lennart, der daraufhin nickte und sich, während er wartete, die Auslagen in den Regalen ansah. Wenigstens kam er nicht an den Tisch und drängte ihnen ein Gespräch auf.

»Der sieht aber gut aus«, sagte Amelie mit gesenkter Stimme.

»Hm, kann schon sein.«

»Kann sein?« Amelie hob die Brauen. »Ach komm.«

»Ja, schon nicht übel.« Fenja goss noch Kaffee aus der Kanne nach, während sie im Kopf die Idee ihres eigenen Schokoladensalons drehte und in Form zu gießen versuchte. *Der Schokoladenpavillon*. Das klang gut, fand sie. In Konkurrenz zu Felix trat sie damit auch nicht so direkt, sie bediente ein anderes Preissegment, weniger exklusiv, sondern auch erschwinglich für die heutige junge Generation.

Felix betrat das Café, ging zu Lennart, und die beiden begrüßten sich, ehe sie gemeinsam an den Tisch kamen. »Lennart, Fenja kennst du ja schon. Meine Verlobte, Amelie Mosler«

Amelie lächelte, reichte Lennart die Hand, während er ihr versicherte, wie sehr es ihn freute, sie kennenzulernen. An diesem Tag war er etwas eleganter gekleidet, nicht so lässig wie beim Mal zuvor. Er trug zu seiner hellen Sommerhose ein Hemd, das er wegen der frühlingshaften Wärme bis zur Mitte der Unterarme aufgerollt hatte.

»Ihr dürft euch gerne dazusetzen«, gestattete Amelie generös. »Wir besprechen gerade neue Geschäftsideen.«

»Ach was?« Bildete sich Fenja den Spott in Lennarts Stimme nur ein?

»Worum geht es?« Felix war ganz offensichtlich interessiert.

Das wollte Fenja nun nicht vor Gideons Cousin ausführen, und so streifte sie diesen mit einem misstrauischen Blick.

»Meine Lippen sind versiegelt«, sagte er, und Fenja fragte sich, ob es an ihr lag, in jedem seiner Worte einen spöttischen Unterton zu wittern.

Nun, und selbst wenn er es Gideon erzählen sollte – was machte das schon? Er würde es ja ohnehin erfahren. »Ich möchte das Geschäft erweitern.«

»Wie das?«, wollte Felix wissen.

»Ich mache ein Café auf, wie das Rosenpalais, nur moderner.«

»Willst du damit sagen, wir seien altbacken?«

»Nein, traditionell. Was ja auch schön ist, aber ich möchte mehr junge Menschen ansprechen und nicht nur die, die sich diese Preise hier leisten können.«

Felix nickte, »Hast du schon ein Konzept?«

»Nein, bisher ist das alles sehr abstrakt.«

Felix nickte. »Sag Bescheid, wenn ich dir helfen kann. Auch wenn du damit ja praktisch zur Konkurrenz wirst.«

»Die ja bekanntlich das Geschäft belebt«, fügte Lennart hinzu. Dieses Mal ohne Spott.

»Und was machen Sie beruflich?«, wandte sich Amelie an Lennart.

»Bitte nicht so förmlich, wir sind ja immerhin bald Familie.« Ohne diese spöttische Belustigung wirkte sein Lächeln offen und sympathisch. Er schien Amelie zu mögen. »Ich habe in der Schweiz das Hotelfach gründlich gelernt und arbeite mich derzeit in den Betrieb meines Vaters ein.«

»Das klingt interessant.«

»Ist es auch. Ich wollte schon seit meiner Kindheit Hotelier werden.«

»Wie schön, wenn die Pläne der Eltern mit denen der Kinder übereinstimmen«, sagte Felix.

»Dein Vater wird irgendwann auch ein Einsehen haben, dass du nicht in die Welt der Gewürze passt«, antwortete Lennart. »Und wenn nicht, dann enterbt er dich eben. Ein Verlust, den du vermutlich verschmerzen kannst.«

»Na ja«, Amelie klang skeptisch. »Für das familiäre Zusammenleben ist das ja nun nicht gerade optimal.«

»Für das familiäre Zusammenleben muss ich aber auch nicht mein Leben lang unglücklich sein.«

Es war Amelie anzusehen, dass sie das für maßlos übertrieben hielt, aber in dieser Hinsicht war mit ihr nicht zu reden. Sie verstand Felix einfach nicht, für sie in ihrer pragmatisch denkenden Art war Arbeit eben Arbeit, der Rest durfte nach ihrem Dafürhalten ja gerne der reinen Lebensfreude dienen. Fenja teilte diese Ansicht nicht, wenngleich sie sich im Grunde ja ebenfalls der familiären Tradition beugte. Sie tat das jedoch nicht unter Zwang, sondern weil sie sich für diesen Weg entschieden hatte. Es wäre nur schön, wenn diese Erkenntnis auch endlich bei ihrem Vater ankäme.

»Sprechen wir über Erfreulicheres als unerfüllte Erwartungen«, sagte Lennart nun.

»Das werdet ihr ohne mich tun müssen«, erklärte Fenja. »Ich muss zurück ins Werk.«

»Wo parkst du?«

»Ich bin mit dem Fahrrad hier. Meine Mutter möchte

mir ihr Auto nicht mehr mitgeben, keine Ahnung, warum.«

Sowohl Felix als auch Amelie grinsten.

Fenja saß bis in die Abendstunden hinein in dem kleinen Konferenzraum und skizzierte ihre Pläne, mühte sich mit den Zahlen ab, um eine ungefähre Vorstellung von den Kosten zu haben. Was anfangs nur ein vages Wolkenschloss gewesen war, formte sich zunehmend konkreter aus. Sie stellte sich bereits die Einrichtung vor, malte sich aus, welche Musik gespielt wurde.

Die Tür wurde zögernd geöffnet, und Monika trat ein. »Ich wusste nicht, ob du noch da bist. Gideon sagte, du hättest dich hierher zurückgezogen.«

Fenja zuckte nur mit den Schultern.

»Es tut mir leid, wenn du mir böse bist.«

»Spielt das eine Rolle?«

»Für mich schon.«

»Daran hättest du denken können, ehe du mir mit Gideon in den Rücken fällst.«

»Er ist mein Vorgesetzter und hat keinen Zweifel daran gelassen, dass er das Sagen im Unternehmen hat. Ich kann es mir nicht leisten, diese Arbeit zu verlieren.«

»Du weißt doch recht gut, dass es dazu nicht gekommen wäre. Letzten Endes entscheide immer noch ich, wer auf dem Stuhl der Sekretärin sitzt.«

Monika trat ein und schloss die Tür hinter sich. »Sei mir nicht böse, aber momentan entscheidest du nicht einmal darüber, wer auf deinem eigenen Stuhl sitzt.«

Fenja spürte, wie ihr das Blut in die Wangen stieg. »Das wird sich auch wieder ändern.«

»Möglicherweise.« Monika kam näher und nahm ihr gegenüber Platz. »Was machst du?«

Fenja schob ihre Notizen zusammen. »Nichts von Bedeutung.«

»Du verkriechst dich seit Stunden hier in diesem Raum, weil du nichts von Bedeutung machst?«

»Nicht von Bedeutung für dich, meinte ich.«

Ungeduldig stieß Monika die Luft durch die Nase aus. »Also gut, du bist wütend auf mich. Geschenkt. Aber ich arbeite nach wie vor für dich, also sind Dinge, die du geschäftlich planst, auch für mich von Belang.«

»Du arbeitest für Gideon.«

Monika erhob sich. »Also gut. Du kannst ja Bescheid sagen, wenn du wieder normal mit mir reden möchtest. Vergiss bei der Überlegung nicht, dass *ich* Ahnung von Wirtschaft habe.«

Sie öffnete die Tür.

»Schon gut, setz dich wieder hin. Du kannst tatsächlich etwas für mich tun.« Fenja nickte zum Stuhl zu ihrer Rechten hin. Eigentlich hatte sie zuerst mit Ella und ihrem Vater sprechen wollen, aber vielleicht war es gut, zunächst die Meinung von jemand Außenstehendem einzuholen.

Monika ließ sich wieder auf dem Stuhl nieder und beugte sich neugierig nach vorn. Nachdem Fenja ihr die Notizen überlassen und ihr erklärt hatte, was sie beabsichtigte, blätterte Monika die Seiten durch, krauste kaum merklich die Stirn.

»An und für sich ist das eine sehr gute Idee.«

»Aber?«

»An welchen Standort hast du gedacht?«

»Noch nichts Konkretes.«

Monika nickte vage, sog die Unterlippe zwischen die Zähne und dachte nach. »Wenn du Mütter und generell junge Frauen ansprechen möchtest, müsste es ja auf jeden Fall zentral sein.«

»So weit war ich auch schon.«

»Darum kümmern wir uns zuerst, damit wir sehen, welche Kosten auf uns zukommen. Außerdem müssen wir Angestellte bezahlen und die Produktion entsprechend auf die Massenherstellung von Pralinen umstellen.«

Wir. Fenja stieß langsam den Atem aus, spürte ein Flattern in ihrem Magen, das Erleichterung und Aufregung geschuldet war. Wenn sie das hier wirklich tat, löste sie sich zum ersten Mal aus den Fußstapfen ihres Vaters und dem Weg, den er für Jochen bereitet hatte. Und doch füllte sie die Rolle der Erbin aus, erhielt das Unternehmen, indem sie es um einen Geschäftszweig erweiterte.

»Ist das hier ein konspiratives Treffen?« Gideon stand in der halb geöffneten Tür.

Fenja schob die Unterlagen zusammen und schwieg.

»Ich wollte eigentlich fragen, ob ich dich nach Hause fahren soll.« Er sah Fenja an.

»Nein, danke, ich bin mit dem Fahrrad gekommen.«

Monika erhob sich. »Ich sollte mich auch langsam auf den Weg machen, meine Mutter wartet gewiss schon ungeduldig und vermutet das Schlimmste.«

Aufmerksam beobachtete Fenja Gideon, wollte sehen, ob er ihr nun ebenfalls ritterlich die Heimfahrt anbieten würde. Aber er wusste, was sich gehörte, und schwieg.

Offenbar war ihm klar, was man im Unternehmen über Monika reden würde, wenn sie in sein Auto stieg. Und was ihre Nachbarn sagen würden, wenn sie daheim mit ihm vorfuhr.

Nachdem Monika gegangen war, kam Gideon an den Tisch und ließ sich auf deren Platz nieder. »Ich bin nicht dein Feind, Fenja.«

Sie wollte wütend widersprechen, ahnte aber, dass sich diese Diskussion im Kreis drehen würde. Er tat das, wofür ihn ihr Vater geholt hatte, nicht mehr und nicht weniger. Vermutlich machte es ihm sogar mehr Spaß, als im väterlichen Unternehmen neben seinem Zwillingsbruder zu arbeiten. Die Reederei, die Schiffe, das hatte ihn nie interessiert. Wie bei Felix, nur hatte der keinen Zwillingsbruder, der die Sache wieder ins Lot bringen konnte.

Fenja sah ihn eine Weile schweigend an, dann schob sie ihre Unterlagen in eine Mappe und erhob sich. »Ich weihe dich ein, sobald ich mit meinem Vater und Ella gesprochen habe.«

Gideon nickte zögerlich. »Also gut.« Er stand auf. »Und du willst wirklich nicht, dass ich dich fahre?«

»Nein.« Fenja fuhr gerne mit dem Fahrrad, es half ihr, den Kopf frei zu bekommen und Ideen zu ordnen. Und genau das brauchte sie an diesem Abend.

5

JULI 1953

Felix begutachtete die fertigen Pralinen mit ihrem Überzug aus dunkler Schokolade. Seidig matter Glanz, makellose Oberfläche – die Schokolade war perfekt temperiert gewesen – verziert mit feinem Blattgold. Er nahm eine in die Hand, biss hinein, sodass die Schokolade mit leisem Knacken brach und das Innere preisgab, eine sorgsam abgestimmte Komposition aus Himbeeren, Schokolade und Sahne zerging ihm auf der Zunge. Perfekt in jeder Hinsicht.

Nachdem die Auslagen für den Tag fertig waren, machte Felix sich daran, Nugat mit gehackten Mandeln zu verkneten, mischte temperierte Kuvertüre darunter und gab alles in einen Spritzbeutel. Nachdem er die Masse portioniert auf Fettpapier gespritzt hatte, stellte er sie kühl und machte sich daran, die am Tag zuvor vorbereitete Mischung aus Walnuss und Marzipan weiterzuverarbeiten. Lena hatte sich vorher daran versucht, hatte die Masse aber zu lange geknetet, sodass Mandelöl ausgelaufen war. Die Kunst bestand darin, die Marzipanmasse nur kurz zu kneten und doch alles gut zu vermischen. Er hatte die Walnüsse vorab grob gehackt und mit Rohrzucker karamellisiert. Heute ging es nur noch darum, die Pralinen mit Schokolade zu überziehen.

»Bereite doch bitte die Pistazien schon einmal vor«, sagte er zu Lena.

Wie konnte sein Vater nur einen Moment lang annehmen, er, Felix, wäre in einem Büro gut aufgehoben? Das hier war das Einzige, was er wirklich machen wollte, das Einzige, was er konnte. Das hier war ein Kunsthandwerk, ein sinnliches Vergnügen, das für Felix nur von jenem übertroffen werden konnte, das Amelie ihm in Aussicht stellte. Amelie. In letzter Zeit schien sie ihm jedoch distanziert und zunehmend weniger interessiert an dem, was er tat. Die Möglichkeit, mit ihm zu arbeiten, das Wirtschaften zu übernehmen, was sie anfangs mit so viel Begeisterung erfüllt hatte, rückte zunehmend in den Hintergrund. Vielmehr lag sie ihm beständig in den Ohren, dass er sich doch zumindest stundenweise in den väterlichen Betrieb einbringen solle.

»Soll ich mit dem Weichkrokant weitermachen?«, fragte Lena in seine Gedanken hinein.

Er sah von der Arbeit auf. »Nein, das erledige ich nachher selbst. Vielleicht kannst du deiner Mutter bei den Vorbereitungen für die Soufflés zur Hand gehen.«

»Bist du mir böse wegen der verdorbenen Pralinen gestern?«

»Nein, warum sollte ich dir böse sein? Du lernst ja noch.«

Lena wirkte verzagt, nickte jedoch und machte sich dann auf den Weg in die angrenzende Kaffeeküche.

Nach getaner Arbeit wandte sich Felix dem Weichkrokant zu, karamellisierte Zucker in kleinen Mengen, rührte die goldbraune Masse stetig, um ein Anbrennen zu verhindern, und löschte später alles mit Sahne ab. Danach galt es, die Masse mit Mandeln und Marzipan zu vermischen und kurz durchzukneten. Da sie nicht lange auskühlen durfte, um noch lauwarm verarbeitet zu werden, trank Felix in der Zeit eine Tasse Kaffee, wobei er sich nach vorne zu Paula gesellte.

»Wie läuft es?«

»Heute etwas schleppend. Liegt bestimmt an der Hitze, da wollen die Leute lieber aus der Stadt raus.«

Es war wirklich ein außergewöhnlich warmer Tag. Zwei Frauen – allem Anschein nach Mutter und Tochter – betraten die Confiserie. Felix neigte den Kopf und grüßte, was die beiden erwiderten, ehe sie einen Tisch ansteuerten. Paula ließ ihnen einen Moment, sich zu setzen und die Karte zu studieren. Anfangs war sie etwas übereifrig gewesen und auf die Leute zugelaufen, kaum dass sie saßen.

»Sind die Schokoladenkuchen fertig?«, fragte Paula.

»Frisch aus dem Ofen geholt.«

»Bestens.« Sie lächelte und machte sich auf den Weg zu dem Tisch, an dem die beiden Frauen saßen.

Felix betrachtete die Szenerie noch einen Moment lang, dann ging er zurück in die Fertigung. Er warf einen Blick auf die Uhr. Vielleicht lag Amelies Distanziertheit ja gar nicht allein an ihr, sondern an ihm. Möglicherweise nahm er sich zu wenig Zeit für sie, da er versuchte, möglichst wenig daheim zu sein. Das machte Momente, die sie allein sein konnten, rar, denn in der Öffentlichkeit waren sie eigentlich immer unter Leuten. Aber auf Dauer konnte das ohnehin kein Zustand sein, immerhin würden sie später mit seinen Eltern unter einem Dach leben. Wobei Felix nicht ausschließen wollte, das Haus Lombard zu verlassen, wenn sich das Verhältnis zwischen ihm und seinem Vater nicht endlich besserte.

»Und? Was sagst du?« Fenja beobachtete Gideon aufmerksam, damit ihr keine Regung seines Gesichts entging. Ella war sehr angetan von ihrer Idee gewesen, ihr Vater ebenfalls, wobei er sich zurückhaltender gezeigt hatte als seine Schwester, als witterte er bereits eine mögliche Enttäuschung, vor der er seine Tochter bewahren wollte.

»Die Idee gefällt mir«, erklärte Gideon nun. »Jetzt stellt sich aber zunächst die Frage nach der Umsetzung.«

»Ich sehe mich schon nach Räumlichkeiten um.«

»Das kannst du gerne tun, allerdings muss ich erst einmal sehen, welchen Betrag ich dafür zur Verfügung stellen kann.«

Ich. Fenja wollte schon wieder wütend auffahren. Offenbar ahnte Gideon, dass es bereits wieder anfing, in ihr zu brodeln, denn er hob beschwichtigend die Hände.

»Ich sagte ja schon, die Idee gefällt mir, sie klingt lukrativ. Wir müssen sie uns nur leisten können.«

Möglicherweise war das »Wir« unbewusst gekommen, aber Fenja beruhigte sich tatsächlich. »Erstellst du mir einen Kostenplan?«

»Ich mache eine komplette Aufstellung der Einnahmen und Ausgaben. In der Zeit überlegst du dir, wie du dir das im Detail vorstellst. Wir brauchen Rezepte für

Pralinen, die entsprechenden Maschinen und Mitarbeiter. Das muss bis ins kleinste Detail geplant werden.«

Der Elan, mit dem er sich in ihre Idee stürzte, freute Fenja – im ersten Moment zumindest. Im zweiten erschien er ihr ein wenig wie ein Erwachsener, der sich freute, weil das lästige Kind endlich ein Spiel gefunden hatte, mit dem es sich beschäftigen konnte. Sie verengte die Augen ein klein wenig, taxierte ihn, konnte jedoch in seiner Miene nicht lesen, wie nahe ihre Vermutung an der Wirklichkeit war. Oder aber er trieb die Sache voran, weil er sie für sich vereinnahmen wollte.

»Es bleibt mein Projekt«, stellte sie klar. »Du hältst dich raus.«

»Und wenn du Hilfe brauchst?«

»Dann habe ich Felix und Amelie. Außerdem habe ich eine Sekretärin, die Ahnung von Wirtschaft hat.«

»Monika sitzt in *meinem* Vorzimmer.«

Na, das ging ja schon wieder gut los. »Ich habe sie eingestellt.«

»Musst du eigentlich aus allem immer gleich so eine große Sache machen?«

»Du bist es doch, der mir meine Mitarbeiterin abspenstig macht.«

»Ich brauche dringender als du eine Sekretärin.«

»Dann stell eine ein.«

»Soll ich ihr kündigen?«

»Natürlich nicht. Aber du kannst mich nicht dauerhaft in den Konferenzraum abschieben und jetzt auch noch meine Sekretärin für dich beanspruchen.«

»Es gibt doch noch einen leer stehenden Raum, dort kannst du dich einrichten.«

Fenja antwortete nicht darauf, sondern sah auf ihre Unterlagen. Dann erhob sie sich wortlos und ging.

»Wohin willst du?«

»Mich mit Felix beratschlagen.« Sie verließ das Konferenzzimmer und lief zur Treppe. Den Raum, den Gideon ihr vorgeschlagen hatte, kannte sie. Das Büro stand schon lange leer und wurde als Abstellraum für alte Aktenordner genutzt.

Nachdem sie das Werk verlassen hatte, ging Fenja nicht direkt in die Löhrstraße, sondern machte zunächst einen Spaziergang, um ihre Gedanken zu ordnen. Ihr Weg führte sie durch die Kastorgasse, in der sich vieles verändert hatte. Um sich an die Zeit vor der Machtergreifung zu erinnern, war sie noch zu jung, aber sie wusste aus Erzählungen ihres Vaters, dass es hier oft zu Straßenschlachten gekommen war, da die Bewohner des Viertels eher mit der KPD als der NSDAP sympathisierten.

Das gesamte Viertel lag im Hochwassergebiet zwischen Rhein und Mosel, und da es als wirtschaftlich wenig interessant galt, legte man sich mit dem Wiederaufbau nicht so sehr ins Zeug, wie das in anderen Teilen der Stadt der Fall war. Es galt immer noch als Trümmerviertel, obwohl sich seit vorletztem Jahr durchaus schon etwas getan hatte. Fenja ging langsam durch die Kastorstraße, lotete Möglichkeiten aus. Wenn die Vorhaben umgesetzt würden und man aus Gründen des Hochwasserschutzes das gesamte Viertel höher legte, wäre das dann eine Möglichkeit, hier ein Grundstück zu erwerben? Natürlich nur, falls man den Plan, hier Lagerräume für den Moselhafen zu errichten, wieder fallen ließ.

Am liebsten würde sie Räumlichkeiten in der Löhrstraße anmieten, aber einerseits war es schwer, dort etwas zu finden, andererseits hätten es die Preise wohl in sich. Allerdings war es zentral, da machte es sich vielleicht schon bald bezahlt. Nur würde sie auf diese Weise wohl doch in direkte Konkurrenz zum Rosenpalais treten, und das wollte sie unbedingt vermeiden.

»Wolltest du zu mir?« Felix verließ die Confiserie gerade, als sie dort eintraf.

»Ja, eigentlich schon. Ich dachte, wir könnten zusammen essen.«

»Das tut mir leid, aber ich fahre über Mittag hoch zum Hotel und esse dort im Restaurant mit Lennart.«

»Ihr habt euch ja offenbar viel zu erzählen.«

»Höre ich da einen Anflug von Unmut?«

Fenja zuckte nur mit den Schultern.

»Wir haben uns lange nicht gesehen.«

»Was sagt Amelie dazu? Ich habe das Gefühl, du siehst ihn mittlerweile häufiger als sie.«

»Sie scheint das derzeit nicht besonders zu bedauern.«

»Hängt der Haussegen schief?«

Er schwieg, hob nur in einer kurzen Geste die Schultern, und da es den Eindruck machte, als wollte er nicht weiter darüber sprechen, ließ Fenja das Thema fallen. »Dann sehen wir uns später, ja? Ich möchte noch einmal meine Pläne mit dir durchsprechen.«

»Du kannst mitkommen, wenn du möchtest.«

»Vor Lennart bespreche ich überhaupt nichts.«

»Er kann dir vermutlich eine ebenso fundierte Antwort geben wie ich.«

»Ich will mit dem gesamten Dorn-Clan derzeit nicht mehr zu tun haben als unbedingt notwendig.«

»Angesichts dessen, dass du selbst eine Dorn bist und er ein von Oedinghof, klingt das ein wenig seltsam.«

»Ich gehöre zu dem anständigen Zweig der Dorns.«

»Alles klar.« Felix zwinkerte ihr zu. »Dann komm doch heute Abend vorbei, und wir unterhalten uns, ja?«

Sie nickte und sah ihm nach, wie er zu seinem Wagen ging.

Ella fand, dass ihre Schwägerin selbst für deren Verhältnisse ungewöhnlich blass war, was die Ringe unter den Augen betonte. Sie saßen in Ellas Wohnzimmer, wo für den Nachmittagskaffee eingedeckt war. »Bereust du es eigentlich?«, fragte sie.

Clara schüttelte den Kopf. »Ich wusste doch, worauf ich mich einlasse, es ist ja nicht so, als hätte er mir je verheimlicht, wie es um ihn steht. Ich liebe ihn nach wie vor, und wir haben ja auch schöne Tage zusammen. Na ja, so schön, wie sie mit zwei toten Kindern eben sein können.«

»Fenja lebt.«

»Ja, und Gott bewahre uns davor, dass wir je etwas anderes erleben.«

»Würdest du nicht gerne wieder arbeiten gehen?« Clara hatte mit ihr und Louise seinerzeit das Rosenpalais bewirtschaftet, sich dann aber nach der Geburt des ersten Kindes aus dem Arbeitsleben zurückgezogen. Bisher war sie glücklich mit der Entscheidung gewesen, doch inzwischen gab es kein Kind mehr, um das sie sich kümmern musste, und die Nächte nahm Eric in Anspruch, und das nicht durchweg auf die sinnliche Art.

»Du meinst im Rosenpalais?«

»Wo sonst? Louise und ich sind doch auch noch da.«

»Wird Felix nicht auch ein Wörtchen mitzureden haben?«

»Du denkst wirklich, Felix würde sich dagegen aussprechen?«

Clara schwieg, schien darüber nachzudenken. »Hat Fenja dir von ihren Plänen erzählt?«

»Der Schokoladenpavillon? Ja. Möchtest du lieber dort helfen? Das ginge natürlich auch, aber bis dahin kannst du ja dennoch zu uns kommen.«

»Noch ist ja gar nicht klar, ob aus der Sache mit dem eigenen Café etwas wird.«

»Ich hoffe, ihr gegenüber redest du nicht so mutlos daher.«

»Ich bin nicht mutlos, aber Fenja versteht doch überhaupt nichts vom Geschäft.«

»Das habe ich früher auch nicht, und doch habe ich nicht nur die Manufaktur gerettet, sondern auch das Rosenpalais aufgebaut. Anstatt sie zu ermutigen, bekommt sie Gideon vor die Nase gesetzt und zweifelt ständig an dem, was sie tut.«

»Das ist doch nicht, um sie zu entmutigen, sondern damit sie auch andere Möglichkeiten ausloten kann. Sie wollte nie eine Unternehmerin sein.«

»Jetzt will sie es. Das solltet ihr endlich akzeptieren. Sie wird keine Ärztin, das ist vorbei.«

»Es ist vorbei, weil sie Jochen nicht retten konnte.

Dabei hätte das niemand gekonnt. Und jetzt denkt sie, sie sei es uns schuldig, ihn als Erben zu ersetzen.«

»Es ist gleich, warum sie es tut. Sie ist erwachsen und trifft ihre eigenen Entscheidungen. Unterstützt sie endlich darin.«

Clara griff nach einem Plätzchen, das sie zwischen ihren Fingern jedoch eher zerkrümelte als aß. Sie war erschreckend dünn geworden in den letzten zwei Jahren.

»Sie sagt, Gideon hat ihr das Büro weggenommen.«

»Er übernimmt die Aufgaben des Geschäftsführers. Jemand muss Eric dort ersetzen.«

Dagegen konnte Ella schwerlich etwas einwenden. Sie wusste, dass Fenja wenig Kenntnisse von Wirtschaft hatte, und es brachte ja nichts, wenn man sie an der Spitze arbeiten ließ und sie doch alles an ihre Untergebenen weiterdelegieren musste. Vielleicht war es gar nicht schlecht, wenn sie auf Hindernisse stieß und sich damit auseinandersetzen musste.

»Und wie sieht es jetzt bei dir aus, hm?«, fragte sie. »Kommst du wieder zu uns zurück?«

»Wir drei wieder zusammen im Rosenpalais.« Ein zögerliches Lächeln glitt über Claras Lippen. »Aber kann ich Eric allein lassen?«

»Er ist doch kein Kleinkind. Und ein Pflegefall ist er auch nicht. Such keine Ausflüchte.«

Jetzt vertiefte sich Claras Lächeln. »Na ja, schön wäre es schon.«

»Dann ist es also abgemacht.« Ella klatschte einmal in die Hände. »Wie wunderbar.«

»Wenn man bedenkt, dass es seinerzeit Eric war, der dich überreden musste, mich überhaupt einzustellen.«

»Er wollte mit dir ins Bett.«

Clara wurde tatsächlich rot, nach so vielen Jahren Ehe. »Ich habe mich beworben, weil ich ihn heiraten wollte. Also haben wir letzten Endes beide unseren Willen bekommen.« Einen Augenblick lang schienen die letzten Jahre fortgewischt zu sein, und sie befanden sich wieder in den Zwanzigerjahren. Das kurze Zucken in ihrem Gesicht verriet Ella, dass ihre Schwägerin im nächsten Moment in die Gegenwart zurückkehrte.

Lukas, Ellas Jüngster, streckte seinen Kopf in den Salon, wünschte ihnen einen guten Tag und verschwand wieder. Eine jähe Verlustangst machte Ella die Brust eng, denn der aufflackernde Schmerz in Claras Gesicht führte ihr immer wieder vor Augen, wie fragil dieses Glück war, wie schnell es einem genommen werden konnte. In solchen Momenten machte sie der sinnlose Disput zwischen Sebastian und Felix ärgerlich. Während Clara hier saß, übernächtigt, mit einem Ehemann, den die eigenen Seelenqualen nachts nicht schlafen ließen, zwei toten Kindern und einer Tochter, die sich aufrieb, weil sie etwas schultern wollte, das zu groß für sie schien. Ella nahm sich vor, Fenja stärker zu unterstützen. Dafür würde sie zunächst ihre Arbeit im Rosenpalais einschränken, aber da war ja dann hoffentlich Clara. Sie streckte die Hand aus, umfasste die ihrer Schwägerin, drückte sie leicht. Es dauerte einen Moment, dann drehte sich Claras Hand in ihrer und erwiderte den Druck.

Amelie bog den Kopf zurück, als Felix ihren Hals küsste und seine Finger zögernd mit den Knöpfen ihrer Bluse spielten. Sie ließ ihn so weit gewähren, dass er die obersten Knöpfe öffnen und seine Hand hineinschieben konnte, mehr würde sie jedoch nicht erlauben. Seine Liebkosungen ließen ihr Herz in raschen Schlägen gehen, die ihr den Atem schneller über die Lippen trieben. In diesen Momenten konnte man alles vergessen, jeden Streit, jeden Ärger. Sie hatten sich in den Garten zurückgezogen und saßen nun in der von wildem Wein umrankten Gartenlaube, in der zwei Bänke im Halbrund eingelassen waren.

»Ich liebe dich«, murmelte Felix an ihre Lippen. Er sagte das hin und wieder, und Amelie wartete stets auf einen Widerhall in ihrem Innern. Sie wollte die Worte nicht mechanisch erwidern, wollte dies aus tiefstem Gefühl heraus tun. Und da sie dies nicht konnte, zog sie ihn erneut an sich, küsste ihn und hoffte, dass er darin die ersehnte Antwort las.

Es fiel Felix sichtlich schwer, von ihr abzulassen, als die Stimme seines Vaters von der Veranda her erklang.

»Felix? Du weißt, dass wir gleich aufbrechen müssen?«

»Wie könnte mir das entfallen?«, murmelte er an ihren Hals.

»Na los«, neckte sie ihn und richtete sich auf. »Wir kommen«, rief sie durch den Garten und stand auf. Ehe sie gingen, brauchte sie einen Spiegel, um sich zu vergewissern, dass sie nicht vollkommen zerzaust aussah. Sie hatte Felix gebeten, sie nicht in einen allzu derangierten Zustand zu bringen, aber man konnte ja nie wissen.

Als sie die Gartenlaube verließen, warf die Nachmittagssonne lange Schatten und war inzwischen von einem tiefen Goldgelb. Es war die Zeit, die sie im Sommer am liebsten mochte, wenn das Licht intensiver wurde und über allem dieser goldene Schimmer lag. Der Garten war schön angelegt, wirkte durch die Bepflanzung verwinkelt. Gehwege führten zwischen Gebüsch und Blumenrabatten hindurch, und Kinder hatten hier gewiss ihre reinste Freude. Amelie jedenfalls hätte es geliebt, als Kind durch einen solchen Garten zu toben. Das brachte sie wiederum zu jenen Erwartungen, die in sie gesetzt wurden, wenn sie heiratete. Natürlich würde sie Kinder bekommen müssen, vorzugsweise einen Erben für das Familienunternehmen. Sie konnte es sich momentan allerdings einfach noch nicht vorstellen, wie sie eine Mutterrolle ausfüllen sollte. Doch ihr künftiger Sohn sollte auf jeden Fall in das Gewürzunternehmen einsteigen und nicht in das Rosenpalais, das wusste sie schon jetzt, und sie würde die Weichen entsprechend stellen.

Im Salon warf sie einen flüchtigen Blick in den verzierten Spiegel, der über einer Kommode hing. Sie zupfte einige Strähnen zurecht, steckte die Spange wieder fest und wandte prüfend den Kopf.

»Du siehst hinreißend aus.«

»Das würdest du auch sagen, wenn ich morgens vollkommen zerzaust aus dem Bett aufstehe.«

Sein leicht anzügliches Lächeln ließ keinen Zweifel, woran er dachte, und sie versetzte ihm einen leichten Stoß.

»Wo bleibt ihr so lange?«, fragte Lukas, der sehr elegant aussah in seinem dunklen Smoking. Eine richtige Feier in Abendgarderobe – die erste seit Kriegsende. Es hatte immer Gründe gegeben, die gegen eine solche Abendveranstaltung sprachen.

»Kommt Fenja auch?«, wollte sie von Felix wissen. »Sie war sich noch nicht sicher, als wir nachmittags gesprochen haben.«

»Soweit ich weiß, haben ihre Eltern sich entschieden, sie zu begleiten. Andernfalls wäre sie wohl nicht gegangen.«

»Ich hatte gehofft, unser gemeinsamer Tanzabend hätte einen Knoten platzen lassen. Sie wirkte so glücklich und ausgelassen.«

»Ja, für den Abend war sie das auch. Aber danach wurde sie dann wieder ganz die Alte. Wenn ihre Eltern sie begleiten, hat sie vielleicht nicht die ganze Zeit das Gefühl, dass sie sich amüsiert, während ihre Familie im Haus bei den Toten wacht.«

Furchtbare Zustände, dachte Amelie. Natürlich trauerte man um die verlorenen Söhne, aber jeder von ihnen hatte Verluste erlitten, der eine mehr, der andere weniger, und irgendwann musste man das doch auch mal loslassen. Irgendwann musste Fenja sich aus dem Schatten ihrer toten Brüder lösen, sonst würde sie immer nur die sein, die überlebt hatte, die, die übrig geblieben war. Und damit ging dann das Gefühl einher, die anderen ersetzen zu müssen, weil man selbst nicht genügte. Dabei wusste Amelie, dass es nicht ihre Eltern waren, die ihr dieses Gefühl vermittelten, sondern fortwährend nur sie selbst. Aber vielleicht änderte sich das, wenn ihre Eltern sich endlich aus diesem Kokon der Trauer lösten.

Sie strich sich über die Abendrobe aus dunkelblauer Seide, glättete den Rock und warf noch einen letzten prüfenden Blick in den Spiegel, ehe sie sich bei Felix einhakte und mit ihm und Lukas in die Eingangshalle trat. Seine Eltern standen dort bereits. Felix und sein Vater wichen sich mit den Blicken aus, sodass die Kälte, die zwischen ihnen vibrierte, fast schon körperlich zu spüren war. Sebastian nickte knapp.

»Also los.«

Sie verließen das Haus, stiegen in den schwarzen Benz, der in der Einfahrt stand. Sebastian setzte sich ans Steuer, Ella auf die Beifahrerseite, Lukas auf die Rückbank. Felix indes ging zu seinem Wagen.

»Ich dachte, wir fahren zusammen«, bemerkte Ella.

»Warum sollen wir uns zu dritt nach hinten quetschen, wenn ich auch meinen eigenen Wagen nehmen kann.« Felix öffnete galant die Beifahrertür seines Opel Kapitän, und Amelie nahm Platz. Man konnte seinen Willen als weiteres Anzeichen für die Distanz zu seinem Vater sehen. Oder aber man war wohlwollender und erkannte darin lediglich den Wunsch, mit der Verlobten allein zu sein. Wie auch immer, es war auf jeden Fall komfortabler als zu dritt auf der Rückbank. Felix wartete, bis sein Vater aus der Einfahrt auf die Straße gesetzt hatte, und fuhr dann hinter ihm her. Er wirkte entspannt, seine Hand war nicht um das Lenkrad gekrampft, und er legte die Gänge geschmeidig ein. Also war es wohl doch der Wunsch, mit ihr allein zu sein, der ihn angetrieben hatte. Amelie stieß den Atem langsam aus, war froh, dass kein allzu offensichtlicher Missklang über diesem Abend lag, auf den sie sich so lange gefreut hatte. Wie wunderbar mondän eine Feier in einem Luxushotel sein musste. Sie lehnte sich entspannt zurück und lächelte in sich hinein.

Die sattgrüne Seide schwang leise raschelnd um Fenja, als sie die Treppe hinabschritt. Ihre Eltern standen bereits in der Halle, ihr Vater in dunkler Eleganz, ihre Mutter in einer Robe, die in warmem golddurchwirktem Rot schimmerte. Beide lächelten, als sie ihre Tochter erblickten.

»Darf ich fahren?«, fragte sie.

»Nein«, riefen beide im selben Moment.

»Ach Papachen«, schmeichelte sie und erkannte am Flackern in seinem Blick, dass er kurz davor war, weich zu werden.

»Auf keinen Fall, und erst recht nicht den Benz«, sagte ihre Mutter, der die Veränderung in seinem Blick nicht entgangen war.

Kurz darauf saßen sie im cremeweißen Wagen ihres Vaters, Fenja am Steuer, ihr Vater neben ihr, ihre Mutter auf der Rückbank.

»Bitte leg die Gänge behutsam ein«, bat ihr Vater.

»Mache ich immer«, antwortete Fenja, kuppelte und fuhr aus der Einfahrt, wobei sie den Pfeiler, der das Tor hielt, nur knapp verfehlte und ihr Vater nach Luft schnappte, ehe er den Atem langsam wieder ausstieß.

»Bitte denk daran, dass der Wagen etwas länger ist als der deiner Mutter.«

»Ja, mach dir keine Sorgen«, antwortete Fenja und beschleunigte, nachdem sie den Wagen auf die Straße gesetzt hatte. Das Hotel lag gute zwanzig Minuten außerhalb der Stadt, leicht erhöht mit einem wundervollen Blick auf den Rhein.

Während der Fahrt schien ihr Vater sich zu entspannen und schreckte erst wieder auf, als sie in die Einfahrt einbog. »Der Sockel!«, rief er.

»Da bin ich großzügig dran vorbei.«

»*Großzügig*?«

Fenja entdeckte im letzten Moment eine Lücke zwischen zwei Wagen in der Remise, bremste abrupt ab und zog den Wagen nach links. Kies spritzte auf, und einige Gäste, die gerade eingetroffen waren, drehten sich zu ihnen um.

»Allmächtiger!«, kam es von der Rückbank, während Eric Dorn nur hörbar den Atem ausstieß.

»Passt«, bemerkte Fenja. »Und man kommt auf beiden Seiten noch gut raus.«

»Zurück fährt einer von uns«, entschied ihre Mutter.

In der lauen Abendluft lag der Duft von Jasmin, der Fenja zu schwer war, den ihre Mutter jedoch liebte. Sie gingen über den Hof auf das hell erleuchtete Hotel zu. Ein Portier neigte grüßend den Kopf, als sie durch das Portal ins Foyer traten, wo Helene und Arvid standen, um die Gäste zu begrüßen.

»Wie schön«, rief Helene, als sie sie bemerkte. »Es ist so lange her, dass ihr hier wart.« Sie umarmte erst Eric, dann Clara und schließlich Fenja. »Geht bis zum kleinen Festsaal durch, den haben wir heute nur für unsere privaten Gäste reserviert. Ihr wisst ja noch, wo der ist?«

»Natürlich«, entgegnete Fenjas Mutter lächelnd, und in ihren Augen stand ein Glanz, den Fenja lange nicht mehr an ihr bemerkt hatte. Sie schien sich auf den

Abend zu freuen, auf das Feiern, die Ausgelassenheit, die sie gar zu lange entbehrt hatte.

Dass ihr beim Betreten des Saals als Erstes Gideon über den Weg lief, war beinahe schon dazu angetan, ihr den Abend zu verderben. Da sie es aber so weit nicht kommen lassen wollte, grüßte sie ihn nur knapp, ließ ihn bei ihrem Vater stehen und mischte sich unter die Menschen im Saal. Viele von ihnen kannte sie, es waren Freunde und Familie, andere kamen ihr vom Sehen her bekannt vor. Sie suchte nach Felix, konnte ihn jedoch nicht entdecken, weder ihn noch Amelie. Dass seine Eltern und Lukas bereits da waren, sprach jedoch dafür, dass auch er mittlerweile eingetroffen sein musste, es sei denn, er und sein Vater hatten sich wieder einmal so heftig gestritten, dass er auf das abendliche Vergnügen verzichtete.

»Nein, er ist hier«, sagte Lukas auf ihre Frage hin. »Aber er ist dann fast direkt mit Amelie verschwunden. Vielleicht führt er sie im Garten gerade auf Abwege.«

Da konnte Fenja natürlich nicht gut hinterher, ohne indiskret zu wirken, also schlenderte sie durch den Festsaal, wechselte mal hier und mal da ein paar Worte und steuerte schließlich die Veranda an, die von Lampions erhellt war. Die Flügeltüren standen offen und ließen die Abendluft ein, die den Duft nach Sommer trug. Im Vorbeigehen nahm sie ein Glas von einem Tablett, hob es an die Lippen und nippte, während sie langsam auf die Veranda schlenderte.

Nicht nur sie hatte es nach draußen gezogen, auch andere Gäste fanden sich hier ein, plauderten, lachten, standen in Grüppchen oder paarweise zusammen. Fenja ging zwischen ihnen hindurch auf den Garten zu, der vom übrigen Hotelgarten abgeteilt war. Rosenbüsche wucherten in üppiger Pracht, und Fenja fragte sich, ob sich Felix und Amelie in diese laubenartig anmutende Abgeschiedenheit zurückgezogen hatten. Den langen Stiel des Glases zwischen den Fingern haltend sah sie versonnen in den Garten und wollte in diesem Moment gar nicht daran denken, dass sie sich am nächsten Tag wieder mit Gideon und dem Schokoladenwerk auseinandersetzen musste.

»Warum so traurig?«

Sie fuhr zusammen, und fast wäre ihr das Glas entglitten. Lennart war unbemerkt neben sie getreten, an diesem Abend in dunkler Eleganz. »Himmel.« Die so vertraute Wut stieg wieder in ihr auf, viel zu heftig, als dem Anlass angemessen war. Sie atmete langsam aus. »Ich bin nicht traurig«, sagte sie schließlich.

Er schwieg, wobei Fenja nicht ausmachen konnte, ob er das tat, weil er auf eine weitere Erklärung wartete, oder aber weil sich sein Interesse an ihr bereits erschöpft hatte und er sich nicht unhöflich einfach abwenden wollte. »Mein Vater«, sagte er schließlich, »wurde für den letzten Krieg eingezogen. Er hatte nicht das Glück, wichtig für die heimische Industrie zu sein.«

Wieder diese Wut, die so unvermittelt und heftig in ihr aufstieg, die den Atem beschleunigte und den Herzschlag gegen die Rippen trieb. »Was für ein großes Glück für meinen Vater, nur seine Kinder zu verlieren und nicht selbst draufzugehen.«

Behutsam nahm Lennart das leere Glas aus ihren verkrampften Händen und winkte einen Kellner heran, auf dessen Tablett er es abstellte. »Möchtest du noch eines?«, fragte er, aber sie schüttelte nur den Kopf.

»Du eröffnest eine eigene Chocolaterie, habe ich gehört.«

Sie atmete den Zorn weg. Es war ja kein Geheimnis, niemand hatte ihr Vertrauen gebrochen, wenngleich es sich so anfühlte. »Von Felix oder von Gideon?«

»Von Felix. Gideon spricht nicht über das Werk.«

Sie zuckte nur mit den Schultern.

»Vielleicht kannst du dich ja mit ihm arrangieren.«

»Schickt er dich vor, oder was?«

»Das muss er nicht, denn von dort, wo er ist, kannst du ihn ohnehin nicht verdrängen, er braucht dein Wohlwollen nicht.«

Fenja konzentrierte sich auf ihre Atemzüge, atmete gegen die Wut an. Sie wollte den Abend nicht mit einer Szene beginnen, die unweigerlich ihren Eltern zugetragen würde. Sie gingen seit Jahren das erste Mal gemeinsam aus, das wollte sie ihnen nicht verleiden.

»Mein Vater«, wechselte er unvermittelt das Thema, »ist verändert, seit er zurück ist. Ich weiß nicht, was er erlebt hat, er redet ja nicht darüber.«

»Da bist du gewiss nicht allein.«

»Es war immer klar, dass ich das hier«, er machte eine nachlässige Handbewegung zu dem weitläufigen Haus hin, »einmal erben werde. Mein Leben lang wurde ich darauf vorbereitet. Wäre ich im Krieg gefallen, hätte mein jüngerer Bruder alles geerbt, und man hätte ihn über Jahre ausbilden lassen. Du bist sozusagen ins kalte Wasser geworfen worden.«

»Danke, dass du mich noch einmal daran erinnerst.«

»Was ich sagen möchte – es ist keine Schande, sich helfen zu lassen, Menschen an seiner Seite zu haben, die die Dinge besser verstehen als man selbst.«

»Ella hat es seinerzeit geschafft.«

»Ella hatte Hilfe, sie hatte im Rosenpalais Menschen an ihrer Seite, die sich im Confiserie-Gewerbe auskannten. Das Werk hätte sie ohne die Hilfe deines Vaters nicht halten können, er war es ja, der von Wirtschaft mehr verstand als sie. Und sie hatte das Geld der Lombards. Das alles waren Dinge, ohne die es ihr wohl kaum gelungen wäre. Sie wusste genau, was sie brauchte, und hat keinen Moment gezögert, diese Dinge zu nutzen.« Ein kleines Lächeln spielte um seine Lippen.

Fenja hob die Brauen. »Du weißt ja erstaunlich gut Bescheid.«

»Das war eine der spannenden Geschichten, die meine Mutter uns Kindern erzählte, immerhin hängt daran ja auch die Geschichte ihrer Ehe mit meinem Vater.«

Vom Saal her erklang Musik, und in die Gäste kam Bewegung. Fenja neigte lauschend den Kopf.

»Möchtest du tanzen?«, fragte Lennart.

»Später.« Obwohl sie sonst sehr gerne tanzte, war ihr gerade nicht danach. Zu viel ging ihr im Kopf herum. »Aber ich möchte dich nicht aufhalten.«

Jetzt glitt ein Ausdruck reiner Erheiterung über sein Gesicht. »Wenn das keine charmante Aufforderung sein soll, dich allein zu lassen, biete ich mich gerne als Unterhalter an.«

Fenja sah ihn an, wollte bereits ablehnen, als sie sich »Sehr gerne« sagen hörte. Er war gar nicht so arrogant und herablassend, wie sie zunächst geglaubt hatte. Sie hatte sich bereits gefragt, wie unter diesen Umständen eine Freundschaft zwischen ihm und Felix überhaupt funktionierte.

»Wonach steht dir der Sinn?«

»Es kommt darauf an, an welche Art der Unterhaltung du dachtest.«

Sein Lächeln bekam etwas Hintergründiges, das man sogar als etwas anzüglich bezeichnen konnte, wenngleich nicht auf eine aufdringliche Art, sondern vielmehr scherzend, leicht spöttisch. Sie stellte fest, dass sie ihn gut leiden konnte, und erwiderte das Lächeln, legte ein klein wenig Zurückhaltung hinein, die ihm zeigte, dass ihr die versteckte Anspielung nicht entgangen war, und ihn zugleich ermunterte, sich ruhig ein bisschen mehr anzustrengen.

»Eine kleine Führung durch den Garten?«, schlug er vor.

»Nur zu gern.«

Lennart bot ihr formvollendet seinen Arm und schritt mit ihr die breite, terrassenartig angelegte Treppe hinunter.

Amelie und Felix hatten einen lauschigen Ort im Garten ausgemacht, der es ihnen erlaubte fortzusetzen, was sie bei ihm daheim begonnen hatten. Wobei natürlich so viel Zurückhaltung geboten war, dass sie im Falle eine Entdeckung nicht in Erklärungsnot geraten würden. Felix war jedoch überaus geschickt in versteckten Liebkosungen, sodass Amelie recht bald atemlos und mit wild schlagendem Herzen in seinen Armen lag und wieder einmal dachte, dass dies sie für jeden Streit mit ihm entschädigte. Als sie später mit etwas wackligen Beinen an seiner Seite aus der Laube verstohlen auf den Weg trat, sahen sie sich unvermittelt Fenja und Lennart gegenüber.

Fenja wurde rot, und Lennart lächelte auf eine Weise, die keinen Hehl daraus machte, dass er nur zu gut wusste, wozu sie sich hatten hinreißen lassen. Na, die Vermeidung von Erklärungsnöten war ja in der Tat geglückt. Da das alles Felix' Idee gewesen war, war der Schuldige auch schon ausgemacht, und zur Strafe für diese Blamage entzog ihm Amelie ihre Hand.

»Lasst euch nicht stören«, setzte Lennart dem Ganzen noch die Krone auf. Unter seinem Blick stieg Amelie, die normalerweise über ein gutes Selbstbewusstsein verfügte, nun doch das Blut ins Gesicht.

»Wir wollten eigentlich gerade tanzen gehen«, antwortete Felix nonchalant und zwinkerte seinem Freund zu. Er bot Amelie den Arm, und da störrisches Ablehnen nun erst recht peinlich wäre, legte sie die Hand darauf und begleitete ihn zurück zum Haus, während Fenja mit Lennart weiter durch den parkartig angelegten Garten spazierte.

»Was denkt dein Freund jetzt von uns?«

»Was soll er schon denken? Wir sind verlobt, und er selbst ist auch nicht gerade ein Kind von Traurigkeit.«

»Klar, für euch Männer ist das ja keine große Sache.«

»Was soll das denn jetzt heißen?«

»Dass du dich vermutlich schon mit so vielen Damen in verschwiegenen Ecken amüsiert hast, dass es auf eine mehr ja auch nicht ankommt. Ich hingegen habe einen Ruf zu verlieren.«

»Habe ich dich vielleicht gezwungen, mit mir in den Garten zu gehen? Du hättest doch Nein sagen können.«

»Und mir dann den ganzen Abend deine gekränkte Miene angesehen? Na, besten Dank auch.« Amelie hörte selbst, wie kratzbürstig ihre Stimme klang, konnte aber schlechterdings nichts dagegen tun. In letzter Zeit brauchte es nicht viel, um sie gegen ihn aufzubringen, auch wenn sie ihm in diesem Fall wirklich unrecht tat. Offenbar sah er das ähnlich, denn er schwieg verstimmt. Dennoch tanzte er mit ihr, schien darauf zu hoffen, dass sie wieder zugänglicher wurde. Da Amelie nicht wollte, dass nun den ganzen Abend Missstimmung herrschte, bemühte sie sich um eine versöhnliche Miene und schaffte sogar ein Lächeln. Dennoch war sie nicht böse darum, dass Felix es bei einem Tanz beließ und kurz darauf von einigen Freunden in Beschlag genommen wurde. Sie tat ihrerseits so, als habe sie gute Bekannte entdeckt, berührte noch einmal seinen Arm und entfernte sich in Richtung Garten.

Lukas tanzte mit einer hübschen Brünetten, die Amelie auf Anfang zwanzig schätzte. Sie war ihnen bei ihrer Ankunft als Karina von Oedinghof vorgestellt worden, und ihre Ähnlichkeit zu Lennart war unverkennbar, das gleiche dunkle Haar, die gleichen graublauen Augen, beide kamen unverkennbar nach ihrem Vater. Sie sah in die Richtung, in die Fenja mit Lennart verschwunden war. Wobei verschwunden nicht das richtige Wort war, sie schienen durchaus darin bestrebt, stets in Sichtweite zu bleiben, um keinen Gerüchten Vorschub zu leisten, man konnte sie gut erkennen, wie sie Seite an Seite über die Wege flanierten. Ob Fenja sich in ihn verliebt hatte? Bei ihrer letzten Begegnung hatte Amelie den Eindruck gewonnen, dass sie ihn nicht so besonders mochte. Vielleicht war sie einfach nur höflich.

Amelie wandte sich wieder dem Geschehen zu, beobachtete die Tanzenden, hielt Ausschau nach Bekannten, entdeckte aber niemanden, zu dem sie sich gerne gesellt hätte. Zwar kannte sie durch Felix inzwischen etliche Frauen aus seinen Kreisen, aber so richtig gehörte sie nicht dazu, und im Grunde war Fenja die Einzige, mit der sie auch befreundet war. Doch die hatte derzeit anderweitig Gesellschaft.

Lukas hatte seinen Tanz beendet, und Lennarts Schwester verabschiedete sich von ihm, um sich zu einigen jungen Frauen zu gesellen. Amelie zwinkerte ihm zu. »Bist du ihr so oft auf die Füße getreten, dass sie es eilig hatte fortzukommen?«

»Ich halte mich eigentlich für einen guten Tänzer, aber Karina ist ohnehin etwas speziell.«

»Gefällt sie dir?«

»Nicht auf die romantische Art.«

»Vielmehr auf die unanständige?«, neckte sie ihn, und er schien tatsächlich verlegen zu werden.

»Würde ich niemals wagen.«

»Angst vor Arvid von Oedinghof?«

»Nein, vor meiner Mutter.«

Amelie lachte.

»Wo ist denn mein Bruder?«

»Der unterhält sich gerade mit einigen Freunden.«

»Und lässt dich einfach hier allein herumstehen?«

»Ich bin schon alt genug, um mich allein zu beschäftigen.«

Lukas taxierte sie, schien ihr den scherzhaften Ton jedoch abzunehmen und lächelte. »Tanzt du mit mir?«

»Willst du mir deine Tanzkünste beweisen?«

»Nein, aber wenn ich erst mit Karina und dann mit dir tanze, werde ich mich vor Damenandrang den Abend über nicht mehr retten können.«

Wieder lachte sie, stieß ihn leicht in die Seite und begleitete ihn danach zur Tanzfläche.

6

SEPTEMBER 1953

»Es tut Clara gut, wieder zu arbeiten«, sagte Eric. »Das war eine vortreffliche Idee von dir.«

Sie saßen zu zweit zum Kaffee zusammen in seiner Villa, ihrem gemeinsamen Elternhaus. Ella hatte Kuchen mitgebracht und Eric den Kaffee gekocht. Die neuen Zeiten ließen wohl auch ihn etwas häuslicher werden, stellte Ella amüsiert fest.

»Und was tut dir gut?«, fragte sie.

»Mir genügt es, wenn es Clara und Fenja gut geht«, sagte er.

Ella schenkte den Kaffee ein und nippte an der Tasse, um nicht sofort antworten zu müssen. Natürlich ging es Eric nicht gut, man musste ihn nicht einmal besonders gut kennen, um das zu wissen. Er war blass, und die schlaflosen Nächte forderten ihren Tribut, sodass seine Augen dunkel umschattet waren. »Du musst über das reden, was passiert ist«, sagte sie.

»Ich habe so viel über Jochen und Tobias geredet, dass …«

»Du weißt, dass ich nicht davon rede. Dir geht es nicht erst seit dem Verlust der Jungen schlecht, das hat nur alte Wunden wieder aufbrechen lassen.«

»Diese alten Geschichten …«

»Lassen dich nach wie vor nicht schlafen«, fiel sie ihm ins Wort. »Du musst endlich darüber reden, was damals geschehen ist. Es gibt Ärzte, die sagen …«

»Himmel, komm mir bloß nicht mit dieser Quacksalberei. Es geht vielen so wie mir, die Dinge sind geschehen, reden bringt da gar nichts. Man kann die Ereignisse nicht wegreden, sie bleiben, ganz gleich, wie oft man darüber spricht.«

Eric sprach mit niemandem über den Krieg, und damit war er nicht allein. Selbst nach nahezu dreißig Jahren Ehe mied Sebastian das Thema konsequent. Nicht einmal untereinander redeten die beiden Männer darüber. »Es geht doch gar nicht darum, dass irgendetwas ungeschehen gemacht wird. Aber die Bilder überfallen dich jede Nacht, das hast du damals selbst erzählt. Wenn sie also ohnehin nicht verschwinden, ist es dann nicht besser, sie kontrolliert hervorzurufen, als ihnen nachts im Schlafen ungeschützt ausgeliefert zu sein?«

Eric wirkte nun sogar ein klein wenig belustigt. »Wer hat dich denn diesen langen Sermon auswendig lernen lassen?«

»Mach dich nicht lustig über mich. Ich habe Zeitungsartikel darüber gelesen. Es gibt Menschen, die Hilfe in Anspruch nehmen von …«

Wieder fiel er ihr ins Wort. »Auf gar keinen Fall begebe ich mich in die Hände irgendeines salbadernden Schwätzers. Ich werde von schlimmen Erinnerungen heimgesucht, ich bin nicht verrückt.«

»Das behauptet doch auch niemand.«

»Kannst du dir das Gerede vorstellen, wenn jemand mich sieht, wie ich mich zu einem dieser Irrenärzte begebe?«

»Du lieber Himmel.« Ella schnaubte wenig damenhaft. »Seit wann schert dich, was die Leute denken?«

»Wenn sie mich für einen Irren halten, dann schert mich das durchaus.«

»Ein Arzt für Psychiatrie ist nicht dasselbe wie ein Psychologe, das nur nebenbei. Und es geht nicht darum, dass du dich irgendwo einweisen lässt, sondern er soll dir lediglich helfen, wieder zu dir selbst zu finden.«

»Ella, ich werde nächstes Jahr sechzig. Ich bin der, der ich jetzt bin, und nicht der, der ich mit zwanzig war, als ich für den Krieg eingezogen wurde. Zu diesem Mann werde ich nie wieder zurückfinden.«

»Das sollst du doch auch nicht. Es geht doch nur darum, dass du wieder schlafen kannst.«

Diese Sturheit, diese verbohrte und verblendete Sturheit. Es war nicht seine Schuld, das wusste sie, er lebte auf eine Art, die ihm anerzogen worden war. Die Gesellschaft duldete die Art von Schwäche nicht, an der er litt. Ungeachtet dessen, dass er bei Weitem nicht der Einzige war.

»Dann tu es für Clara und Fenja«, sagte sie. »Wenn dir so wichtig ist, dass es ihnen gut geht.«

Damit traf sie ihn, das war unübersehbar. »Hat Clara etwas in der Art gesagt?«

»Das muss sie gar nicht, sie sieht elend genug aus.«

Eric schwieg, indes die Hand, die seine Tasse hielt, leicht zitterte. Ihm zuzusetzen war nun auch wiederum nicht das, was Ella beabsichtigt hatte, aber wenn ihn das dazu brachte, sich endlich helfen zu lassen, musste es wohl sein. Sie neigte sich vor, umschloss seine Hand mit ihrer.

»Ich schlafe schon extra in einem anderen Raum. Immer schon.«

»Ich weiß, und sie hat sich damit arrangiert. Aber sie wird dennoch immer bei dir sein, wenn es dir nachts schlecht geht. Sie liebt dich, und es ist nicht so, als ginge es ihr besser, wenn sie dich in deinem Elend nachts außer Hörweite wüsste, falls du gerade über den Umzug in ein anderes Zimmer nachdenkst.«

Sein Gesichtsausdruck besagte, dass er das in der Tat getan hatte.

»Und dann ist da noch Fenja, die dich braucht. Sie ist erwachsen und will unabhängig sein, aber natürlich kann sie ohne dich kein ganzes Unternehmen führen, und das ändert sich auch nicht, indem du ihr Gideon vor die Nase setzt.«

Eric setzte die Tasse ab, ohne einen Schluck genommen zu haben. »Ich kann nicht, Ella, versteh das doch. Du weißt nicht, was alles passiert ist.«

»Das muss ich auch nicht wissen. Du erzählst es nicht mir, sondern einem völlig Fremden, der dafür bezahlt wird, dir zuzuhören.«

»Das klingt irgendwie armselig.«

»Nicht, wenn es etwas bringt.«

Eric seufzte und rieb sich die Augen. »Lass es gut sein, Ella. Ich werde mich bemühen, mich künftig stärker zusammenzureißen.«

Ellas Griff um seine Hand wurde stärker. »Das hat doch nichts damit zu tun, dass du dich nicht ausreichend zusammenreißt. Wir hatten damals nicht unrecht, als wir gesagt haben, du seiest krank.«

»Ich bin bei völliger körperlicher Gesundheit und mit allen Gliedmaßen aus dem Krieg heimgekehrt, was so manch anderer nicht von sich behaupten kann.«

»Ach, Eric…« Sie wusste nicht mehr, was sie noch hinzufügen sollte.

Er schwieg lange, dann sah er sie wieder an. »Tobias«, sagte er schließlich kaum hörbar. »Ich…«, er schluckte, »ich frage mich immer, ob er verbrannt oder erstickt ist…«

»Das führt zu nichts, und es ändert auch nichts. Er ist tot. Gleich, wie er gestorben ist, er ist tot. Du kannst es nicht ungeschehen machen, auch wenn du dich Jahre später noch deswegen quälst. Und es ist gewiss schnell gegangen, du hast das Haus ja gesehen.«

Eric nickte nur.

Er und Clara waren seinerzeit im Aufbruch begriffen, hatten alles vorbereitet, um Koblenz zu verlassen. Tobias war bei Hans Dorn gewesen, dessen jüngster Sohn, Gideons Bruder, sein bester Freund gewesen war. Tobias und Hans' Sohn waren gleichaltrig gewesen. Als bombardiert worden war, war Hans mit seiner Frau und den beiden Jungen in den Luftschutzkeller geflüchtet, aber eine Sprengbombe hatte das Erdgeschoss durchschlagen, und Hans hatte als Einziger überlebt. Er hatte auch nicht lange nach ihnen suchen können, denn überall loderte Feuer, und er hatte es knapp hinausgeschafft. Eric machte ihm keinen Vorwurf, Hans hätte das alles unmöglich verhindern können.

»Warum ausgerechnet Gideon?«, fragte Ella.

Eric sah sie an, atmete tief durch. »Weil Hans bis heute daran krankt, dass er neben seinen eigenen Verlusten mein Kind nicht beschützen konnte. Ich wüsste nicht, wie ich damit leben sollte. Auf diese Weise habe ich ihm das Gefühl gegeben, dass er es irgendwie vergelten kann.«

»Ich verstehe.«

Für Fenja war der Herbst die schönste Zeit des Jahres, wenn der Wind buntes Laub raschelnd über die Straßen und Wege wehte und das Sonnenlicht so intensiv wirkte, dass alle Farben wie goldbestäubt waren. An diesem Tag konnte ihr nicht einmal Gideon mit seiner unerträglich überlegenen Arroganz die Laune verderben. Man konnte an einem so schönen Tag gar nicht schlechter Stimmung sein, und damit das so blieb, hatte sie das Büro verlassen, als sich der erste handfeste Streit mit Gideon abzeichnete, und war mit dem Fahrrad ins Stadtzentrum gefahren, wo sie das Gefährt abstellte und einen ausgiebigen Spaziergang unternahm.

Sie hatte das Löhrrondell passiert und war weitergeschlendert, als sie auf Höhe der Hohenfelder Straße das leer stehende Ladenlokal entdeckte. Es war gerade erst fertiggestellt, etwas größer als das Rosenpalais mit einer breiten Fensterfront. Sie ging näher, spähte durch das staubige Glas ins Innere, das noch etwas roh wirkte. Ein kleiner Schauer durchlief sie. Konnte es das sein?

Sie rief sich zur Ordnung. Es war ja gar nicht gesagt, dass dieser Bau verfügbar war. Die Stadt war im Aufbau, da war es nicht ungewöhnlich, neue Gebäude zu entdecken. Sie ging an der Scheibe entlang bis zur Tür.

Das Gebäude war modern und eckig, so wie all die Neubauten. Hier war nichts Verspieltes mehr, es gab kein nostalgisches Flair. Es wurden Wohn- und Geschäftsräume benötigt, und das möglichst schnell. Da blieb keine Zeit für eine ansprechende Architektur.

Wenn das Lokal zu vermieten war, müsste dort doch ein Zettel hängen, Fenja konnte jedoch nichts entdecken. Sie trat zurück, sah an der Fassade hoch. Der Bau war noch nicht fertig verputzt, die oberen Fenster mit einer Art Packpapier bedeckt. Sie blickte durch die breiten Scheiben in das Innere des Lokals und bemerkte einen Handwerker, der am Boden kniete und Bodenleisten befestigte. Kurz entschlossen klopfte sie gegen das Glas, und der Mann blickte auf, sah sie fragend an, deutete auf sich, als wollte er sich vergewissern, dass sie wirklich mit ihm sprechen wollte, dann erhob er sich und kam zur Tür. Der Schlüssel drehte sich im Schloss, und die Tür wurde aufgeschoben.

»Wollen Sie zu mir, junges Fräulein?«

»Ich wollte nur fragen, ob das Lokal zu vermieten ist«, sagte sie.

»Kann ich nicht sagen, ich bin heute nur hier, um die Leisten zu verlegen. Wenden Sie sich an den Besitzer, Herrn Heinke.«

Fenja zog einen kleinen Block aus ihrem Täschchen, zückte einen Bleistift und notierte den Namen. »Wie heißt er mit Vornamen?«

»Ernst. Mehr weiß ich aber nicht. Wie gesagt, ich bin nur heute da.«

Sie bedankte sich bei ihm und steckte den Block weg. Ein Hochgefühl stieg tief in ihrer Brust auf, und sie spürte ein Lächeln, das zögerlich an ihren Mundwinkeln zupfte. Das hier war es, sie spürte es einfach. Erneut sah sie an der Fassade hoch, dann machte sie sich auf den Weg zur Löhrstraße zum Rosenpalais. Ihr Schokoladenpavillon bekam ein Gesicht. Confiserie und Tanzcafé. Felix war zwar angesichts des Namens skeptisch, aber Fenja hatte ihre Wahl getroffen. Das wäre ganz und gar ihres. Und sie würde es so erfolgreich führen, dass Gideon im Schokoladenwerk für sie arbeitete. Dann verging ihm hoffentlich seine überhebliche Arroganz.

Im Rosenpalais stand Paula zusammen mit ihrer Mutter an der Kasse, und da beide beschäftigt waren, winkte Fenja ihnen nur zu. Ihrer Mutter tat die Arbeit gut, sie hatte lange nicht so zufrieden gewirkt. Das war eine wunderbare Idee von Ella gewesen. Fenja betrat die Fertigung, wo Lena gerade dabei war, Marzipan zu bearbeiten. Felix war beschäftigt. Da das Café an diesem Tag so gut besucht war, dass die Leute sogar stehend auf einen Platz warteten, musste er beim Backen helfen. Er hatte gerade drei Schokoladensoufflés fertig aus dem Ofen gezogen, als Fenja die Kaffeeküche betrat.

»Du kannst Lennart Gesellschaft leisten«, schlug er vor. »Der sitzt im Café. Eigentlich wollte er zu mir, aber ich habe leider momentan keine Zeit für ihn.«

Ein klein wenig wunderte sich Fenja darüber, dass Amelie nicht da war, aber in letzter Zeit machte die sich ohnehin rar, und sie hatte nicht das Gefühl, dass Felix darüber sprechen wollte.

»Also gut, du viel beschäftigter Mann.« Sie zupfte ihn spielerisch an seinem Kittel, dann verließ sie die Fertigung wieder.

»Viel los heute«, sagte ihre Mutter, als Fenja sie nun, da diese einen Moment Luft hatte, mit einem Kuss auf die Wange begrüßte. »Ich dachte, du wolltest heute den ganzen Tag im Werk bleiben.«

Ihr lag bereits auf der Zunge, von der erneuten Auseinandersetzung mit Gideon zu erzählen, als sie es sich anders überlegte. »Es war so herrliches Wetter, das habe ich für einen ausgiebigen Spaziergang genutzt.« Von dem Lokal, das sie entdeckt hatte, würde sie ihrer Mutter später erzählen.

Lennart saß an einem kleinen Tisch für zwei Personen an der Wandseite, trank einen Kaffee und hatte eine Zeitung aufgeschlagen vor sich, die er nun raschelnd senkte, als sie zu ihm trat.

»Was für eine erfreuliche Überraschung.«

Sie zog den zweiten Stuhl vom Tisch zurück und ließ sich darauf nieder. »Da Felix zu beschäftigt für uns beide ist, fand er, wir könnten uns gegenseitig Gesellschaft leisten.«

»Ich bin entzückt.«

Fenja hob das Kännchen und schüttelte es leicht. »Möchtest du Kaffee?« Sie wartete seine Antwort nicht ab, sondern winkte Paula herbei. »Bringst du uns bitte noch ein Kännchen Kaffee und ein zweites Gedeck?« Nachdem Paula gegangen war, wandte sie sich wieder an Lennart. Sie hatten sich wunderbar unterhalten auf der Feier im Hotel, er hatte amüsante Anekdoten aus der Schweiz erzählt, hatte zweimal mit ihr getanzt, und sie hatte sich schließlich dazu hinreißen lassen, ausführlicher von ihren Plänen zu berichten.

»Ich glaube, ich habe ein Ladenlokal gefunden«,

erzählte sie. »Es ist ideal, ich weiß nur nicht, ob es zu vermieten ist.«

»Das sollte sich doch recht schnell herausfinden lassen.«

»Es gab keinen Aushang, ein Handwerker hat mir den Namen des Eigentümers gegeben. Kann natürlich sein, dass er es für sich selbst gebaut hat.«

»Hast du in den Anzeigen nachgeschaut?«

»Das mache ich regelmäßig, aber dieses Haus war noch nicht inseriert.«

»Wenn er es vermieten möchte, wird es gewiss inseriert, du musst jetzt nur noch den Markt im Auge behalten. Und dann schnell sein.« Er sah sie einen Moment lang aufmerksam an. »Ich hoffe, du nimmst es mir nicht übel, aber du solltest das nicht allein machen, sondern mit deinem Vater oder Gideon.«

In Fenja loderte der Zorn auf, und er bemerkte das offenbar, denn er hob begütigend die Hände. »Es ist nun einmal, wie es ist, man wird fragen, an wen das Haus vermietet werden soll, und wenn der Mieter die Schokoladenmanufaktur ist, dann wird der Mann dich als Vertreterin nicht ernst nehmen, du bist für sie lediglich die Tochter des Eigentümers. Viele Männer denken in dieser Hinsicht eher konservativ, und du trittst nicht gerade als gewiefte Geschäftsfrau auf.«

»Ich fing gerade an, dich zu mögen.«

Ein kurzes Lächeln blitzte auf. »Ich mag dich auch. Aber die Dinge sind nun einmal, wie sie sind.«

Fenja schwieg.

»Felix hat erzählt, du wolltest ursprünglich Ärztin werden«, wechselte Lennart das Thema.

»Ich habe ein sehr gutes Abitur und hätte in Bonn Medizin studieren können. Aber ich habe das immer aufgeschoben, weil ich Jochen nicht verlassen wollte.«

Lennart nickte nur.

»Ich wäre keine gute Ärztin geworden«, sagte sie in das Schweigen hinein. »Ich hätte kein weiteres Mal zusehen können, wie jemand dahinvegetiert, das Leiden immer weiter verlängert wird, weil die Angehörigen ihn nicht gehen lassen wollen.«

»Und das macht dich zu einer schlechten Ärztin?«

»Nun ja, meine Aufgabe sollte es ja sein, Leben zu retten und zu erhalten.«

»Ja, aber ist das ein Leben?«

Sie schwieg, ehe sie kaum merklich den Kopf schüttelte. Paula erschien mit einem Tablett, auf dem sie ein Kaffeekännchen und ein weiteres Gedeck trug. Auf einem kleinen Tellerchen befand sich eine Praline, dunkle Schokolade mit einer Pistazie in der Mitte. Fenja bedankte sich und übernahm es selbst, den Kaffee einzuschenken.

»Meine Eltern denken, ich täte das, was ich tue, unter Zwang, weil ich glaube, ich sei es ihnen auf eine verquere Weise schuldig. Aber selbst wenn dem so wäre – es ist nun einmal das, was ich derzeit tun möchte, es ist meine Entscheidung. Ich bin eine erwachsene Frau, und gleich, aus welchen Überlegungen heraus ich beschließe, mich um das Werk zu kümmern, es sollte von ihnen nicht beständig hinterfragt werden.«

»Kommst du mit Gideon inzwischen besser aus?«

Fenja zuckte nur mit den Schultern.

»Aber er macht seine Sache doch gut, oder nicht?«

»Ja, aber ich wünschte, er würde es auf eine Art tun, die mir nicht die ganze Zeit das Gefühl gibt, im Unternehmen praktisch überflüssig zu sein. Ich weiß, dass ich das alles nicht so gut beherrsche wie er, aber man hätte ihn mir auch an die Seite setzen können, um mich anzuleiten. Stattdessen ersetzt er mich. Aber das zu diskutieren ist jetzt ohnehin müßig. Ich werde mich um meinen Schokoladenpavillon kümmern, danach sehe ich weiter.«

»Schokoladenpavillon.« Eine leise Skepsis hatte sich in Lennarts Blick geschlichen.

»Sag nichts.« Fenja macht eine kleine, abwinkende Handbewegung. »Felix gefällt es auch nicht, aber ich bleibe dabei.«

Lennart lächelte. »Da du bei der schokoladigen Seite der Unternehmung ja ausreichend Leute an der Seite hast, die dir helfen, biete ich mich gerne an, dir bei der Umsetzung des Tanzcafés zu helfen. Solche Dinge zu organisieren war Teil meiner Ausbildung.«

Fenja erwiderte das Lächeln und hob ihre Tasse. »Das ist ein Wort.«

Es war spät, als Felix nach Hause kam. Er war müde, hatte mit Amelie noch lange an der Buchhaltung gesessen. Danach waren sie noch ein wenig miteinander spazieren gegangen, ehe er sie nach Hause gebracht hatte. Ihre Mutter war ausgegangen, und so hatte Amelie ihn noch mit in die Wohnung genommen. Die folgende Stunde schien sie bestrebt, ihn für ihre kühle Distanz der letzten Zeit zu entschädigen, hatte ihn geküsst, ihn sogar ein klein wenig weiter gehen lassen als bislang erlaubt. Und so mischte sich in seine Erschöpfung auch ein leises Hochgefühl.

Im Arbeitszimmer seines Vaters brannte noch Licht, und obwohl Felix jeden Disput nach Möglichkeit dadurch vermied, seinem Vater aus dem Weg zu gehen, so konnte er doch nicht einfach an ihm vorbei, ohne ihm zumindest eine gute Nacht zu wünschen. Gewiss hatte er ihn ins Haus kommen gehört, und der Stimmung im Haus waren Unhöflichkeiten von Felix' Seite sicher nicht zuträglich. Also tat er einen tiefen Atemzug und öffnete die Tür zum Arbeitszimmer.

»Guten Abend.«

Sein Vater sah erstaunt auf. »Guten Abend.« Er nahm die Brille ab und rieb sich die Augen.

Das Unternehmen florierte, und mittlerweile war von einer Expansion in Richtung Bonn und Köln die Rede. Kein Wunder, dass sein Vater bis spät in die Nacht zu tun hatte. Seit sie die Firma um Gewürzgebäck erweitert hatten, hatten sie die Zahl der Angestellten nahezu verdoppeln müssen. Sein Großvater hatte das Zepter erst kurz nach Kriegsende aus der Hand gegeben, und nun schulterte sein Vater alles allein.

»Warum stellst du niemanden ein?«, hörte er sich fragen und hätte sich am liebsten selbst einen Tritt versetzt. Jetzt würde unweigerlich die Diskussion über den pflichtvergessenen Sohn folgen.

Sein Vater jedoch schwieg, entweder, weil er noch nach den richtigen Worten suchte, oder aber, weil ihn die ständigen Diskussionen selbst ermüdeten.

»Den Posten des Geschäftsführers haben wir bislang immer in der Familie behalten«, antwortete er schließlich.

»Vielleicht wird es Zeit, das zu ändern.«

Sein Vater schwieg.

Felix hatte ein sehr zwiespältiges Verhältnis zu dem Unternehmen, das änderte sich auch nicht, als die Taten seines Großvaters juristisch aufgearbeitet wurden und er seinerzeit in einem Prozess zu einer Strafzahlung verurteilt worden war. Es hatte ihn abgestoßen, wie vehement sich sein Großvater zu Lebzeiten verteidigt hatte, so tat, als sei er kein begeisterter Mitläufer gewesen, als habe er nur aus wirtschaftlichem Zwang heraus gehandelt, um sein Unternehmen zu halten. Natürlich war er damit nicht durchgekommen, er konnte froh sein, nicht ins Gefängnis gemusst zu haben. Nach Felix' Dafürhalten hätte er dort hingehört. Seine Großmutter war nach dem Tod ihres Ehemannes zu einer seiner weiter entfernt lebenden Tanten gezogen.

»Ist Mutter schon zu Bett gegangen?«

»Nein, sie ist heute Abend unterwegs mit Louise und Clara.«

»Ach was? Bist du womöglich deshalb noch wach und nicht, weil dir die Arbeit über den Kopf wächst?«

Jetzt lachte sein Vater leise auf. »Sie würde sich das natürlich empört verbitten. Aber ich kann einfach nicht einschlafen, ehe sie daheim ist.«

»Möchtest du noch eine Zigarre mit mir rauchen, ehe ich zu Bett gehe?«, versuchte Felix einen Anflug von Normalität herzustellen.

Sein Vater zog die Schublade zu seiner Rechten auf

und entnahm ihr eine hölzerne Schachtel, die er auf den Schreibtisch stellte. »Die waren wirklich schwer zu bekommen.«

Felix trat ein und schloss die Tür hinter sich. Er nahm auf dem Stuhl seinem Vater gegenüber Platz, als er hörte, wie die Haustür ins Schloss fiel. Lauschend hielten sie inne, aber das waren nicht die Schritte seiner Mutter. Kurz darauf streckte Lukas den Kopf zur Tür hinein. »Ah, während ich arbeite und Menschenleben rette, wird sich hier amüsiert?«

»Nur kein Neid«, antwortete Felix.

»Ist Mutter nicht da?«

»Würden wir andernfalls stinkende Zigarren rauchen?«, stellte sein Vater eine Gegenfrage.

»Na dann.« Lukas trat ein, schloss die Tür wieder und öffnete das Fenster einen Spaltbreit. Dann griff er in die Schachtel, entnahm ihr eine Zigarre und hielt paffend ein Streichholz daran. »Welchem Umstand verdanken wir euer abendliches Beisammensein eigentlich?« Er sah Felix an. »Wirst du nun doch in das Unternehmen einsteigen?«

»Nein«, antwortete Felix und streifte seinen Vater mit einem kurzen Blick. »Aber möglicherweise sind wir übereingekommen, dass geschäftlich geschäftlich ist und privat eben privat. Ich bleibe, wer ich bin, auch wenn ich kein Gewürzunternehmen leite. Und da Vater sich an seine Ängste erinnert, die er ausgestanden hat, als ich im Krieg war, wird er mir gewiss nicht die Zuneigung entziehen, weil ich etwas vergleichsweise Profanes wie einen Stuhl in einem seiner Büros ablehne.«

Sein Vater schwieg. Dann neigte er den Kopf.

»Wenn du jetzt noch einen Kaffee trinkst, schläfst du heute Nacht nicht«, erklärte Fenja und fragte sich, ob sich die Rollen irgendwann vertauschten und es die Kinder waren, die die Eltern zur Vernunft mahnen mussten.

»Ich schlafe ohnehin nicht.«

»Na, mit der Einstellung gewiss nicht. Ich mache dir eine heiße Schokolade.«

»Die konnte ich schon als Kind nicht ausstehen.«

»Sagte der Inhaber einer der größten Schokoladenmanufakturen der Region.«

Eric Dorn lachte. »Können wir uns auf einen kleinen Kaffee einigen?«

»Nein.« Fenja sah ihn streng an. »Ich mache dir eine heiße Milch.«

»Grundgütiger!«

»Kamillentee?«

»Sehe ich aus, als sei ich magenkrank?«

»Du siehst aus wie jemand, der zu wenig schläft.« Fenja goss Milch in den Topf, während ihr Vater ihr, am Küchentisch sitzend, zusah. »Du hast außerdem noch nie die heiße Milch probiert, die Mutter mir früher immer gekocht hat. Es gibt dafür so eine Gewürzmischung von Louise, die rühre ich unter.«

Ihr Vater seufzte, ergab sich aber seinem Schicksal. »Gibt es etwas Neues von dem Ladenlokal in der Hohenfelder Straße?«

»Nein, bislang nicht. Ich war heute noch einmal dort, aber da waren nur die Handwerker.« Sie hatte den Eigentümer nicht im Adressbuch ausfindig machen können, und Monika hatte gemeint, er wohne vielleicht gar nicht in Koblenz, sondern finanziere hier nur das Gebäude. Fenja würde sich gedulden müssen. »Lennart sagt, dass es besser sei, wenn ich das nicht allein mache.«

»Lennart? Ich wusste gar nicht, dass ihr so vertraut miteinander seid.« Da war sie, die väterliche Wachsamkeit.

Fenja lächelte in sich hinein, während sie den hölzernen Löffel in der Milch rührte. »Wir haben uns vor einigen Tagen im Rosenpalais getroffen. Eigentlich wollten wir beide zu Felix, aber der hatte keine Zeit. Und da habe ich ihm von dem Ladenlokal erzählt.« Jetzt drehte sie sich zu ihm um. »Was denkst du? Sollte mich wirklich jemand begleiten? Nimmt man mich als Frau nicht ernst genug? Erst habe ich seine Worte abgetan, aber mir geht das dennoch nicht aus dem Kopf.«

»Nun ja, so ungern ich es sage, aber ganz unrecht hat er nicht.«

Die Milch kochte hoch, und Fenja nahm den Topf vom Feuer. »Gideon nehme ich auf gar keinen Fall mit.«

»Nun, ich bin ja auch noch da, nicht wahr?«

Sie drehte sich zu ihm um und stellte einen Steingutbecher mit Milch vor ihm ab. »Würdest du mich denn begleiten?«

»Ja, gewiss.«

Fenja setzte sich ihm gegenüber. »Es gibt so vieles zu bedenken und zu planen, manchmal weiß ich gar nicht, wo ich anfangen soll. Gideon ist noch nicht überzeugt, was die Massenproduktion von Pralinen angeht, er meint, ich solle einen Confiseur einstellen, so wie im Rosenpalais. Aber ich will ja eben keine Kopie davon machen, ich möchte Pralinen aus unserem Werk verkaufen. Hochwertig, aber im Werk produziert und somit erschwinglicher. Es soll eine ganz andere Käuferschicht ansprechen als das Rosenpalais, das sich nach wie vor die eher Gutbetuchten leisten können. Es soll modern sein mit Musik im Hintergrund und einer kleinen Tanzfläche. Ich habe mir alles schon genau ausgemalt, und diese Räumlichkeiten in der Hohenfelder Straße wären perfekt.«

Ihr Vater verzog das Gesicht, als er die Milch trank. »Hm, gar nicht so schlecht.«

»Ja, sieht man dir an.« Fenja lachte. »Aber du wirst sehen, sie wirkt Wunder, man schläft wie ein Kleinkind.«

»Das wäre herrlich.«

Er sagte das in einem so sehnsuchtsvollen Ton, dass es Fenja die Brust zusammenzog. Sie streckte die Hand aus, legte sie auf seine und drückte sie leicht. Sie wollte etwas Tröstliches erwidern, aber es gab nichts. Was blieb einem auch zu sagen, wenn man wusste, dass die Dämonen bereits in den Schatten lauerten und nur darauf warteten, sich auf den im Schlaf Wehrlosen zu stürzen? Wer konnte es ihrem Vater verdenken, wenn er lieber wach bleiben wollte? Kein Schlaf mehr für den Rest seines Lebens bis hin zu jenem erlösendem, aus dem man nicht mehr erwachte. Wieder diese morbiden Gedanken. Dies waren Fenjas Dämonen. Sie erhob sich und drehte das Licht etwas höher. Die Schatten wichen und ihre Dämonen mit ihnen.

Teil 2

7

FEBRUAR 1954

»Wir müssen das unbedingt noch einmal in angemessenerem Rahmen feiern«, sagte Fenja.

Amelie sah sich in dem hübschen Café um, das zum Hotel Oedinghof gehörte. »Angemessener als hier?«

»Ich meinte damit so richtig mit meiner Familie. Am besten im Rosenpalais.«

Amelie schaffte es, ein Aufstöhnen zu unterdrücken. »Gewiss.«

»Warum wolltest du eigentlich hierhin kommen?«, fragte Fenja. »Also es ist hübsch hier, aber immerhin ein ganz schönes Stück zu fahren.«

»Es ist mal etwas anderes.« Dabei wollte Amelie sich den wahren Grund ihres Kommens nicht eingestehen, jenen Grund, der im Foyer gestanden und sie mit erstaunter Miene begrüßt hatte, in lässiger Eleganz. Ihr schlug das Herz jetzt noch bis zum Hals, wenn sie an sein Lächeln dachte. Amelie verstand sich selbst nicht, verstand nicht, was sie antrieb. Sie war verlobt und ganz und gar nicht schwärmerisch veranlagt. Felix gegenüber hatte sie ein erbärmlich schlechtes Gewissen, hatte das Gefühl, ihn zu betrügen, wenngleich sie Lennart nicht einmal durch Blicke zeigte, welchen Aufruhr er in ihr auslöste. Wann es begonnen hatte, konnte sie nicht einmal so genau sagen.

»Ja, das ist es in der Tat.« Fenja schob sich ein Stück Kuchen in den Mund und sah sich um. »Sie werden demnächst einige Modernisierungen vornehmen, hat mir Lennart erzählt.«

Ein unwillkommener Stich von Eifersucht durchzuckte Amelie, und sie rief sich entschieden zur Ordnung. Was war nur los mit ihr? Sie hätten nicht hierherkommen sollen, das war ihr Fehler. »Wann eröffnest du?«, wechselte sie das Thema.

»Am liebsten im Sommer, aber dann muss es jetzt wirklich schnell gehen.«

Vor einigen Tagen hatte Fenja – oder vielmehr ihr Vater – den Schlüssel für das Ladenlokal bekommen, nachdem sie den Mietvertrag für die Räumlichkeiten im letzten Jahr unterschrieben hatten und nur noch warten mussten, bis die Arbeiten abgeschlossen waren. Seither befand sie sich in einem fortwährenden Zustand der Euphorie. Amelie wollte nicht neidisch sein, konnte jedoch nicht verhindern, dass sie genau das war. Ein eigenes Unternehmen. Was für eine wundervolle Vorstellung! Amelies berufliche Ambitionen würden sich wohl in der Buchhaltung des Rosenpalais erschöpfen. Sie könnte sich natürlich irgendwo als Stenotypistin bewerben, aber das war nun auch nicht das, was sie sich wünschte. Sie wollte sich einbringen, gefordert werden, und eigentlich wäre Felix dafür ideal, denn er wollte sie ja mit einbeziehen. Nur leider in das falsche Unternehmen.

»Ich habe in den Katalogen schon einiges entdeckt,

das mir für die Einrichtung gefallen würde, dabei hilfst du mir, ja?«

»Sehr gerne.« Felix würde sie ebenfalls unterstützen, vor allem was das Angebot anging, hatte er ein gutes Gespür. Leider ging ihm das im Unternehmen seines Vaters gänzlich ab, und inzwischen hatte sich Sebastian Lombard wohl damit abgefunden. Amelie konnte es einfach nicht glauben, dass Felix sein Geburtsrecht einfach so aufgab, um Konditor zu werden. Würde der das Unternehmen dann später einfach verkaufen? Oder es wenigstes für mögliche Kinder erhalten?

Amelie sah an Fenja vorbei zur Tür, und wieder tat ihr Herz diesen kleinen Stolperer, als sie Lennart bemerkte, der ins Café trat. Sie war ja vollkommen närrisch.

»Alles zu Ihrer Zufriedenheit, die Damen?«

Fenja sah lächelnd zu ihm auf. Ihr Blick hatte sich verändert, war weicher geworden, fast schon flirtend, und wieder verspürte Amelie diese aufkeimende Eifersucht. Dabei durfte Fenja flirten, durfte es auch mit Lennart, immerhin waren sie beide ungebunden.

»Dir nehme ich die Zufriedenheit sofort ab«, sagte Lennart nun, »aber Amelie schaut etwas düster drein.«

Amelie rief sich entschieden zur Ordnung, schenkte ihm ein Lächeln. »Alles bestens.«

Er wechselte noch ein paar Worte mit Fenja, und am Rande bekam Amelie mit, dass er sich mit ihr verabredete, um sich ihr Ladenlokal anzusehen. War sie so wankelmütig, dass ihre Verlobung ihr nichts mehr bedeutete, nur weil ein anderer Mann ihr ausnehmend gut gefiel? Machte das alles zunichte, was zwischen ihr und Felix war? Aber wenn sie genauer darüber nachdachte – was war da eigentlich? Er sah gut aus, er küsste gut, und er bereitete ihr sinnliches Vergnügen.

»Ist wirklich alles in Ordnung?«, fragte Fenja nun. Lennart hatte das Café wieder verlassen.

»Ja, mir geht nur einiges im Kopf herum. Nicht so wichtig.« Wieder zwang sich Amelie zu einem Lächeln und trank eine weitere Tasse Tee. Vielleicht könnte sie mit Fenja zusammenarbeiten, so wie ihre Mutter, ihre Tante und Louise. Aber wenn es ihr genügen würde, Pralinen zu verkaufen und Kaffee zu servieren, könnte sie das auch im Rosenpalais haben. Da sie Fenjas erneuten kritischen Blick bemerkte, schüttelte sie all diese unerfreulichen Gedanken ab. »Erzähl mal, wie du dir das im Einzelnen vorstellst.«

Sie waren mit Felix' Auto zum Hotel gefahren, wobei ausdrücklich nur Amelie hinter das Steuer gedurft hatte. Amelie hatte Fenja vor dem Schokoladenwerk abgesetzt und war seltsam still und in sich gekehrt gewesen. Fenja hatte versucht, mit ihr darüber zu sprechen, aber Amelie hatte mit Ausflüchten abgewunken, sodass Fenja es schließlich gut sein ließ. Wenn ihre Freundin sich ihr anvertrauen wollte, würde sie dies gewiss tun.

Im Werk war Fenja mittlerweile in das kleine Büro eingezogen, das schräg gegenüber dem ihres Vaters lag, in dem nun Gideon saß. Sie hatte sich den Raum mit einigen Bildern nett hergerichtet, aber so richtig wohl fühlte sie sich darin nicht. Er war eng, und das Fenster ging auf den Hof raus, nicht auf die Mosel wie in dem großzügigen Büro, das Gideon bewohnte. Aber sei's drum. Sie hatte sich unter Monikas Anleitung einige

Bücher über Wirtschaft gekauft und arbeitete diese durch, außerdem befasste sie sich intensiv mit der Herstellung von Schokolade. Seit einigen Wochen stapelten sich Kataloge auf dem Schreibtisch, aus denen sie Ideen für ihre Einrichtung schöpfte.

Fenja saß bis in die Abendstunden über der Aufstellung von Zahlen, die sie veranschlagte für die Einrichtung. Damit allein war es natürlich nicht getan, sie würde mindestens eine Angestellte brauchen, aber vielleicht half auch Amelie ihr zu Beginn. Nachdem sie weiter Ausgaben hinzugerechnet hatte, kam sie auf eine geradezu monströse Summe. Und da war die Miete noch nicht inbegriffen. Sie strich sich eine Haarsträhne aus dem Gesicht und stützte das Kinn in die Hand. Ein kurzer Blick zum Fenster sagte ihr, dass der Abend schon weiter fortgeschritten war als gedacht. Sie streckte sich, dann nahm sie die Kladde mit ihren Berechnungen, um sie Gideon zu zeigen, der gewiss noch nicht gegangen war.

Der Korridor lag bereits im Dunkeln da, und auch das Vorzimmer war verlassen, nur unter Gideons Tür schimmerte Licht hervor. Fenja öffnete die Tür.

»Gideon, schau mal, ob …« Sie blieb wie angewurzelt stehen. Vor ihr fuhren Gideon und Monika auseinander, und während Gideon sich räusperte und seine Krawatte zurechtrückte, stand Monika mit dem Rücken zu Fenja und nestelte sichtlich hektisch an ihren Knöpfen. Fenja stieß ein höhnisches Schnauben aus.

»Ah, jetzt wird mir natürlich klar, warum du ihre Dienste dringender benötigst als ich. Na, dann lasst euch nicht stören.« Sie machte auf dem Absatz kehrt und verließ das Büro, wobei sie es sich nicht nehmen ließ, die Tür etwas heftiger ins Schloss zu ziehen, als es eigentlich notwendig gewesen wäre.

Sie hatte das Vorzimmer gerade durchquert, als die Tür zum großen Büro aufgerissen wurde. »Fenja!«

Rasch eilte sie weiter, hörte Gideon hinter ihr herlaufen. »Fenja! Jetzt warte doch!«

Ohne sich umzudrehen, lief sie zur Treppe, wo er sie schließlich einholte und am Arm packte. »Ich sagte, du sollst warten!«

»Untersteh dich!«

»Lass mich doch wenigstens erklären!«

»Danke, ich verzichte. Mach doch, was du willst.«

»Wirst du es deinem Vater erzählen?«

»Lass mich los!«

»Dann hör mir erst zu.«

»Kein Bedarf. Und jetzt lass los, du tust mir weh!« Sie wollte ihm ihren Arm entreißen, aber er hielt sie fest.

»Fenja, verdammt noch mal. Es ist nicht ...«

»Ich sagte, das interessiert mich nicht.«

Im selben Moment, in dem Fenja erneut ihren Arm losreißen wollte, ertönte von unten eine Männerstimme: »Was ist denn da los?«

Gideons Griff lockerte sich, und Fenja verlor den Halt, blickte noch einen kurzen Moment in sein erschrockenes Gesicht, ehe sie rückwärts die Treppe hinunterfiel. Sein Versuch, sie zu fassen, ging ins Leere, Fenja schlug hart auf der Treppe auf, überschlug sich, und dann war da nichts mehr.

Ella bekam den Anruf, als sie Sebastian gerade so weit hatte, den Schreibtisch zu verlassen und den Abend lieber mit ihr in ihrem Zimmer ausklingen zu lassen.

»Geh nicht ran«, murmelte er an ihr Haar, aber sie wussten beide, dass das nicht möglich war. Um diese Uhrzeit konnte es nur etwas Wichtiges sein.

Sebastian griff nach dem Hörer. »Ja«, kam es knapp von ihm. »Ach, Clara, guten …« Offenbar wurde er unterbrochen, er lauschte, krauste die Stirn. »Ist gut, wir kommen.« Er hängte auf. »Fenja liegt im Krankenhaus.«

»Grundgütiger! Was ist passiert?«

»Ich weiß es nicht, Clara hat die ganze Zeit über geweint, ich habe kaum verstanden, was sie gesagt hat. Ein Sturz oder etwas Ähnliches.«

Ella schlug das Herz bis zum Hals. Bitte nicht, dachte sie. Bitte, bitte nicht auch noch Fenja. Sie eilte aus dem Arbeitszimmer, zog sich in aller Eile Stiefel und Mantel an. »In welchem Krankenhaus liegt sie?«

»Kemperhof.«

Das war in Moselweiß in der Nähe des Schokoladenwerks. Sie stiegen in Sebastians Wagen, und er setzte diesen aus der Einfahrt auf die Straße, legte den Gang ein und fuhr los. Ella verschränkte die Hände im Schoß, presste sie fest umeinander, während ihr das Herz in wilden Schlägen ging. Sie bemühte sich, ruhig zu atmen, die Angst niederzukämpfen, um Eric ruhig gegenüberzutreten. Er und Clara würden aufgewühlt genug sein, da brauchte es jemanden, der ihnen mit Zuversicht entgegentrat.

Sebastian schwieg während der Fahrt, versuchte sich

nicht an Floskeln wie »Es ist gewiss nicht so schlimm«, was Ella ihm hoch anrechnete. Er war pragmatisch, das war er immer schon gewesen, und weder redete er die Dinge schön, noch verfiel er schon im Vorfeld in Panik. Ruhig steuerte er den Wagen durch die Straßen, auf denen in den Abendstunden nur noch wenig Verkehr war, sodass er etwas zügiger fuhr als sonst.

Im Krankenhaus warteten Eric und Clara im Empfangsbereich auf sie. Lukas war auch da, stand bei ihnen, sprach auf Eric ein, der so bleich war, dass die dunklen Ringe unter seinen Augen wie losgelöst auf der Haut klebten. Er drehte sich zu ihnen um, und Ella umarmte ihn.

»Was ist passiert?«

»Fenja ist im Werk die Treppe hinuntergefallen«, erklärte Clara.

»Wie das?«

»So richtig wissen wir das auch nicht. Gideon hatte einen Krankenwagen gerufen und danach uns angerufen, wir waren fast zeitgleich mit dem Arzt dort. Wie sie da am Fuß der Treppe gelegen hat …« Clara versagte die Stimme.

»Herr Kramp hat gesagt, er hätte sie streiten hören«, kam es nun von Eric. »Fenja hätte ihm immer wieder gesagt, er solle sie loslassen, und plötzlich habe er sie die Treppe hinunterfallen sehen. Ich habe mir Gideon noch nicht vorgenommen, das werde ich tun, sobald ich weiß, was mit Fenja ist.«

»Was sagen die Ärzte?« Ella sah Lukas an, der mit einigen Ärzten aus dem Krankenhaus gut bekannt war.

»Sie hat sich den Kopf beim Sturz angeschlagen, aber

wie schlimm es ist, kann man noch nicht sagen, da sie das Bewusstsein noch nicht wiedererlangt hat.«

Eric nickte nur, ließ sich auf einem der Stühle nieder und barg leicht vornübergebeugt das Gesicht in den Händen. Während Clara nur wie erstarrt dastand, setzte sich Ella neben ihren Bruder, legte den Arm um seine Schultern und drückte ihn leicht an sich.

Fenja blinzelte wieder und wieder mit bleischweren Lidern, aber aus den verschwommenen Umrissen ließen sich keine klaren Konturen herausschälen. Jede kleine Bewegung schickte eine Schmerzwelle durch ihren Kopf, und sie hörte sich leise aufstöhnen. Eine Frauenstimme sagte: »Sie ist wach.«

Jemand kam, schob ihr die Lider auseinander, leuchtete in ihre Augen, was sie unwillig abwehren wollte. Erneut dieser Schmerz. »Einen Moment noch«, hörte sie eine Männerstimme.

Fenja schloss die Augen wieder, spürte, wie sie langsam wegdriftete. Sie war so elend müde. Als sie die Augen wieder öffnete, stand jemand neben ihr, eine hoch aufgewachsene Silhouette. Sie blinzelte, bis sie etwas klarer sah. Im nächsten Moment stieg Übelkeit in ihr auf, in ihrem Mund schmeckte es sauer, dann drehte jemand sie auf die Seite, und sie erbrach sich schwallartig, hustete, erbrach sich erneut. Eine Frauenstimme war zu hören, jemand wischte ihr den Mund mit einem feuchten Tuch ab, benetzte ihre Lippen mit Wasser. Sie fuhr mit der Zunge darüber. Dann schloss sie die Augen, und kurz darauf umhüllte sie wohltuendes Dunkel.

Als sie die Lider erneut hob, war es hell im Raum, und ihre Mutter saß auf einem Stuhl neben ihr, hielt ihre Hand. »Da bist du ja«, sagte Clara Dorn, beugte sich vor und streichelte sacht ihre Wange.

Einen Moment lang war Fenja desorientiert, wusste nicht, was passiert war und wo sie sich eigentlich befand. Dann kam die Erinnerung. Gideons entsetztes Gesicht, ihr Fall. Das wattige Gefühl der Betäubung war gewichen, und ihr war, als spürte sie jeden Knochen im Leib. »Ich bin die Treppe hinuntergefallen.« Sie ließ es als halbe Frage klingen.

»Ja.« Nun bemerkte Fenja auch ihren Vater, der am Kopfende auf der anderen Seite des Bettes stand. Rechts und links befanden sich stoffbespannte Stellwände, und leise Stimmen waren zu hören, schmerzvolles Stöhnen. Eric Dorn trat in ihr Blickfeld, sodass sie den Kopf nicht drehen musste. »Erinnerst du dich noch daran, was passiert ist?«

Sie krauste die Stirn. »Ich … Gideon und ich, wir haben uns gestritten, und dann bin ich irgendwie gefallen.«

»Ist er daran schuld?«

Fenja dachte an sein erschrockenes Gesicht. »Du meinst, ob er mich gestoßen hat? Nein, natürlich nicht.«

»Lass es jetzt fürs Erste gut sein«, bat ihre Mutter. »Wir klären das später.« Sie sah ihre Tochter an. »Du musst dich jetzt erst einmal erholen.«

Ihr Vater schwieg und berührte Fenjas Schulter. »Der Arzt sagt, du brauchst jetzt viel Ruhe. Du hast großes Glück gehabt, dass du dir bei dem Sturz nicht das Genick gebrochen hast.«

»Wie lange muss ich hierbleiben? Ausruhen kann ich doch auch zu Hause.«

»Einige Tage, das entscheiden die Ärzte«, antwortete ihre Mutter. »Danach solltest du aber zunächst auch daheim unbedingt Bettruhe halten. Du hast am ganzen Körper Prellungen, und eine Rippe ist angebrochen.«

»Ja, so fühlt es sich auch an. Es tut weh beim Atmen. Kann ich nichts gegen die Schmerzen bekommen?«

»Ich spreche mit dem Arzt«, sagte ihr Vater. Er sah ihre Mutter an. »Du bleibst bei ihr?«

»Ja.«

Fenja wandte in einer behutsamen Bewegung den Kopf. »Wohin gehst du?«

»Wenn ich mit dem Arzt gesprochen habe? Ich knöpfe mir Gideon vor.«

Einen Moment lang tat er ihr leid, aber dann dachte sie an ihn und Monika eng umschlungen in seinem Büro. Daran, dass er ihr ihre Sekretärin abspenstig machte, weil er sie als Liebchen wollte. Daran, wie er sie, Fenja, festgehalten hatte, sie hatte zwingen wollen, ihm zuzuhören. Sollte er nur sehen, wie er sich da herausredete.

»Da hast du uns ja einen schönen Schrecken eingejagt.« Felix saß auf einem Stuhl neben ihrem Bett. »Wie geht es dir denn heute?«

Inzwischen lag sie seit drei Tagen hier, und mittlerweile waren ihr auch Besuche von Freunden und Angehörigen erlaubt worden, was man bislang nur ihren Eltern gestattet hatte, da sie unbedingte Bettruhe benötigte. »Schon viel besser, zumindest sind die Kopfschmerzen nicht mehr so schlimm. Das Atmen tut weh und die ganzen Prellungen, und da helfen Schmerzmittel nur bedingt.«

»Es wird gewiss bald besser.«

Fenja sah zum kleinen Tischchen neben ihrem Bett hin, wo bereits drei Schachteln Pralinen standen. »Für ausreichend Trost ist ja gesorgt. Ich werde das Zimmer bald wohl nur noch rollend verlassen können.«

Felix grinste. »Wäre beim nächsten Treppensturz gewiss von Vorteil.«

»Willst du frech werden?«

Das Grinsen wurde breiter. »Ich habe gehört, Lennart war vorhin hier.«

»Ja, aber nicht lange.«

»Du wirst rot.«

»Stimmt gar nicht.« Allerdings spürte Fenja in der Tat, dass ihre Wangen warm geworden waren.

»Was hat er so erzählt?«

»Nicht viel, er war nicht lange da.« Lennart war zurückhaltend gewesen, fast schon schüchtern, was sich ungewohnt ausnahm und wohl dem Umstand geschuldet war, dass Fenjas Vater anwesend war und ihn mit Argusaugen taxierte.

»Mir hat er erzählt, dass dein Vater Gideon vor die Tür gesetzt hat.«

»Das hat mein Vater mir auch erzählt.«

»Es muss wohl einen heftigen Streit gegeben haben.« Felix beobachtete sie aufmerksam.

»Ja, kann schon sein, so genau hat er mir das nicht geschildert.«

»Magst du mir erzählen, was passiert ist?«

»Ich habe mit ihm gestritten und bin die Treppe hinuntergefallen, mehr nicht.«

Er hob die Brauen, wartete schweigend, bis Fenja schließlich seufzte. »Also gut, ich habe ihn mit meiner Sekretärin, die er für sich beansprucht, in seinem Büro erwischt.«

»Verstehe. Du hast sie also in einer sehr pikanten Situation erwischt?«

Sie nickte.

»Und dann?«

»Sind sie auseinandergeschreckt, und Gideon fing direkt an, alles erklären zu wollen, aber ich bin fortgelaufen, weil ich mir das nicht anhören wollte. Er ist hinter mir her, hat mich an der Treppe eingeholt, am Arm gefasst und festgehalten.«

»Weil er mit dir sprechen wollte.«

»Ja, warum sonst?«

»Und dagegen hast du dich gewehrt.«

Sie nickte.

»Und warum das ganze Theater? Ich meine, es geht dich doch überhaupt nichts an, was er mit seiner Sekretärin treibt?«

Fenja glaubte, sich verhört zu haben. »Wie bitte?«

»Sie sind beide erwachsen, und irgendwie sieht es dir nicht ähnlich, dich moralisch darüber zu erheben, dass sie sich ganz offensichtlich nur geküsst haben. Was soll also dieser Ausbruch?« Er deutete auf das Bett und die Umgebung. »War es das wert?«

»Ich habe Monika eingestellt, weil ich sie für talentiert gehalten habe und dachte, wir würden gut zusammenarbeiten. Aber kaum saß Gideon an meinem Schreibtisch, hat er bestimmt, dass sie künftig für ihn arbeitet.«

»Nun ja, sie ist die Vorzimmerdame des Geschäftsführers, nicht wahr?«

»Aber …«

»Du hast doch kein Eigentumsrecht auf sie. Und wenn sie und Gideon sich mögen, dann geht dich das ja eigentlich auch nichts an.«

»Er hat gesagt, er benötigt sie, damit sie für ihn arbeitet, nicht um mit ihr knutschend in seinem Arbeitszimmer die Abende zu verbringen.«

»Das heißt ja nicht, dass sie davor nicht gearbeitet hat.«

Fenja schnaubte nur.

»Hast du deinem Vater davon erzählt?«

»Nein, er hätte Monika sofort entlassen.«

»Na, immerhin.«

»Ich mag Monika, und ich möchte nicht, dass Gideon sie für seine Zwecke ausnutzt.«

»Hattest du den Eindruck, sie würde gezwungen?«

»Nein, aber …«

»Himmel!« Er fuhr sich mit beiden Händen durch die Haare. »Und anstatt ihm zuzuhören, rennst du beleidigt davon.«

Fenja schwieg verstimmt.

»Nun, jetzt kannst du es dir ja wieder auf dem Geschäftsführerstuhl bequem machen.«

»Ich dachte, du wärest in dieser Sache auf meiner Seite.«

»Ich bin immer auf deiner Seite, daher sage ich es dir auch, wenn du Bockmist baust.«

Mit vor der Brust verschränkten Armen hörte Fenja ihm zu, den Blick auf die Bettdecke gerichtet. Dann sah sie auf. »Wohin gehst du?«

»Zurück ins Rosenpalais, ich habe noch einiges zu tun.«

»Warst du nur hier, um mich auszuschimpfen?«

»Ganz recht. Dein fürsorglicher Vater würde das nämlich nicht tun. Meine Mutter schon, aber die war ohnehin der Meinung, Gideon würde sich zu viel herausnehmen dir gegenüber, daher tut sie es nicht.« Er drückte ihre Hand. »Dann bis später. Amelie besucht dich morgen.«

Sie nickte nur, während sie versuchte, Erleichterung darüber zu verspüren, dass Gideon nicht mehr da war. Sie stellte sich vor, wie sie ins Büro kam, dort an ihrem Schreibtisch Platz nahm und mit der Arbeit begann, die Gideon liegen gelassen hatte. Und nebenbei wartete ihr Schokolandepavillon darauf, eingerichtet und in Betrieb genommen zu werden. Da musste noch allerlei im Vorfeld organisiert werden. Nun, sie würde schon irgendwie schaffen, Felix war ja auch noch da, um ihr zu helfen. Und natürlich Amelie und Monika. Fenja schloss die Augen, aber weder stellte sich das Gefühl von Erleichterung ein noch die geringste Vorfreude auf die Arbeit im Werk.

War das Herzschmerz? Amelie hatte das immer als pathetisches Getue abgetan, aber nun verspürte sie es selbst, diesen Druck in der Brust, wenn sie Lennart gegenüberstand und dabei an Felix dachte. Lennart war freundlich zu ihr, wie man es zu der Verlobten des besten Freundes eben war, aber Amelie glaubte, ein kleines Flackern zu erkennen, wenn er sie ansah, ein Gefühl, das tiefer ging, das er sich aber verbieten musste, ebenso wie sie. Stand er vor ihr und wollte sie auch so unbedingt küssen wie sie ihn?

Sie war Felix gegenüber unleidlich, das wusste sie, aber das lag nicht an ihm, sondern daran, dass sie mit diesem Gefühlszwiespalt nicht zurechtkam. Sie war mit dem Verlöbnis ein Versprechen eingegangen, das sie doch nicht einfach so brechen konnte. Andererseits war eine Verlobung noch keine Heirat, und diente diese Zeit nicht gerade dazu, sich besser kennenzulernen, die Höhen und Tiefen eines gemeinsamen Lebens auszuloten, wenn das Aufregende des ersten Kennenlernens abgeebbt war? In Momenten wie diesen erschreckte sie die Richtung, die ihre Gedanken nahmen.

Aber war es denn ihre Schuld, dass sich ihre Erwartungen, die sie an die Beziehung mit ihm hatte, nicht erfüllten? Sie hatte gedacht, er würde sich über kurz oder lang in das väterliche Unternehmen einbringen, hatte erwartet, ihm dort zur Seite stehen zu können, endlich in einer Art gefordert, wie sie sich das die ganze Zeit schon gewünscht hatte – eine Unternehmergattin, die den Weg für die kommende Generation bereitete. Stattdessen schlug Felix sein Erbe in geradezu törichter Weise aus, und mittlerweile schien sein Vater dies zu akzeptieren, was dem Ganzen etwas Endgültiges gab.

Amelie wollte einen Mann, der nach Höherem strebte als einem Dasein als Konditor. Vielleicht war es das, was

Lennart für sie so anziehend machte, seine Strebsamkeit, die Weltgewandtheit, der Umstand, dass er irgendwann ein Hotelier sein würde und sie an seiner Seite sozusagen die Welt im eigenen Haus willkommen heißen könnte. Jetzt war der Gedanke konkret geworden – an seiner Seite. Sie zögerte mittlerweile nicht einmal, diese Vorstellung zuzulassen. Aber was sollte sie denn jetzt tun?

Diese Frage beschäftigte sie noch, als sie das Krankenhaus betrat, um Fenja zu besuchen. Dass ihre Freundin sich mit Lennart mittlerweile gut verstand, war ihr natürlich nicht entgangen, und ab und zu flirteten sie auch miteinander, aber das erschien stets eher harmlos, ein unbeschwertes Kokettieren. Amelie ging in den Saal, in dem Fenjas Bett stand, und meldete sich bei der diensthabenden Schwester an.

»Du siehst schon viel besser aus«, begrüßte sie ihre Freundin, nachdem sie sie behutsam umarmt hatte. Sie stellte eine Schachtel auf den bereits gut gefüllten Nachttisch.

»Schokolade?«

»Wo denkst du hin? Gewürzplätzchen aus dem Werk der Lombards.«

»Du rettest mir das Leben, noch mehr Schokolade hätte ich nicht ertragen.«

»Sprach die Erbin eines Schokoladenwerks.«

Fenja lachte, aber es klang aufgesetzt, als sei ihr nicht danach zumute.

»Geht es dir gut?«

»Ja, in zwei Tagen darf ich endlich nach Hause. Im Bett herumliegen kann ich dort ebenso gut wie hier.«

Fenja knabberte an ihrer Unterlippe, wirkte nachdenklich. »Hat Felix dir erzählt, dass Gideon nicht mehr in unserem Unternehmen tätig ist?«

»Ja, heute Morgen. Das ist doch wunderbar, genau das wolltest du doch.«

»Hm, ja, schon.«

»Aber?«

Fenjas Schulterzucken hatte etwas Hilfloses. »Ich weiß auch nicht. Vielleicht wegen der Art, wie das alles gelaufen ist.«

»Er ist immerhin schuld an deinem Sturz.«

»Na ja, ganz so ist es nun auch nicht gewesen, er hat mich ja nicht die Treppe hinuntergestoßen.«

Amelie hörte jemanden hinter einer der Stellwände leise wimmern, dann eine Frauenstimme in beruhigendem Singsang.

»Sei es, wie es will, aber er ist weg, das ist alles, was zählt.«

Ein zögerliches Nicken war Fenjas einzige Antwort.

8

MÄRZ 1954

»Bleibt es dabei, dass du Fenja bei ihrem Schokoladenpavillon hilfst?«, fragte Clara, während Felix dabei war, Trüffel mit weißer Schokolade herzustellen. Er hatte dafür Butter und Sahne langsam aufkochen lassen, die Mischung dann vom Feuer genommen und halbbittere Schokolade darin geschmolzen.

»Ja, gewiss.«

»Ich hatte den Eindruck, ihr hättet euch gestritten.« Sie ließ es als halbe Frage klingen.

»Nein, ich war nur in einer Sache anderer Meinung als sie und habe ihr das gesagt.«

»Verstehe.«

Er gab einen Esslöffel Orangensaft in die Mischung, ehe er sie kalt stellte. Später würde er Stücke der Masse zu Kugeln formen und mit weißer Schokolade überziehen. »Wir müssen uns ohnehin noch einmal über ihre konkreten Pläne unterhalten, bislang blieb das ja alles noch sehr vage.«

»Sie will morgen wieder ins Werk.«

»Was macht die Rippe?«

»Alles gut, sagt sie. Im Bett liegt sie ja schon länger nicht mehr, sie ist dafür viel zu unruhig.«

»Es wäre gut, wenn sie bald einen Finanzplan erstellen könnte, damit wir wissen, wie wir planen sollen. Wie sieht es mit der Pralinenherstellung aus? Sind die entsprechenden Vorbereitungen im Werk schon im Gange?«

»Da fragst du die Falsche. Was das Werk angeht, bin ich außen vor.«

Paula öffnete die Tür. »Wie weit sind die Schokoladensoufflés?«

Felix sah auf die Uhr. »Noch drei Minuten.«

»Ist gut.« Die Tür fiel wieder zu.

Da Louise und Lena mit einer Erkältung im Bett lagen und seine Mutter an diesem Morgen auch etwas angeschlagen gewirkt hatte, war Felix allein in der Fertigung, was bedeutete, er musste für drei arbeiten. Er wog Zartbitterschokolade ab und bereitete das Wasserbad vor, dann ging er in die Kaffeeküche und zog die Soufflés aus dem Ofen. Clara war ihm gefolgt und bereitete die Teller für die beiden Gäste vor.

»Sie wollten den Kaffee zu den Soufflés, oder wie war das?«, erkundigte sich Felix.

»Dazu, ich habe alles vorbereitet und brühe ihn rasch auf.«

»Wunderbar. Trägst du dann bitte alles zum Tisch?«

»Wird gemacht.«

»Und sieh doch bitte nach, ob in den Auslagen noch Schokoladengebäck aufgefüllt werden muss.«

Damit konnte Felix sich wieder seinen Kirsch-Marzipan-Pralinen widmen, die er mit dunkler Schokolade überziehen und mit weißer verzieren wollte. Außerdem wollte er später noch für den kommenden Tag neue

Schokoladenplätzchen backen, er hatte ein neues Rezept ausprobiert, das bei den Kunden gut ankam. Zudem war das Schokoladentelegramm überaus beliebt und wurde gerne für kleine Liebesbotschaften genutzt, da hatte er auch noch einige Aufträge, die er in den nächsten zwei Tagen abarbeiten musste. Glücklicherweise waren die Telegramme nicht aufwendig, dafür musste lediglich Schokolade temperiert und in Form gegossen werden.

Mit Fenja hatte er seit seinem Besuch im Krankenhaus nur wenig gesprochen, sie nahm ihm seine klaren Worte wohl nach wie vor übel. Ab heute wollte sie also wieder ins Büro, na, da war er ja mal gespannt, was das gab. Der stellvertretende Geschäftsführer hatte das Werk weitergeführt, aber er hatte ja auch noch andere Aufgaben, die darüber zu kurz kamen, dass er Gideons Pflichten übernahm, und Fenjas Anwesenheit entlastete ihn gewiss auch nicht. Wie sie daneben noch ein Geschäft eröffnen wollte, war Felix ein Rätsel, er sah das ja selbst täglich im Rosenpalais. Ohne seine Mutter und Clara, die einspringen konnten wenn nun auch noch Paula erkrankte, wäre er aufgeschmissen. Dadurch, dass Louise und Lena fehlten, würde er bis in die Nacht arbeiten müssen. Und dann kam noch die Buchhaltung dazu, denn Amelie hatte ihm schon wieder abgesagt. Fenja würde sich noch umgucken.

Es war ein seltsames Gefühl, das Werk zu betreten, dabei war sie doch gar nicht so lange weg gewesen. Aber diese Blicke, mit denen alle sie bedachten, das Mitgefühl, die besorgten Händedrücke und Fragen nach ihrem Befinden. Denn inzwischen wusste jeder im Werk, dass Gideon Dorn die Manufaktur-Erbin die Treppe hinuntergestoßen hatte, und die verrücktesten Gerüchte kursierten. Es wurde gar gemutmaßt, er habe es auf ihr Erbe abgesehen. Ihr Vater hatte versucht, das Getratsche zu unterbinden, aber laut Tante Ella war dies erfolglos geblieben und hatte die Gerüchte umso mehr angeheizt. Also begleitete einiges Unwohlsein Fenja bei ihrem Weg zum Büro. Sie sah in das Büro des Stellvertreters, fand dieses aber zu ihrem Erstaunen leer vor.

Monika saß im Vorzimmer, hob den Blick, als Fenja es betrat, grüßte zurückhaltend. Das Lächeln erwiderte sie nicht. Seufzend ging Fenja an ihr vorbei ins Büro.

»Bringst du mir bitte Kaffee?«, bat sie mit einem kurzen Blick über die Schulter, ehe sie die Tür hinter sich schloss.

»Gewiss doch.« Kurz darauf hörte Fenja das energische Klackern ihrer Absätze.

Aufatmend ließ sie sich an dem großen Schreibtisch nieder, strich über die Arbeitsplatte, fuhr mit der Fingerspitze die eingelassene lederne Schreibunterlage entlang. Sorgsam gestapelt lagen die Dokumente auf dem Tisch, die Ablage war aufgeräumt und abgearbeitet. Rainer Hartmut hatte das Werk weiterhin zuverlässig geführt. Und nicht nur er, wie Fenja sich eingestehen musste, denn Gideon hatte hier gewiss nicht nur Däumchen gedreht. Wieder dachte sie daran, wie sie ihn und Monika erwischt hatte. Aber das war abends gewesen, tagsüber hätte er das nicht gewagt.

Während Fenja den Stapel mit den aktuellen Geschäftsberichten zu sich zog, dachte sie an den Schokoladenpavillon, dem sie an diesem Tag noch einen Besuch abstatten wollte. Da war sie überhaupt nicht weitergekommen, da der Unfall sie komplett aus dem Zeitplan gerissen hatte und sie sich um nichts mehr hatte kümmern können. Den Finanzplan musste sie auch noch erstellen, darum sollte sich Herr Hartmut kümmern.

Monika betrat das Büro mit einem Tablett, das sie wortlos auf dem Tisch abstellte.

»Ich habe meinem Vater nichts von dir erzählt«, sagte Fenja, weil sie das Schweigen dieser Frau, die sie eigentlich schon fast als Freundin gesehen hatte, nur schwer aushielt.

»Was hättest du ihm denn auch erzählen sollen? Dass du Gideon und mich beim Küssen erwischt hast? Angesichts dessen, dass du seinerzeit bei unserem gemeinsamen Tanzabend sehr intensiv mit diesem französischen Soldaten herumgeknutscht hast, ist deine moralische Empörung doch sehr geheuchelt, findest du nicht?«

Fenja spürte, wie ihr das Blut ins Gesicht stieg. »Ich empöre mich nicht.«

Monika hob eine Braue. »Was du nicht sagst.«

»Ich bin sauer auf Gideon, nicht auf dich.«

»Warum? Hast du einen Eigentumsanspruch über meine Arbeit hinaus auf mich?«

»Natürlich nicht.«

»Was ist denn dann dein Problem? Wolltest du meine Tugend retten? Ich bin schon erwachsen, weißt du. Und wenn ich Hilfe gebraucht hätte, dann hätte ich das durchaus zum Ausdruck bringen können.«

»Ich hatte einen Streit mit Gideon darüber, für wen du nun arbeitest, und er sagte, er benötige dich dringender als ich. Und als ich euch zusammen gesehen habe …«

»Verstehe. Aber ich arbeite hier tatsächlich.«

»Das habe ich auch nicht bezweifelt.«

»So klang es aber. Monika Greif, die kleine Gespielin für Gideon Dorn, die so tut, als würde sie für ihn arbeiten. Im Übrigen habe ich dich doch nicht hängen lassen, oder? Ich habe dir so gut geholfen, wie ich konnte.«

Fenja schwieg.

»Nun, wie auch immer, er ist ja jetzt weg. Du kannst also die Geschäftsführung übernehmen, darin hast du ja bislang schon immer geglänzt.«

»Ich glaube, du vergisst dich.«

»Stimmt, ich sollte nicht vergessen, wo mein Platz ist, denn jetzt habe ich ja keinen Gideon mehr, den ich mit meinem Körper betören kann, mich weiterhin für ihn *arbeiten* zu lassen.«

Fenja massierte sich die Schläfen, hinter denen sich allmählich ein immer stärkerer Druck aufbaute. »Lassen wir es gut sein, ja? Danke für den Kaffee, ich sage dir Bescheid, sobald ich etwas brauche.«

Mit einem knappen Nicken verließ Monika den Raum und schloss die Tür hinter sich. Währenddessen stützte Fenja die Ellbogen auf den Tisch und lehnte die Stirn gegen ihre gefalteten Hände. Lief denn hier jetzt alles aus dem Ruder? Mit einigen tiefen Zügen atmete sie die aufsteigenden Tränen weg, dann sah sie auf und wollte gerade anfangen, sich in den neuesten Geschäftsbericht einzulesen, als das Telefon klingelte. Monika.

»Herr Hartmut lässt sich entschuldigen, ihn fesselt eine fiebrige Erkältung ans Bett.«

»Ist gut.«

»Um zwölf Uhr ist die wöchentliche Besprechung. Wird die trotzdem stattfinden?«

Fenja hatte keine Ahnung, wovon die Rede war.

»Einmal in der Woche«, erklärte Monika auf ihr Schweigen hin, »kommen alle leitenden Angestellten im Büro zu einer Besprechung zusammen. Es geht um Firmenkonzepte, Finanzplanung und was noch so dazugehört.«

Fenja hatte keine Ahnung, was noch so dazugehörte, aber sie wollte keine Schwäche zeigen, und so versicherte sie, dass alles beim Alten blieb. Sie sah auf die Uhr, stellte fest, dass sie noch dreieinhalb Stunden hatte, und begann zu lesen, unterbrach nur, um sich noch ein Kännchen Kaffee zu bestellen, und las weiter. Währenddessen ging ihr die ganze Zeit der Schokoladenpavillon im Hinterkopf herum, für den sie bereits Miete zahlte, ohne überhaupt ein richtiges Konzept zu haben, sodass sie die Seiten mehrmals lesen musste, weil sie zu unkonzentriert war.

Als es klopfte, fuhr sie hoch und erkannte erschrocken, dass es schon kurz vor zwölf war. Monika trat ein, einen Stift und den Stenografieblock in der Hand. Sie legte beides an einen Platz auf den Tisch, verließ den Raum und kam kurz darauf mit einem Tablett zurück, auf dem eine Kaffeekanne, sechs Tassen sowie Zuckerdose und Milchkännchen standen. Fenja wurde flau im Magen, als sie aufstand. Dann straffte sie sich. Dies waren Männer, die sie zum Teil seit ihrer Kindheit kannte, und nicht ihre Feinde. Sie ging zu dem Platz ans Kopfende des Tisches. Die Herren traten ein, begrüßten sie und nahmen um den Tisch herum Platz, während sich Monika neben sie setzte, den Block in der Hand. Die Augen aller waren erwartungsvoll auf Fenja gerichtet.

Es eine Katastrophe zu nennen erschien Fenja im Nachhinein fast schon untertrieben. Die Männer waren wohlwollend gewesen, hatten versucht, Nachsicht zu zeigen dafür, dass sie fast durchweg keine konkreten Aussagen zu den angesprochenen Themen fand. Einiges hatte sie sich aus dem Gelesenen zusammenreimen können, aber wirklich ergiebig war die Besprechung nicht, und Fenja wollte hernach am liebsten vor Scham im Boden versinken über den Auftritt, den sie abgeliefert hatte. Die Geschäftsführerin, die die Zügel wieder in die Hände nehmen wollte, die froh war, dass der Weg wieder frei war, hatte nicht die geringste Ahnung von der Leitung eines Werks. Das war ihr nie so bewusst geworden wie in dieser Besprechung – wo ihr aus allen Bereichen die fähigsten Männer gegenübersaßen. Gideon hatte diese Besprechungen eingeführt, um sich wöchentlich auf den neuesten Stand zu bringen und mögliche Probleme anzusprechen.

Nun saß Fenja allein am Schreibtisch und ging die einzelnen Punkte noch einmal durch, die Monika ihr in Reinschrift verfasst vorgelegt hatte. Sie war gut in Mathematik gewesen, eine der Klassenbesten, und das bis zum Abitur, also würde sie auch Wirtschaftsmathematik lernen können. Es dauerte bis in den späten Nachmittag, ehe sie alles gelesen und durchgearbeitet hatte. Lieferantenlisten, Großabnehmer, Händler,

Material, Gehaltslisten – die Einnahmen und Ausgaben gegenüberzustellen bekam Fenja noch einigermaßen hin. Dann gab es aber noch die drögen Geschäftsberichte, die sich seitenlang hinzogen, die ganzen Regelungen und die Fragen, wo Einsparungen gemacht werden sollten und wo man besser mehr investierte. Fenja lehnte sich im Stuhl zurück, legte den Kopf an die Rückenlehne und sah zur Uhr. Schon nach fünf.

Es klopfte, und Monika öffnete die Tür. »Besuch für dich«, sagte sie.

»Wer?« Hinter ihrer Stirn nistete ein dumpfer Kopfschmerz.

»Herr Lennart von Oedinghof.«

»Das ist Gideons Cousin. Bitte ihn herein.«

Monika nickte knapp, zog sich zurück, und kurz darauf erschien Lennart.

»Wolltest du heute nicht den ganzen Tag in deinem neuen Lokal verbringen?« Er zog einen der Besucherstühle zurück und setzte sich. »Ich war dort und dann im Rosenpalais, wo deine Mutter mir sagte, dass du im Werk bist.«

»Mein Zeitplan ist vollkommen durcheinander.«

Es klopfte erneut.

»Ich mache für heute Feierabend«, sagte Monika.

»Ist gut. Schönen Abend.«

»War sie das?«, fragte Lennart.

»Wer?«

»Gideons Neue.«

»Woher weißt du denn davon? Hat Felix das erzählt?«

»Das würde er nie tun, er kompromittiert keine Frauen. Ich weiß es von Gideon.«

»Verstehe.«

Lennart sah sie an, lässig zurückgelehnt, und Fenja wartete darauf, dass er in dieselbe Kerbe schlug wie Felix. »Wirst du heute noch in deinen Schokoladenpavillon fahren?«

»Ja, so war es eigentlich geplant.«

»Darf ich mich als Chauffeur und Begleiter anbieten?«

»Du bist mit dem Auto hier?«

»Mit dem Motorrad.«

»Hm, in dem Fall verzichte ich lieber.«

»Ach, jetzt komm. Es macht Spaß.«

Fenja lag eine Ablehnung auf der Zunge, aber dann dachte sie daran, dass es mit der Bahn gewiss noch länger dauerte. »Also gut.«

Er erhob sich. »Na dann, fahren wir los. Oder hast du hier noch zu tun?«

»Nein.« Ob sie es heute oder morgen den Bach runtergehen lassen würde, spielte eigentlich keine Rolle.

Er ließ ihr galant den Vortritt. Fenja zog ihren Mantel an und knöpfte ihn im Gehen zu. Die Kopfschmerzen waren schlimmer geworden, und viel lieber wäre sie jetzt heimgefahren, aber dann würde sie mit einem Besuch in ihrem neuen Café bis zum kommenden späten Nachmittag warten müssen.

Das Motorrad stand schwarz und chromglänzend neben dem Eingang zum Werksgebäude, umringt von einigen Arbeitern und Angestellten.

»Eine BMW R51/3«, sagte ein junger Mann anerkennend. »Ich habe alles darüber gelesen. Boxermotor und fünfhundert Kubikzentimeter Hubraum.«

»Ganz recht«, antwortete Lennart. »Es kann außerdem hundertfünfunddreißig Stundenkilometer fahren.«

Fenja starrte ihn entgeistert an. »Du scherzt wohl.«

»Keineswegs, Fräulein Dorn«, sagte einer der Männer. »Sind verflixt schnell, diese Dinger. Als könnte man fliegen.«

Lennart nahm einen Helm, der seitlich am Motorrad hing, setzte ihn auf und stülpte sich eine Brille über den Kopf, mit der er wirkte, als habe er Fliegenaugen. Erst jetzt bemerkte Fenja, dass hinten ein weiterer Helm eingeklemmt war. »Wie du siehst, habe ich vorgesorgt.«

Mit zweifelnder Miene nahm sie den Helm entgegen. Damit würde sie vermutlich genauso lächerlich aussehen wie er, abgesehen davon, dass ihr jetzt doch etwas schwummrig im Magen wurde. Hundertfünfunddreißig Stundenkilometer. Aber kneifen kam jetzt natürlich vor allen Angestellten nicht infrage. Sie stülpte sich den Helm auf den Kopf, zurrte ihn zurecht.

»Kess«, rief jemand.

Fenja nahm seitlich auf dem Motorrad Platz, so gut es eben ging, wenn man einen Rock trug.

»Ich fahre langsam«, versprach Lennart und setzte sich vor sie. Er startete die Maschine. »Festhalten.«

Zögernd legte sie die Arme um ihn, dann fuhr er los, und der Fahrtwind wehte ihr prompt den Rock hoch. Erschrocken drückte sie ihn wieder runter, verlor dabei fast den Halt, und Lennart musste abrupt bremsen.

»Was machst du denn?«

»Mein Rock.«

»Stopf ihn dir zwischen die Knie.«

»Auf die Idee bin ich gerade schon selbst gekommen.«

Als Lennart erneut losfuhr, hielt sie sich an ihm fest, hatte die Knie zusammengepresst, um den Rock zu halten, und war anfangs ganz starr, vor allem, als Lennart um die Kurve fuhr. Dann, als sie auf gerader Strecke fuhren, entspannte sie sich allmählich und konnte die Fahrt sogar genießen, wenngleich sie in dem kühlen Fahrtwind fror und ihr die Augen tränten.

Als sie schließlich vor dem Ladenlokal hielten, zitterte Fenja vor Kälte, und sie wischte sich mit der Hand über die Augen. Dann rutschte sie vom Motorrad. Lennart stieg ab, rollte es zurück, während er den Ständer ausklappte, und nahm den Helm und die Brille ab. »Und?«, fragte er.

»Nicht schlecht.« Fenja schniefte ein wenig undamenhaft, während sie nach einem Taschentuch suchte. »Aber beim nächsten Mal binde ich mir lieber einen Schal um.«

»Ich bin erfreut darüber, dass es ein nächstes Mal geben wird.«

Fenja löste das Kinnband, reichte ihm den Helm und schenkte ihm ein draufgängerisches Lächeln. Seit sie das Werk verlassen hatte, war ihr leichter ums Herz, und der Anblick ihres gemieteten Lokals ließ sogar wieder jenes Hochgefühl in ihr aufsteigen, das sie begleitete, seit sie das Gebäude zum ersten Mal gesehen hatte. Sie zog den Schlüssel hervor und zog die verglaste Tür auf. Der Innenraum roch nach frischer Farbe, Holz und Mörtel. Der Boden war von einer weißlichen Staubschicht überzogen, und selbst im schwindenden Licht des Tages konnte man erahnen, wie hell es hier durch die großen Fenster tagsüber war.

»Das hier«, sie deutete auf die Fläche, die man beim Eintreten durchquerte, »wird das Café. Die Mitte bleibt frei als Tanzfläche und um an den Verkaufsbereich zu gelangen.« Von der rechten Seite her teilte eine gut zwei Meter breite Wand einen Teil des Raumes ab. »Hier«, sie deutete auf den Bereich hinter der Wand, »kommt die Verkaufstheke hin. Außerdem eine moderne Jukebox.«

»Ab wann willst du auch Abendveranstaltungen geben?«

»Erst einmal muss ich sehen, wie es überhaupt ankommt. Wenn ich ein Tagesgeschäft etabliert habe, denke ich über eine Ausweitung des Angebotes nach.«

Er nickte. »Und wann fängst du an?«

»Zunächst muss ich mich um die Einrichtung kümmern.«

»Hast du da noch keine Pläne?«

»Doch, im Großen und Ganzen schon, aber mir fehlt noch ein Finanzierungsplan. Den sollte eigentlich Gideon erstellen.« Sie verstummte.

Lennart schwieg, sah sich um, die Hände hinter dem Rücken verschränkt. »Warum musste Gideon gehen?«, fragte er unvermittelt.

»Hat er dich geschickt?«

»Das würde er nie tun.«

»Ist ja nicht so, als würde er jetzt auf der Straße sitzen, oder? Das war doch ohnehin nur eine Verlegenheitslösung, damit Hans endlich aufhört, sich wegen Tobias' Tod schlecht zu fühlen.«

Lennart sah sie eine Weile aufmerksam an. »Gideon

möchte kein Reeder sein, er ist nicht wie sein Zwillingsbruder. Frank liebt Schiffe und die Reederei, Gideon hat immer damit gehadert, konnte aber auch nicht gut dem Unternehmen seines Vaters den Rücken kehren. Ich meine, die Zeiten sind schlecht, Menschen stehen auf der Straße, finden keine Stelle, da schlägt man das Erbe seines Vaters nicht einfach so aus. Und dann kam Eric mit dem Angebot, im Werk die Rolle des Geschäftsführers zu übernehmen. Gideon hat sich darüber gefreut, er hat gerne dort gearbeitet.«

»Willst du mir ein schlechtes Gewissen machen?«

»Nein.«

Er schlug in dieselbe Kerbe wie Felix, sie hatte es geahnt, und sie war nach diesem katastrophalen Tag nicht dazu imstande, sich jetzt auch noch dieser Diskussion zu stellen. »Lass es gut sein, ja? Ich hatte einen miserablen Tag.«

Sie ging durch den Raum, sah sich um, versuchte, das neue Café vor ihrem inneren Auge entstehen zu lassen, aber immer wieder drängte sich der Tag im Büro dazwischen, bis sie es schließlich aufgab und Lennart bat, sie nach Hause zu fahren.

»Und dann hat er sie mit dieser Teufelsmaschine hier vor der Tür abgesetzt!«

Ella sah ihren Bruder nachsichtig an. »Und das, nachdem sein Cousin sie praktisch die Treppe hinuntergestoßen hat.«

»Ich kann das wahrhaftig nicht belustigend finden.«

»Das ist es auch nicht, aber du kannst Fenja nicht in Watte wickeln aus lauter Angst, ihr könnte etwas zustoßen. Der Sturz war sehr unglücklich, aber ich finde es nach wie vor falsch, wie du Gideon danach angegangen bist, denn das hat er gewiss nicht gewollt. Ich weiß nicht, was du ihm gesagt hast, aber Hans erzählte, er sei kreidebleich daheim angekommen. Und so, wie ich dich kenne, dürfte dein Ausbruch vernichtend gewesen sein. Genauso unnötig war es, Lennart so anzugehen, nur weil er Fenja nach Hause gefahren hat.«

»Er hatte schon einmal einen Unfall mit so einem Gefährt.«

»Das war ein Moped, kein Motorrad.«

»Eben, das war langsamer und leichter zu handhaben, dennoch ist er danach im Krankenhaus gelandet.«

»Weil ihn jemand angefahren hat. Das kann Fenja auch passieren, wenn sie zu Fuß unterwegs ist.«

Eric schwieg. »Du hast leicht reden«, sagte er schließlich.

»Ja, vermutlich habe ich das. Aber Fenja hat ein Leben, und das führt sie so, wie sie es will, und nicht, wie deine ständige Angst es ihr vorgibt. Nachts schläfst du nicht, weil dich schlimme Träume plagen, und tagsüber umtreibt dich die Sorge, auch noch Fenja zu verlieren. Und wenn es nicht das ist, dann machst du dir darüber Gedanken, dass sie ein Leben führt, das sie eigentlich gar nicht führen will. Du nimmst ihr die Luft zum Atmen. Sie kann doch nicht alles, was sie tut, nach deinen Ängsten ausrichten.«

»Das habe ich auch nie von ihr verlangt.«

»Doch, genau das tust du, ohne es zu merken. Sie sagt, sie will das Werk übernehmen, du tust es ab als eine Art verwirrte Pflichterfüllung.«

»Das ist es ja auch, sie tut es, weil sie denkt, sie sei es Jochen schuldig.«

»Selbst wenn dem so ist, ist es ihre Entscheidung. Sie will das tun, also lass sie gefälligst. Und hör auf, ständig ihr Leben auf mögliche Gefahren abzutasten. Wenn sie Spaß daran hat, mit Lennart auf das Motorrad zu steigen, dann mag sie das tun.«

»Diese Familie ist unser Unglück, Ella, wir haben es damals schon gewusst. Hätte sich Tobias nicht mit Hans' Sohn angefreundet, wäre er nicht in dessen Haus gestorben. Und wenn Fenja durch Lennarts Schuld ...«

»Es reicht!«, schnitt Ella ihm das Wort ab. »Ich höre mir das nicht mehr länger an. Hans hat auch sein eigenes Kind verloren und seine Frau. Onkel Heinrichs Söhne sind beide gefallen, und Tante Elisabeths Richard ist nach dem Krieg ein Pflegefall, obwohl er scheinbar gesund zurückgekehrt ist. Er liegt im Bett, zittert, schreit nachts noch schlimmer als du. Sie haben es keineswegs besser getroffen als wir. Also hör endlich auf damit.«

Wieder schwieg Eric, den Blick düster in sich gekehrt. »Es ist vorbei, nicht wahr? Es ist alles vorbei, schon seit Jahren. Warum geht, verdammt noch mal, nicht in meinen Kopf, dass es vorbei ist?«

Darauf hatte Ella keine Antwort. Kurz darauf verabschiedete sie sich, setzte sich in ihren Wagen und fuhr zum Schokoladenwerk Dorn. Nach wie vor stiegen bittersüße Erinnerungen in ihr auf, wenn sie auf den großen Hof vor dem Backsteingebäude fuhr. Ein Teil des Werkes war in moderner Form nach dem Krieg neu errichtet worden und wirkte wie angeklebt. Hier war nicht das Alte mit dem Neuen zu einem harmonischen Ganzen vermengt worden, sondern ein graues Industriegebäude ließ den ursprünglichen Bau wie ein trauriges Relikt vergangener Zeiten wirken, an den sich noch Reste von Nostalgie klammerten.

Ella durchschritt den Eingangsbereich und ging die Treppen hoch in die Verwaltungsetage, wo sich die Büros befanden. Schon bevor Ella das Vorzimmer betrat, hörte sie die raschen Anschläge einer Schreibmaschine. Fenjas Sekretärin sah bei Ellas Eintreten auf.

»Frau Lombard.« Sie deutete auf die Tür. »Sie muss ich ja nicht ankündigen, nicht wahr?« Ein freundliches Lächeln.

»Vielen Dank. Aber vielleicht würden Sie mir eine Tasse Kaffee bringen?«

»Aber gewiss doch.« Beflissen erhob sich die junge Frau und verließ das Vorzimmer, während Ella in das Büro ihrer Nichte trat.

Fenja sah von ihren Unterlagen auf, wirkte blass und übernächtigt. »Oh, Tante Ella, wie schön.«

»Wie geht es voran?« Ella setzte sich ihrer Nichte gegenüber.

»Nun ja, eher schlecht als recht.«

»Hm.« Ella betrachtete sie. »Wollte Felix dir nicht helfen?«

»Ja, aber er ist ja momentan selbst so unter Druck, da kann ich ihn nicht auch noch hierher beordern. Außerdem ist da ja auch noch der Schokoladenpavillon.«

Ella nickte. »Und wie sieht es da aus?«

»Frag nicht.«

Die Dokumente stapelten sich auf Fenjas Schreibtisch. »Was ist mit Herrn Hartmut?«

»Die Erkältung hat sich als Grippe herausgestellt, er braucht unbedingt Schonung.«

Die Tür wurde geöffnet, die Sekretärin trat ein, stellte ein Tablett auf dem Tisch ab und ging wieder. »Was ist hier wirklich passiert? Warum der Streit mit Gideon?«

»Er hat abends im Büro meine Sekretärin geküsst.«

Ella hob die Brauen. »Das ist alles?«

»Ich weiß, dass ich überreagiert habe, das hat Felix schon gesagt, Monika ist seither auch sehr unterkühlt mir gegenüber, und Lennart liegt es wohl auch auf der Zunge, aber er schweigt sich höflich aus.«

»Warum holst du Gideon dann nicht zurück?«

»Und gestehe meine Niederlage ein? Ich habe die ganze Zeit darauf gedrungen, dass ich es schaffe, und jetzt, da er weg ist, soll ich gestehen, dass ich ihn dringend brauche?«

»Ja. Manchmal darf man ruhig gestehen, dass man Hilfe braucht.«

»Dir ist es auch gelungen.«

»Ich habe Sebastian meiner Cousine Helene ausgespannt, damit ich sein Geld bekomme, ohne das ich weder das Werk halten noch die Chocolaterie eröffnen konnte. Und dein Vater musste hier ein Machtwort sprechen, damit man mich nicht mehr wie ein unmündiges Kind behandelt. Von allein schaffen kann also keine Rede sein.«

Fenja knabberte an ihrer Unterlippe, krauste die

Stirn. »Ich…«, sagte sie schließlich und verstummte wieder.

»Der Schokoladenpavillon bleibt auf der Strecke, nicht wahr? Und das war ja eigentlich das, was ganz und gar deines war. Stattdessen sitzt du jetzt hier und musst dir vermutlich täglich vor Augen halten lassen, dass du überfordert bist.«

In einem langen Seufzer stieß Fenja den Atem aus. »Soll ich meinem Vater jetzt einfach sagen, er solle Gideon zurückholen? Dass alles nicht so schlimm war?«

»War es denn schlimm? Du hast das Gleichgewicht an der Treppe verloren. Ja, Gideon hätte dich nicht festhalten sollen, aber er hat das ja gewiss nicht in der Absicht getan, dir Schaden zuzufügen. Wie hättest du reagiert, wenn der Unfall nicht geschehen wäre?«

»Vermutlich wäre alles weitergegangen wie zuvor.«

»Also, dann spring jetzt über deinen Schatten. Du bist keine Werksleiterin, nicht ohne Unterstützung im Rücken, und die hatte ich seinerzeit. Dein Vater kann das nicht mehr, und Louises Vater, ohne den ich damals nie so weit gekommen wäre, lebt nicht mehr. Also reiß dich jetzt zusammen und entscheide dich. So«, sie machte eine raumgreifende Handbewegung, »wird das nämlich nichts.«

Fenja zögerte, dann nickte sie.

»Also schön.« Ella beugte sich vor und schenkte sich Kaffee ein. »Und jetzt erzähl von dir und Lennart.«

»Ich bin nicht deine Angestellte!«

»Das habe ich auch nie behauptet.« Felix schloss die Tür der Kaffeeküche, da er nicht wollte, dass man Amelie womöglich bis in den Verkaufsraum hörte. »Das ist auch kein Grund, so zu schreien. Ich habe lediglich gefragt …«

»Du hast nicht gefragt, sondern mir Vorwürfe gemacht!«

»Das ist doch überhaupt nicht wahr.«

»Nicht? War das kein Vorwurf, als du mir gesagt hast, du seiest in Verzug, weil du durch den Ausfall von Louise und Lena alles allein machen musst und ich dich nun auch noch mit der Buchhaltung hängen gelassen hätte?«

»Das war kein Vorwurf, sondern die Ausformulierung einer Tatsache. Du hast es mir versprochen.«

»Ganz recht, und mir ist etwas dazwischengekommen.«

»Eine Woche lang?«

»Du kannst mich gerne dafür bezahlen und offiziell einstellen, dann kann ich es vielleicht zu festen Zeiten einrichten.«

Felix starrte sie an, brauchte einen Moment, ehe er die Sprache wiederfand. »Aber ich dachte, wir machen das hier gemeinsam. Wenn wir heiraten, verdienen wir doch beide an der Chocolaterie.«

Amelie stieß nur ein spöttisches Lachen aus.

»Denkst du, ich lasse dich nach unserer Heirat außen vor?«

»Nein, ich denke, du wirst genau das nicht tun, da deine Chocolaterie gar nicht genug abwirft, um Angestellte in großem Stil zu beschäftigen.«

Ihr Ton traf ihn, der Spott darin, die Herablassung. Was war nur los mit ihr? »Das Rosenpalais läuft hervorragend, du kennst doch die Zahlen.«

»Es trägt sich selbst, aber ein Vermögen häufst du damit nicht an, du könntest dir deinen bisherigen Lebensstil doch gar nicht mehr leisten, wenn du nicht in der Villa deines Vaters leben würdest.«

»Das werde ich auch nicht.«

Sie sah ihn aus geweiteten Augen an. »Wie bitte?«

»Ich dachte, es sei klar, dass ich nicht in der Villa wohne, wenn ich meinen Platz im Werk ablehne. Das wäre inkonsequent, nicht wahr? Ich kann nicht den Wohlstand meines Vaters genießen, während ich das, womit er ihn verdient, ablehne.«

»Und wo ziehen wir hin? Etwa in eine Wohnung am Stadtrand?«

»Da findet sich gewiss etwas, das auch für deinen Geschmack repräsentativ genug ist.« Ihr Tonfall machte ihn wütend.

»Und wer erbt das Werk nun? Lukas?«

»Vermutlich wird es irgendwann verkauft und das Geld unter uns beiden aufgeteilt.«

Amelie stieß den Atem in einem Schnauben aus, das halb Resignation, halb Lachen war. »Nach drei Generationen.«

»Die Zeiten ändern sich eben.« Felix war müde und nicht in Stimmung für diese Art von Gespräch. Er arbeitete täglich bis in den späten Abend hinein und musste morgens als Erster hier sein, damit er alles schaffte. Und jetzt stand Amelie vor ihm, sah ihn mit dieser spöttischen Herablassung an, als habe er sich in irgendeine Liebhaberei verrannt und erwarte nun von ihr, dass sie diese mittrug, obwohl sie eigentlich viel zu vernünftig dazu war.

»Felix?«, ließ sich Paulas Stimme vernehmen.

»Ja?«

»Dreimal Kaffee und ein Soufflé. Außerdem wolltest du die Safranpralinen auffüllen.«

»Ist gut, ich komme.« Er rieb sich die Augen, dann wandte er sich an Amelie. »Du entschuldigst mich?«

Mit einer nachlässigen Geste gab sie ihn frei, und er begann, den Kaffee zu mahlen.

»Soll ich die Buchhaltung jetzt machen?«

»Das habe ich gestern schon erledigt.« Bis ein Uhr morgens, danach war er um fünf Uhr aufgestanden, damit er um sechs Uhr anfangen konnte zu backen.

»Dann ist doch alles bestens. Wenn du mich also nicht brauchst, fahre ich in den Schokoladenpavillon.«

»Tu das«, murmelte er nur, ohne sie anzusehen.

Die Hände tief in den Taschen ihres Mantels ging Fenja durch die abendlichen Straßen. Der Tag war nicht gar so düster geworden, wie es morgens noch den Anschein gehabt hatte. Nach Ellas Besuch hatte Fenja die Arbeit im Büro liegen gelassen und war den Rest des Tages im Schokoladenpavillon gewesen, wo sie mit Amelie auf dem Boden gesessen hatte, Kataloge um sich herum ausgebreitet. Später hatten sie den Raum gemeinsam ausgemessen, hatten darüber diskutiert, welche Einrichtung am besten passen würde, was modern und gleichzeitig zeitlos wirkte. Irgendwann war Amelie zum Bäcker gegangen, hatte Kuchen geholt, den sie ebenfalls auf dem Boden sitzend gegessen hatten. Zusammen hatten sie auf einem Wust an Zetteln Berechnungen angestellt über die Gesamtkosten, wobei Amelie sagte, sie sollte sich in dieser Hinsicht zunächst keine Zügel anlegen.

»Schreib alles auf. Abstriche kannst du dann immer noch machen, wenn du die zur Verfügung stehenden Mittel sprengst.«

Als Amelie sich abends verabschiedete, war Fenja wieder zuversichtlich, dass ihr gelingen würde, was sie sich hier vorstellte – ihr eigenes Café. Jetzt galt es nur, das Werk wieder in fähigere Hände als ihre zu legen, ohne das Gesicht zu verlieren.

»Es ist ja so«, hatte Amelie gesagt. »Du gewinnst absolut nichts, wenn du das Werk ins Minus wirtschaftest oder dich ganz und gar auf deine Angestellten verlassen musst. Das mag anfangs gut gehen, solange du Mitarbeiter hast, die deinem Vater gegenüber loyal sind, aber wenn die in den Ruhestand treten und du Leute einstellst, die genau wissen, dass du absolut keine Ahnung hast von dem, was du tust, sieht es ziemlich düster aus.«

Also war Fenja nun auf dem Weg am Rhein entlang zum Haus von Hans Dorn, dem Cousin ihres Vaters. Hier erinnerte nichts mehr an den hochherrschaftlichen Familiensitz aus alten Zeiten. Die Villa Hans Dorn war nach ihrer Zerstörung nicht wieder aufgebaut worden, stattdessen stand dort nun ein modernes Wohnhaus. Hans wollte keinen Platz, in dem Leerstand und Stille ständig an die erinnerten, die sie einstmals gefüllt hatten.

Gideons Zwillingsbruder Frank öffnete ihr die Tür, wirkte überrascht. »Fenja. Ist etwas passiert?«

»Nein, ich wollte eigentlich nur mit Gideon sprechen.«

»Natürlich, komm doch rein.«

Sie betrat den Eingangsbereich und ließ sich von Frank den Mantel abnehmen.

»Lausig kalt, nicht wahr?«, sagte er. »Komm, im Wohnzimmer ist die Heizung an.«

»Wer ist denn gekommen?«, ließ sich eine tiefe Stimme vernehmen.

»Es ist Fenja.«

»Doch nicht Fenja Dorn?« Schritte waren zu hören, dann öffnete sich die Tür zu Hans' Arbeitszimmer, und in einer Wolke aus Zigarettenqualm trat der Ältere in den Flur. »Na so was. Wie geht es dir, Kind?« Sein Händedruck war immer noch fest.

»Gut.«

»Was verschafft uns die Ehre?«

»Ich möchte gerne mit Gideon sprechen.«

Hans' Augen verengten sich kaum merklich, dann nickte er. »Ist alles sehr unglücklich gelaufen, ja?«

»Ja.«

»Geht es dir denn wieder gut?«

»Ich gehe sogar schon wieder ins Büro.«

»Na, das freut mich doch zu hören. Gideon!«, rief er die Treppe hoch.

Schritte im Obergeschoss, dann Gideons Stimme. »Ja, Vater?«

»Du hast Damenbesuch.«

Die Schritte beschleunigten sich, kamen fast schon hastig die Treppe hinunter, und kurz darauf war Gideon zu sehen, lässig gekleidet auf eine Art, die ahnen ließ, dass er weder vorgehabt hatte auszugehen noch Besuch erwartete. Er lief auf Strümpfen, und sein Hemd stand am Kragen auf.

»Fenja?«

»Können wir reden?«

Er wirkte irritiert, dann nickte er. »Natürlich. Komm.«

Sie folgte ihm ins Wohnzimmer, wo es warm und behaglich war. Ein Buch lag aufgeschlagen auf dem Tisch, und im Radio lief leise Musik, irgendein klassisches Stück. Offenbar hatte Frank es sich gemütlich gemacht, ehe sie gekommen war.

»Ich halte dich nicht lange auf.«

»Keine Ursache. Möchtest du etwas trinken?«

Sie schüttelte den Kopf und ließ sich auf einem der beiden Sessel in der Sitzgruppe nieder, während sich Gideon auf das Sofa setzte.

»Und?«, fragte er auf ihr Schweigen hin, während sie noch nach den richtigen Worten suchte. Ihn zurückholen, ohne das Gesicht zu verlieren.

»Ich möchte, dass du zurückkommst«, sagte sie schließlich.

Er hob die Brauen, wirkte erstaunt. »*Du* möchtest das?«

»Na, mein Vater gewiss nicht, der weiß gar nicht, dass ich hier bin.«

»Er hat mich nicht einmal zu dir ins Krankenhaus gelassen, als ich mich bei dir für mein rüdes Verhalten entschuldigen wollte. Stattdessen hat er mir praktisch vorgeworfen, an deinem Sturz schuld zu sein.« Die Röte stieg ihm in die Wangen, ganz offensichtlich fiel es ihm auch im Nachhinein nicht leicht, an dieses Gespräch zu denken.

»Er hat vielleicht ein klein wenig überreagiert.«

»Ein klein wenig?«

»Hör zu, du weißt, er ist …«

»Ja, ich weiß, das hat mein Vater mir auch erklärt.« Jetzt stand er auf und ging zum Servierwagen, goss sich etwas zu trinken ein. »Wirklich nichts?«

»Nein, danke.«

»Du willst also, dass ich zurückkomme. Warum?«

»Weil ich es allein nicht schaffe.«

Immerhin ersparte er ihr ein herablassendes Lächeln und auch sonstige Überheblichkeiten. Stattdessen lehnte er mit dem Rücken am Fensterbrett, während er sie betrachtete. »Was für ein seltsames Geständnis aus deinem Mund.«

»Ich hatte Zeit, nachzudenken.«

Er nickte langsam. »Verstehe.«

»Und? Kommst du zurück?«

»Lässt du mir freie Hand bei allem?«

»Du bekommst dieselben Befugnisse wie bislang. Ich bin die Firmenerbin, du arbeitest für mich.«

»Für deinen Vater.«

»Nein, für mich. Wenn du mich ständig übergehst, funktioniert das mit uns beiden nicht.«

Er nickte, lächelte anerkennend.

»Also, kommst du zurück?«

»Was wird dein Vater dazu sagen?«

»Das lass mal meine Sorge sein.«

Sein Lächeln wurde breiter, offener. »Also schön. Probieren wir es erneut miteinander.«

Es fühlte sich an, als nehme ihr jemand einen Stein von der Brust, und ihr Herz begann, in raschen Schlägen zu klopfen. »Wunderbar.«

Er hob sein Glas, sah sie fragend an.

Sie lachte. »Nein, immer noch nicht.«

»Fenja.« Hans Dorn trat ein. »Du darfst zum Abendessen bleiben, ich habe gerade bei euch angerufen.«

Wie bitte? War sie etwa ein Schulmädchen?

»Dein Vater war ganz erstaunt darüber, dass du hier bist. Ihn habe ich gleich mit eingeladen.«

»Na dann«, sagte Fenja und erhob sich. »Das passt ja bestens.«

»Ich habe ihm gesagt, du seiest mit Gideon im Wohnzimmer, da war er schon halb zur Tür raus.«

»Vater!«

Hans Dorn kicherte, als habe jemand einen guten Witz gemacht. »Lass mir auf meine alten Tage den Spaß.«

9

JUNI 1954

»Die sind wirklich gut«, urteilte Felix über das Schichtnugat.

»Und das sagst du nicht nur, weil es dein Rezept ist?«, fragte Fenja

»Louises«, korrigierte er.

Sie hatten im Dorn-Werk die Produktion erweitert, vieles lief maschinell ab in der Pralinenherstellung, aber einiges nach wie vor per Hand. So wurde Nugat handgeschichtet, und auch Trüffel ließen sich nur per Hand wirklich gut igeln. Fenja war von dem Ergebnis sehr angetan, sie würden exklusiv für ihren Schokoladenpavillon produzieren. Die Einrichtung war zum Teil schon aufgebaut, auf einiges warteten sie noch. Wenn es so lief, wie sie sich das vorstellte, blieb es bei der großen Eröffnung im August.

»Ohne dich und Amelie hätte ich das alles nie geschafft«, sagte sie.

Sein Lächeln war etwas blasser geworden, wenngleich er sich offenkundig Mühe gab, sie das nicht merken zu lassen. Amelie. Dass es da unter der Oberfläche leise brodelte, war auch Fenja nicht entgangen, wobei sie sich fragte, was eigentlich vorgefallen war. Amelie reagierte oft unleidlich auf Felix, dann schien ihr ihr Verhalten leidzutun, und sie war entzückend und liebenswert, als wollte sie es wiedergutmachen. Dass das auf Dauer ermüdend war, konnte Fenja gut verstehen. Eigentlich hatten sie in diesem Jahr heiraten wollen, aber Amelie hatte keinerlei Bestrebungen gezeigt, einen Termin zu finden.

»Ich habe gehört, Lennart kommt nachher zu Besuch«, wechselte Felix das Thema.

Sie standen in Fenjas kleinem Büro im Werk, wo sie sich mittlerweile fest eingerichtet hatte. So, wie es zwischen ihr und Gideon lief, konnte sie ihm das große Büro ohne jede Bitterkeit überlassen. »Ja, er holt mich ab, danach gehen wir aus.«

»Ihr seht euch oft in letzter Zeit. Etwas Ernstes?«

Argwöhnisch taxierte sie ihn. Sollte er womöglich für seinen besten Freund ausloten, wie sie zu ihm stand?

Er bemerkte ihren Blick, lachte und hob begütigend die Hände. »Ich frage nur aus Interesse, versprochen.«

»Ich weiß nicht, wie wir zueinander stehen. Momentan haben wir einfach Spaß dabei, miteinander auszugehen.«

»Das ist ja schon einmal etwas. Genießt es.«

»Das werden wir.« Sie zwinkerte ihm zu.

Nachdem er sich verabschiedet hatte, ging sie in die Herstellung, um eine Rückmeldung zur Qualität der vorgelegten Pralinen zu geben. Alles lief bestens, und so durfte es nach Fenjas Dafürhalten gerne bleiben. Sogar Monika war wieder besserer Stimmung und Fenja gegenüber nicht mehr von dieser unterschwelligen Feindseligkeit.

Nachdem sie mit dem Produktionsleiter gesprochen hatte, waren noch einige Unterlagen für die Buchhaltung ihres Cafés durchzugehen. Da sie praktisch bei null begann, war es einfacher nachzuvollziehen als bei einem Unternehmen mit so vielen Mitarbeitern und Lieferanten. Gideon hatte ihr eine tabellarische Übersicht der Einnahmen und Ausgaben gemacht. Sie waren übereingekommen, dass man im Werk zwar die Pralinen für sie herstellte, sie aber erst die fertige Ware als Großabnehmerin bezahlte. Ansonsten hätte man all die Kosten für Angestellte, Lieferanten, Zutaten und was noch so anfiel anteilig auf sie umlegen müssen, was auch für das Werk ein bürokratischer Mehraufwand war, auf den nicht nur Gideon gern verzichten wollte.

Es war schon unglaublich, dachte Fenja, was für einen Rattenschwanz an Kosten so ein Café hinter sich herzog. Die einmaligen Kosten für die Einrichtung waren beglichen, die laufenden mussten fortwährend aktualisiert werden. Sie hatte ausgerechnet, wie lange es brauchte, damit das Café sich rechnete. Dabei hatte sie die Einnahmen, die das Rosenpalais verzeichnete, ihren Überlegungen zugrunde gelegt. Natürlich war das kein Maßstab, es konnte besser oder auch weitaus schlechter laufen, aber andere Zahlen hatte sie nicht, und sie brauchte solche Vergleiche, um bei all den Ausgaben das Gefühl zu bekommen, es sei sozusagen Land in Sicht.

Am späten Nachmittag erschien Lennart. »Fleißig bei der Arbeit?«

»Hm.« Fenja hob die Arme über den Kopf und streckte den Körper durch, spürte, wie es im Rücken knackte.

»So alt bist du doch noch gar nicht.« Lennart feixte und ließ sich ihr gegenüber auf einem Stuhl nieder.

»Werd nur nicht frech.« Fenja schob ihre Unterlagen zusammen.

»Wie läuft es?«

Anstelle einer Antwort hielt sie ihm den Teller mit den Pralinenproben hin, und er probierte. »Aus deiner Herstellung?«

»Ja. Und? Was sagst du?«

»Die sind gut. Allerdings finde ich, dass bei den Himbeerpralinen der Marzipananteil zu sehr dominiert.«

»Tatsächlich?« Fenja hatte zwar schon probiert, nahm jetzt aber dennoch eine weitere Praline. »Hm, ich finde das eigentlich ganz gut so.«

»Ist wohl Geschmackssache.«

»Ich spreche noch einmal mit Felix. Vielleicht kann man das Himbeermousse etwas stärker zur Geltung bringen. Probier mal das Walnuss-Marzipan.«

Er tat ihr den Gefallen. »Wunderbar ausgewogen.«

»Felix und Louise haben einfach ein Gespür für Schokoladenkompositionen. Ich werde allerdings meinen eigenen Confiseur hier einstellen, um Rezepte zu kreieren. Ich kann das nicht alles Felix machen lassen, der hat ohnehin schon kaum noch Zeit für irgendetwas außerhalb der Arbeit.« Sie nahm die letzte Praline vom Teller und erhob sich. »So, genug damit. Ab jetzt bleibt die Arbeit außen vor.«

Lennart grinste. »An mir soll es nicht scheitern.«

»Wohin gehen wir?«

»Ich dachte, erst einmal essen wir zu Abend, dann bringe ich dich nach Hause, stelle mich den Adleraugen deines Vaters und lasse mich von ihm auseinandernehmen, während du dich für unseren Tanzabend zurechtmachst.«

»Das klingt nach einem Plan.« Sie kam um den Schreibtisch herum. »Ich gebe nur Gideon noch rasch Bescheid, dass ich weg bin.«

»Ist das mit ihm und seiner Sekretärin jetzt eigentlich etwas Ernstes?«

»Das weiß ich nicht, wird sich zeigen.« Im Vorzimmer saß Monika jedenfalls nicht. Fenja klopfte an die Tür zu Gideons Büro, bekam keine Antwort, lugte vorsichtig hinein und fand den Raum verwaist vor. Allerdings sagten die brennenden Lichter, dass die Abwesenheit wohl nur von kurzer Dauer sein würde. Rasch riss sie ein Blatt von einem Block auf Monikas Schreibtisch ab und notierte darauf, dass sie für heute bereits Feierabend gemacht hatte.

»So, los geht's.« Sie hakte sich bei Lennart ein und verließ mit ihm zusammen das Werk.

»Läuft da etwas zwischen den beiden?«, fragte Amelie.

»Ich weiß es nicht.« Felix wischte die Marmorfläche ab, auf der er Schokolade temperiert hatte. »Warum fragst du sie nicht?«

»Habe ich, sie sagt, es sei nur freundschaftlich.«

»Na also.«

»Sie sind ja schon oft zusammen.«

Er war mit seinen Gedanken sichtlich woanders, wirkte, als suchte er etwas.

»Sie sagte, sie gehen heute Abend aus«, fuhr sie fort.

»Ja, hat sie mir auch erzählt«, antwortete er zerstreut, öffnete eine Schublade, schob sie wieder zu, öffnete die nächste. »Lena?« Als keine Antwort kam, stieß er in einem entnervten Schnauben die Luft aus. »Lena?« Lauter nun.

»Was ist denn?«, fragte Amelie.

Felix antwortete nicht, sondern ging in die Kaffeeküche, wo sie ihn kurz darauf reden hörte, ohne zu verstehen, was er sagte.

»Die Strukturplatten sind in der Schublade«, sagte Lena, während sie in die Fertigung kam.

Felix folgte ihr, hob eine Braue und nickte zu den Schubladen hin. Lena zog sie auf, und Röte stieg ihr in die Wangen. »Ich habe sie aber dort hineingelegt.«

»Dann haben sie wohl Beine bekommen und sind weggelaufen?«, half Felix freundlich nach.

Die Röte in Lenas Wangen vertiefte sich.

»Vielleicht hat Louise sie genommen«, sagte Amelie.

»Die ist seit einer Woche im Urlaub, falls du dich erinnerst. Aber stimmt, du warst ja selbst seit fast zehn Tagen nicht hier.«

Nun war es an Amelie, rot anzulaufen, in ihrem Fall jedoch aus Wut und nicht aus Verlegenheit. Aber sie würde jetzt vor Lena keine Szene machen.

»Ich suche die Platten«, versprach Lena.

»Na, dann ist ja alles bestens.« Felix hasste Störungen im Arbeitsablauf, das wusste Amelie, vor allem, da er bei der Pralinenherstellung alles genau taktete.

»Nimm halt eine andere Form«, schlug sie vor. »Daran wird es ja wohl nicht scheitern.«

»Sagt die Kennerin.«

Im Grunde genommen war sie ja selbst schuld daran,

dass er so mit ihr sprach, sie hatte es über Wochen hinweg provoziert, verspürte fast schon eine morbide Erleichterung darüber, da es ihr leichter fiel, distanziert zu bleiben, wenn er unleidlich zu ihr war. »Den Leuten ist es doch wohl egal, welche Form deine Pralinen haben.«

Er sah sie nur an, antwortete nicht.

»Na ja«, kam es nun von Lena. »Ganz so ist es nun auch nicht.«

Amelie zuckte nur mit den Schultern. »Die Platten sind jetzt aber nun einmal nicht auffindbar, gleich, wer schuld daran hat. Also mach einfach das Beste daraus.«

»Darum geht es doch überhaupt nicht. Lena ist meine Auszubildende, und Arbeitsgeräte vernünftig und auffindbar wegzuräumen gehört zu den Ausbildungsinhalten dazu.«

Wieder zuckte Amelie nur mit den Schultern.

»Ist schon gut«, sagte Lena. »Ich suche sie.«

Amelie schnupperte. »Riecht es hier verbrannt?«

Nun roch Felix es auch, und Lenas Augen weiteten sich erschrocken. »Die Soufflés!« Sie lief zur Kaffeeküche, gefolgt von Felix. »Die wollte ich gerade rausholen, als du mich wegen der Platten gefragt hast.«

»Und warum hast du nicht?«

»Weil sie die Platten für dich suchen sollte«, rief Amelie ihm nach.

»Halt dich einfach raus, ja?«

»Das werde ich tun. Nicht nur aus deiner Chocolaterie, sondern gleich aus deinem ganzen Leben.« Die Worte waren raus, und obwohl Amelie es so nicht geplant hatte, verspürte sie für einen Moment eine tiefe Erleichterung.

Felix indes war noch in der Tür zur Kaffeeküche herumgefahren, hatte sie angestarrt. »Wie bitte?«

»War ich undeutlich?«

»Gibst du mir gerade den Laufpass?«

Das Klappern der Ofentür war zu hören, und der Geruch nach verbranntem Kuchen wurde intensiver. Amelie schwieg, suchte nach den richtigen Worten, als die Tür zum Verkaufsraum aufschwang und Ella nach den Soufflés fragte. Niemand antwortete, und ihr Blick flog von Felix zu Amelie und wieder zurück.

»Die Soufflés sind verbrannt«, kam es von Felix, der mehrmals räuspern musste, ehe er sich artikulieren konnte. »Wir können Schokoladenkuchen servieren, der geht aufs Haus.«

Ella nickte nur und zog sich zurück, während Felix Amelie ansah und ihr bewusst war, dass sie ihm die Antwort, die sie sich innerlich bereits selbst gegeben hatte, noch schuldig war. »Ja«, sagte sie nur, drehte sich um und verließ die Fertigung.

Als sie wieder auf der Straße stand, ging ihr das Herz in wilden Schlägen, und in die Erleichterung mischte sich ein Anflug von Traurigkeit. Aber so war es doch auch kein Zustand mehr. Sie konnte nicht mit Felix zusammen sein und fortwährend an ihm zweifeln, während gleichzeitig ein anderer Mann mehr und mehr in ihrem Kopf herumspukte. Ein Mann, der an diesem Abend mit Fenja ausgehen würde. Nur Freunde, hatte Felix gesagt. Wenn ihn in der Tat nur der Umstand zurückhielt, dass sie mit Felix verlobt gewesen war, so würde sie ihm die Sorge nun nehmen können.

Langsam ging Amelie über die Straße, begann einen

ziellosen Spaziergang durch die Stadt. Erst hatte sie befürchtet, Felix würde ihr nachlaufen, würde sie anbetteln, bei ihm zu bleiben, ihm das nicht anzutun, aber nichts dergleichen geschah. Dass sie ihn verließ, hatte ihn tief getroffen, das war unübersehbar gewesen, und so hatte Amelie sich das auch nicht vorgestellt. Sie war zwar schon seit einiger Zeit sicher, dass ihre Beziehung nicht in eine Ehe münden würde, aber vor diesem endgültigen Bruch hatte sie doch gezögert. Auch, weil sie nicht wusste, wie sie ihn vollziehen sollte. Man löste eine Verlobung nicht einfach so, immerhin war man eine Verpflichtung eingegangen.

Hoffentlich suchte Felix sie nicht daheim auf, um ihr dort eine Szene zu machen. Andererseits würde sie einem klärenden Gespräch nicht aus dem Weg gehen können. *Es gibt einen anderen.* Das würde sie ihm sagen. »Es gibt einen anderen«, formte sie lautlos mit der Zunge. Das würde ihm den Wind aus den Segeln nehmen, würde jeden Ansatz einer Diskussion ersticken. Man konnte über alles reden, konnte Versprechungen geben, konnte versuchen, nach Lösungen zu suchen. Aber ein anderer Mann, der ließ sich nicht so einfach wegdiskutieren.

Lennart glaubte, seinen Augen nicht zu trauen, als er seine Schwester Karina bemerkte, die am Arm eines Offiziers hing, zu ihm aufblickte, im Gesicht einen Ausdruck, der nicht anders denn als stumme Einladung gedeutet werden konnte. Das ging nun wirklich zu weit.

»Was ist los?«, fragte Fenja. Sie waren eben erst im Tanzcafé angekommen und hatten gerade Platz genommen.

»Entschuldige mich bitte.« Er verließ den Tisch und ging zu seiner Schwester, die ihn erst bemerkte, als er neben ihr stand. Der französische Offizier sah ihn mit hochgezogenen Brauen an. »Was machst du hier?«, fragte er Karina, die immerhin noch nicht so abgeklärt war, dass sie sein Auftauchen in dieser Situation nicht doch in Verlegenheit brachte.

»Tanzen«, antwortete sie und hob das Kinn.

Der Offizier sah Lennart forschend an. »Il y a un problème?«

»Restez à l'écart de ma soeur«, antwortete der in fließendem Französisch.

»Du lieber Himmel«, rief Karina. »Wir tanzen nur.«

»Ja, ganz so sah es aus.«

»Du bist doch selbst in weiblicher Begleitung.«

»Das ist ja wohl etwas anderes.«

Karina verdrehte die Augen und sah ihren Galan an. »Komm, tanzen wir.«

Der Offizier warf Lennart noch einen Blick zu, ehe er Karina auf die Tanzfläche folgte, zwinkerte sogar noch frech und widmete sich hernach Lennarts Schwester.

»Ist alles in Ordnung?«, fragte Fenja.

»Meine Schwester hat gerade ganz offensichtlich eine rebellische Phase.«

»Warum? Weil sie mit einem gut aussehenden Mann tanzt?«

»Weil sie mit einem französischen Besatzer kokettiert.«

Fenja verdrehte die Augen. »Ach, bitte.«

»Hörst du die Gerüchte nicht über die verführten Frauen, über uneheliche Kinder und Väter, die nicht auffindbar sind, weil sie von ihren Vorgesetzten geschützt werden? Die ins Ausland zurückgeschickt werden, sobald ruchbar wird, dass sie hier die Finger nicht bei sich behalten konnten?«

»Du solltest deiner Schwester etwas mehr Vertrauen schenken.«

»*Ihr* vertraue ich.«

»Karina ist vernünftig, die lässt sich nicht hinreißen.«

Lennart war sich da nicht so sicher und verrenkte den Hals, um die Tanzfläche im Auge zu behalten.

»Na, solange sie tanzen«, sagte Fenja nun, »ist doch in der Tat nichts zu befürchten. Du kannst sie ohnehin nicht die ganze Zeit beobachten, und das heute wäre dir unter anderen Umständen ja auch entgangen.«

Das war ihm natürlich bewusst, und er wollte auch nicht als übermäßig konservativ auftreten, aber Karina war eben seine kleine Schwester, und da konnte er einfach nicht aus seiner Haut. Der Kellner erlöste ihn fürs Erste aus dieser Überlegung, und nachdem er die Bestellung aufgegeben hatte, entspannte er sich sogar ein wenig. Fenja bemerkte es ganz offensichtlich und schenkte ihm ein leicht schiefes Lächeln. Sie war hübsch, wenn sie aus sich herauskam und nicht die ganze Zeit so ernst und zweifelnd dreinschaute. Die Art, wie sie den Kopf leicht schräg legte, ihn keck ansah, war sogar geradezu hinreißend.

Sie schien etwas sagen zu wollen, richtete den Blick dann jedoch an ihm vorbei, und ihre Augen weiteten sich erstaunt, während ihre Lippen ein stummes O formten. Lennart drehte sich um, brauchte einen

Moment und erkannte dann Felix' Verlobte. Er hielt Ausschau nach seinem Freund, konnte diesen jedoch nicht entdecken, vielmehr schien es so, als habe Amelie geweint. Sie hatte sie offenbar erblickt und bahnte sich einen Weg durch die Tische zu ihnen.

»Es tut mir leid, dass ich euren Abend störe«, sagte sie, mehr an Fenja gewandt, »aber ich konnte gerade nicht allein sein. Und ich wollte auch nicht riskieren, Felix zu begegnen.« Sie biss sich auf die Unterlippe.

»Was ist denn passiert?« Fenja war alarmiert, und der Ausdruck unbekümmerter Freude war wie fortgewischt. Da war es wieder, das Elend, das auf ihren Schultern abgeladen wurde. Es gab offenbar kein Entkommen, dachte Lennart.

»Ich habe die Verlobung gelöst.«

»Was?« Fenja starrte sie an, und auch Lennart hatte es die Sprache verschlagen. »Aber … aber warum denn?«

Amelie wirkte wacklig auf den Beinen, und Lennart erhob sich, bot ihr seinen Stuhl an.

»Wo ist Felix?«

»Vorhin war er noch im Rosenpalais.«

»Du hast mit ihm Schluss gemacht, während er bei der Arbeit war?« Fenja schien ihren Ohren nicht trauen zu wollen.

»Soll ich zu ihm gehen?«, bot Lennart an. »Gewiss braucht er jetzt einen Freund an seiner Seite.«

Fenja erhob sich. »Nein, das ist keine Situation, in der sich Männer gegenseitig stützen, in dem Fall braucht er die weibliche Sicht der Dinge. Vor allem stehe ich ihm näher als du, nichts für ungut.«

»Ich wollte euch nicht den Abend verderben«, sagte Amelie mit zittriger Stimme.

»Es ist nicht *unser* Abend, um den du dir den Kopf zerbrechen solltest.« Fenja hängte ihr Täschchen um.

»Soll ich dich hinfahren?«, fragte Lennart.

»Ich nehme ein Taxi.«

»Ich habe deinem Vater versprochen …«

»Ich bin kein Kind mehr, irgendwann wird das auch mein Vater einsehen müssen.«

Lennart nickte nur und begleitete sie zum Ausgang. »Ich … Was soll ich denn jetzt mit ihr machen?«

»Am besten bringst du sie nach Hause.«

Zögernd ging Lennart zu dem Tisch zurück, an dem er mit Fenja gesessen hatte und an den die Getränke serviert worden waren. Er tauschte die Gläser aus, als er sich auf Fenjas Platz niederließ und sein Blick zur Tanzfläche zuckte, wo seine Schwester nach wie vor mit diesem Offizier tanzte. Ob seine Eltern davon wussten?

»Es tut mir leid«, wiederholte Amelie. »Ich … Wir hatten uns gestritten, und dann ist es einfach passiert. Es schwelt ja schon länger.«

Er sah sie an, wie sie da vor ihm saß und sich mit beiden Händen an ihrem Glas festhielt.

»Ich möchte nicht indiskret sein.«

Sie blickte auf. »Es ist … Es passt einfach nicht mehr. Ich dachte, ich könnte ihn heiraten, aber ich kann nicht.«

Er fragte nicht weiter, sah ihr zu, wie sie mit kleinen Schlucken trank, den Blick unstet durch den Raum wandern ließ.

»Was passt nicht?«, fragte er schließlich, da das Schweigen etwas erstickend Schweres hatte.

»Sein gesamter Lebensentwurf und die Pläne, die ich für mein Leben habe.«

»Das weißt du doch nicht erst seit heute.« Lennart taxierte sie aufmerksam.

»Nein, das nicht, aber vorher war ich wohl so verliebt, dass ich dachte, ich kann mich damit arrangieren. Wenn es jetzt schon nicht mehr funktioniert, wie wäre das dann in einer Ehe?«

»Auf unserer Feier schient ihr noch recht gut … hm, zu harmonieren.«

Offensichtlich erinnerte sie sich an das leicht derangierte Bild, das sie geboten hatte und das recht anschaulich zeigte, wie sie und Felix die Abgeschiedenheit des Gartens genutzt hatten, denn sie lief rot an. »Das sind zwei verschiedene Dinge. Muss ich dir das erklären?«

»Nein, gewiss nicht.«

Er wartete, bis sie ausgetrunken hatte, dann bot er ihr an, sie nach Hause zu fahren. Sie wirkte einen Moment lang irritiert, dann erhob sie sich.

»Das wird wohl das Beste sein.«

»Entschuldige mich einen Moment.« Er trat auf die Tanzfläche zu seiner Schwester, wobei er von mehreren tanzenden Paaren angerempelt wurde. »Wie kommst du heim?«, rief er über die laute Musik hinweg.

»Mit Emmi.« Ihrer besten Freundin.

»Ist gut. Dann bis später.« Er warf dem Offizier noch einen Blick zu, den er hoffentlich richtig zu deuten wusste, dann wandte er sich ab und kehrte zurück zu Amelie. »Na los, gehen wir.«

»Du kannst dich jetzt noch die nächsten fünf Tage aufregen, es ändert nichts.« Sebastian legte die Lesebrille vor sich auf dem Schreibtisch ab.

»Sie hat ihn einfach beiläufig in der Fertigung verlassen, noch dazu in Gegenwart von Lena, während diese gerade angebrannte Soufflés aus dem Ofen gezogen hat. So löst man doch keine Verlobung. Du hättest ihn sehen sollen, wie er dastand.« Ellas Stimme stockte. Allein bei dem Gedanken daran brach es ihr das Herz.

»Ich finde das alles auch etwas fragwürdig, das passt gar nicht zu ihr. Was sagt Felix denn dazu? Mit mir spricht er darüber nicht.«

»Na, an wem das wohl liegt?«, ätzte Ella, woraufhin Sebastian nur die Brauen hob. Sie schluckte die Vorwürfe hinunter, das führte jetzt ohnehin zu nichts. »Es schien ja schon länger nicht mehr so gut mit den beiden zu laufen.«

»Das habe ich auch bemerkt.«

»Sogar Fenja meinte, dass Amelie Felix gegenüber so kühl geworden ist.«

»So etwas ist ja selten nur einseitig.«

»In dem Fall offenbar schon.«

Sebastian rieb sich die Augenlider. »Vielleicht ging dem ein Streit voraus, etwas, das ungeklärt blieb und zu dieser Abkühlung geführt hat. Gänzlich ohne Grund wird sich Amelie ja nicht zurückgezogen haben.«

Ella wollte reflexartig für Felix Partei ergreifen, aber sie musste sich eingestehen, dass Sebastian recht haben mochte. Einfach so löste man keine Verlobung. »Es geht mir ja gar nicht darum, dass sie nun nicht mehr heiraten werden. Sie sind ja nicht das erste Paar, das feststellt, dass es doch nicht zueinander passt.«

»Ja, davon kann noch so manch anderer ein Lied singen.«

»Das mit dir zählt nicht, du hattest ja gar keine andere Wahl.«

Um seine Mundwinkel zuckte es. »Wohl wahr.«

»Mich stört nur, dass sie es auf diese Art getan hat. Ich meine, wo bleibt da der Respekt. Bis jetzt keine Erklärung, wirklich rein gar nichts. Fenja hat versucht, sie zu erreichen, aber entweder lässt sie sich daheim verleugnen, oder aber sie ist wirklich immer dann nicht zu Hause, wenn Fenja anruft.«

»Müßig, sich darüber den Kopf zu zerbrechen.«

Ella, die bislang gestanden hatte, ließ sich nun auf dem Stuhl vor Sebastians Schreibtisch nieder. Seit Amelie ihn verlassen hatte, kam Felix noch seltener nach Hause. Er verließ das Haus morgens in aller Frühe und kehrte heim, wenn alle bereits zu Bett gegangen waren. Ella sah ihn im Rosenpalais, aber da schwieg er sich zu der Angelegenheit aus. Lena, die gewagt hatte, etwas zu der Sache zu sagen – natürlich zu seinen Gunsten –, hatte er so rüde angeherrscht, dass sie danach eine halbe Stunde lang geweint hatte. Dadurch war sie in der Herstellung nicht zu gebrauchen gewesen, was die schlechte Stimmung noch weiter angeheizt hatte.

»Er wird darüber hinwegkommen«, sagte Sebastian nun. »Und feststellen, dass es gut ist, dergleichen charakterliche Mängel vor und nicht nach der Eheschließung präsentiert zu bekommen.«

»Du könntest ein bisschen mehr Mitgefühl zeigen.«

»Ihm gegenüber werde ich das tun, keine Sorge.«

Ella seufzte, dann griff sie nach seinem Zigarettenetui.

»Ich dachte, du rauchst nicht mehr.«

»Manchmal ist mir danach.« Sie steckte sich eine Zigarette zwischen die Lippen, ließ sich von Sebastian Feuer geben und tat einen tiefen Zug.

Fenja legte den Hörer auf und verließ das kleine Büro hinter dem Verkaufsraum. »Ich habe zu Hause Bescheid gegeben, dass ich später komme.«

»Du musst das wirklich nicht tun«, sagte Felix.

»Doch, muss ich. Du warst die ganze Zeit für mich da, jetzt tue ich dasselbe für dich.« Sie ließ sich auf einem der Caféstühle nieder. »Soll ich dir in der Fertigung helfen?«

»Danke für den Versuch, mich zum Lachen zu bringen.«

Sie schnitt ihm eine Grimasse. »Ich meinte damit auch eher, dass ich aufräume, während du dein Tagessoll an Pralinen fertigst.«

Anstatt an die Arbeit zu gehen, setzte Felix sich ihr gegenüber. »Und sie hat dir wirklich nichts gesagt oder angedeutet?«

»Das hätte ich dir doch erzählt. Hast du mit Lennart gesprochen? Der war doch den Abend dann noch mit ihr zusammen.«

»Seine Worte waren, dass er sich da heraushält.«

»Sehr hilfreich«, murmelte Fenja.

»Na ja, im Grunde genommen hat er ja recht. Sie hat

die Verlobung gelöst und geht uns nun allen aus dem Weg. Es ist ja nicht seine Aufgabe, das für sie zu übernehmen.«

»Und was jetzt?«

Felix zuckte mit den Schultern. »Irgendwie weitermachen.«

Fenjas Finger schlossen sich um seine. Sie wollte so gerne etwas Tröstliches sagen, aber außer Allgemeinplätzen fiel ihr nichts ein, und lindern konnte das den Schmerz über die unvermittelte Trennung nicht. Wobei sich ein möglicher Bruch ja schon angekündigt hatte, so kühl und ruppig, wie Amelie in letzter Zeit mit ihm umgegangen war. Aber vielleicht hatte er – ebenso wie Fenja – erwartet, dass es ein klärendes Gespräch geben würde, in dem sie darlegte, was ihr nicht passte und warum sie ständig so unleidlich auf ihn reagierte. »Wer spricht, dem kann geholfen werden«, sagte ihre Mutter immer.

»Vielleicht bereut sie die Trennung ja mittlerweile und weiß nicht, was sie jetzt tun soll.«

»Du kennst sie doch gut genug, um zu wissen, dass das gewiss nicht der Grund für ihr Schweigen ist. Wenn sie es bereuen würde, könnte sie einfach zu mir kommen. Vielleicht würden wir uns streiten, bis die Fetzen fliegen, aber das wäre nicht einmal das Schlechteste, dann wird zumindest endlich alles einmal ausgesprochen, und wir könnten noch einmal von vorne anfangen. Oder ab dem Zeitpunkt weitermachen, bis zu dem es noch gut lief.«

»Ich werde morgen einfach noch mal bei ihr vorbeischauen, vielleicht treffe ich sie ja zu Hause an.«

»Mach dir keine Umstände, du hast es oft genug versucht, ebenso wie ich. Seit fünf Tagen rennen wir ihr nach, um eine Erklärung zu bekommen. Wenn sie etwas zu sagen hat, wird sie das tun, ich krieche gewiss nicht vor ihr zu Kreuze.«

»Denkst du, das erwartet sie?«

»Ich weiß nicht, was sie erwartet. Ich kann nicht einmal sagen, ob sie mit dem Vorsatz gekommen ist, an dem Tag mit mir zu brechen, oder ob sie das einfach aus einem Impuls heraus getan hat, weil es ihr ohnehin schon länger im Kopf herumging.«

Das wusste Fenja genauso wenig, und sie hatte eigentlich geglaubt, eine von Amelies engsten Freundinnen zu sein. Aber so konnte man sich irren. Offenbar bedeutete ein Bruch mit Felix auch einen Bruch mit ihr, und das nahm sie Amelie tatsächlich übel. Sie zog ihre Uhr hervor und klopfte Felix auf die Schulter. »So, auf geht's, die Arbeit ruft. Solch ein Betrieb führt sich nicht allein.«

Er zögerte, dann erhob er sich.

»Was steht für heute Abend an?«

»Pralinen mit Blaubeermousse und ein neues Rezept für Kirschtrüffel. Außerdem muss ich Pistazienpralinen vorbereiten und Schokolade für Kaffeetrüffel temperieren.«

Fenja sah auf die Uhr und hob die Brauen. »Ich will jetzt nicht so tun, als hätte ich viel Ahnung von deinen Arbeitsabläufen, aber schaffst du das bis Mitternacht? Oder wolltest du gleich hierbleiben, weil sich das Schlafen nicht mehr lohnt?«

»Ich finde gerade ohnehin keine Ruhe.«

Fenja sah ihn mit gekrauster Stirn an.

»Aber nichtsdestotrotz werde ich mich natürlich heute Nacht irgendwann ins Bett legen, keine Sorge.«

»Das will ich meinen. Niemandem ist geholfen, wenn du nun auch noch krank wirst.«

»So schnell wird man nicht krank, nur weil man mal nicht schläft.«

Fenja dachte an ihren Vater, die Blässe, die dunklen Schatten unter den Augen, die gar nicht mehr weichen wollten. »Unterschätze nie, wie wichtig genügend Schlaf ist«, antwortete sie.

10

JULI 1954

»Bist du auf der Flucht?«

Lennart war so unvermittelt vor ihr aufgetaucht, dass Amelie dies nur als eine Fügung des Schicksals deuten konnte. Es zog sie zueinander hin, ihn ebenso zu ihr wie sie zu ihm. Ein flüchtiges schlechtes Gewissen gegenüber Fenja keimte in ihr auf. Sie hatte das, was Felix' Mutter seinerzeit getan hatte, stets innerlich verurteilt, hatte gedacht, es gäbe doch überhaupt keine Entschuldigung dafür, jemandem den Verlobten auszuspannen. Aber dann wiederum dachte sie sich, dass Fenja mit Lennart ja überhaupt nicht verlobt war, sie führten nicht einmal eine Beziehung, bislang schien alles rein freundschaftlich. Warum ihm also nicht die Wahl lassen?

»Vor meiner Mutter«, beantwortete sie seine Frage. Sie war aus ihrer Wohnung geflohen, hatte die ständigen Vorwürfe nicht mehr hören wollen. *So eine gute Partie jagst du davon? Bist du noch gescheit?* Sie hatte einen langen Spaziergang gemacht, der so angelegt war, dass sie nach Möglichkeit niemandem aus der Familie Lombard und Dorn über den Weg lief. Jetzt stand sie am Deutschen Eck, das sich ohne die Reiterbüste so ungewohnt und leer ausnahm.

Lennart trug einen leichten Sommeranzug, wirkte so mondän und attraktiv, dass Amelies Herz wild zu schlagen begann. So war sie doch eigentlich gar nicht, so romantisch und schwärmerisch. Und doch schlug ihr das Herz bis zum Hals, machte ihr das Atmen schwer.

»Du hast immer noch nicht mit Felix gesprochen?«

Sie schüttelte den Kopf, suchte in seinen Augen nach einem Anzeichen dafür, dass er sie verurteilte, für feige hielt, aber da war nichts dergleichen. Er schwieg, schien darauf zu warten, dass sie etwas sagte.

»Was würde es denn ändern«, antwortete sie schließlich, »wenn ich es ihm erkläre? Fühlt er sich danach besser? Ändert es etwas daran, dass ich ihn nicht heiraten werde?«

»Ich denke, wenn man eine Verlobung bricht, ist man demjenigen zumindest eine Erklärung schuldig.«

»Und ich denke, ich muss nicht erklären, warum ich jemanden nicht heiraten will.«

»Würdest du das in seinem Fall genauso sehen?«

Amelie stellte sich die Situation umgekehrt vor, wenn er sie einfach verlassen hätte. Sie konnte dabei nichts anderes empfinden als Erleichterung. Erleichterung darüber, dass ihr dieser Schritt von ihm abgenommen worden wäre. Hätte er es nur getan. Amelie sah auf den Rhein, dessen Wasseroberfläche sich im Wind kräuselte, lauschte auf das leise Plätschern, wenn kleine Wellen ans Ufer schwappten.

Offenbar sah Lennart ein, dass er keine Antwort auf seine Frage bekommen würde. »Er ist mein bester Freund, weißt du. Es fällt mir schwer, zu sehen, wie er unter der Trennung leidet.«

»Leidet er denn weniger, wenn ich mich hinstelle und ihm sage, warum ich mir kein Leben mehr mit ihm vorstellen kann?«

»Vermutlich nicht. Aber dann ist die Ungewissheit weg, und er muss sich nicht ständig fragen, was er falsch gemacht hat.«

»Daran ändert auch ein Gespräch mit mir nichts, denn er ist nun einmal, wie er ist, und das reicht mir eben nicht. Wir passen nicht zusammen. Dafür kann keiner etwas.«

»Verstehe.«

Er insistierte nicht, verzichtete darauf, ihr nahezulegen, es doch noch einmal mit Felix zu versuchen, ihm eine zweite Chance zu geben. Das stimmte Amelie hoffnungsvoll, dass er für sie ebenso empfand wie sie für ihn. Würde seine Freundschaft zu Felix daran zerbrechen? Wenn er sie liebte, wäre sie ihm das wahrscheinlich wert, und irgendwann würde Felix sich schon wieder fangen und eine andere Frau kennenlernen.

»Halte ich dich auf?«, fragte sie, als sie bemerkte, dass er einen Blick auf die Uhr warf.

»Nein, ich muss in einer Stunde im Hotel sein. Ich war zu Besuch bei Felix und wollte mir eigentlich nur ein bisschen die Beine vertreten, ehe ich zurückmuss.«

Sie lächelte. »Wenn du magst, darfst du mich gerne ein Stück begleiten, dann bin ich nicht mehr allein auf der Flucht.«

Er erwiderte das Lächeln. »Sehr gerne.« Er bot ihr nicht den Arm, als er neben ihr her spazierte, aber das wäre angesichts der Umstände auch unklug, immerhin war es möglich, dass gemeinsame Bekannte sie hier sahen. Aber auch so war es wunderbar, und Amelie wob eine Vertrautheit in dieses einträchtige Schweigen, von dem sie hoffte, er empfände es ebenso.

Fenja servierte Gideon und Monika Kaffee, das war das Mindeste, wenn sie hier schon ihren Feierabend verbrachten.

»Ich bin euch wirklich dankbar«, sagte sie.

Gideon zwinkerte ihr zu. »Reiner Eigennutz. Wenn das hier gut läuft, stehe ich umso besser vor deinem Vater da.«

»Glaub ihm kein Wort«, antwortete Monika. »Er hofft darauf, dass er sich hier jeden Tag zur Kaffeestunde kostenlos durchfuttern darf.«

»Darf ich dich daran erinnern, wer dein Vorgesetzter ist?« Gideon sah sie streng an.

»Darf ich dich daran erinnern, wen du gestern angebettelt hast, sie solle …«

»Ja, schon gut, das gehört hier nicht her.« Gideon war tatsächlich rot angelaufen. Fenja unterdrückte ein Grinsen und stellte das Tablett auf dem neuen Cafétisch ab.

»Denkst du, ich kann den Termin im August halten?«

»Zur Eröffnung auf jeden Fall, das kriegen wir hin. Aber das mit dem abendlichen Tanzcafé wird erst einmal schwierig. Vielleicht zum Winter hin.«

»Das ist ja auch irgendwie kein so passender Termin für eine Eröffnung«, meinte Monika. »Dann lieber im Frühjahr. Dann könnte man den Hof nutzen.«

»Na ja.« Gideon sah mit kritischer Miene hinaus. »Viel macht der nicht her.«

»Du hast zu wenig Fantasie«, bemerkte Fenja. »Man könnte ihn so schön herrichten.«

»Wenn du meinst. Beschränken wir uns erst einmal auf das Innenleben, da gibt es noch genug zu tun.« Gideon hatte einen Ordner aufgeschlagen und machte sich Notizen. »Ich werde bis Ende der Woche Herrn Hartmut das Zepter übergeben und hierherkommen, dann müsste dieser Wust an Arbeit eigentlich zu schaffen sein. Zu zweit bekommen wir das hin, oder? Ansonsten kann Monika noch dazukommen.«

»Ich denke, das müsste zu schaffen sein«, antwortete Fenja. Normalerweise hätten Amelie und Felix geholfen, aber Felix vergrub sich in seiner Arbeit im Rosenpalais, und Fenja wollte ihn nicht auch noch hiermit belasten. Und von Amelie hatte sie immer noch nichts gehört. Langsam konnte sie ihr gestohlen bleiben.

»Hast du inzwischen eine Verkäuferin?«

»Ja, zwei sind in der engeren Auswahl.«

»Du weißt, dass dein Budget nur für eine reicht, wenn du schnell in schwarze Zahlen kommen möchtest?«

»Ja, das ist mir klar. Meine Mutter hilft auch mit. Im Rosenpalais haben sie mit Ella drei Frauen im Verkauf, da können sie meine Mutter gut für ein paar halbe Tage entbehren.«

»Wenn es richtig rund läuft, was wir hoffen wollen, kannst du eine weitere Kraft einstellen.«

»Das sehen wir ja dann. Ich kann ja auch in den Verkauf.«

Gideon setzte ein Häkchen hinter eine Zahlenreihe. »Also gut. Der Confiseur, den du uns ins Werk gesetzt hast, scheint zu taugen, ja?«

»Bislang schon.«

»Den musst du hier nicht mit reinrechnen, er steht auf unserer Gehaltsliste. Wir hatten uns ja für getrennte Verrechnung entschieden.«

»Stimmt, daran hatte ich nicht gedacht.«

»Dafür hast du ja mich.« Er feixte, und Monika verdrehte die Augen.

»Lennart kommt nachher auch noch vorbei«, sagte Fenja.

»Lennart? Der musste heute Morgen schon geschäftlich nach Köln. Und dann abends noch hierher, der lässt sich das *Vorbeikommen* ja ganz schön was kosten.«

»Du musst nicht eifersüchtig werden«, spöttelte Fenja.

»Ich habe ihn vorhin in Koblenz gesehen«, sagte Monika.

»Vermutlich besucht er Felix.« Fenja ging noch einmal die Liste für Einrichtung und Dekoration durch. Sie hatte sich gegen moderne Malerei entschieden und setzte stattdessen auf moderne Fotografie. Aufnahmen aus der Stadt und Umgebung, kunstvoll in Szene gesetzt. Das Alte mit dem Neuem verbinden.

»Ich habe ihn bei meinem mittäglichen Spaziergang gesehen, da war er mit Amelie am Deutschen Eck.«

Fenja hielt mit dem Lesen inne, den Blick nach wie vor auf die Liste gesenkt. »Ach ja?« Sie versuchte, es beiläufig klingen zu lassen.

»Lennart bändelt aber wohl nicht mit ihr an, oder?« Jetzt hatte Monika auch Gideons Aufmerksamkeit. »Das wäre schändlich Felix gegenüber.«

»Na ja, wie sie da so herumspaziert sind, wirkte das schon vertraut.«

»Sie kam abends dazu, als ich mit Lennart aus war, meinte, sie könne jetzt nicht allein sein.«

»Ach was?«, sagte Gideon. »Und dann?«

»Dann bin ich zu Felix gefahren, um ihm beizustehen.«

Gideon und Monika tauschten einen Blick.

»Das muss doch nichts heißen, Lennart war genauso überrascht wie ich.«

»Und hat sich als Tröster angeboten?«

»Er hat sie nach Hause gebracht, das weiß Felix auch.«

»Hat sie ihm irgendetwas erzählt?«, wollte Gideon wissen.

»Er sagt, er hält sich da heraus.«

»Aber vermittelt hat er nicht zwischen ihnen?«, fragte Monika.

»Was soll er denn da vermitteln?«, antwortete Gideon. »Sie wollte Schluss machen und redet bis jetzt weder mit ihm noch mit Fenja. Sieht das so aus, als ließe sich da etwas vermitteln?«

»Ein bisschen armselig ist das ja schon«, sagte Monika. »Ich meine, so als erwachsene Frau. Da kann man doch den Mund aufmachen und sagen, was einem nicht passt. Natürlich ist eine Verlobung kein Garant für eine Hochzeit, aber dann sollte man doch wenigstens für einen vernünftigen Abgang sorgen.«

Dem konnte Fenja nichts entgegensetzen. Ob Amelie es in der Tat auf Lennart abgesehen hatte? Obwohl sie wusste, dass dieser in letzter Zeit oft mit Fenja zusammen war? Sie hatte Fenja gefragt, wie sie zu ihm stand, und Fenja hatte es noch recht vage gelassen. Vor diesem

Hintergrund bekam die Frage natürlich einen gänzlich anderen Sinn. Sie krauste die Stirn, stellte sich vor, wie Amelie sich mit Lennart traf. Das erklärte natürlich auch, warum sie weder mit ihr noch mit Felix sprach. Das war wirklich erbärmlich, dachte Fenja.

»Soll ich Lennart danach fragen?« Das war heraus, noch ehe sie so richtig darüber nachgedacht hatte. Und es offenbarte recht deutlich, wie es um ihre eigenen Gefühle bestellt war.

»Tu das«, sagte Gideon.

»Dann weißt du wenigstens, woran du bist«, fügte Monika hinzu.

Felix strich die temperierte Schokolade auf dem Marmorbrett zusammen und füllte sie in Formen für Schokoladenlutscher. In das glänzende, dunkle Braun mischte er in Schlieren weiße Schokolade und stellte die Formen dann zum Abkühlen an die Seite.

»Wie weit bist du mit dem Pistaziennugat?«, fragte er Lena.

»Gleich fertig.«

Er ging zu ihr, nahm ihr die Schüssel ab. Der Nugat war zu einer glatten Masse geschmolzen, in die gehackte Pistazien gerührt worden waren. »Das sieht gut aus. Füll es jetzt um, und stell es kalt.«

Am nächsten Tag würden sie die Masse zu Kugeln verarbeiten, mit dunkler Schokolade überziehen, einige igeln, und auf andere eine Pistazie obendrauf setzen. Das war eine gute Übung für Lena, die sich mit dieser Art von Trüffel noch schwertat. Viel falsch machen konnte man da nicht.

»Gut. Wo sind die gerösteten Mandeln?«

»Hier.« Sie sah ihn an mit dem Eifer einer strebsamen Schülerin, die auf das Lob des Lehrers wartete. Er lächelte, was ihm zunehmend schwerer fiel. Überhaupt fiel ihm derzeit alles schwer, sogar die Arbeit, an der er sonst immer viel Freude gehabt hatte. An manchen Tagen war er kurz davor, sämtliche Gerätschaften einfach gegen die Wand zu pfeffern. Amelies Schweigen fand er fast noch schlimmer als den Umstand, dass sie ihn verlassen hatte. Nicht einmal ein klärendes Wort war er ihr wert gewesen.

»Verknete jetzt Marzipan, Puderzucker und Mandeln.«

Sie wog sorgsam alle Zutaten ab und begann mit der Arbeit. Dann begann sie, die Masse in Kugeln zu rollen, die sie auf gefettetes Papier setzte. Dort würden sie mehrere Stunden in der kühlen Fertigung zur Seite gestellt, um fest zu werden. Später würde dann der Überzug aus dunkler Schokolade und Mandelsplittern kommen.

»Magst du eine Tasse Kaffee?«, fragte sie nach getaner Arbeit.

»Gerne.« Er war gerade dabei, dunkle Trüffel mit Blattgold zu verzieren.

Kurz darauf erschien sie mit zwei Tassen Kaffee, und er legte eine Pause ein.

»Wie geht es dir?«, fragte sie.

»Gut.«

Er kannte Lena von klein auf, und er mochte sie, aber ihm stand ganz und gar nicht der Sinn danach, mit ihm über Amelie zu sprechen. Anstatt das Thema weiter auszuführen, nahm er einen Schluck Kaffee, während er mit dem Rücken an der Anrichte lehnte. Lena stand vor ihm, schwieg nun ebenfalls und schien glücklicherweise nicht darauf aus, die Frage nach seinem Gemütszustand zu vertiefen. Als sie ausgetrunken hatten, nahm sie ihm die Tasse ab, stellte sie mit ihrer zusammen auf die Anrichte und schien nun doch etwas sagen zu wollen. Und dann – gänzlich unvermittelt – neigte sie sich zu ihm, und im nächsten Moment lag ihr Mund auf seinem, während sich ihre Hände um seinen Nacken legte. Im ersten Augenblick war Felix völlig perplex, dann umfasste er ihre Arme und schob sie von sich.

»Was wird das denn? Bist du verrückt geworden?«

Lena wurde feuerrot, wandte sich abrupt ab und lief aus der Fertigung hinaus in den Verkaufsraum.

Die Tür fiel unsanft ins Schloss, und Felix konnte nur dastehen und Lena hinterherstarren. Na großartig. Das auch noch. Verloren hier langsam alle den Verstand? Oder verlor er ihn gerade selbst?

»Was ist passiert?« Seine Mutter betrat die Fertigung. »Warum läuft Lena weinend hinaus. Warst du wieder zu streng?«

»Was heißt hier *wieder*? Ich bin nicht strenger als jeder andere Ausbilder auch. Aber nein, es hatte nichts mit ihrer Arbeit zu tun. Mehr werde ich dazu nicht sagen. Frag sie selbst, wenn du es wissen möchtest.«

Seine Mutter schloss die Tür und kam zu ihm. »Warum verreist du nicht für ein paar Tage? Gewinnst Abstand zu allem?«

»Was soll das bringen, wenn ich ein paar Tage lang

weg bin? Die Situation bleibt, wie sie ist: Amelie hat mich verlassen, ohne ein Wort zu sagen.«

Seine Mutter seufzte. »Ich weiß, dass das schwer ist, aber …«

»Nein, ich glaube nicht, dass du das weißt, du bist bislang ja noch nie verlassen worden, vielmehr warst du es ja seinerzeit, die dafür gesorgt hat, dass Vater jemanden verlässt.«

Sie sah ihn an, hob eine Braue. »Nun, ich würde sagen, diesem glücklichen Umstand verdankst du deine Existenz.«

»Ich wollte auch nicht sagen, dass ich es bedauere, sondern nur, dass du keine Ahnung hast, wie ich mich fühle.«

Sie schwieg. »Also gut« antwortete sie schließlich. »Aber denk darüber nach. Hier wird schon nicht gleich alles zusammenbrechen, wenn du nicht da bist.«

»Nein, mir ist klar, dass ich hier ebenso entbehrlich bin wie in Amelies Leben.«

»Es reicht jetzt.« Ihre Stimme klang scharf. »Ich verstehe, dass du wütend auf sie bist, ich bin es auch. Aber das musst du weder an mir noch an Lena oder sonst wem auslassen.«

»Das denkst du? Dass ich meine Wut an Lena auslasse?«

»Na, ohne Grund wird sie wohl nicht weinend davongelaufen sein.«

Er zog seinen Kittel aus, nahm sich die Mütze vom Kopf und warf beides hin. »Bitte, wie du meinst. Ich würde sagen, ich nehme meine *paar Tage Abstand* ab jetzt.« Er gab ihr keine Zeit, zu antworten, sondern verließ die Fertigung. Nun konnte sie nichts mehr sagen, wenn sie den Gästen in Café und Verkaufsraum keinen Auftritt liefern wollte. Er nickte Paula zum Abschied zu und verließ das Rosenpalais.

Lena war nicht gar so weit geflüchtet, wie er gedacht hatte. Sie stand wenige Meter vom Rosenpalais entfernt und tat so, als betrachte sie angelegentlich die Auslagen in einem Geschäft, während sie sich immer wieder verstohlen über die Augen wischte.

»Lena.«

Sie blickte auf, sah ihn an, und in ihre Augen schlich sich eine vorsichtige, mit Trotz gepaarte Hoffnung.

»Geh zurück. Du vertrittst mich, bis ich wieder da bin.«

Natürlich hatte Fenja sich letzten Endes doch nicht getraut, Lennart auf Amelie anzusprechen. Zu groß war die Angst, sich eine Blöße zu geben, womöglich sogar einen mitleidigen Blick zu ernten, weil sie sich in Gefühle verstieg, die er nicht erwiderte. Jetzt jedoch, als sie und Lennart sich in ihrem Café gegenübersaßen, drängte die Frage geradezu aus ihr heraus.

»Ist da etwas zwischen dir und Amelie?«, fragte sie und spürte sogleich, wie ihr die Wärme in die Wangen stieg.

»Wie kommst du darauf?«

»Eine Freundin sagte, sie hätte euch gesehen, und ihr wirktet sehr vertraut.«

»Verstehe.« Er blätterte in dem Katalog, der vor ihm

lag, ohne jedoch länger auf einer Seite zu verharren. »Und jetzt vermutest du, dass es da tiefere Gründe für die Trennung von Felix geben könnte? Traut er mir das ebenfalls zu?«

»Felix weiß nichts davon, und mir ist schon klar, dass du sie ihm nicht ausgespannt hast.«

»Sondern?«

»Vielleicht hast du dich in sie verliebt, nachdem mit Felix Schluss war.«

Er sah sie einen Moment lang schweigend an. »Ich bin nicht in sie verliebt. Sie wirkte an diesem Tag etwas verloren, und der Spaziergang war ein Freundschaftsdienst, mehr nicht.«

Fenja stieß den Atem langsam aus. »Ich dachte, das sei vielleicht der Grund, warum sie sich die ganze Zeit bei keinem von uns meldet.«

»Das weiß ich in der Tat auch nicht. Sie sagte mir lediglich, sie sei niemandem Rechenschaft schuldig.«

Sofort loderte die Wut in Fenja auf. »Ach, ist sie nicht?«

»Du musst nicht mich so zornig ansehen.«

Fenja bemühte sich, ruhig zu bleiben. Er hatte ja recht. »Und was hast du zu ihr gesagt?«

»Ich habe ihr eine Aussprache nahegelegt. Aber letzten Endes geht mich das alles nichts an, ich halte mich auch weiterhin raus.«

Fenja erwiderte seinen Blick, dann sah sie wieder in den Katalog, der vor ihr lag und aus dem sie ihr Caféhausgeschirr aussuchen wollte, ohne bislang zu einer Entscheidung gekommen zu sein. Ihre Finger spielten mit den Seiten, während eine Verlegenheit von ihr

Besitz ergriff, die sich so ungewohnt ausnahm, dass sie nicht wusste, wie sie damit umgehen sollte.

»Hat Felix dir gesagt, wann er zurückkommt?«, wechselte Lennart das Thema.

»Nein, er hat mir nicht einmal gesagt, dass er wegfährt, das weiß ich von Tante Ella.«

»Wo ist er überhaupt?«

»Irgendwo im Siebengebirge, hat sich dort am Drachenfels in ein Hotel eingemietet.«

»Tut ihm gewiss ganz gut.«

Fenja nickte vage. So recht glaubte sie das nicht, vermutlich brauchte es einige Zeit, bis er über die Trennung hinweg war. Vor allem über die Art, wie sie vonstattengegangen war. Seufzend versuchte sie, sich wieder auf die Arbeit zu konzentrieren. Es war noch so viel zu tun, sie hatte Angst, dass sie bis zur Eröffnung im nächsten Monat immer noch nicht fertig sein würde. Immerhin hatte sie eine Verkäuferin eingestellt, die Sorge hatte sie also weniger.

Lennart erhob sich. »Funktioniert die Jukebox schon?«

»Gideon hat sie gestern ausprobiert, da tat sie es.« Die Wurlitzer Jukebox stand chromglänzend und elegant neben dem Verkaufstresen. Lennart hantierte daran herum, und kurz darauf erklang *Your Cheatin' Heart* von Hank Williams. Lennart kam zu ihr zurück, zog sie aus dem Stuhl und führte sie auf die Tanzfläche. Es hatte etwas eigenartig Intimes, hier allein mit ihm zu tanzen, und Fenja dröhnte der Herzschlag in den Ohren, als sie sich mit Lennart zum Takt der Musik bewegte. Er zog sie ein klein wenig enger an sich, als es der Anstand erlaubte, und Fenja folgte seiner Bewegung, spürte die

Wärme seines Körpers. Ihre Hand schob sich über seine Schulter bis zu seinem Nacken, verharrte liebkosend. Ihre Bewegungen waren langsamer geworden, und als Fenja aufsah, bemerkte sie die stumme Frage in seinem Blick, die vorsichtige Erwartung. Sie hob das Gesicht, zog seinen Kopf zu sich hinunter, spürte seine Lippen auf ihren, erst behutsam, forschend, ehe sie den Kuss vertieften und ihr Mund sich unter seinem öffnete.

»Du hast diesen schafsdämlichen verliebten Blick«, begrüßte Karina ihn. Sie saß auf dem Mäuerchen, das den Hof umgab, und rauchte eine Zigarette. »Wer ist denn dieses Mal die Glückliche?« Sie zeigte mit der Zigarette auf ihn. »Sag nichts. Fenja Dorn, nicht wahr? Na, ihren Vater möchte erleben, wenn du sie so sitzen lässt wie meine Freundin seinerzeit, die ich seither nie wieder gesehen habe.«

»Ich habe nicht vor, Fenja sitzen zu lassen. Und was Dorothea angeht, so hat sie in ein paar Küsse und ein paarmal Ausgehen etwas zu viel gedeutet.«

»Sie sagte, du hättest mit ihr geschlafen.«

»Nicht in hundert Jahren.«

»Du Unschuldslamm.«

»Das habe ich nie behauptet. Aber nicht mit ihr. Ich weiß schließlich, was sich gehört.«

»Klar.« Sie rauchte auf und schnippte die Zigarette in den Kies. »Und was gehört sich mit Fenja, hm?«

»Einfach so mit ihr ins Bett zu gehen gewiss nicht.«

Karina rutschte von dem Mäuerchen. »Seit wann bist du wieder hier? Ich habe dich gar nicht kommen gehört.«

»Ich bin hinten herum direkt in die Remise gefahren.«

»Hm.« Sie hakte sich bei ihm ein. »Danke, dass du Papa nichts von Antoine erzählt hast.«

»Antoine?«

»Der Franzose, mit dem ich tanzen war.«

»Das bedeutet nicht, dass ich das gutheiße.«

»Fragst du mich mal, ob ich deine Frauengeschichten gutheiße?«

»Das ist …«

»Etwas anderes, ja, schon klar.« Sie gingen auf das Hotel zu. »Es hat aber nichts zu sagen, ich will nichts von Antoine, nur ausgehen und Spaß haben, mehr nicht. Es bleibt dabei, dass ich nach Bonn gehe im nächsten Frühjahr.« Dort würde sie eine Ausbildung zur Restaurantfachangestellten machen. Natürlich könnte sie das auch im heimischen Betrieb, aber wie auch bei ihren Brüdern legte ihr Vater Wert darauf, dass sie außerhalb lernte.

»Ist es denn etwas Ernstes mit ihr?«

Lennart wusste das selbst nicht so genau, aber es fühlte sich gut an, mit ihr zusammen zu sein. »Das wird sich zeigen«, antwortete er.

»Und sie? Wie sieht sie das?«

»Wir haben noch nicht darüber gesprochen.« Er begleitete sie in den privaten Teil des Hotels, wo die Familie wohnte.

»Was denkst du, sagt Mama?«

»Was soll sie dazu schon sagen?«

»Na ja, sie und Papa wünschen sich jemanden, der hier repräsentativ an deiner Seite steht, das wird mit Fenja Dorn ja schon mal nichts, die hat doch jetzt ihr Café, und das Werk erbt sie darüber hinaus, auch wenn Gideon dort die leitende Funktion innehat.«

Darüber hatte er noch gar nicht nachgedacht und würde das auch jetzt nicht tun. Bislang hatten sie sich nur geküsst, und er war sich nicht nur unsicher, was seine eigenen Gefühle für sie anging, er wusste darüber hinaus nicht, was sie für ihn empfand. Und solange er keine Ahnung hatte, wohin all das führte, würde er sich über mögliche Konsequenzen und Konflikte nicht den Kopf zerbrechen.

Nachdem ihm Karina eine gute Nacht gewünscht und sich von ihm verabschiedet hatte, ging er in den Salon, wo seine Eltern noch beisammensaßen. Sein Vater spielte abends gelegentlich Klavier, während seine Mutter mit einem Buch in der Hand lauschte. Es war ein lieb gewonnener Brauch, der ihm seit seiner Kindheit vertraut war, und Lennart war froh darüber, dass sie ihn auch in zunehmendem Alter beibehielten.

»Morgen musst du mich den ganzen Tag vertreten«, sagte sein Vater, »da kannst du nicht so viel in Koblenz unterwegs sein wie in den letzten Tagen.«

»Natürlich.« Er ging zum Servierwagen und goss sich etwas zu trinken ein.

»Wo warst du eigentlich? Felix ist doch verreist, dachte ich.«

»Ich war bei Fenja und habe sozusagen Gideon abgelöst.«

»So?« Sein Vater musterte ihn aufmerksam, und er erwiderte den Blick offen. »Wie kommt sie voran?«

»Nicht so gut, wie sie eigentlich möchte.«

»Es ist sehr großzügig von euch, ihr so viel Zeit zu widmen«, sagte seine Mutter.

»Na ja, Gideon wird dafür bezahlt.« Lennart stellte

das leere Glas ab, ehe die Fragerei eine Richtung nahm, über die er nicht zu sprechen bereit war. »Ich gehe zu Bett. Gute Nacht.«

Auf dem Weg zu seinem Zimmer dachte er an Fenjas Frage nach Amelie. Er hatte an sie nie anders als an Felix' – nun ehemalige – Verlobte gedacht, was ihm grundsätzlich schon jede Art der Annäherung verbot, so er dies denn beabsichtigt hätte. Sie war hübsch, und für eine kleine Bettgeschichte mit ihr wäre er durchaus zu haben gewesen, wenn sich die Dinge mit Fenja anders entwickelt hätten. Wobei ihn der Umstand, dass sie Felix' ehemalige Verlobte war, vermutlich ohnehin von einer wie auch immer gearteten Liaison abgehalten hätte. Eine Frau fürs Bett fand man schließlich immer, was man von einem guten Freund nicht gerade behaupten konnte.

11

AUGUST 1954

»Du wirkst glücklich«, stellte ihr Vater beim Frühstück fest, und Fenja fragte sich, ob man ihr ansah, wie sie den letzten Abend – und die davor – verbracht hatte.

»Eigentlich bin ich eher aufgeregt.« Sie nahm sich noch eine Scheibe Toast und bestrich sie mit Honig. Wie immer, wenn große Ereignisse anstanden, bekam sie Heißhungerattacken. Eine Woche noch bis zur Eröffnung.

Ihre Mutter schenkte ihnen Kaffee ein. »Bist du so weit fertig mit allem?«

»Ja, ganz knapp.«

»Nachdem du jeden Tag bis in die Nacht dort gearbeitet hast, habe ich nichts anderes erwartet«, sagte ihr Vater.

Fenja dachte daran, wie sie und Lennart eng umschlungen auf dem Boden gelegen hatten, und spürte, wie ihre Wangen warm wurden. Rasch nahm sie einen Schluck Kaffee. Es war so schön gewesen, ganz anders als sonst, wenn sie geküsst hatte. Ob er es auch so empfand? Sie traute sich nicht, ihn zu fragen, das würde sie erst machen, wenn die Eröffnung des Schokoladenpavillons hinter ihr lag und die Anspannung nachgelassen hatte. Momentan wollte sie es einfach nur genießen, dass Lennart sie so gekonnt von ihren Sorgen und der Nervosität ablenkte.

»Du kommst doch auch, Papa, ja?«, fragte sie.

»Um nichts in der Welt lasse ich mir das entgehen.« Er lächelte. Seit einigen Tagen nahm er wieder ein Schlafmittel, das ihm die nötige Nachtruhe schenken sollte, allerdings war er dadurch auch den ganzen Tag über müde und erschöpft, und er hatte bereits gefragt, ob es die traumlose Nachtruhe wert war, sich dafür mit schweren Gliedern durch den Tag zu schleppen.

Fenja aß noch zwei weitere Scheiben Toast, spülte mit Kaffee nach und erhob sich. »So, ihr Lieben, ich muss mich auf den Weg machen. Mama, kommst du später noch in den Schokoladenpavillon?«

»Gewiss. Felix ist ja ab heute wieder da.«

»Hast du schon mit ihm gesprochen?«

»Nein, Ella hat gestern Abend angerufen.«

Fenja nahm sich vor, kurz im Rosenpalais vorbeizuschauen. Sie warf einen Blick in den Spiegel im Flur, ehe sie das Haus verließ. Das Sommerkleid in zartem Rosé mit dem breiten cremeweißen Band um die Taille war einfach famos. Sie hatte es vor einigen Tagen zusammen mit ihrer Mutter in einem Geschäft gekauft, das Mode aus Paris und Mailand führte. Das Haar hing ihr in einer weichen Welle fast bis zu den Schultern und wurde seitlich von einer perlenbesetzten Spange gehalten. Im Gehen zog Fenja sich cremeweiße Handschuhe über und nahm den Schlüssel aus der Schale in der Eingangshalle. Ihre Mutter erlaubte ihr den Wagen zu nehmen, vorausgesetzt, sie war vorsichtig.

»Ich kann dich als Geschäftsfrau ja nicht ständig zu Fuß gehen lassen, nicht wahr?«, hatte sie gescherzt.

Als sie in dem Wagen ihrer Mutter saß, fühlte sie sich ganz und gar wie eine Geschäftsfrau, und sie startete den Wagen und fuhr vom Hof auf die Straße.

Im Rosenpalais war außer Felix noch niemand, es hatte noch nicht einmal geöffnet.

»Wie schön«, sagte Felix, als er ihr die Tür aufschloss und hinter ihr wieder verriegelte. »Ich hätte dich sonst heute auch aufgesucht.«

»Du siehst besser aus.«

»Ein paar Tage wegzufahren war wohl doch keine so schlechte Idee.«

»Ein paar Tage? Drei Wochen warst du weg. Aber schön, dass es dir jetzt gut geht.«

»Nun ja, gut nicht unbedingt, ich hadere immer noch ziemlich viel mit mir selbst, aber es ist besser.«

Fenja begleitete ihn in die Kaffeeküche, wo sie der Duft von frischem Kaffee und Gebäck empfing. »Ich eröffne in einer Woche.«

»Ich weiß. Tut mir leid, dass ich dich so hängen gelassen habe.«

»Das macht nichts, Gideon und Monika haben geholfen. Und Lennart war auch fast jeden Tag da.«

Er musterte sie. »Das habe ich auch schon gehört. Und?«

»Wie *und*?«

»Du siehst so aus, als gäbe es ein *und*.«

Fenja hob die Schultern. »Wir haben uns geküsst.«

»Das ging ja schnell, war aber zu erwarten.«

»Tatsächlich?«

»Lennart ist nicht gerade ein Kostverächter, und dass du ihm gefällst, habe ich schon vor längerer Zeit bemerkt.«

»Kein Kostverächter, ja?«

Ein kleines Lächeln glitt über Felix' Mundwinkel. »Jetzt sei nicht beleidigt, du weißt doch, wie ich das meine.«

»Vielleicht ist es ihm ja auch ernst.«

»Das eine schließt das andere nicht aus. Ist es dir denn ernst?«

»Das kann ich noch nicht genau sagen.«

»Zumindest ernster als mit diesem Franzosen seinerzeit?«, stichelte er.

»Das war doch etwas völlig anderes.« Sie setzte sich auf die breite Fensterbank. »Gib mir lieber einen Kaffee, anstatt weiterhin so absurde Vergleiche aufzustellen. Das ist so, als würde ich Amelie mit einer deiner Bettgeschichten gleichsetzen.«

»Letzten Endes sind die Bettgeschichten befriedigender auseinandergegangen.«

Fenja bemühte sich, gelassen und abgeklärt zu wirken, auch wenn ihre Wangen mal wieder brannten. Das war doch zum Verzweifeln, dass man das nicht steuern konnte. »Bist du deshalb besserer Stimmung? Weil es da jetzt wieder etwas Neues gibt?«

»Die Details möchte ich deinen unschuldigen Ohren ersparen.«

Sie verdrehte die Augen. »Na, wenn's denn geholfen hat«, sagte sie.

»Kurzfristig kann es einem die Zeit schon ganz nett

vertreiben.« Er reichte ihr die Kaffeetasse. »Erzähl mir jetzt lieber, wie deine weiteren Pläne mit dem Café aussehen.«

»Na ja, mit dem Tanzcafé wird es ja wohl nichts, wie es aussieht. Zumindest nicht in diesem Jahr, das war trotz allem einfach nicht zu schaffen.«

»Es ist ja auch gar nicht schlecht, wenn man sich noch steigern kann, nicht wahr?«

»So kann man es natürlich auch sehen.«

Er begann damit, Mehl abzumessen. »Bleib ruhig sitzen, ich muss nur schon anfangen, sonst werde ich nicht rechtzeitig fertig.«

»Ich wollte ohnehin nicht so lange bleiben.« Sie berührte seinen Arm. »Wir sehen uns spätestens morgen, ja?«

»Fährst du ins Werk oder ins Café?«

»Erst ins Werk.«

Felix ließ Fenja raus und schloss wieder hinter ihr ab. Sie stand draußen, atmete tief durch, bog den Kopf nach hinten und ließ sich einen Moment lang die Morgensonne ins Gesicht scheinen.

Amelie wusste, dass das Hotel Oedinghof regelmäßig Tanzveranstaltungen gab. Im Gegensatz zu jener, bei der sie mit Felix gewesen war, standen diese allen Gästen und Besuchern offen. Als sie abends in einem hübschen grünen Chiffonkleid das Haus verließ, fragte ihre Mutter, ob sie sich wieder mit Felix versöhnt hatte.

»Nein, ich gehe tanzen.«

»Ganz allein?«

»Ins Hotel Oedinghof.«

Ihre Mutter sah sie erwartungsvoll an. »Gibt es einen neuen Galan?«, fragte sie schließlich.

Amelie beließ es bei einem geheimnisvollen Lächeln.

Dieses Mal gönnte sie sich ein Taxi, schließlich konnte sie mit so einem Kleid nicht in der Bahn und das letzte Stück zu Fuß kommen. An Felix' Seite war es normal gewesen, elegant gekleidet zu Partys, Abendveranstaltungen und Soireen zu erscheinen, seit der Trennung von ihm wurde ihr bewusst, dass sie gesellschaftlich komplett außen vor stand. Umso mehr genoss sie es, an diesem Abend auszugehen.

Das Taxi hielt vor dem Eingang des Hotels, und Amelie stieg aus, schritt über den roten Teppich auf das Portal zu. Sie wusste, dass ihr das Kleid wunderbar stand, und war sich der Blicke der Umstehenden nur allzu bewusst. Lächelnd trat sie ein und glaubte erneut an eine glückliche Fügung des Schicksals, als ihr Lennart als Erster in der Halle begegnete.

»Na so etwas.« Er kam zu ihr, nahm ihre Hand. »Was für eine Überraschung.«

»Ich habe es daheim nicht ausgehalten, und da mir nach Tanzen war, dachte ich, dass das hier gewiss die beste Adresse ist.«

»Unsere Partys sind legendär.«

»So erzählt man sich.« Sie zwinkerte ihm zu.

Der Saal, in dem der Tanzabend stattfand, war gut besucht, Frauen in Cocktailkleidern plauderten mit Männern in legeren Anzügen, die Musik spielte noch leise im Hintergrund, die Stimmung schien gelöst. Dies war der Abend der Abende, Amelie spürte es. Ihr Herz schlug heftig, und sie wusste, dass sie in den nächsten

Tagen gewiss auch endlich den Mut finden würde, Felix und Fenja gegenüberzutreten, sich zu erklären.

Lennart nahm mit ihr an der Bar Platz, winkte den Kellner herbei, damit sie ihre Bestellung aufgeben konnten. »Setzt deine Mutter dir immer noch zu?«

»Frag nicht.«

Er hob sein Glas, prostete ihr zu. »Fenja eröffnet in einer Woche«, sagte er unvermittelt.

»Ja, ich habe die Anzeige gelesen.«

»Wirst du kommen?«

Zögernd hob sie die Schultern. »Wenn sie mich dabeihaben will, nach all dem ...«

»Sprich dich vorher mit ihr aus.«

Sie nickte nur, wollte nicht daran denken. Je länger sie Fenja aus dem Weg ging, umso schwerer wurde es. Lennart sah sie an, wirkte, als verstünde er, was in ihr vorging. Der erste Tanz wurde aufgespielt, und Amelie wollte zu gern mit ihm tanzen, aber etwas hielt sie zurück. Vielleicht die Art, wie er sie ansah, das Verständnis in seinem Blick und etwas, von dem sie glauben wollte, es sei ein Spiegelbild ihrer eigenen Gefühle. Sie schöpfte Mut aus diesem Blick, legte die Hand an Lennarts Wange, wollte sich vorbeugen, aber er legte die Finger um ihr Handgelenk, blieb auf Distanz.

»Bevor das hier weitergeht, solltest du wissen, woran du bist. Wenn du mit mir ins Bett gehen möchtest, können wir das gerne tun. Aber dabei bleibt es dann auch, mehr wird daraus nicht.«

Sie starrte ihn an, brauchte einen Moment, um zu verdauen, was er gesagt hatte. »Für so eine hältst du mich?«

»Nein, sonst würde ich dich nicht warnen.«

»Ich bin doch nicht hier, weil ich mit dir schlafen möchte.«

»Dann ist ja alles bestens. Vergessen wir also diesen kleinen Ausrutscher.«

»Lennart, ich …«

»Hör zu, Amelie, ich mag dich ganz gern. Außerdem bist du hübsch genug, um meine Selbstbeherrschung zumindest für eine Nacht ins Wanken zu bringen. Aber ich bin nicht verliebt in dich, kein bisschen. Selbst wenn Felix nicht mein bester Freund wäre, würde es mit uns nichts werden, ich hätte höchstens etwas weniger Skrupel, mit dir zu schlafen. Ich schätze jedoch nur wenige Dinge so sehr wie Loyalität, und die Art, wie du mit ihm umgesprungen bist, taugt nicht für mich. Weder für eine Liebesbeziehung, die über das reine Vergnügen hinausgeht, noch für eine Freundschaft.«

Sie schluckte, wollte etwas antworten, aber die Zunge wollte ihr nicht gehorchen.

Lennart winkte den Kellner hinter der Bar heran.

»Fräulein Mosler ist heute Gast des Hauses.«

»Natürlich, Herr von Oedinghof.« Der Kellner lächelte Amelie beflissen an.

Mit einem Neigen des Kopfes verabschiedete Lennart sich von ihr. »Genieß den Abend.«

Amelie sah ihm nach, mühsam um Beherrschung ringend. Dann wandte sie sich abrupt ab und bestellte ein Glas Rotwein. Dann noch eines. Das hatte sie so grandios in den Sand gesetzt, dass man darauf einfach trinken musste. Vielleicht fiel ihr sogar ein passender Trinkspruch ein.

»Amelie?«

Sie blickte auf, krauste die Stirn. »Lukas? Was machst du denn hier?«

»Ich war mit einer jungen Frau verabredet, aber sie hat mich versetzt.«

Amelie prostete ihm zu. »Na dann, willkommen in meiner Welt.«

»Wer würde es wagen, dich zu versetzen?«

»Die Vernunft.«

Er hob die Brauen, wirkte sogar ein wenig belustigt. Dann hob er sein Glas. »Auf die Vernunft.«

Sie prostete ihm zu, trank das Glas leer.

»Darf ich dich einladen?«, fragte er.

»Ich lade *dich* ein, ich bin nämlich Gast des Hauses, solltest du wissen.«

»Ich auch, immer schon. Na dann, willkommen im exklusiven Club.« Sie stießen mit den neu gefüllten Gläsern darauf an.

Ihr Kopf drehte sich ein wenig, sie sollte die Finger vom Wein lassen, der bekam ihr nie. Lennarts Stimme erklang in ihrem Kopf, spöttisch verzerrt. *Wenn du mit mir ins Bett gehen möchtest, können wir das gerne tun.* Um die Stimme zu übertönen, redete sie zu viel und zu laut. Sprach von Felix, irgendein pathetisches Zeug von Gefühlen, die gestorben waren. Lukas sah sie an, hörte ernst zu, schwieg, sodass sie immer weiterredete. Er wirkte allerdings auch so, als habe er den Getränken ein klein wenig zu sehr zugesprochen. Schließlich nahm sie seine Hand, musste hinaus an die frische Luft.

Das half nur bedingt, aber immerhin fühlte sie sich ein klein wenig klarer. *Wenn du mit mir ins Bett gehen möchtest, können wir das gerne tun.* Sie schüttelte kaum merklich den Kopf, als könnte das die Stimme zum Schweigen bringen. Dann sah sie Lukas an. Er war zwei Jahre jünger als Felix und irgendwie immer nur der kleine Bruder gewesen.

»Was denkst du?«, fragte er.

»Ich frage mich, wie du wohl küsst.« Sie gab ihm keine Zeit, sich von seiner Überraschung zu erholen, sondern zog ihn an sich, küsste ihn.

»Das war ziemlich gut«, beschied sie ihm, als sie sich voneinander gelöst hatten.

»Das kann ich nur zurückgeben«, antwortete er, ein wenig atemlos.

»Machen wir damit weiter?«, fragte sie.

»Hier?«

Sie neigte den Kopf zur Gartenlaube, in der sie mit Felix seinerzeit einige sehr intime Momente erlebt hatte. »Komm.«

Die Gartenlaube gaukelte in der Dämmerung lauschige Abgeschiedenheit vor. Wenn es erst dunkel wäre, das wusste Amelie, würde das Licht der Lampions nicht bis hierher reichen. Erneut zog sie Lukas, der viel zu zögerlich war, an sich, küsste ihn immer atemloser, löste die Knöpfe seines Hemdes und glitt mit der Hand hinein.

»Amelie, ich bin mir nicht sicher, ob …« Der Widerstand fiel indes nur halbherzig aus, wurde erstickt unter ihrem Mund und erstarb schließlich ganz. Sie ließ zu, dass seine Hände das Kleid in ihrem Rücken öffneten, und drängte sich an ihn. Es fühlte sich gut an, so gut, dass sie jetzt unmöglich damit aufhören konnte.

Das erste Mal war so schnell vorbei, dass Amelie es kaum hatte auskosten können, beim zweiten Mal war Lukas zurückhaltender, fand einen gemeinsamen Rhythmus mit ihr. Amelie presste den Mund an seinen Hals, konnte gerade noch ausreichend klar denken, jedes Geräusch zu ersticken, das Keuchen, das immer schneller aus ihrer Kehle drang. Dann war es mit einem Mal so, als schwappe eine Welle in ihr auf. Ihr Kopf wurde heiß, in ihren Ohren rauschte es, während die Welle wieder abebbte und nur noch ein warmes Pulsieren tief in ihr blieb.

Schlagartig war sie nüchtern, wenngleich sich ihr Kopf immer noch drehte. Was hatte sie getan? Sie richtete sich auf, strich sich das Haar zurück.

»Amelie?« Lukas' immer noch kurzatmige Stimme klang mit einem Mal unsicher, als sei ihm bewusst geworden, dass hier etwas nicht stimmte.

Sie ignorierte ihn, war auf einmal wütend auf ihn, obwohl sie es war, die die ganze Sache angetrieben hatte. So endete es also mit ihr. Amelie Mosler, angeschickert auf dem Boden einer Gartenlaube, entjungfert vom Bruder ihres ehemaligen Verlobten. Da wäre sie doch besser mit Lennart auf sein Zimmer gegangen.

»Nimm deine Hände von mir«, fauchte sie Lukas an, als er nach ihrem Arm griff.

Seine Hand zuckte zurück, er wirkte verletzt. Einen Moment lang wollte sie ihm das Haar aus der Stirn streichen, ihn küssen, ihm im nächsten mit der flachen Hand ins Gesicht schlagen. Der letzte Impuls war der stärkere, und noch ehe sie wusste, wie ihr geschah, klatschte ihre Hand auf seine Wange. Er fuhr zurück, während sie aufstand, sich so rasch es ging ankleidete, im Gehen irgendwie den Reißverschluss im Rücken schloss und aus dem Garten lief.

Während Felix nicht mehr gar so trübsinnig wirkte, war es nun Lukas, der Ella Sorge bereitete. Nicht nur war er vor einer Woche vollkommen betrunken heimgekehrt – was an und für sich schon alarmierend war –, er blieb seither auch still und in sich gekehrt. Ausgerechnet Lukas, der in der ganzen Familie der offenste war und von der Düsternis, die vor allem der Familie Dorn anhaftete, nichts geerbt zu haben schien. Er war stets mit sich im Reinen, studierte das, was schon seit Kindheitstagen sein Traum gewesen war, und schrieb Bestnoten.

»Möchtest du nicht darüber sprechen?«, hatte sie ihn am Vorabend schließlich gefragt, aber er hatte sie nur wortlos stehen lassen. So kannte sie ihn überhaupt nicht.

»Lass ihn«, riet Sebastian ihr. »Er kommt schon von selbst, wenn er etwas erzählen möchte, schließlich ist er kein Kind mehr.« Es blieb ihr ja gar nichts anderes übrig.

Als sie an diesem Morgen lange vor Sebastian wach wurde – was selten vorkam –, ging ihr die Sache immer noch im Kopf herum. Sebastian hatte sie zwar in der Nacht sehr gekonnt von der Sorge um ihre Söhne abgelenkt, aber jetzt, da sie wach war und die Lust der letzten Nacht nicht einmal mehr im Abglanz vorhanden war, kehrte auch die Sorge zurück. Sie hatte sich sogar schon gefragt, ob Lukas vielleicht krank war. Hatte er eine Diagnose gestellt bekommen, die ihn belastete? Aber würde er darüber nicht sprechen? Nicht unbedingt.

Sie weckte Sebastian. »Wie viel Uhr ist es?«, nuschelte er.

Um das zu wissen, musste sie nach ihrem Wecker greifen. »Kurz nach fünf.«

»Du beliebst zu scherzen?« Er schloss die Augen wieder und drehte sich herum.

»Was ist, wenn Lukas krank ist?« Ella schüttelte seine Schulter erneut.

»Musst du immer gleich den Teufel an die Wand malen? Schlaf lieber noch ein bisschen.«

»Aber was kann es denn sein, das ihn so …«

»Vermutlich eine Frau, das wäre naheliegend.«

»Das hätten wir doch mitbekommen.«

»Überschätz dich nicht.«

»Aber …«

»Ella, können wir beim Frühstück weitersprechen?«

Sie seufzte, ließ ihn aber in Ruhe. Da sie nun auch nicht wieder einschlafen konnte, zog sie sich ihren Morgenmantel an und ging ins Badezimmer. Ein großer Vorteil des neuen Hauses war der neue Wasserboiler. Unfassbar, wie schnell man über heißes Wasser verfügte.

Als sie geduscht und fertig angekleidet wieder ins Zimmer trat, war Sebastian wach. »Später«, beschied er ihr, als er bemerkte, dass sie im Begriff war, etwas zu sagen.

»Ich wollte nur einen guten Morgen wünschen.«

Er knotete den Gürtel zu seinem Morgenmantel zu, und jetzt lächelte er. »Ja, ein guter Morgen ist es in der Tat.«

Sie ging zu ihm, umarmte ihn, barg ihren Kopf an seinem Hals. »Es war schön«, sagte sie.

»Ja, das war es.« Er küsste ihr Haar, dann löste sie sich von ihm.

»Ich warte unten auf dich.« Sie verließen das Zimmer, und während er im Bad verschwand, ging sie hinunter ins Esszimmer. Lukas saß am Tisch.

»Felix ist schon los«, sagte er.

»Das dachte ich mir.« Sie ließ sich ihm gegenüber nieder und befreite die Kanne von der wärmenden Hülle.

»Lukas«, begann sie. »Du musst mir nichts erzählen, was du mir nicht erzählen willst. Aber ich mache mir Sorgen und möchte lediglich wissen, ob du gesund bist.«

Er sah sie erstaunt an. »Ja, warum denn nicht?«

»Weil seit gestern Abend wohl meine Fantasie mit mir durchgeht und ich mir ausgemalt habe, dass du irgendeine schlimme Diagnose bekommen hast.«

»Nein, alles bestens.«

Sie atmete auf, lächelte und trank den ersten Schluck Kaffee des Tages. Sebastian erschien und frühstückte mit ihr, kurz bevor Lukas sich verabschiedete, um seinen Zug zu bekommen. »Du siehst entspannt aus«, bemerkte Sebastian, als ihr Sohn fort war.

»Er hat mir gesagt, gesundheitlich sei alles in Ordnung.«

»Demnächst frag ihn doch einfach direkt, ehe du mich zu nachtschlafender Zeit aufweckst.«

Sie warf ihm nur einen schrägen Blick zu.

Da sie stets langsamer aß als er, war er recht schnell fertig und erhob sich, um ins Büro zu fahren.

»Kommst du später nach zu Fenjas Eröffnung?«

»Ja, wie versprochen.« Er beugte sich zu ihr, küsste sie und verließ das Haus.

»Das wird gewiss wunderbar«, beruhigte ihre Mutter sie, als Fenja mit wild klopfendem Herzen im Verkaufsraum auf und ab ging, dabei immer wieder etwas gerade rückte, mal eine Vase auf dem Tisch, mal eine Dose mit Kaffee oder Kakao in den Regalen.

»Was mache ich, wenn niemand kommt?«

»Dann können wir hier aus dem Vollen schöpfen«, sagte Gideon mit Blick auf die reichhaltigen Auslagen.

Berta Gladeck, eine Frau in den Vierzigern, die Fenja als Verkäuferin eingestellt hatte, lächelte ihr aufmunternd zu. »Ich habe unter meinen Freundinnen schon fleißig Werbung für Sie gemacht, Fräulein Dorn.«

»Im Hotel gingen deine Werbezettel gut weg«, sagte Lennart, der neben der Verkaufstheke stand und eine Tasse Kaffee in der Hand hielt. Sie trat zu ihm, nahm ihm die Tasse aus der Hand und trank einen großen Schluck. Schwarz und heiß. Bestens.

»Ich kann Ihnen auch einen zubereiten, Fräulein Dorn«, bot Berta Gladeck an.

»Nein, lieber nicht.« Das fehlte noch, dass sie dann auch noch die ganze Zeit das Klosett aufsuchen musste, sie hatte schon am frühen Morgen daheim mehr Kaffee getrunken als sonst.

Monika zündete eine Zigarette an und steckte sie ihr zwischen die Lippen, dann schob sie Fenja zur Tür, die in den Hinterhof führte. »So, jetzt nimmst du ein paar tiefe Züge, danach sieht die Welt gleich viel freundlicher aus.«

»Felix wollte doch auch kommen.«

»Das wird er auch«, beruhigte ihre Mutter sie. »Sobald Louise und Paula im Rosenpalais sind.«

Ihr Vater nahm sich ebenfalls eine Zigarette und begleitete sie hinaus. »Komm, Liebes. Fräulein Greif hat recht, ein wenig frische Luft wird dir guttun.« In seiner hohlen Hand flammte ein Streichholz auf, und er nahm einen tiefen Zug von seiner Zigarette. »Und wenn wir den ganzen Trubel hier überstanden haben, führe ich dich elegant zum Essen aus, und du erzählst mir, was zwischen dir und diesem Halunken läuft.« Er nickte kaum merklich zu Lennart.

»Wir sind Freunde.«

Ihr Vater seufzte. »Also gut, spiele ich dir zuliebe bis Geschäftsschluss den Narren.«

Fenja sah in das Café und begegnete Lennarts Blick, der in diesem Moment hinaussah. Sie schenkte ihm ein zögerliches Lächeln und nahm den nächsten Zug von ihrer Zigarette. Er hatte ihr erzählt, dass Amelie eine Annäherung versucht hatte, und Fenja war sprachlos gewesen.

»Das bleibt aber unter uns«, hatte er ihr gesagt. »Ich möchte nicht, dass Felix davon erfährt.«

Natürlich würde sie Felix nichts erzählen. Das erklärte

aber zumindest, warum Amelie ihnen beiden aus dem Weg ging. Na, die sollte ihr nur unter die Augen kommen, dann könnte sie sich auf etwas gefasst machen.

»So gefällst du mir viel besser«, sagte ihr Vater. »Mit diesem kämpferischen Ausdruck in den Augen.«

Jetzt musste sie doch lachen. Rasch tat sie noch einen letzten Zug, dann drückte sie die Zigarette im dafür vorgesehenen Kübel aus. »Also los.«

Es war an der Zeit, die Tür aufzuschließen und das Schild umzudrehen, sodass »Geöffnet« nun nach vorne zeigte. Fenja ging zum Verkaufstresen, schob sich eine Pfefferminzpastille in den Mund, während ihre Eltern, Lennart, Gideon und Monika Platz nahmen. Sie hatten das vereinbart, damit es nicht wirkte, als stünde dort ein Empfangskomitee, das die Gäste womöglich einschüchterte.

Im nächsten Moment traten die ersten Damen ein, und Fenja ging auf sie zu, hieß sie willkommen. Nach und nach füllte sich das Café, und Fenja, von der steten Angst getrieben, der Raum könnte leer bleiben, atmete auf. Ihre Mutter kam und bediente nun auch bei Tisch, während Fenja mit Frau Gladeck am Verkaufstresen stand. Lennart kam dazu und übernahm die Auswahl der Musik, entschied sich für leise, zurückhaltende Töne.

Die Pralinen lagen vor ihr in der Auslage, dunkle, matt glänzende Schokolade mit exquisiten Füllungen, weiße Trüffel, Krokant, geschichteter Nugat und buttriges Teegebäck. Die Maschinen waren auf Hochbetrieb gelaufen, und Fenja hatte ganze Nachmittage in der Produktion verbracht und zugesehen, wie ihre Ware vom Band lief. Was per Handarbeit gemacht werden musste, erledigten Angestellte an langen Tischen. Fenja hatte Mitarbeiter abgestellt, die die fertigen Produkte probierten und ihre Meinung auf Zettel schreiben sollten, die sie später mit ihrem Chocolatier auswertete.

Es war ein nahezu berauschendes Gefühl, daran zu denken, dass das hier ihr Werk war, ihre Idee umgesetzt mit der Hilfe anderer. Wobei – wenn sie es genau nahm, dann war es eigentlich Amelies Idee gewesen. Und schon mischte sich in ihre Euphorie ein kleiner Stich des Unbehagens. Sie blickte auf, als Ella mit Felix eintraf, sich umsah und ihr anerkennend zulächelte. Felix betrachtete die Auslagen, die Augen kritisch verengt, dann zwinkerte er ihr zu.

Lennart neigte sich zu ihr. »Feiern wir später unter uns?«

Ein warmes Kribbeln stieg in ihrem Bauch auf. »Morgen, ja? Heute Abend gehe ich mit meinem Vater aus. Ich glaube, er ahnt etwas.«

In just diesem Moment sah ihr Vater zu ihnen.

»Muss ich mir Sorgen machen?«, fragte Lennart leise.

»Ich werde dich mit meinem Leben verteidigen«, witzelte sie.

Eine Kundin lenkte ihre Aufmerksamkeit von ihm ab, und zu ihrer Freude stellte sie fest, dass mittlerweile mehr Gäste da waren, als sie verfügbare Plätze hatte. Die nächste Stunde war sie eingespannt, ging im Café umher, nahm Bestellungen auf, verkaufte Pralinen.

Felix passte sie in einem Moment der Ruhe ab und drückte ihr eine Tasse Tee in die Hand. Scherzhaft stieß er mit ihr an. »Auf den Erfolg.«

»Auf uns.«

12

OKTOBER 1954

Dies war der Moment, in dem Amelie gerne die Zeit zurückgedreht hätte, zurück zu jenem Moment, als sie mit Felix und Lena in der Fertigung gestanden und mit ihm gebrochen hatte. Weil sie dachte, sie verdiene etwas Besseres, als die Ehefrau eines Konditors zu sein, wo sie doch die des Erben eines großen Unternehmens sein konnte. Ihre Wut auf Felix, der seinen Ehrgeiz in die vollkommen falsche Richtung entwickelte, kam ihr nun geradezu lächerlich vor. Dabei war es ja nicht so, dass sie das Ruder nicht hätte herumreißen können. Sogar das lange Schweigen hätte er ihr verziehen, wenn sie in Ruhe mit ihm gesprochen, ihm etwas von ihren verwirrten Gefühlen erzählt hätte.

Das jedoch konnte sie nicht erklären. Selbst der großherzige Felix, der nie nachtragend war, würde nicht darüber hinwegsehen können, dass sie sich erst an seinen besten Freund herangemacht und danach mit seinem Bruder geschlafen hatte. Ersteres hätte sie vielleicht noch verbergen können, denn Lennart ging gewiss nicht damit hausieren. Das mit Lukas hingegen ließ sich kaum verbergen, nicht einmal dann, wenn sie ihn zu Stillschweigen anhielt.

Nach ihrem Besuch beim Arzt, der die Vermutung zur entsetzlichen Gewissheit werden ließ, war sie lange spazieren gegangen. Sie, Amelie, die nie überstürzte, kopflose Entscheidungen traf, hatte innerhalb weniger Monate ihre gesamte gesellschaftliche Existenz verspielt. Und ein Zurück konnte es nicht mehr geben, gleich, wie innig sie sich dies herbeiwünschte. Verloren war die Zeit, in der sie im Rosenpalais saß, die Buchhaltung machte, mit Fenja plauderte und später mit Felix die Momente privater Abgeschiedenheit genoss.

Amelie schob die Hände in die Manteltaschen und ging mit gesenktem Kopf weiter, während sie sich fragte, was um alles in der Welt sie jetzt tun sollte. Denn etwas musste sie tun, und zwar möglichst schnell. Der Arzt hatte natürlich sofort gewusst, in welch prekärer Situation sie war, und ihr diskret einen Zettel mit einer Adresse zugesteckt.

Mittlerweile war sie in der Löhrstraße angelangt und hielt abrupt inne. Auf gar keinen Fall wollte sie am Rosenpalais vorbei. Sie bog nach rechts, ging die Straße entlang bis zur Bahnhofstraße, passierte das Löhrrondell und stand plötzlich in der Hohenfelder Straße. Vor ihr erschien das glänzende breite Fenster des Schokoladenpavillons und bot einen Blick in das geschäftige Innere. Zaudernd trat Amelie näher, sah die mit viel Liebe und Sorgfalt erstellte herbstliche Dekoration im Fenster.

Amelie nahm ihren ganzen Mut zusammen und zog die Tür zu dem Café auf. Niemand nahm Notiz von ihr. Eine ihr fremde Frau war gerade damit beschäftigt, eine Bestellung aufzugeben, während Clara Dorn sich mit einer Kundin unterhielt, die gerade einen Einkauf tätigte. Jetzt bemerkte die Fremde sie, sah sie mit einem freundlichen Lächeln an.

»Guten Tag, die Dame. Kann ich Ihnen behilflich sein?«

»Ich möchte zu Fenja Dorn.«

Jetzt wurde auch Clara Dorn aufmerksam und sah sie an, krauste die Stirn.

»Fräulein Dorn ist in ihrem Büro, ich frage, ob es gerade passt. Nehmen Sie doch einstweilen Platz.«

Zögernd ließ sich Amelie auf dem erstbesten freien Stuhl nieder und sah sich um. Sehr hübsch war es geworden, eine Mischung aus Moderne und Nostalgie.

»Guten Tag, Amelie.« Clara Dorn war zu ihr getreten. »Wie geht es dir?«

»Sehr gut, vielen Dank.«

»Möchtest du einen Kaffee oder ein Stück Kuchen?«

Amelie kam nicht dazu, eine Antwort zu geben, da Fenja in diesem Moment aus der Tür hinter dem Verkaufstresen trat und auf sie zukam. »Na so etwas? Dich gibt es auch noch?« Sie sagte es freundlich, was vermutlich den Gästen um sie herum geschuldet war, aber ihre Augen sprühten geradezu vor Zorn.

»Ich …«

»Sprechen wir doch unter uns.« Fenja brachte sogar ein Lächeln zustande.

»Soll ich euch Kaffee bringen?«, fragte Clara Dorn.

»Danke, Mama, das ist nicht nötig, ich glaube nicht, dass Amelie lange genug bleibt. Sie hat schließlich viel zu tun und nur selten Zeit, nicht wahr?«

Amelie folgte ihr hinter den Verkaufstresen, und

Fenja öffnete die Tür zu einem kleinen Büro, das sehr modern eingerichtet war. Anstelle der kleinen Sitzgruppe steuerte Fenja ihren Schreibtisch an, ließ sich dahinter nieder und deutete auf die Besucherstühle.

»Also, was gibt es?«

Tief einatmend setzte Amelie sich auf einen der Stühle. »Mir ist klar, dass du furchtbar wütend …«

»Lass das Vorgeplänkel, darüber sind wir mittlerweile hinweg. Komm einfach zur Sache, und dann geh wieder.«

»Wie geht es Felix?«

»Das ist doch jetzt wohl nicht dein Ernst?«

Amelie sog ihre Unterlippe ein, tat einen zittrigen Atemzug und spürte, dass ihr die Tränen kamen, obwohl sie so sehr dagegen ankämpfte, dass sich ein dicker Kloß in ihrem Hals bildete. »Ich …«

Fenja wartete schweigend, der Blick versteinert.

»Ich bin in Schwierigkeiten.«

»Ach ja? Und was soll ich da jetzt machen?«

»Es … Ich weiß nicht, was ich tun soll. Und reden kann ich auch mit niemandem.«

Fenja hatte sich zurückgelehnt, die Arme vor der Brust verschränkt, wartete schweigend.

»Ich bin schwanger.« Jetzt war es heraus.

Der Frost in Fenjas Blick bekam Risse, dahinter flackerte es. »Von wem?«

»Lukas.«

Völlig unvermittelt lachte Fenja auf, wirkte zornig und erheitert zugleich. »Warum hast du nicht Gideons Bruder Frank genommen, wenn es denn schon in der Familie bleiben sollte?«

Es fiel Amelie schwer, die Fassung zu bewahren. »Darum ging es mir doch gar nicht. Es ist einfach passiert. Ich war verzweifelt.«

»Weil du mir Lennart nicht ausspannen konntest?«

»Ich wusste nicht, dass du mit ihm zusammen bist.«

Das stimmte allerdings, aber Fenja war viel zu wütend, um darauf einzugehen. »Du bist das Letzte, Amelie, vor allem als Freundin.«

»Er sagte, er hätte nur wenig Skrupel, mit mir ins Bett zu gehen, wenn ich das gewollt hätte. Also kann es von seiner Seite aus zu dem Zeitpunkt ja nicht so eng gewesen sein.« Schon wieder redete sie einfach drauflos, aber nun waren die Worte heraus, und zurücknehmen konnte sie sie nicht.

Fenja hatte den Blick einen Moment lang gesenkt, dann sah sie wieder auf. »Das alles erklärt immer noch nicht, warum du hier bist. Was soll ich da jetzt machen?«

»Der Arzt hat mir eine Adresse gegeben, bei der ich einen Abbruch machen kann. Aber ich weiß nicht, ob ich das fertigbringe.«

»Ich würde an deiner Stelle nicht zu lange mit der Entscheidung warten.«

»Weißt du, mir ist klar, dass ich einen Fehler gemacht habe, einen großen Fehler, aber wir waren immerhin Freundinnen, und eine echte Freundschaft sollte auch diese Dinge aushalten. Ich habe doch gesagt, dass es mir leidtut.«

Fenja stieß ein ungläubiges Lachen aus. »Ausgerechnet du pochst auf unsere Freundschaft? Nachdem du mich hier komplett hast hängen lassen? Dass du Felix nicht mehr liebst – geschenkt. Aber dass du mir komplett aus dem Weg gehst, damit du dich an Lennart heranmachen kannst …«

»So war es nicht.«

»Und mich zudem«, fuhr Fenja fort, den Einwand ignorierend, »hier komplett alleinlässt, obwohl du mir Hilfe zugesagt hast und ich mich darauf verlassen habe. Felix hat die Trennung so sehr mitgenommen, dass er eine Zeit lang verreist ist. Ich war komplett allein und hätte das alles nicht geschafft, wenn ich Gideon und Monika nicht gehabt hätte. So handeln Freunde nicht. Und jetzt stehst du hier, weil du dich in Schwierigkeiten gebracht hast, und appellierst an unsere Freundschaft. Was bildest du dir eigentlich ein?«

Das führte zu nichts, und im Grunde hätte Amelie das vorher wissen müssen. Sie stand auf, wandte sich ab, hoffte, dass Fenja sie zum Bleiben auffordern würde. Die jedoch schwieg, während Amelie das Büro verließ.

Noch Stunden später ging Fenja das Gespräch nach. War das denn zu fassen? Felix hatte ihr erzählt, dass Lukas eine Zeit lang sehr niedergeschlagen gewesen war. War das Amelies Schuld? Hatte sie mit ihm geschlafen und ihn dann einfach fallen gelassen? Das würde erklären, warum sie mit der Schwangerschaft nicht schon längst zu ihm gegangen war. Wenn Amelie vernünftig war, ließ sie es wegmachen. Ansonsten standen ihnen wohl künftig interessante Enthüllungen ins Haus, und Fenja war froh, dass sie nicht bei den Lombards wohnte und das Donnerwetter miterleben musste. Wie Sebastian darauf reagieren würde, konnte sie sich lebhaft vorstellen. Und erst Ella … An Amelies Stelle wollte sie wahrhaftig nicht sein.

Nach Geschäftsschluss blieb sie im Café, erklärte ihrer Mutter, sie wollte die Buchhaltung immer direkt am Ende des Tages erledigen. Das machte sie in der Tat, sodass sie stets fertig war, wenn Lennart spätabends vor der Tür des Hinterhofs stand.

»Stimmt etwas nicht?«, fragte er, als sie seinen Kuss nur kühl erwiderte.

»Ich hatte heute Besuch von Amelie.«

Er folgte ihr ins Büro. »Ah, ja?« In seiner Stimme schwang nur Neugierde und nicht die Befürchtung, ertappt worden zu sein. Ob Amelie sich das nur ausgedacht hatte? Das wäre ja noch erbärmlicher, als Fenja gedacht hatte.

»Sie hat versucht, sich zu entschuldigen. Vor allem aber erzählte sie mir, dass du mit ihr ins Bett gegangen wärst, wenn sie das gewollt hätte.«

Er schwieg.

»Stimmt das?«

»Es hätte nichts zu bedeuten gehabt. Eine Bettgeschichte, mehr nicht.«

»Und was ist mit uns?«

»Du meintest doch selbst, du hättest deinem Vater gesagt, das mit uns sei noch nichts Festes.«

»Das heißt aber nicht, dass du es in der Zwischenzeit mit anderen Frauen treiben sollst. Ich gehe währenddessen ja auch nicht mit anderen Männern ins Bett.« Fenja stand in der Mitte des Raumes, hatte die Hände in die Seiten gestemmt.

»Es gab keine andere Frau, seit wir uns das erste Mal

geküsst haben. Und wahrscheinlich wäre ich mit Amelie auch nicht ins Bett gegangen, mir war ja klar, dass sie mehr als das wollte.« Er kam zu ihr, strich ihr über die Wange. »Komm, sei mir wieder gut, ja?«

Fenjas Wut schmolz erstaunlich schnell, und als er sich vorbeugte, kam sie ihm bereitwillig zu einem Kuss entgegen.

»Was ist das denn jetzt zwischen uns, hm?«, fragte er. »Etwas Ernstes?«

»Ganz so sieht es wohl aus.« Fenja schloss die Augen, als Lennart sie küsste.

Er hob sie auf ihren Schreibtisch, umfasste ihr Gesicht und strich mit den Daumen über ihre Wangen, dann senkte er erneut den Mund auf ihren.

»Dann erzählen wir es unseren Eltern?«

»Hm«, machte sie und zog seinen Kopf wieder zu sich hinunter.

Kurz und gänzlich unwillkommen flackerte der Gedanke an Amelie auf, an ihre Notsituation. Hatte Fenja einen Fehler gemacht? Würde Amelie sich womöglich gar das Leben nehmen? Und wäre sie, Fenja, dann in gewisser Weise schuld, weil sie sie einfach weggeschickt hatte?

»Was ist los?« Lennart hob den Kopf.

»Hm? Nichts, was soll sein?«

»Du bist nicht mehr bei der Sache.«

Sie wollte ihn erneut an sich ziehen, aber dieses Mal gab er nicht nach. »Was ist los?«

»Ich hatte ja erzählt, dass Amelie hier war.«

»Ja. Und?«

»Sie sagte, sie befände sich in einer Notlage.«

»Und die wäre?«

»Das kann ich dir nicht erzählen. Sie hat an unsere Freundschaft appelliert, aber ich war so wütend auf sie und habe sie fortgeschickt.«

»Wie schlimm war die Notlage?«

»Schlimm genug, damit ich nun Sorge habe, sie könnte sich etwas antun. Heute Mittag hätte ich das rundheraus verneint, aber je länger ich darüber nachdenke...« Ein wenig hilflos hob sie die Schultern.

»Soll ich dich zu ihr fahren?«

»Nein, ich bin immer noch wütend auf sie. Aber gleichzeitig mache ich mir auch Sorgen. Wie hättest du an meiner Stelle gehandelt, wenn es ein Freund gewesen wäre?«

»Wenn er mich so behandelt hätte wie sie dich und er gleichzeitig versucht hätte, dich mir auszuspannen, wäre ich wohl kaum weniger unleidlich gewesen als du. Vermutlich hätte ich ihn auch fortgeschickt. Wäre ich allerdings in Sorge, so wie du jetzt, würde ich ihn letzten Endes wohl doch aufsuchen.«

Fenja schwieg, dann traf sie eine Entscheidung. »Also gut, fahr mich bitte zu ihr.«

Gemeinsam mit ihrer Mutter betrat Amelie die Villa Lombard. Die Angst vor dem Gespräch, das ihr bevorstand, ließ eine stete Übelkeit in ihrem Magen wühlen. Fenjas Besuch wenige Abende zuvor hatte ihr Mut gemacht, wenngleich ihre frühere Freundin nicht einmal besonders herzlich gewesen und der Besuch nicht besonders lang gewesen war. Fenja hatte ihr gesagt, wenn sie einen Abbruch machen wolle, würde sie sie begleiten und ihr zur Seite stehen. Falls sie sich dagegen entscheiden würde und es gar zu schlimm wäre, würde sie sich bemühen, schlichtend einzugreifen. Das war mehr, als Amelie sich derzeit von ihr erhoffen konnte, und so hatte sie nur genickt und ihr gedankt.

Es war Ella persönlich, die ihnen öffnete. Der Anruf ihrer Mutter und die Bitte um ein Gespräch mit ihr und Sebastian war mit zurückhaltendem Erstaunen aufgenommen worden. Vermutlich erwarteten sie nun eine Erklärung für die Trennung, einen Akt, der das Auflösen der Verlobung offiziell machen sollte. Der Blick, mit dem Ella sie taxierte, war indes nicht besonders ermutigend, und die Übelkeit wurde so schlimm, dass Amelie Galle auf der Zunge schmeckte. Vor Ellas Reaktion hatte sie weitaus mehr Angst als vor Sebastians.

»Guten Tag, Gertrud«, begrüßte Ella ihre Mutter. »Amelie. Kommt, sprechen wir im Wohnzimmer.«

Sie ging ihnen voran durch den vertrauten Eingangsbereich, und Amelie hätte sich gewünscht, dass ihre Mutter ihre Hand nahm oder eine sonst wie geartete tröstliche Geste machte, aber diese blieb auf Distanz. Als Amelie ihr die Schwangerschaft eröffnet hatte, war sie außer sich geraten. Dann hatte Amelie gesagt, wer der Vater war, was es in gewisser Weise etwas besser machte. Ein Lombard, immerhin. Zwar nicht der Erbe, aber ein angehender Arzt war ja auch nicht zu verachten.

Sebastian wartete im Wohnzimmer auf sie, grüßte

förmlich und bot ihnen an, Platz zu nehmen. Immerhin hatte Ella dafür gesorgt, dass Kaffee auf dem Tisch stand. Aus irgendeinem Grund machte Amelie diese Geste wieder etwas Mut, wenngleich sie gewiss keinen freundlichen Gefühlen geschuldet war, sondern dem, was sich gehörte.

»Kommen wir direkt zur Sache«, sagte ihre Mutter, kaum, dass sie saßen, und sowohl Sebastian als auch Ella hoben fragend die Brauen. »Euer Lukas hat meine Amelie geschwängert. Ich erwarte, dass er sich seiner Verantwortung stellt.«

Unter anderen Umständen wäre es geradezu komisch gewesen zu sehen, wie Ella und Sebastian gleichzeitig die Gesichtszüge entgleisten. Ella fing sich als Erste, und die Kälte in ihrem Blick konnte wahrhaftig jeden Anflug von Belustigung im Keim ersticken.

»Hast du deshalb mit Felix gebrochen? Bist ohne ein Wort der Erklärung einfach verschwunden?«

»Nein.« Es brauchte mehrere Anläufe, bis ihr das Wort über die Lippen kam. »Das mit Lukas ist einfach … passiert.«

»Also wenn ich eines ganz sicher weiß«, kam es nun von Sebastian, »dann, dass das nicht einfach so *passiert.*«

»War es im August?«, fragte Ella nun. »Denn das würde einiges erklären. Ich vermute, du hast ihn ebenso sitzen gelassen wie zuvor Felix?«

»Ich habe ihn nicht sitzen gelassen. Abgesehen von dem einen Mal war ja nie etwas.«

»Und wie kam es zu dem einen Mal?«, wollte Ella nun wissen.

»Das spielt doch überhaupt keine Rolle«, fuhr Amelies Mutter dazwischen.

»Für uns durchaus, denn die Sache hat Lukas sehr mitgenommen, und wir konnten uns bislang nicht erklären, warum er so niedergeschlagen war.«

Das hatte Amelie nicht gewollt, auch wenn ihr klar war, dass sie einen unmöglichen Abgang hingelegt hatte. Allerdings hätte sie eher erwartet, dass er daraufhin wütend auf sie war. »Wir hatten beide getrunken«, war ihre einzige Antwort.

»Verstehe.« Sebastian griff als Erster von ihnen zum Kaffee und sah dabei aus, als hätte er gerade lieber etwas Stärkeres.

»Und wie stellst du dir das nun im weiteren Verlauf vor?«, fragte Ella.

»Nun, wie schon«, kam es von Amelies Mutter. »Lukas wird sich seiner Verantwortung stellen müssen.«

»Da hat sie allerdings recht«, kam Sebastian einem weiteren Ausbruch Ellas zuvor, denn in ihr brodelte es sichtlich. »Gleich, was wir davon halten, aber es ist nun einmal geschehen, und sie waren beide beteiligt.«

Ella atmete langsam aus, schwieg und goss sich nun ebenfalls einen Kaffee ein.

»Ich werde heute Abend mit Lukas sprechen«, sagte Sebastian. »Danach sehen wir weiter.«

»Dann hoffe ich, dass du schnell zu der naheliegendsten Lösung kommst«, entgegnete Gertrud Mosler.

»Mama, lass es gut sein.« Amelie war müde und wollte das Haus so schnell wie möglich wieder verlassen, fort von diesem sezierenden Blick, mit dem Ella sie bedachte.

»Warum hast du Felix verlassen?«, fragte Sebastian nun.

»Weil es mit uns nicht passte.«

»Und warum ohne ein Wort?«

»Weil ich nicht mutig genug war, mit ihm darüber zu sprechen.«

»Und mit Lukas passte es besser?«

»Ich wollte ihn ja nicht heiraten.«

Sebastian nickte kaum merklich. »Also gut. Wie gesagt, ich melde mich bei euch, wenn ich mit Lukas gesprochen habe.«

Damit waren sie entlassen. Ella erhob sich abrupt, um sie wortlos zur Tür zu begleiten und diese ebenso wortlos hinter ihnen zu schließen.

Lukas stritt nichts ab, aber das hatte Ella auch nicht erwartet. Natürlich hatte Amelie nicht gelogen, das wäre ja auch geradezu dumm gewesen und so leicht zu entlarven.

»Ist dir klar, in welche Situation du dich gebracht hast?«, fragte Sebastian nun.

»Kann sie es nicht wegmachen lassen? Ich kenne einen Arzt…«

»Das will ich doch wohl nicht gehört haben«, fuhr sein Vater ihn an.

»Warum nicht? Sie wäre doch nicht die Erste.«

»Sie soll die Konsequenzen also allein tragen?«

»Sie hat mich förmlich dazu gedrängt, mit ihr zu schlafen.«

»Und du hast dich aufgeopfert, wehrlos, wie du warst«, spottete Sebastian.

Lukas lief rot an. »Ich war betrunken.«

»Das entschuldigt gar nichts und zeigt lediglich, dass du die Finger vom Alkohol lassen solltest.«

»Und was erwartest du jetzt von mir?«

»Was denkst du, hm?«

»Sie hat mich danach geohrfeigt und einfach sitzen gelassen. Und jetzt willst du, dass ich sie heirate?«

»Siehst du dein Kind lieber bei einer unehelichen Mutter und der Schande preisgegeben?«

»Das Balg kann sie uns ja überlassen, dann stellen wir ein Kindermädchen ein, und das war's.«

»Es reicht«, mischte Ella sich nun ein. »Weder wird sie zu einer Abtreibung gedrängt noch zu einer ledigen Mutterschaft. Du hast mit ihr geschlafen, und zwar freiwillig, also trag auch die Konsequenzen. An deiner Stelle würde ich mir vielmehr Gedanken darüber machen, wie du das Felix erklären möchtest.«

»Das kann ich nicht.« Und nun, gänzlich unvermittelt, standen Lukas Tränen in den Augen. »Er wird mich für den Rest seines Lebens hassen.«

»So ist er nicht, das weißt du«, antwortete Ella.

»Ich habe mit seiner Verlobten geschlafen und ihr ein Kind gemacht. Natürlich hasst er mich.«

»Ehemalige Verlobte«, korrigierte Sebastian. »Und in gewisser Weise hast du natürlich recht, Felix wird ziemlich unleidlich reagieren. Aber Hass – nein, das gewiss nicht. Überdies kommt diese Überlegung reichlich spät.«

Lukas wandte sich ab, sah zu Boden, die Haltung starr und angespannt. Dann richtete er den Blick auf Ella. »Und jetzt soll ich sie heiraten, ja?«

»Das wäre zumindest anständig. Zwingen kann dich niemand dazu.«

»Ganz recht«, fügte Sebastian hinzu, »denn ich bin mir gewiss, dass du auch im Falle einer Enterbung immer noch gut dastehst.«

Ella warf ihm einen strafenden Blick zu. Ihm auf diese Weise zu drohen war gewiss nicht gerade zielführend.

»Also gut«, murmelte Lukas. »Offenbar habe ich keine andere Wahl.«

»Dann wäre das geklärt. Sollen wir es Felix direkt erzählen?«

Lukas nickte kaum merklich.

»Ist er schon daheim?«, fragte Sebastian.

»Ich habe die Tür gerade gehört.« Ella verließ das Wohnzimmer.

»Guten Abend.« Felix hängte seinen Mantel auf. »Ganz schön kalt für Oktober.«

»Guten Abend, mein Lieber.« Ella fiel es schwer, ihn mit dieser Geschichte zu belasten, ausgerechnet jetzt, da es ihm endlich etwas besser zu gehen schien. »Kommst du bitte ins Wohnzimmer, wir müssen etwas besprechen.«

»Klingt, als wäre es etwas Ernstes.«

»Ja, so könnte man es vermutlich nennen.«

Eine kleine Falte erschien zwischen seinen Brauen, aber er begleitete sie ohne ein weiteres Wort. »Wenn die ganze Familie anwesend sein muss«, bemerkte er, als er das Wohnzimmer betrat und seinen Vater und Bruder dort sitzen sah, »muss es ja in der Tat sehr ernst sein.«

»Setz dich bitte.« Ella nahm ebenfalls Platz. Offenbar wollte Sebastian ihr das Feld überlassen, was wohl das Beste war, denn Felix war ihr immer näher gewesen als ihm.

»Kommt bitte zur Sache«, sagte er nun. »Ohne dieses unheilvolle Vorgeplänkel.«

»Amelie war hier mit ihrer Mutter.«

Irritation, Wut und Schmerz glitten in schnellem Wechsel über sein Gesicht. »Wollte sie es jetzt offiziell machen und hat sich nicht allein hergetraut?«

»Nein. Sie ist schwanger.«

Felix war schockiert, das konnte er nicht verbergen, wenngleich er versuchte, die Fassung zu bewahren. Er brauchte einen Moment, ehe er etwas sagen konnte. »Nicht von mir!«

»Das wissen wir«, antwortete Ella.

Er schien etwas sagen zu wollen, aber die Frage erstarb ihm auf der Zunge, als sein Blick zu Lukas glitt, der diesem wiederum auswich. »Das glaube ich jetzt nicht.«

»Es war bereits aus zwischen euch, und...« Weiter kam er nicht, denn Felix war aufgesprungen und riss Lukas am Hemdkragen aus dem Sessel.

Sebastian und Ella stürzten gleichzeitig zu ihm, und Ella bekam seinen Ellbogen ins Gesicht, als er ausholte und seinem Bruder eine verpasste, dass dieser zu Boden ging. Ehe Felix erneut zuschlagen konnte, fiel Sebastian ihm in den Arm, rang einen Moment mit ihm.

»Schon gut, lass mich.« Abrupt riss Felix sich von ihm los. »Ich tue ihm ja nichts mehr.« Er sah Ella an, und was auch immer er hatte sagen wollen, erstarb ihm auf der Zunge. »Grundgütiger, Mutter, war ich das?«

Blut lief aus ihrer Nase, tropfte auf ihr Kleid, sie spürte regelrecht, wie ihr Jochbein langsam anschwoll. Sebastian hatte schneller als sie ein Taschentuch zur Hand und reichte es ihr. »Vielleicht beruhigen wir uns jetzt alle«, sagte sie mit erschreckend nasaler Stimme.

»Es tut mir leid, Felix«, beteuerte Lukas. »Wir waren beide betrunken, da ist es einfach passiert.«

»Halt doch den Mund!«

»Felix, ich verstehe, dass du wütend bist«, sagte Sebastian. »Mir ginge es an deiner Stelle nicht anders, aber es ist nun einmal, wie es ist. Wir können jetzt nur das Beste daraus machen.«

Felix lachte bitter. »Na, dann viel Spaß damit, das Beste daraus zu machen, dass mein Bruder es mit der Frau treibt, die ich liebe, und sie noch dazu schwängert.« Er wandte sich ab, wollte den Raum verlassen.

»Felix, es tut mir leid«, kam es erneut von Lukas, dessen Kinn sich von dem Schlag allmählich verfärbte.

»Leid tut es dir? Du bist tot, du bist ein Nichts. Am liebsten würde ich dich nie wieder sehen.« Damit verließ Felix den Raum und knallte die Tür hinter sich zu. Kurz darauf fiel die Haustür lautstark ins Schloss.

Lennart war mit Fenja übereingekommen, dass er es zuerst seinen Eltern sagte, ehe sie ihre einweihte. Also passte er einen geeigneten Moment ab, als seine Eltern sich abends im Salon einfanden, und bat um ein Gespräch unter vier Augen. Karina und sein jüngster

Bruder musterten ihn neugierig. Seine Schwester zwinkerte ihm zu.

»Was gibt es denn?«, fragte sein Vater, nachdem er die Tür der Bibliothek hinter ihnen geschlossen hatte.

Lennart beschloss, nicht lange darum herumzureden. »Ich möchte heiraten.«

»Und wer ist die Glückliche?«, wollte seine Mutter wissen.

»Fenja Dorn.«

»Erics Tochter.« Seine Mutter lächelte. »Verwundert bin ich offen gesagt nicht, so oft, wie du in den letzten Wochen mit ihr zusammen warst. Eine gute Wahl.«

»Ich muss gestehen, ich halte nicht viel von Ehen innerhalb der Verwandtschaft«, entgegnete sein Vater, »aber wenn ihr euch liebt, möchte ich das nicht als Grund dagegen anführen.«

»Ich habe also euren Segen?«

»Natürlich. Gegen sie ist nicht das Geringste einzuwenden. Dir sollte aber klar sein«, fügte sein Vater hinzu, »dass sie ihr Café nicht mehr weiterführen kann.«

Lennarts Hochstimmung verflog. »Warum das?«

»Weil sie an deiner Seite eine repräsentative Rolle im Hotel einzunehmen hat. Sie ist die Ehefrau des Hoteliers, das bringt gewisse Aufgaben mit sich.«

»Darauf wird sie sich nicht einlassen.«

»Wenn sie vernünftig ist, wird ihr klar sein, dass sie mit der Ehe eine Verpflichtung eingeht.«

Mit dieser Antwort hätte Lennart rechnen müssen, sein Fehler, dass er es nicht getan hatte. »Sie hat so viel Arbeit in das Café gesteckt, sie wird es jetzt nicht einfach aufgeben.«

»Voraussichtlich werdet ihr eine Verlobungszeit von einem Jahr haben, da kann sie sich ihrer kleinen Liebhaberei widmen und sich danach jemanden suchen, der die Geschäftsführung übernimmt«, schlug sein Vater vor. »Hin und wieder kann sie hingehen und nach dem Rechten sehen.«

»Das kann ich nicht von ihr verlangen.«

»Das wirst du müssen. Natürlich könntest du ihr die Arbeit nach der Eheschließung schlicht und ergreifend verbieten, aber im Sinne eines harmonischen Zusammenlebens würde ich das nicht unbedingt empfehlen.«

Lennart schüttelte den Kopf.

»Sie ist wie Ella«, sagte seine Mutter nun. »Du stündest von vorneherein auf verlorenem Posten. Eher gibt sie dich auf als das Café.«

»Das ist sehr ermutigend, vielen Dank.«

»Deine Mutter hat vermutlich recht.«

»Du sagtest gerade, sie sei eine gute Wahl«, wandte er sich nun an seine Mutter.

»Das ist sie an und für sich auch. Aber nicht unter diesen Umständen. Und es ist nun einmal so, dass du hier gewissen Traditionen verpflichtet bist. Wenn Fenja jedoch so sehr an ihrem Café hängt wie Ella damals an ihrem Rosenpalais, dann wird sie sich das von dir nicht verbieten lassen.«

»Sprich mit ihr, möglicherweise überrascht sie dich. Falls sie einwilligt, freut es uns, sie als Teil der Familie von Oedinghof zu begrüßen. Ansonsten beende das Ganze lieber frühzeitig und such dir eine passendere Frau.«

»Einfach so?«

»Du bist ein erwachsener Mann, und ich setze ausreichend Vernunft voraus, um eine so weitreichende Entscheidung wie eine Ehe nicht von Gefühlsverwirrungen abhängig zu machen«, schloss sein Vater.

Lennart schwieg, erwiderte auch das aufmunternde Lächeln nicht, das seine Mutter ihm schenkte. Er nickte seinen Eltern nur knapp zu und verließ das Arbeitszimmer, um in den Hotelbereich zu gehen. Dort traf er auf Felix, der gerade im Begriff war, das Foyer zu durchqueren.

»Willst du zu mir?«, fragte Lennart.

»Zu wem sonst?« Felix war bleich, während in seinen Augen ein lauernder Zorn schwelte. »Hast du gewusst, dass Amelie schwanger ist? Du hast sie doch hin und wieder getroffen.«

Ein schlimmer Verdacht keimte in Lennart auf. Versuchte sie es nun womöglich auf diese Art? »Nein«, antwortete er vorsichtig.

»Sie war heute bei uns, zusammen mit ihrer Mutter.« Felix fuhr sich mit beiden Händen durch das Haar, wirkte auf einmal nicht mehr zornig, sondern verzweifelt und den Tränen nahe.

»Komm«, sagte Lennart. »Sprechen wir in Ruhe.«

Da Lennart nicht der Sinn danach stand, seinen Eltern über den Weg zu laufen, gingen sie in das hoteleigene Café, in dem zu abendlicher Stunde nur wenig los war, da sich die meisten Gäste an der Bar einfanden. Lennart winkte den Kellner herbei, der ihre Bestellung aufnahm.

»Sie ist also schwanger. Von wem?«

»Lukas.«

»Wie bitte?« Lennart hatte zwar bemerkt, dass die beiden an der Bar gesessen hatten, hatte dem aber keine Bedeutung beigemessen. Irgendwann waren sie verschwunden gewesen, danach hatte Lukas allein an der Bar gesessen und so viel getrunken, dass Lennart ihm irgendwann ein Taxi rief. »Und was passiert jetzt?«

»Sie war mit ihrer Mutter bei uns. Was denkst du wohl?«

Der Kellner erschien und stellte die Gläser vor ihnen ab, ehe er sich diskret zurückzog.

Angesichts der Umstände erschienen Lennart seine eigenen Sorgen geradezu nichtig. Das konnte alles doch wohl nicht wahr sein. »Sie wird also mit Lukas in eurem Haus wohnen?«

Felix nickte, tat einen tiefen Atemzug, riss sich sichtlich zusammen. »Was mache ich denn jetzt?« Seine Stimme zitterte.

Lennart wollte seinen Freund nicht mit Floskeln abspeisen, wusste jedoch schlicht nicht, was er sagen sollte. »Möchtest du zu uns ziehen? Meine Eltern hätten gewiss nichts dagegen, wenn du hier im Hotel ein Zimmer beziehst.«

»Das würde wirken, als liefe ich davon.«

»Und wenn schon. Das ist ja nun auch keine alltägliche Situation, jeder hätte Verständnis.«

Felix' Finger fuhren gedankenverloren am Rand seines Glases entlang. »Ich denke darüber nach.«

»Was sagt Lukas zu all dem?«

»Nicht viel. Es sei nur einmal passiert, sie seien betrunken gewesen.«

Lennart dachte an sein Gespräch mit Amelie, daran,

dass er ihr gesagt hatte, sie tauge nur für eine Bettgeschichte. Das hatte vermutlich den Ausschlag gegeben. Besonders feinfühlig war das in der Tat nicht gewesen, aber Lennart war verärgert gewesen über ihre Annäherung, darüber, dass sie in der Tat gedacht hatte, er würde sich auf sie einlassen nach dem, wie sie mit Felix umgegangen war.

»Wie gesagt, das Angebot steht. Lass es mich wissen, wenn ich dir helfen kann.«

Eine ganze Weile schwieg Felix, dann nickte er kaum merklich.

Teil 3

13

JANUAR 1955

Amelie war erleichtert, dass die Weihnachtstage hinter ihr lagen. Ihrem Wunsch, mit ihrer Mutter Heiligabend zu verbringen, hatte niemand aus der Familie Lombard etwas entgegenzusetzen, und so blieb ihr die Verlegenheit des gegenseitigen Schenkens erspart. Das Schlimmste an der ganzen Sache war der Umgang mit Felix. Sie hatte versucht, ihn allein abzupassen, ihm alles zu erklären, aber er sah praktisch durch sie hindurch, sprach nicht mit ihr, reagierte nicht, wenn sie ihn ansprach. Als sei sie Luft.

Ellas verächtliche Kälte war zwar auch nicht viel besser, aber immer noch leichter zu ertragen als dieses Schweigen. Lukas sprach mit ihr das Nötigste, hatte sie aber seit ihrer Eheschließung nicht ein einziges Mal angerührt. Sie hatte darauf gesetzt, dass sie ihn auf diese Weise an sich binden konnte, aber er schien nicht das geringste Verlangen nach ihr zu haben. Einmal hatte er sie von sich aus angesprochen, das war, als sie Anfang Dezember das Kind verloren hatte. Da hatte er sie angesehen und gesagt: »Zwei Monate zu spät.« Immerhin hatte er sich dafür eine Ohrfeige von seiner Mutter eingefangen.

Sebastian Lombard mochte mit all dem nicht einverstanden sein, aber er war zumindest immer höflich und freundlich zu ihr, auch wenn er nicht über das Nötigste hinaus mit ihr sprach. Ohne ihn wäre sie vermutlich außerstande, auch nur eine Mahlzeit mit Ella, Lukas und Felix am Tisch einzunehmen – wobei Felix den Mahlzeiten mittlerweile ohnehin meist fernblieb.

Anfangs hatte Amelie versucht, Lukas dazu zu bringen, mit ihr zu schlafen, hatte ihn im Bett gestreichelt, gespürt, wie er reagierte. Er jedoch hatte sich stets brüsk abgewandt, und irgendwann hatte Amelie es aufgegeben. Nach seinem Kommentar zu ihrer Fehlgeburt hatte sie auch nicht das geringste Verlangen, es mit ihm auf eine erneute Schwangerschaft ankommen zu lassen. Ja, sie hatte das Kind nicht gewollt, das hieß aber nicht, dass die Sache nun spurlos an ihr vorbeiging, immerhin hatte da ein Mensch in ihr gelebt.

Da sie tagsüber im Grunde genommen nichts zu tun hatte, ging sie oft spazieren und dachte an die Zeiten, als sie mit Felix im Rosenpalais gesessen und die Buchhaltung gemacht hatte. Nie hätte sie geglaubt, dass sie diese Momente so sehr herbeisehnen würde. Seine zärtlichen Blicke, die Freundschaft zu Fenja – Amelie fragte sich, wie sie so dumm hatte sein können, das alles aufzugeben. Aber wäre sie wirklich glücklich geworden? Jetzt erschien es ihr töricht, das alles aufgegeben zu haben, aber hätte sie das nicht getan und Felix geheiratet, hätte sie vermutlich immer mit sich und ihm gehadert. Der einzige Fehler, den sie gemacht hatte, war die Art und Weise, mit ihm zu brechen. Vermutlich war sie nicht einmal in Lennart wirklich verliebt gewesen, sondern hatte schlicht ihre Sehnsüchte auf ihn gerichtet und sie in ihm vermeintlich wiedergefunden. Sie hatte sich bei Lukas für die Ohrfeige entschuldigt, ihm erklärt, dass sie seinerzeit nicht bei sich gewesen war und sich hernach geschämt hatte, aber ihm war das nur ein Schulterzucken wert gewesen.

An diesem Nachmittag führte Amelies Spaziergang sie zum Schokoladenpavillon, und eine Zeit lang blieb sie stehen und sah durch das breite Fenster in das Café. Es dämmerte bereits, und das warme Licht ließ das Innere gemütlich und einladend wirken. Nach einigen Minuten gab Amelie sich einen Ruck und zog die Tür auf. Die Wärme ließ ihre Wangen kribbeln, und sie wickelte sich den Schal vom Hals und knöpfte ihren Mantel auf, hängte beides an die Garderobe und ließ sich an einem kleinen Tisch für zwei Personen nieder.

»Guten Tag, die Dame.« Die Angestellte, die Amelie schon bei ihrem ersten und bislang einzigen Besuch hier kennengelernt hatte, war zu ihr getreten.

»Eine heiße Schokolade mit Sahne bitte«, bestellte Amelie, ohne zuvor in die Karte geschaut zu haben.

»Kommt sofort.«

Fast war Amelie erleichtert, dass sie nicht sofort auf Fenja traf, eine Erleichterung, in die sich Enttäuschung mischte. Clara Dorn war jedoch da und in just diesem Moment auf sie aufmerksam geworden. Sie trat zu ihr an den Tisch, lächelte sogar.

»Guten Tag, Amelie. Wie geht es dir?«

Amelie gab die einzig mögliche Antwort und versicherte, es gehe ihr gut.

»Fenja ist im Büro, soll ich ihr Bescheid sagen?«

»Ich möchte keine Umstände machen.«

»Das tust du nicht.« Clara Dorn schenkte ihr ein weiteres Lächeln und verschwand kurz darauf im Raum hinter dem Verkaufstresen. Mit wild klopfendem Herzen saß Amelie da, während ihr der Kakao serviert wurde. Sie hatte Fenja seit der Hochzeit nicht gesehen, und das war eine sehr steife und förmliche Veranstaltung gewesen. Amelie rührte die Sahne in ihren Kakao und versuchte, nicht wic gebannt zur Tür zu sehen. Aus dem Augenwinkel bemerkte sie jedoch, wie diese sich öffnete und zwei Frauen hinaustraten. Eine von ihnen steuerte den Tisch an, und Amelie wandte ihr den Blick zu.

»Da bist du ja«, war alles, was Fenja zur Begrüßung sagte.

Darauf wusste Amelie nichts zu antworten, konnte jedoch eine vorsichtig aufkeimende Freude nicht verbergen. »Ich habe mich nicht hergetraut.«

»Ich verstehe.« Fenja setzte sich ebenfalls und winkte die Angestellte zu sich, um eine Tasse Kaffee zu bestellen. »Wie geht es dir? Mit Felix muss ich darüber ja nicht sprechen.«

Amelie hob kurz die Schultern. »Du kannst dir denken, dass sie mich nicht mit offenen Armen empfangen.«

»Was ist mit Lukas?«

»Der spricht immerhin mit mir, aber mehr passiert nicht, wir leben nicht als, hm, als Ehepaar zusammen.«

Fenja nickte. Der Kaffee wurde vor ihr abgestellt, und sie goss etwas Kaffeesahne nach. »Wobei Lukas sich in der ganzen Sache auch nicht gerade mit Ruhm bekleckert hat. Du hast ihn gewiss sehr verletzt …«

»Dafür habe ich mich entschuldigt«, fiel Amelie ihr

ins Wort. »Und ich habe ihm mein Schweigen damit erklärt, dass ich mich für die Sache geschämt habe. Ich habe mich so schäbig gefühlt danach.«

»Lukas ist normalerweise nicht nachtragend, er wird sich schon wieder beruhigen.«

Amelie dachte an das, was er ihr nach der Fehlgeburt gesagt hatte, und zuckte erneut mit den Schultern. »Wie geht es dir denn?«

»Das Café läuft gut, ich kann mich nicht beklagen. Gideon sagt, wenn wir in der Planung gut vorankommen, kann ich meinen Wunsch nach Tanzabenden auch ab dem Frühsommer umsetzen. Eigentlich ginge es auch schon früher, aber Sommerabende sind für eine solche Eröffnung einfach besser geeignet.«

Amelie nickte.

»Und was machst du den lieben langen Tag?«

»Nichts weiter. Ich lebe das Leben der gelangweilten Ehefrau.«

Fenja bot ihr nicht an, für sie zu arbeiten, aber das hatte Amelie auch nicht ernsthaft erwartet. Dennoch versetzte es ihr einen kleinen Stich der Enttäuschung.

Prüfend betrachtete Felix die fertigen Pralinen. Dunkle, matt glänzende Schokolade, verziert mit Blattgold, verbarg einen Kern aus Orangenmarzipan, eine perfekte Komposition aus verschiedenen Aromen. Die waren noch besser als die aus dem letzten Jahr, er hatte eine Mischung hergestellt, in der der Anteil an Orangen und Marzipan harmonischer ausbalanciert war.

»Die Mandelsplittertrüffel sind fertig«, sagte Lena, und er ging zu ihr, um ihr Werk zu begutachten.

»Sehr gut«, lobte er. »Bald bin ich hier überflüssig.«

Sie wurde rot und freute sich sichtlich. Wenigstens dieses Verhältnis hatte sich wieder normalisiert. Er hatte sich bei ihr für die rüde Abfuhr entschuldigt, und danach war kein Wort mehr über diese Angelegenheit gefallen.

Louise stand in der Kaffeeküche und schob gerade das letzte Blech Schokoladenkuchen des Tages in den Ofen. Alles lief wie immer und irgendwie doch nicht. Während Felix früher mit Leib und Seele bei der Arbeit gewesen war, wurde es ihm mehr und mehr über. An manchen Tagen war er kurz davor, alles hinzuwerfen und woanders von vorne anzufangen. Und je länger er darüber nachdachte, umso verlockender wurde dieser Gedanke.

Amelie hatte mehrfach versucht, mit ihm zu sprechen, aber mittlerweile war er nicht mehr interessiert an dem, was sie zu sagen hatte. Es wäre ja Zeit genug gewesen, Zeit, die sie lieber dafür verwendet hatte, ihn anzuschweigen und sich nebenher von seinem Bruder schwängern zu lassen. Schlimm genug, dass er ihr nun täglich in seinem Zuhause begegnete.

Er drehte das Feuer auf, um Sahne zu erhitzen. Nach wie vor war er kein Freund weißer Schokolade, aber die Rosentrüffel, die er damit bereitete, erfreuten sich großer Beliebtheit. Hierfür bereitete er eine Ganache aus Sahne, Butter und Schokolade zu, gab einige Tropfen Rosenöl hinzu und ließ sie über Nacht fest werden. Am kommenden Tag würde er die Masse zu Kugeln formen, mit weißer Schokolade überziehen und in einem Gemisch aus zerkleinerten Rosenblütenblättern und Zucker wälzen.

»Was soll ich jetzt machen?«, fragte Lena.

»Temperier die dunkle Schokolade, die ich da vorne schon bereitgestellt habe. Damit überziehst du die Kugeln aus Kaffeemarzipan.«

»Womit verziere ich die am Ende?«

»Zeichne ein feines Muster aus weißer Schokolade darauf. Wie du das gestaltest, überlasse ich dir.«

Pistaziennugat, Marzipanpralinen aus Nuss-Krokant, Honigmarzipan, Mandelkrokant, Walnusstrüffel – es war genug zu tun, um vorerst nicht weiter an Amelie denken zu müssen.

»Keiner von euch würde sich etwas vergeben, ihr ein klein wenig freundlicher zu begegnen«, sagte Sebastian, als er mit Ella allein beim Nachmittagskaffee saß.

»Es tut mir leid, dass ich ihr die Art, wie sie mit meinen Söhnen umgesprungen ist, nicht einfach so nachsehen kann.«

»Wie sie mit Felix umgesprungen ist, war schändlich, das stimmt. Aber dass Lukas die Hosen nicht anbehalten konnte, ist wohl kaum ihr alleiniges Vergehen.«

»Er war betrunken.«

»Sie auch.«

Dem konnte Ella nicht gut widersprechen.

»Im Grunde genommen«, fuhr Sebastian fort, »hast du eigentlich kein Recht, so mit ihr umzuspringen. Du warst in der Wahl deiner Mittel seinerzeit auch nicht gerade wählerisch und hast deine Reize sehr gezielt eingesetzt, wohingegen sie einfach einen Moment lang die Kontrolle über sich verloren hat.«

»Du bist diesen Reizen nur zu gern erlegen.«

»Das stimmt, und ich bereue es nicht. Aber erinnerst du dich an die Anfangszeit unserer Ehe? Daran, wie alle dir zugesetzt haben, sogar deine eigene Familie? Und da hattest du wenigstens Eric auf deiner Seite und musstest dich nicht täglich der geballten Verachtung aussetzen wie Amelie.«

Ella antwortete nicht.

»Sie lebt jetzt seit drei Monaten hier. Soll das für immer so weitergehen?«, fragte er.

»Ich brauche Zeit. Ja, mag sein, dass du recht hast …«

»Ich habe ganz sicher recht.«

»Aber«, fuhr sie fort, als hätte er nichts gesagt, »Felix ist mir einfach näher als sie. Und auch wenn mir bewusst ist, dass Lukas einen ebenso großen Anteil an der Misere trägt wie sie, so war sie es, die ihn danach einfach hat fallen lassen und erst wieder ankam, als sie keine andere Möglichkeit gesehen hat.«

»Lukas hat in dieser Hinsicht jede Sympathie bei mir verspielt, als ihm der Verlust ihres gemeinsamen Kindes nur eine gehässige Replik wert war.«

»In dieser Hinsicht bin ich einer Meinung mit dir. Aber an meinen Gefühlen für sie ändert das nun einmal nichts.«

Allerdings wusste Ella, dass es in der Tat so nicht weitergehen konnte. Amelie war nun einmal Teil der Familie, und sie konnten sie nicht ständig wie eine Aussätzige behandeln. Sie würde sich Sebastian zuliebe bemühen, ihrer Schwiegertochter nicht mehr gar so abweisend zu begegnen.

Sie ging mittlerweile schon vormittags ins Rosenpalais, um Felix zu unterstützen, der mehr und mehr

Überdruss zeigte. Zu sehen, dass er ihrem Rosenpalais nur noch so wenig Herz und Hingabe widmete, schmerzte sie, wenngleich er es nicht an Sorgfalt mangeln ließ und seine Kreationen nach wie vor wunderbar waren. Ab und zu sprach er sogar davon, fortzugehen, und das alarmierte sie, denn wenn er ging, wer würde ihr Rosenpalais dann weiterführen? Jetzt wurde ihr erstmals vollumfänglich bewusst, wie sich Sebastian mit Felix' Entscheidung fühlen musste.

Wie jeden Morgen machte Ella einen Spaziergang, ehe sie arbeitete, und hatte letztens erst gelesen, dass regelmäßiges Spazierengehen jung und beweglich hielt. Ob das wirklich stimmte, wusste sie nicht, aber die häufige Bewegung an der frischen Luft tat gut, und sie war nur selten krank.

Das Stadtbild wandelte sich langsam, aber stetig. Die historische Altstadt bestand mittlerweile vor allem aus den historischen Quartieren, die sich innerhalb jenes Bereiches befanden, den Entenpfuhl, Altengraben und Kornpfortstraße bildeten. Die darum herum liegenden Gebiete standen mit wenigen Ausnahmen der Neuplanung zur Verfügung, und da war wohl der Wunsch vorherrschend, den Verkehr möglichst weit in das Stadtinnere zu führen, wofür es nötig war, alte Bausubstanz zu beseitigen.

Dass man das Kastorviertel höher gelegt hatte, war durchaus eine sinnvolle Maßnahme, befand Ella, wenn sie an frühere Überschwemmungen dachte. Aber die Art, wie man es neu erbaute, gefiel ihr nicht so gut, wenngleich es natürlich nur wenig andere Möglichkeiten gab. Es war im Krieg weitgehend zerstört worden, aber immerhin waren einige der alten Bürgerhäuser noch gut erhalten gewesen, hatten zum Teil die Zeit seit dem Mittelalter unbeschadet überstanden, nur um dann einfach abgerissen zu werden und Neuem Platz zu machen. Für Ella fühlte sich diese neue Stadt vielfach fremd an, sie konnte sich einfach nicht daran gewöhnen.

Sie machte einen kurzen Abstecher zum Schokoladenpavillon, ließ sich von Fenja und Clara auf eine Tasse Tee einladen und ging dann weiter zum Rosenpalais. Eine gewisse Konkurrenz gab es durchaus, auch wenn Fenja das hatte vermeiden wollen. Aber in dieser Hinsicht setzte Ella auf den Grundsatz, dass Konkurrenz das Geschäft belebte. Es gab doch genug Unterschiede, damit Fenja ihnen nicht die Kunden abwarb, aber darauf hatte sie ja auch gesetzt. Sie wollte das Angebot ergänzen und nicht ersetzen.

Über einen Mangel an Besuch konnte sich Ella zumindest nicht beklagen, wie sie beim Betreten ihrer Chocolaterie feststellte. Sie hängte den Mantel an die Garderobe, nahm Hut und Schal ab, ehe sie Paula begrüßte und in die Fertigung ging, um zu sehen, ob Louise da war.

»Sie ist kurz fort, etwas erledigen«, sagte Lena. »Sie kommt aber gleich wieder.«

Ella ging in die Kaffeeküche, wo sie Felix dabei antraf, wie er zwei Schokoladensoufflés in den Ofen schob. »Guten Morgen, mein Lieber. Du warst schon wieder so früh weg.«

»Du weißt doch genau, warum.«

»Willst du nicht wenigstens mit deinem Bruder deinen Frieden machen?«

»Momentan ist mir nicht danach.«

»Denkst du, Amelie wäre zu dir zurückgekehrt, wenn er nicht mit ihr geschlafen hätte?«

»Mutter, ich bin hierhergekommen, um dieser Sache aus dem Weg zu gehen. Also lass mich bitte in Ruhe.«

Ella seufzte. »Dein Vater hat aber recht. Das ist auf Dauer keine Lösung.«

»Das muss es auch nicht, denn ich denke zunehmend öfter darüber nach, fortzugehen.«

Jetzt fing er schon wieder damit an. »Was meinst du damit?«

»Damit meine ich, dass ich gerne woanders dazulernen würde, um mich dann vielleicht mit etwas ganz Neuem selbstständig zu machen. So, wie Fenja das getan hat.«

»Und was ist mit dem Rosenpalais?«

»Was wäre damit, wenn ich mich entschieden hätte, in Vaters Fußstapfen zu treten?«

Darauf wusste Ella keine Antwort.

»Genau das«, sagte Felix und ließ sie stehen, um in die Fertigung zu gehen.

Mittlerweile kam Fenja mit der Buchhaltung gut zurecht, und sie konnte auch schon ihre eigenen Geschäftsberichte erstellen, wenngleich sie dabei immer noch Hilfe brauchte und sie zumindest gegengelesen werden mussten. Zu ihrer Überraschung erklärte ihr Vater sich bereit, sich abends mit ihr hinzusetzen und einen Blick auf die Berichte zu werfen. Ab und zu erschien er sogar im Schokoladenpavillon, setzte sich zu ihr ins Büro und ging die Buchhaltung durch. Wenn die Momente einsetzten, in denen er plötzlich anfing, unkontrolliert zu zittern und um Atem zu ringen, konnte er sich im Büro auf das Sofa legen, nach Atem schöpfen, und niemand außer Fenja oder ihrer Mutter wurde Zeuge dieser Schwäche, die er vor der Öffentlichkeit stets sorgsam zu verbergen suchte.

Im Gegensatz zu dem, was Fenja Amelie erzählt hatte, war sie längst nicht so zuversichtlich, hier alles allein zu stemmen. Im Verkauf hatte sie Hilfe, aber die meiste Arbeit war das, was sich hinter den Kulissen abspielte, und da wuchs ihr die Arbeit jetzt schon über den Kopf. Sie las abends Bücher über Wirtschaftsmathematik und Unternehmensführung, aber dennoch kam ihr das alles vor wie ein Berg, den sie kaum zu bewältigen wusste, da ihr einfach die Erfahrung fehlte. Auf Felix' Hilfe konnte sie derzeit kaum zählen, denn ihm schien jeder Antrieb abhandengekommen zu sein. Und auch wenn sie Amelie nicht mehr grollte, so war die frühere Vertrautheit doch dahin. Sie musste da also irgendwie allein durch. Lennart würde gewiss helfen, aber der hatte ja im Hotel genug zu tun, und ihre Zeit miteinander wollte Fenja nicht auch noch mit Arbeit verbringen.

Das war auch so ein Punkt in ihrem Leben, der ihr Kopfzerbrechen bereitete – die Sturheit seiner Eltern. Sie hatte es nicht glauben können, als er ihr erzählt hatte, dass sie allen Ernstes von ihr verlangten, dass sie, nachdem sie so viel in dieses Café investiert hatte, einfach alles hinwerfen sollte, um dafür als repräsentatives Schmuckstück an seiner Seite im Hotel zu stehen.

»So war es bei Ella schon«, hatte ihr Vater gesagt. »Daher wollte sie Arvid von Oedinghof auch nicht.«

»Du solltest nichts tun, wobei du dich unwohl fühlst«, riet ihre Mutter. »Wenn du ihn unter diesen Voraussetzungen heiratest, machst du ihm das womöglich immer zu Vorwurf, wenn es zwischen euch mal nicht so harmonisch zugeht. Eine unglückliche Ehe ist etwas, das man sich unbedingt ersparen sollte. Dann heiratet man besser gar nicht.«

»Du musst dir ohnehin nie Sorgen machen, einmal ohne finanzielle Absicherung dazustehen«, hatte ihr Vater hinzugefügt. »Eine Ehe aus rein wirtschaftlicher Erwägung wird dir also erspart bleiben.«

Aber sie liebte Lennart, und es fiel ihr durchaus schwer, Verzicht zu üben. Nur, was blieb ihr anderes übrig? Ihren Schokoladenpavillon würde sie auf gar keinen Fall aufgeben. Natürlich konnte sie von Lennart auch nicht erwarten, dass er sein Erbe aufgab. Also steckten sie nun in dieser Situation fest, bei der es kein Vor und Zurück gab.

Er kam nie, wenn ihr Vater da war, denn das hätte dieser nicht geduldet. Wenn keine Ehe infrage kam, hatte Lennart von Oedinghof gefälligst die Finger von seiner Tochter zu lassen. Und davon konnte in diesem Moment, da Fenja auf ihrem Schreibtisch saß und Lennart eng umschlungen hielt, ihn küsste, während er sich daranmachte, ihre Bluse Knopf um Knopf zu öffnen, nicht die Rede sein. Ein schlechtes Gewissen hatte sie durchaus ein klein wenig, aber sie konnte auch nicht damit aufhören. Vermutlich hätte sie sich sogar schon dazu hinreißen lassen, mit ihm zu schlafen, wenn die

Umstände es erlaubt hätten. Aber das Sofa mochte zwar bequem genug sein, um dort die eine oder andere Hemmschwelle fallen zu lassen, aber ihre erste Liebesnacht wollte Fenja dann dort doch nicht verbringen.

An diesem Abend waren sie noch nicht gar so weit fortgeschritten, als sie die Eingangstür ins Schloss fallen hörten.

»Ist das ein Einbrecher?«, fragte Lennart, während er sein Hemd rasch zuknöpfte und Fenja sich beeilte, ihre Bluse anzuziehen.

»Mein Vater hat einen Schlüssel.«

»Das ist jetzt nicht dein Ernst?« So schnell es ging, stopfte er das Hemd in die Hose und fuhr sich ordnend über das Haar, während sich Fenja hinter dem Schreibtisch niederließ und dabei unauffällig den Rock zurechtzog. Einer der Strümpfe war vom Band gelöst, aber da die Schritte nun vor der Tür angelangt waren, konnte sie daran nichts mehr ändern.

»Ich hatte ja versprochen, dass ich dir noch helfe«, sagte ihr Vater, ehe er Lennart bemerkte und stutzte. Sein Blick glitt über ihn, musterte ihn von Kopf bis Fuß, ehe er zu Fenja wanderte, die den Impuls unterdrückte, ihr Haar mit den Fingern auszukämmen und neu zu ordnen. Dafür wurden ihre Wangen warm.

»Lennart hat seine Hilfe angeboten«, sagte sie und musste sich räuspern.

»Wobei?« Unter dem Blick ihres Vaters wurde sogar Lennart rot.

»Hm, wir waren uns nicht sicher, ob du es heute Abend noch schaffst, hierherzukommen.«

»Na, offenbar habt ihr eher damit gerechnet, dass ich

daheim bleibe.« Seine Augen verengten sich. »Knöpf dein Hemd gerade, und dann geh.«

Erst jetzt bemerkte Fenja, dass es falsch geknöpft und der Kragen daher schief war. Die Hitze in ihren Wagen vertiefte sich, und betont unauffällig spielte sie an dem Kragenknopf ihrer Bluse herum, prüfte, ob ihr derselbe Fehler unterlaufen war. Ihr Vater bemerkte die Geste und wandte sich dann erneut Lennart zu.

»Wenn du es noch einmal wagst, meine Tochter auszuziehen, dann wirst du mich von einer Seite kennenlernen, von der du lieber nichts wissen möchtest.«

Lennart räusperte sich. »Meine Absichten auf sie sind durchaus ehrenhaft.«

»Dann sollte es dir ja nicht schwerfallen, mir nie wieder einen Anblick wie diesen zu bieten.«

»Natürlich.«

Fenja wollte vor Peinlichkeit am liebsten im Boden versinken. Sie erhob sich. »Ich bringe dich zur Tür.«

Entgegen ihren Befürchtungen hatte ihr Vater keine Einwände, sondern nickte nur und ließ sich auf dem Besucherstuhl vor ihrem Schreibtisch nieder.

»Es tut mir leid«, sagte sie, als sie an der Tür waren.

»Nein, mir tut es leid. Ich hätte dich nicht in eine solche Verlegenheit bringen sollen.«

»Es ist ja nicht so, als hätte ich mich vehement dagegen gewehrt.« Fenja schlang die Arme um den Oberkörper, fror in der kalten Luft, die nun zur offenen Tür hineinwehte.

»Geh lieber wieder ins Warme.« Er beugte sich zu ihr und verabschiedete sich mit einem Kuss. »Wir sehen uns.«

»Hoffentlich bald.«

»Gewiss.« Damit war er zur Tür hinaus.

Langsam kehrte Fenja in ihr Büro zurück. Ihr Vater drehte sich zu ihr um und sah sie an.

»Du findest mich übermäßig streng?«

Sie nickte.

»Ich möchte nicht, dass dieser Hallodri dir ein Kind anhängt und dich dadurch zwingt, dein Leben hier aufzugeben.«

»Er würde mich zu nichts zwingen.«

»Welche andere Wahl bliebe euch?«

Fenja setzte sich hinter ihren Schreibtisch. »Von einem solchen Szenario sind wir weit entfernt.«

»Das freut mich zu hören.« Er setzte seine Brille auf, zog die Unterlagen auf dem Tisch zu sich heran. »Hast du denn noch zu tun, oder war das nur eine Ausrede, um länger bleiben zu können?«

»Mir wächst die Arbeit über den Kopf.«

»Na, dann zeig mal her.«

Fenja reichte ihm den kompletten Ordner, und er überflog die Seiten, nickte zwischendurch und blätterte dann ein Stück zurück, krauste kurz die Stirn, nahm einen Füllfederhalter zur Hand, strich etwas durch und schrieb etwas daneben.

»Ist mir schon wieder ein Fehler unterlaufen?«

»Nur eine Kleinigkeit.« Er legte den Ordner vor sich ab. »Bereitest du uns eine Kanne Tee?«

Lennart hatte recht behalten, dass Felix um diese Zeit gewiss noch nicht zu Hause war. Im Rosenpalais brannte das kleine Licht, was bedeutete: Felix war noch in der

Fertigung. Lennart ging zum Seiteneingang und läutete. Kurz darauf öffnete sein Freund ihm und wirkte erstaunt.

»Was verschlägt dich denn um diese Zeit noch hierher?« Felix trat von der Tür zurück und ließ ihn eintreten. »Ich hätte dich jetzt eher bei Fenja vermutet.«

»Da war ich auch, ehe ihr Vater überraschend in der Tür stand.«

Felix drehte den Schlüssel im Schloss. »Überraschend heißt, dass ihr euch gerade in einer verfänglichen Situation befunden habt?«

»Nun ja, als er eintrat, waren wir es nicht mehr.«

»Das erklärt, warum du kein blaues Auge hast. Geflohen bist du trotzdem?«

»Er hat die, hm, Anzeichen richtig gedeutet.«

»Man sollte sich bei dergleichen auch nicht ausgerechnet von Eric erwischen lassen.«

»Das weiß ich mittlerweile auch.«

Sie gingen in den Fertigungsraum, in dem das schwere Aroma von karamellisiertem Zucker und Schokolade hing. »Wie geht es denn jetzt mit euch weiter? Lenken deine Eltern ein?«

»Bislang nicht, also geht es eigentlich gar nicht weiter.«

»Schläfst du mit ihr?«

»Natürlich nicht!«

Felix stellte eine Platte mit fertigen Pralinen, deren dunkle Schokolade noch glänzte, beiseite. Offenbar hatte er sie gerade erst mit Kuvertüre überzogen.

»Macht Fenja dir Konkurrenz?«

»Wenn sie es tut, merke ich es zumindest nicht.«

Lennart lehnte sich rücklings gegen den Arbeitstresen in der Mitte des Raumes und sah Felix zu, der Mandeln hackte, und dies mit einer Schnelligkeit tat, in der Lennart sich längst von einigen Fingerkuppen hätte verabschieden müssen.

»Ich habe mit dem Hotelier in Zürich gesprochen«, sagte Lennart nun. »Der, bei dem ich gelernt habe. Er selbst braucht derzeit niemanden, hat mich aber an ein sehr nobles Hotel in Lausanne verwiesen, die einen Konditor einstellen würden, da sie die Küche erweitern wollen und jemanden nur für die Confiseriewaren brauchen.«

Felix blickte auf. »Das klingt gut, vielen Dank.«

»Keine Ursache. Ist es denn wirklich das, was du willst?«

»Ja.« Felix wandte sich dem Herd zu, stellte einen Topf darauf.

»Du hast so hart gekämpft, um das hier«, Lennart machte eine ausgreifende Handbewegung, »zu bekommen. Willst du das aufgeben, nur weil deine Verlobte dich verlassen hat?«

»Nein, nicht deshalb. Dass sie mich nicht mehr liebt, daran kann ich nichts ändern, auch wenn es schmerzt. Aber ich hätte sie ohne Weiteres gehen lassen, wenn sie mit mir gesprochen hätte, ich hätte nicht insistiert. Sie jedoch hat mich einfach hier stehen lassen, hat sich ohne ein Wort der Erklärung von mir getrennt und sich praktisch im Vorbeigehen von meinem Bruder schwängern lassen. Ich hätte gerne mit ihr geschlafen, ich dachte, wir sind ja ohnehin so gut wie verheiratet, aber sie wollte nicht. Das ist ja auch in Ordnung, immerhin hat sie mehr zu verlieren als ich. Aber wenn sie sich dann so ohne Weiteres von Lukas ein Kind anhängen lässt, frage ich mich, woran ich eigentlich bei ihr war.«

»Du weißt nicht, was in ihr vorging, als das mit Lukas passiert ist. Und sie hatte getrunken, das kommt noch dazu.«

»Hm.« Felix gab Zucker in einen Topf und rührte auf kleiner Flamme. »Wie auch immer, meine Gefühle für sie kann ich nicht von einem Moment auf den anderen abstellen, dafür hat sie mir zu viel bedeutet. Und ich kann nicht unter diesen Umständen mit ihr unter einem Dach wohnen.«

»Dann zieh aus. Es ist ja nicht so, dass dir die Mittel dazu fehlen.«

»Du weißt, dass das gerade nicht so einfach ist. Wohnraum ist nach wie vor ein knappes Gut, und da haben die Menschen Vorrang, die weniger komfortabel leben als ich derzeit.«

»Das Angebot, im Hotel zu wohnen, steht nach wie vor.«

Felix schwieg, rührte weiter und stellte das Feuer schließlich aus, ehe er die Mandeln zu der Masse gab. »Ich überlege es mir. Am liebsten möchte ich ganz weg, einfach woanders neu anfangen.«

»Ich gebe dir morgen die Adresse von dem Hotelier in Lausanne.«

»Danke, du bist ein wahrer Freund.«

»Wann möchtest du gehen?«

Felix goss die Karamellmasse in eine rechteckige Form. »So schnell wie nur möglich.«

14

APRIL 1955

Wie jedes Jahr war Amelie froh, wenn der Winter die Stadt endlich aus seinen Klauen entließ und der Frühling zaghaft die ersten Fühler ausstreckte. Und dieser Winter war schlimmer gewesen als jeder vorherige, denn die frostige Kälte schien sich nicht aussperren zu lassen, lag in Blicken, die sie trafen, im Tonfall, in dem mit ihr gesprochen wurde, durchdrang alles in ihrem Leben.

Ein halbes Jahr hielt sie das nun schon aus, und Amelie hatte bereits vorsichtig Erkundigungen angestellt, welche Möglichkeiten sie hatte, eine Scheidung zu erwirken. Grundsätzlich war das natürlich möglich, und sie war sich sicher, Lukas würde sich dem nicht in den Weg stellen, aber gesellschaftlich wäre sie ruiniert. Schon jetzt taxierten die Leute sie mit Blicken, in denen nur allzu klar stand, für was man sie hielt. Amelie jedoch wollte nicht geächtet werden, wollte nicht die Tage in der Wohnung mit ihrer Mutter fristen und zu allem Unglück nicht einmal mehr irgendwo arbeiten können, denn als Frau brauchte es einen guten Leumund, sonst stellte einen niemand ein. Es hieß also sich zu arrangieren.

Mittlerweile hatte sie genug davon, sich ständig schuldig zu fühlen, sich geduckt durch das Haus zu bewegen. Felix war der Einzige, der das Recht hatte, wütend und enttäuscht zu sein, ihm hatte sie wahrhaftig übel mitgespielt. Lukas jedoch hatte sie mitnichten mit vorgehaltener Waffe dazu gezwungen, mit ihr zu schlafen, er war mehr als willig gewesen. Sie hätte ihn nicht ohrfeigen dürfen, allerdings hatte sie auch vollkommen neben sich gestanden, und sie hatte sich ja inzwischen bei ihm entschuldigt – mehrmals sogar. Aber er blieb auf Distanz, als hätte sie die Pest. Ja, sie hätte früher mit ihm sprechen sollen, nicht erst, als sie bemerkte, schwanger zu sein, ihre Scham war jedoch zu groß gewesen.

Als er an diesem Abend in ihr Zimmer kam, trug Amelie ein Nachthemd, das fast durchsichtig war. Normalerweise zog sie einen Morgenmantel über dergleichen Nachtwäsche, weil es ihr trotz allem peinlich war, wenn er sie fast nackt sah. Zwar hatte sie versucht, mit ihm zu schlafen, aber das war im Dunkeln gewesen, im Schutz der Bettdecke – woraufhin er sie ohnehin abgewiesen hatte. Und zu Beginn ihrer Ehe war es ihr überdies peinlich gewesen, dass er ihren so offenkundig gerundeten Leib sah.

Jetzt jedoch unterdrückte sie jede Scham, richtete sich sogar noch auf, sodass das Nachthemd nur wenig Spielraum für Fantasie ließ. Und Lukas war nicht aus Stein, er reagierte, das war nicht zu übersehen. Amelie tat, als bemerkte sie es nicht, ging im Zimmer umher, räumte hier und da eine Kleinigkeit auf, rückte einen Stuhl zurecht und setzte sich schließlich vor den Frisiertisch, um ihr Haar zu kämmen. Dabei ließ sie den linken Träger des Nachthemdes wie unabsichtlich über die Schulter rutschen, sodass er den Ansatz der Brust freigab. Ohne den Träger zurechtzurücken, fuhr Amelie damit fort, die Bürste durch ihr Haar zu ziehen, während sie Lukas verstohlen im Spiegel beobachtete.

Im Grunde genommen war es doch erstaunlich, wie wenig sie ihn kannte. Natürlich waren sie sich immer mal wieder über den Weg gelaufen, hatten dann und wann ein paar Worte gewechselt, hatten mal auf Feiern geplaudert, aber ein richtiges Gespräch hatte sie eigentlich nie mit ihm geführt. Wenn sie zu Besuch war, war sie meist mit Felix allein gewesen, und Lukas war oft auch gar nicht daheim gewesen, war an der Uni oder mit Freunden unterwegs. Er war weniger ernsthaft als Felix – nicht in seinem Studium, da brachte er Bestnoten heim, aber in allen anderen Belangen. Er ging offener auf andere Menschen zu, lachte mehr, war insgesamt etwas unbeschwerter, was vielleicht auch daran lag, dass er nicht mehr in den Krieg eingezogen worden war.

Nun, da Amelie bestrebt war, ihren Platz hier zu behaupten, musste sie Lukas kennenlernen, musste um seine Vorlieben und Schwächen wissen. Eine seiner Schwächen war gewiss jene, die er mit den meisten Männern teilen dürfte – die Verführbarkeit durch weibliche Reize. Und Amelie würde nicht mehr zögern, diese einzusetzen. Dass er so offenkundig auf sie reagierte, war ermutigend, und selbst die anfängliche Scham verblasste allmählich. Amelie erhob sich, schob den Träger zurück an seinen Platz, löschte das große Licht, sodass nur noch die beiden Lampen auf den Nachttischen warmes Licht spendeten. Lukas saß bereits im Bett und hatte ein Buch aufgeschlagen. Als Amelie nun ebenfalls herantrat, sah er auf.

Kurz überlegte sie, sich auszuziehen, aber gar zu leicht wollte sie es ihm auch nicht machen, und so schlug sie nur die Decke zurück und legte sich hin, drehte den Kopf und sah Lukas von unten her an, ehe sie die Decke bis zur Taille über sich zog und sich auf die Seite drehte. Ihre Brust schmiegte sich an den durchscheinenden Stoff, und sie bemerkte, wie Lukas mit sich rang. Vielleicht würde er sich das Vergnügen in dieser Nacht versagen, aber Amelie war recht zuversichtlich, dass ihm dies nicht auf Dauer gelingen würde. Sie streckte den Arm zum Lichtschalter, knipste es aus, kuschelte sich in ihre Decke und schloss die Augen.

»Du solltest mehr essen«, sagte Monika, als Fenja nachmittags ins Werk kam, um einige Unterlagen vorbeizubringen. »Wie du so dünn werden kannst angesichts der ganzen Köstlichkeiten um dich herum, musst du mir mal erklären.«

Fenja war müde. »Hast du einen Kaffee für mich? Ich muss gleich wieder los.«

»Klar. Frisch gekocht. Trinken wir hier oder in deinem Büro?«

»Musst du hier nicht auf Abruf sitzen?«

»Gideon ist gerade nicht da.« Monika erhob sich. »Ich hole noch schnell ein zweites Kaffeegedeck.«

»Das kann ich doch erledigen.«

»Damit du noch mehr Gewicht abläufst?« Monika zwinkerte ihr zu und war schon den Gang hinunter.

Müde ließ sich Fenja in ihrem Büro in einen der beiden Besuchersessel fallen. Für eine richtige kleine Sitzecke bot das Büro keinen Platz, aber so reichte es auch. Sie war mittlerweile nur selten hier, und wenn, dann empfing sie ohnehin keinen Besuch, der kam in der Regel in den Schokoladenpavillon.

Monika erschien mit einem Tablett, auf dem das Kaffeegeschirr angeordnet war, und stellte es auf dem kleinen Tisch zwischen den Sesseln ab. Da Fenja sich nicht von ihr bedienen lassen wollte, beugte sie sich vor und schenkte ihnen Kaffee und Sahne ein.

»Wie gehen die Vorbereitungen für das Tanzcafé voran?«

»Können wir über etwas Erfreulicheres sprechen?« Fenja verspürte schon wieder den so vertraut gewordenen Kopfschmerz, der sich als Druck hinter ihrer Stirn aufbaute.

»Können wir dir noch irgendetwas abnehmen?«

»Wenn ihr nachts noch mal irgendwann schlafen wollt, wohl nicht. Lennart hilft ja auch schon, wo er kann.«

Monika sah sie aus unschuldig geweiteten Augen an. »In letzter Zeit arbeiten wir wirklich, wenn er da ist. Das Risiko, noch einmal von meinem Vater erwischt zu werden, will keiner von uns eingehen.«

Belustigt zuckte es um Monikas Mundwinkel.

»Amelie war vor einigen Tagen mal wieder da.«

»Und?«

»Ich glaube, sie hofft darauf, mir helfen zu dürfen.«

»Aber das möchtest du nicht, weil du dafür zu stolz bist.«

»Damit hat das nichts zu tun, ich vertraue ihr einfach nicht mehr ausreichend. Sie hat mich einmal hängen lassen, wer weiß, ob sie das nicht noch einmal tut. Das mit Felix hatte ja nichts mit mir zu tun, sie hätte mir also weiterhin beistehen können, immerhin wusste sie, wie viel Angst ich davor hatte, mich vielleicht übernommen zu haben. Und sie hat mir fest versprochen, mir zu helfen. Darauf setze ich nicht noch einmal.«

»Na ja, das verstehe ich schon.«

Es klopfte, und Gideon trat ein. »Ah, mir war doch so, als hätte ich Stimmen gehört.«

Monika schenkte ihm ein Lächeln, das ganz weich war und sie anrührend verletzlich wirken ließ. Offenbar hatte sich ihre Beziehung gewandelt, und zumindest Monika legte mehr Intensität hinein, begleitet von der Angst, er könnte dies nicht erwidern. Gideon berührte sie an der Schulter, eine kurze, fast schon beiläufige Zärtlichkeit. »Ist das hier ein konspiratives Treffen?«

»Wir versuchen, das Thema Tanzcafé zu vermeiden, obwohl wir beide daran denken«, erklärte Monika.

»Interessant.« Gideon ließ sich auf der Armlehne ihres Sessels nieder. »Dann erzähl mal, Fenja.«

»Da gibt es nicht viel zu erzählen. Bislang scheint nur die Personalfrage gelöst, und die offiziellen Anträge sind auch genehmigt worden.«

»Das ist doch schon eine ganze Menge. Du wirst das schaffen, die Eröffnung hast du ja auch hinbekommen.«

»Es sind aber nur noch vier Wochen.«

»Zeit genug.« Gideons Finger glitten in einer zurückhaltenden Liebkosung über Monikas Nacken. Sie hatte sich das Haar wachsen lassen, und so drehten seine Finger eine Haarsträhne ein, ließen sie wieder fallen, begannen von Neuem. Ob er ahnte, was er damit auslöste? Eine leichte Röte kroch von Monikas Hals her in ihr Gesicht, und Fenja wandte sich ab, wollte nicht so unverhüllt Zeuge der Gefühle der anderen werden. Sie trank ihren Kaffee aus und stand auf.

»Ich verlasse euch jetzt lieber, sonst werde ich heute überhaupt nicht mehr fertig.«

»Hast du noch im Werk zu tun?«, fragte Gideon.

»Nein, ich habe nur Unterlagen vorbeigebracht, die liegen auf deinem Schreibtisch. Ich spreche noch mit dem Confiseur, dann bin ich weg.«

»Alles klar. Dann bis morgen.«

Fenja verabschiedete sich von Monika, die nun auch aufstand, und verließ das Büro.

In der Fertigung arbeiteten zwanzig Frauen an langen Tischen, alle in weißen Kitteln, die Haare unter weißen Hauben. Sie waren für den Bereich der Pralinenfertigung zuständig, den die Maschinen nicht leisten konnten. Fenja ging umher, wechselte hier und da ein freundliches Wort. Ella hatte ihr nahegelegt, nie die Arbeiter im Werk aus den Augen zu verlieren, ihnen immer das Gefühl zu geben, dass sie gewürdigt wurden.

»Wenn du dich immer nur auf der oberen Etage aufhältst, erweckst du schnell den Eindruck, dass die Menschen, denen du einen Großteil deines Erfolges verdankst, dich nicht interessieren. Also vergiss sie nicht, egal, wie hoch du steigst.« Fenja hielt sich daran, gleich, wie knapp ihre Zeit hier bemessen war.

Nachdem sie mit dem Confiseur gesprochen hatte, warf sie einen Blick auf die Uhr. Ihre Mutter stand heute ab vier Uhr allein im Café, was bedeutete, Fenja musste sich beeilen. Sie ging hinaus zu dem VW Käfer ihrer Mutter, stieg ein, ließ den Motor an und legte ein wenig zu grob den Gang ein. Es knirschte, und ein Arbeiter, der gerade vorbeiging, streifte den Wagen mit einem Blick und verzog das Gesicht, als erleide er gerade körperliche Schmerzen. Der Wagen war jedoch nicht nachtragend und fuhr gehorsam an.

Im Schokoladenpavillon stand nicht nur ihre Mutter, sondern zu Fenjas Überraschung auch Felix.

»Was machst du denn hier?«

»Ich freue mich auch, dich zu sehen«, antwortete er augenzwinkernd. »Ich wollte eigentlich zu dir und habe gesehen, dass deine Mutter hier gerade alleine stand, als der Laden voll war.«

»Es tut mir leid, ich war länger im Werk als geplant.«

»Ist nicht schlimm«, antwortete ihre Mutter. »Ich hatte ja Hilfe.«

»Trinkst du einen Tee mit mir?«, fragte Fenja.

»Ja, dafür reicht die Zeit noch, ich muss auch gleich zurück.«

Fenja ging mit ihm in die hinter dem Verkaufsraum liegende kleine Kaffeeküche. Eine eigene Fertigung hatten sie nicht, da alles vom Werk her geliefert wurde. Allerdings überlegte sie, ob sie nicht auch anfangen sollten, frisches Gebäck anzubieten. Dafür brauchte Fenja aber wiederum jemanden, der sich darauf verstand. »Wolltest du aus einem bestimmten Grund zu mir, oder ist das nur ein Höflichkeitsbesuch?«

»Ich wollte mir mal ansehen, wie es hier so läuft.«

»Dafür gab es ja Gelegenheit genug, nicht wahr?«

»Es tut mir leid, dass du mir böse bist.«

»Ich bin dir nicht böse, aber ich habe mich in den letzten Monaten von dir und Amelie allein gelassen gefühlt.«

In seinem Gesicht zuckte es.

»Mir ist klar«, fuhr sie fort, »dass dich das schwer getroffen hat, aber das war nicht meine Schuld. Wobei ich bei Amelie noch weniger Verständnis habe, dass sie sich von einem Tag auf den anderen rar gemacht hat. Aber wenigstens einer von euch hätte mir hier beistehen können. Ich habe mich auf euch verlassen. Dass ausgerechnet ihr mich hängen lasst, während ich auf Gideon bauen kann, hätte ich nie gedacht.«

»Es tut mir leid«, wiederholte er.

Fenja hatte Wasser auf den Herd gesetzt und wartete darauf, dass es kochte, während sie Teeblätter in eine Kanne gab. »Ich eröffne das Tanzcafé in vier Wochen.«

»Wie weit bist du mit den Vorbereitungen?«

»Nicht weit genug, aber das muss jetzt auch nicht mehr deine Sorge sein.«

Felix schwieg, und ihr tat ihr schroffer Ton leid. Andererseits konnte er ruhig wissen, dass er sie im Stich gelassen hatte. Immerhin war er ihr bester Freund, da hätte sie mehr erwartet.

»Ich gehe fort«, sagte er schließlich, und Fenja fiel die Teedose aus der Hand.

»Verdammt noch mal!« Der teure Tee lag um sie herum verstreut. »Und was soll das heißen – du gehst weg? Wohin?«

»In die Schweiz. Nach Lausanne, um genau zu sein.«

»Du machst doch wohl Witze.«

»Keineswegs.«

»Und das Rosenpalais?«

»Da findet sich eine Lösung.«

Fenja bückte sich und kehrte die Teeblätter mit mehr Vehemenz zusammen als nötig. Waren hier denn jetzt auf einmal alle verrückt geworden? »Du kannst doch nicht einfach so gehen.«

»Warum nicht? Ich bin erwachsen.«

»Aber du hast ein Leben hier.«

»Ein Leben kann ich auch woanders haben. Und hier hält mich derzeit nichts mehr.«

Fenja knallte die Teedose auf den Tisch und wandte sich ab. Ihr Blick verschwamm, und wütend blinzelte sie die Tränen weg. »Und wie lange bleibst du fort?«

»Das wird sich zeigen.«

Das Wasser kochte, und Fenja beobachtete die Blasen, die vom Topfboden her aufstiegen und zerplatzten. »Na schön. Wenn du meinst, dass du das musst.«

»Ich bin ja nicht aus der Welt.«

»Aber elend weit weg.«

»Jetzt sei nicht traurig, ich komme gewiss irgendwann wieder.«

Fenja wollte das Wasser über die Teeblätter gießen und verbrühte sich die rechte Hand. »Verdammt!«, rief sie.

Behutsam schob Felix sie beiseite und goss den Tee auf.

»Und natürlich bin ich traurig. Dein Gesicht möchte ich sehen, wenn ich es *nicht* wäre.«

Jetzt lächelte er. »Das stimmt natürlich.«

Fenja versuchte, sich ein Leben vorzustellen, in dem

Felix nicht mehr ein paar Straßen von ihr entfernt war. Ein Leben, in dem sie nicht ins Rosenpalais gehen und ihn dort werkeln sehen konnte. In den letzten Monaten war sie viel zu selten dort gewesen. Wieder kamen ihr die Tränen, und sie hob die Hand, wischte sie weg, aber sie flossen unaufhaltsam weiter. Felix legte ihr den Arm um die Schultern und zog sie an sich.

Es war schneller gegangen als gedacht. In der letzten Nacht hatte Lukas schließlich nachgegeben, Amelie an sich gezogen und geliebt. Das war tatsächlich ziemlich gut gewesen. Nicht so gut, dass da nicht noch Luft nach oben war, aber Amelie war durchaus auf ihre Kosten gekommen. Morgens beim Frühstück hatten sie beide deutlich bessere Laune als sonst, was seinen Eltern nicht zu entgehen schien, denn während Ella ihnen den ein oder anderen fragenden Blick zuwarf, wirkte Sebastian milde amüsiert, während er die Zeitung las.

Der Tag zog sich dennoch in die Länge, da Amelie nach wie vor nichts zu tun hatte. Aber immerhin war der erste Schritt getan. Es würde gewiss nicht bei dieser einen Nacht bleiben, und Lukas ging dann sicher auf, dass er es schlechter hätte treffen können. Immerhin wusste er bei ihr, woran er war. Es passierte ja nicht selten, dass man glaubte, der großen Liebe begegnet zu sein, und darauf dann irgendwann das böse Erwachen folgte. Sein Bruder konnte davon gewiss ein Lied singen.

Amelie verbrachte den Vormittag damit zu lesen, gesellte sich beim Mittagessen zu Ella und Sebastian an den Tisch, was immer etwas unerquicklich war. Lukas schaffte es in der Regel nicht zum Essen nach Hause, und Felix aß schon lange nicht mehr mit ihnen zusammen. Nach dem Essen setzte sich Amelie ins Wohnzimmer und nahm einen Korb mit Stricknadeln zur Hand. In ihrer Verzweiflung hatte sie begonnen, Handarbeiten zu verrichten. Ihre Mutter, die stets vergeblich darauf gehofft hatte, dass Amelie zu dieser Art von weiblicher Beschäftigung fand, wäre begeistert. Immerhin konnte man sich die Zeit damit ganz gut vertreiben, wenngleich Amelie bezweifelte, dass sich auch nur irgendein Mann in der Familie finden würde, der diesen formlosen Pullover im Winter tragen wollte.

Am späten Nachmittag kehrte Ella vom Rosenpalais zurück, warf ein kurzes »Guten Tag« in den Raum, und bald darauf waren ihre Schritte auf der Treppe zu hören. Eine halbe Stunde später fiel die Haustür erneut ins Schloss. Ella führte ein recht reges Gesellschaftsleben und war eigentlich ständig mit irgendeiner Freundin verabredet. Später kehrte Sebastian heim, danach Lukas. Da die Köchin nach dem Mittagessen gegangen und Ella nicht da war, trug Amelie das Abendessen auf, eine Wurstplatte, Käse, dünn geschnittener kalter Braten und Brot. Sie aßen zu dritt zu Abend, dann murmelte Lukas etwas davon, lernen zu müssen, und Sebastian entschuldigte sich ebenfalls und ging in sein Arbeitszimmer. Bald wäre es Zeit fürs Bett, und am nächsten Morgen ging es dann von vorne los. Irgendwann würde sie noch irre werden in diesem Haus.

Sie hatte durchaus schon mit dem Gedanken gespielt, sich irgendwo eine Stelle als Schreibkraft zu suchen, aber jeden Tag stumpf Unterlagen zu kopieren oder an der Schreibmaschine zu sitzen würde sie auf Dauer vermutlich ebenso anöden wie das Herumsitzen daheim. Zudem bestand durchaus die Möglichkeit, dass sie wieder schwanger werden würde, und dann würde sie die Arbeit ohnehin wieder verlieren. Eigentlich wollte sie kein Kind, noch nicht jedenfalls, aber da es zwischen ihr und Lukas noch zu fragil war, würde sie ihn jetzt noch nicht bitten aufzupassen. Irgendein Opfer musste sie wohl bringen, und wenn es erst so weit war, würde sie sich eben ein Kindermädchen nehmen.

Amelie trank eine heiße Schokolade – natürlich mit dem Kakao aus dem Schokoladenwerk Dorn – und dachte nach, während sie in der Küche am Tresen stand. Als sie ausgetrunken hatte, stellte sie die Tasse in die Spüle und ging ins Arbeitszimmer zu Sebastian. Der sah von seinem Schreibtisch auf, wirkte erstaunt. »Was gibt es?«

»Ich möchte dir helfen. Ich bin ziemlich gut im Buchhalten, und ich lerne schnell.«

Sebastian schwieg, sah sie nachdenklich an.

»Ich muss etwas zu tun haben, und das ist das Einzige, was ich kann.«

»Das hier ist aber etwas mehr als die Buchhaltung für das Rosenpalais.«

»Das ist mir klar, aber wie gesagt – ich lerne schnell.«

Sebastian nahm die Brille ab und rieb sich die Augen. Er sah müde aus. »Ich müsste dich einarbeiten.«

»Ist das ein Problem?«

Jetzt lächelte er. »Keineswegs. Kann ich mich darauf verlassen, dass das nicht nur eine Laune ist?«

»Garantiert!«

»Dann nimm bitte Platz.«

Amelie zog einen Stuhl heran und setzte sich ihm gegenüber.

»Wann erwarten dich deine Eltern zurück?« Lennart malte mit dem Finger kleine Muster auf Fenjas Bauch.

Sie war zu einer Tanzparty im Hotel gefahren, und Lennart hatte sich an der Rezeption diskret einen Schlüssel geben lassen, um irgendwann unauffällig mit ihr zu verschwinden. Jetzt lagen sie auf dem Bett, Fenjas blaues, schimmerndes Tanzkleid bis zur Taille hinuntergeschoben, sein Jackett nachlässig auf den Boden geworfen, das Hemd immerhin so ordentlich über den Bettpfosten gehängt, dass es nicht verdächtig zerknittert war, wenn er es später wieder anzog.

»Allzu spät sollte es nicht werden«, antwortete sie. »Aber ein wenig kann ich schon noch bleiben.«

Er beugte sich über sie, küsste sie, und sie schlang die Arme um seinen Nacken, genoss die zurückhaltenden Liebkosungen. Als er sich schließlich aufrichtete, hämmerte ihr der Herzschlag in den Ohren, trieb ihr den Atem über die Lippen. Lennart stützte sich seitlich auf den Ellbogen und sah sie an, fuhr mit einer Fingerspitze die Konturen ihres Gesichts nach.

»Ich wünschte, ich könnte dich die ganze Nacht bei mir behalten.«

»Das wünschte ich mir auch. Leider scheitert das an den Erwartungen deiner Eltern an mich.«

»Ich habe versucht zu insistieren, aber bislang leider erfolglos.«

»Und wie geht es weiter?«

»Das bleibt abzuwarten.«

Im Grunde genommen blieben da eigentlich nicht viele Möglichkeiten. Lennart konnte sie einfach heiraten, er brauchte die Einwilligung seiner Eltern nicht. Aber er wollte nicht auf sein Erbe verzichten, und das war es, was man ihm letzten Endes in Aussicht stellte. Er liebte das Hotel jedoch, war ganz und gar Hotelier. Niemals würde Fenja von ihm verlangen, dass er dies aufgab. Aber sie würde ihr Leben ebenfalls nicht aufgeben.

»Was hätten deine Eltern gesagt, wenn ich Medizin studiert hätte? Hätte ich dann auch aufhören müssen, Ärztin zu sein, um repräsentativ an deiner Seite herumzustehen?«

»Vermutlich.« Lennart strich ihr das Haar aus der Stirn. »Bereust du es mittlerweile eigentlich? Dass du keine Ärztin geworden bist?«

Sie zuckte mit den Schultern. »Ich könnte es ja immer noch werden. Momentan bereue ich nichts. Damals erschien mir ein Medizinstudium naheliegend, weil ich ein sehr gutes Abitur gemacht habe und es das einzige Studium war, das mich wirklich interessiert hat. Aber ich denke mittlerweile, ich tauge nicht zur Ärztin. Und das, was ich jetzt mache, gefällt mir. Auch mein Vater scheint sich damit abgefunden zu haben und fährt mir nicht mehr in die Parade.«

»Ist er mittlerweile etwas besser auf mich zu sprechen?«

»Ich habe mir alle Mühe gegeben, ihn davon zu überzeugen, dass du kein Sittenstrolch bist.«

»Das klingt nicht danach, als hättest du damit Erfolg gehabt.«

Ein kleines Lachen zupfte an ihrem Mund. »Du solltest das nicht persönlich nehmen, so wäre er wohl zu jedem anderen Mann, der an mir Interesse zeigt und sich in sehr eindeutiger Situation mit mir erwischen lässt, auch.«

»Wie beruhigend.« Er küsste sie ein weiteres Mal, dann richtete er sich auf. »Ich glaube, wir sollten uns langsam mal wieder unten blicken lassen.«

»Hast du Angst, mein Vater könnte sich entschlossen haben zu kommen?«

An seinem Gesichtsausdruck bemerkte sie, dass sie richtiglag, und musste lachen, erhob sich aber dennoch und zog ihr Mieder zurecht. Das Kleid raschelte, als sie aufstand, und sie schüttelte den Rock zurecht, zog sich das Oberteil wieder über die Schultern und drehte sich mit dem Rücken zu Lennart, damit er den Reißverschluss zuzog. Dann sah sie ihm dabei zu, wie er die Krawatte band und das Jackett überzog.

Vor der Frisierkommode brachten sie beide ihr Haar wieder in Form, wobei dies bei Fenja etwas länger dauerte. Schließlich war sie so weit, dass sie präsentabel war, und sie nahm seine Hand, um mit ihm zusammen das Zimmer zu verlassen. Sie waren schon fast bei den Aufzügen, als eine Männerstimme hinter ihnen fragte: »Was macht ihr beide denn hier oben?«

Sie fuhren herum, und Fenja errötete zu ihrem Ärger schon wieder. Das war doch zum Verrücktwerden. In

Sorge, man könnte ihr ansehen, was sie getan hatte, errötete sie, sodass man es ihr unweigerlich ansehen *musste.*

»Ich zeige Fenja das Hotel«, antwortete Lennart seinem Vater.

Arvid von Oedinghof kam näher. »Ach ja? Weil sie es heute zum ersten Mal sieht?« Er lächelte Fenja an, deren Gesicht noch heißer wurde.

»Meine Liebe, gehst du schon einmal vor? Ich muss noch kurz einige Worte mit meinem Sohn wechseln.«

»Ja, natürlich.«

Der Fahrstuhl war angekommen, und mit einem leisen Pling öffneten sich die Türen. Fenja trat ein, warf Lennart noch einen kurzen Blick zu, dann glitten die Türen zu, und der Fahrstuhl setzte sich in Bewegung.

»Es gibt Momente«, sagte Arvid und griff in Lennarts Jackettasche, »da würde ich gerne vergessen, dass du aus dem Alter heraus bist, in dem man dich übers Knie legen kann.« Er zog den Schlüssel hervor, der an einem dicken Messinganhänger hing.

Lennarts Gesicht zeigte keine Regung.

»Schläfst du mit ihr?«

»Nein.«

»Und wozu dann das Zimmer?«

»Muss ich dir wirklich erklären, dass ein wenig Abgeschiedenheit auch schön sein kann, wenn man nicht bis zum Äußersten geht?«

»Du fängst dir gleich wirklich eine ein!«

»Es müsste ja gar nicht zu all diesen Heimlichkeiten kommen, wenn du nicht so verdammt stur wärst.«

»Wir pflegen hier gewisse Traditionen, denen auch du dich zu beugen hast.«

»Und die können sich nicht ändern, oder was? Sollen wir in den nächsten fünfzig Jahren auch noch leben wie zur Kaiserzeit?«

Sein Vater taxierte ihn, dann schüttelte er den Kopf. »Es bleibt bei dem, was ich gesagt habe. Sie wird ihre kleine Spielerei aufgeben und an deiner Seite das Hotel führen, etwas anderes kommt nicht infrage.«

Lennart hatte nicht die geringste Lust, diese Diskussion auf dem Flur zu führen. Seinem Vater ging es wohl ähnlich, denn er drückte ihm den Schlüssel in die Hand. »Schick ein Zimmermädchen hinein.«

»Das hatte ich vor.«

Arvid nickte, dann ging er an ihm vorbei zum Aufzug und drückte auf den Knopf. Da Lennart nicht der Sinn danach stand, gemeinsam mit seinem Vater nach unten zu fahren, nahm er die Treppe und ging zur Rezeption, wo er den Schlüssel abgab und den Rezeptionisten anwies, den Zimmerdienst hochzuschicken.

Es dauerte einen Moment, ehe er Fenja entdeckte. Jemand hatte sie zum Tanzen aufgefordert, und er ging zur Bar und beobachtete sie. Im Tanz wirkte sie gelöst und glücklich. Die Röte auf ihren Wangen war dieses Mal nicht Verlegenheit, sondern reiner Lebensfreude geschuldet. Ihm war schon öfter aufgefallen, dass sie nur im Tanz wirklich glücklich aussah.

Als sie anschließend zu ihm kam, lag immer noch ein kleines Lächeln auf ihren Lippen. »Es ist offenbar unser Schicksal, in pikanten Situationen von unseren Vätern erwischt zu werden.«

»Ja, es sieht ganz so aus.«

»Wird er es meinem Vater sagen?«

»Nein. Er ist wütend auf mich, aber dich würde er nicht bloßstellen.«

Sie bestellte etwas zu trinken und setzte sich auf einen der hohen Hocker. »Habe ich dir eigentlich schon gesagt, dass ich ein kleines bisschen böse auf dich bin?«

»Nein. Was habe ich verbrochen?«

»Du hast Felix eine Stelle in der Schweiz beschafft.«

»Er wollte fort, und als sein Freund helfe ich ihm dabei.«

»Ob das wirklich eine Hilfe ist? Ein Problem löst sich doch nicht, nur weil man davor wegläuft.«

»Das Problem ist ohnehin keines von der Sorte, das sich lösen lässt. Seine Verlobte hat ihn kommentarlos verlassen und sich von seinem Bruder schwängern lassen. Und dabei weiß Felix noch nicht einmal, dass sie eigentlich hinter seinem besten Freund her war. Er kann überhaupt nichts tun, sondern muss es einfach aushalten. Und das kann er offenbar woanders besser als hier.«

Fenja dachte an Jochen. Aushalten. Der Tod war etwas, das man aushalten musste. Aber dass man nicht wiedergeliebt wurde? Würde Lennart sie kommentarlos verlassen und danach ihre Freundin schwängern, wäre das nichts, was sie aushalten müsste, sondern nur etwas, das sie wütend machen würde. Vielleicht war sie dafür einfach zu unromantisch, konnte sich in diese Art von Gefühl zu wenig hineindenken. Sie liebte Lennart, das ja. Aber sie wusste auch, wie sich ein echter Verlust anfühlte, einer, den kein anderer ersetzen konnte. Felix würde eine andere Frau kennenlernen, irgendwann. Eine, die zu ihm passte. War es denn nicht besser so? Besser, als wenn das böse Erwachen über Nacht käme?

»Ich wünschte, er würde bleiben«, sagte sie schließlich. »Aber wenn er wegmöchte, kann ihn hier wohl nichts halten.« Sie hob ihr Glas an die Lippen und sah Lennart an. »Nach dem langen Kampf um das Rosenpalais. Aber ich habe es längst aufgegeben, jeden Menschen um mich herum verstehen zu wollen.«

Lennart lehnte an der Bar, hatte einen Ellbogen daraufgelegt und sah sie an. »Findest du es tatsächlich so schwer zu verstehen?«

»Ja. Er gibt das Rosenpalais auf, weil ihn eine Frau enttäuscht hat. Ich hingegen würde meinen Schokoladenpavillon niemals aufgeben, nicht einmal für ein Leben mit dir.«

»Jetzt, wo du es aussprichst, klingt es irgendwie ernüchternd.«

Sie zog ihn am Krawattenknoten an sich und küsste ihn. »Du wusstest ja, worauf du dich einlässt, nicht wahr?«

15

MAI 1955

Ella war mit Louise im Film-Palast gewesen, nach langer Zeit mal wieder. Vor einigen Jahren hatte es hier Demonstrationen gegeben, um die Aufführung von *Die Sünderin* zu verhindern, ein Film mit Hildegard Knef, den Ella seinerzeit gerne gesehen hätte. Da sie allerdings einen so frommen Polizeipräsidenten in Koblenz hatten, war die Aufführung tatsächlich untersagt worden.

»Man könnte es auch als gutes Zeichen werten«, hatte Sebastian auf ihre Wut hin gesagt, »dass der Krieg langsam in den Hintergrund rückt. Die Leute haben wieder Zeit, um über den Sittenverfall zu jammern.«

An diesem Abend jedoch hatte nichts und niemand verhindert, dass ein Film lief, und so hatten Ella und Louise einen sehr unterhaltsamen Abend verlebt und spazierten nun, die Arme einander untergehakt, durch die Straßen. Endlich hielt der Frühling Einzug, die Tage wurden länger und wärmer, wenngleich die Abende immer noch empfindlich kühl sein konnten. Ella trug einen Sommermantel und ein seidenes Tuch um den Hals, und obwohl sie ein wenig fror, genoss sie den Spaziergang. Sie verbrachte viel zu wenig Zeit mit ihrer besten Freundin, sah man von der Arbeitszeit im Rosenpalais ab. Aber dort gab es nur wenig Gelegenheit zum gemütlichen Kaffeetrinken und Plaudern, worüber sich Ella natürlich nicht beklagen wollte.

»Felix verlässt euch also?«, schnitt Louise das Thema an, an das Ella nur mit Bauchschmerzen denken konnte.

»Bisher blieb er eher vage.«

»Nach allem, was er in der letzten Zeit so erzählt hat, klang es schon so, als würde er auf jeden Fall gehen. Vielleicht wartet er noch bis nach Fenjas Eröffnung, ehe er es offiziell macht.«

Ella hob in einer knappen Geste die Schultern. »Gut möglich.«

»Wie geht es dann mit der Chocolaterie weiter?«

»Noch sind wir ja da.«

»Du weißt, was ich meine.«

»Das wird sich zeigen.« Ella widerstrebte es zutiefst, jemand Fremdem ihr Rosenpalais zu übergeben, aber was blieb ihr übrig? Lena war sehr anstellig, und aus ihr würde gewiss eine gute Konditorin werden, aber die Leitung der Chocolaterie traute Ella ihr nicht zu.

»Wie läuft es mit Amelie? Habt ihr euch inzwischen mit ihr arrangiert?«

»Ich werde sie sicher nie ins Herz schließen, aber ich gebe mir Mühe, ihr nicht allzu ablehnend zu begegnen. Mit Sebastian hat sie sich ja ohnehin immer schon gut verstanden, und jetzt hilft sie ihm auch noch bei der Buchhaltung.«

»Das ist doch gut, du hast dich ja schon beklagt, dass er zu viel arbeitet.«

»Ja, natürlich ist das gut, aber ich hoffe, dass sie da

nicht die gleiche Flatterhaftigkeit zeigt wie im Umgang mit meinen Söhnen.«

Ella hatte ihren Wagen vor dem Haus geparkt, in dem sich Louises Wohnung befand. »Was für Pläne habt ihr eigentlich mit der Etage über dem Rosenpalais?«

Während das Erdgeschoss Ella gehörte – Sebastian hatte es ihr vor vielen Jahren geschenkt –, befand sich die Etage darüber in Louises Besitz. Früher einmal hatte sie dort in der Wohnung erst mit ihrem Vater und später allein gelebt. Bisher stand das Obergeschoss nur als Rohbau, da sie sich darauf konzentriert hatten, die Chocolaterie schnell wieder in Betrieb zu nehmen. Da Wohnraum jedoch immer noch knapp war und Koblenz überdies eine große Anzahl an Ostpreußenflüchtlingen aufgenommen hatte, durfte es keinen allzu langen Leerstand geben.

»Ich weiß nicht, ob meine Mittel reichen, die Wohnung fertig zu bauen«, antwortete Louise. »Aber wenn, dann würde ich die Wohnung vermieten.«

»Willst du nicht selbst einziehen?«

»Nein, an meiner jetzigen Wohnung hängen so viele Erinnerungen.«

»Du weißt, dass es am Geld nicht scheitern muss?«

»Ja …«, antwortete Louise vage. »Aber du weißt auch, dass ich keine Schulden machen möchte.«

»Das ist doch nicht dasselbe wie ein Bankdarlehen. Du kannst dir so viel Zeit lassen, wie du möchtest.«

»Ich weiß … Ansonsten wäre es vielleicht noch eine Möglichkeit, zu verkaufen.«

»Jemand Fremdes über der Chocolaterie?« Sie teilten sich das Treppenhaus, von dem aus man direkt in den

Verkaufsraum kam. Dort befand sich auch die Garderobe.

»Warum kaufst du es nicht?«

»Kannst du dir mich als Vermieterin vorstellen?«

Louise musste lachen. »Noch haben wir ein wenig Zeit, vielleicht kommt ja jemandem eine Idee, was wir mit dem Wohnraum machen können.«

»Vielleicht könnte Felix dort einziehen.«

»Das wäre in der Tat eine Idee.«

Ella würde mit Felix darüber sprechen. Das könnte doch die optimale Lösung für ihn sein. Er würde nicht mehr zu Hause wohnen, nicht mehr mit Amelie unter einem Dach, und dann würde ihm möglicherweise auch aufgehen, dass es närrisch war, hier alles aufzugeben, nur weil seine Verlobte sich ihm gegenüber unmöglich benommen hatte.

Während Amelie im Arbeitszimmer saß und Sebastian half, verbrachte Lukas die Abende büffelnd in ihrem gemeinsamen Zimmer. Ehe sie geheiratet hatten, hatte er diesen Raum allein bewohnt, und das Mobiliar trug nach wie vor eine eindeutig männliche Note. Der einzige Unterschied zu vorher war, dass sein Bett durch ein Ehebett ersetzt worden war und an der linken Wand neben der Tür nun ein kleiner Frisiertisch stand. Wenn er fertig war mit seinem Studium und Geld verdiente, würden sie aus dem Haus seiner Eltern ausziehen und sich etwas Eigenes suchen. Das Haus war zwar groß, aber es war eben nicht mehr wie sein Vorgänger in der Art erbaut, dass es die Familien mehrerer Generationen unter einem Dach vereinen konnte.

Die ruhigen, arbeitsamen Abende waren Amelie mittlerweile die liebste Zeit des Tages. Während sie tagsüber nur wenig mit sich anzufangen wusste, so hatte sie abends eine Aufgabe, konnte sich einbringen. Und vielleicht würde sich ja über kurz oder lang ergeben, dass sie noch mehr tun konnte als nur bei der Buchhaltung zu helfen. Sebastian machte nicht viele Worte, antwortete, wenn sie eine Frage hatte, erklärte ab und zu etwas und arbeitete ansonsten schweigend. Wie groß das Unternehmen war, begriff Amelie erst jetzt richtig, und es bot unglaubliche Möglichkeiten. Nach wie vor war Amelie der Meinung, dass sich das Gewürzsortiment noch über das Gewürzgebäck hinaus erweitern ließ. Das hatten die Lombards ja nach dem Krieg lediglich beibehalten, weil es sich als lukrativ herausgestellt hatte.

Es war schon fast elf Uhr, als Ella von ihrem Kinobesuch zurückkehrte und ins Arbeitszimmer trat.

»Ich möchte meinen, ihr habt nun lange genug gearbeitet«, sagte sie und schlug das Bilanzbuch, das vor Sebastian lag, kurzerhand zu. »Du hast Mitarbeiter für diese Dinge.«

»Du weißt doch …«

»Dass du niemand Fremden in die Bücher schauen lässt. Ja, gewiss. Aber darüber müssen wir uns ja nicht heute Abend unterhalten.« Ella sah Amelie an. »Gute Nacht, meine Liebe.«

Damit war Amelie entlassen. Sie wünschte ebenfalls eine gute Nacht, wobei sie eher Sebastian als Ella ansah, und verließ den Raum. Im Zimmer brannte noch Licht, und als sie eintrat, saß Lukas immer noch über seinen

Büchern. Er drehte sich zu ihr um und sah dann auf die Uhr. Mit einem Gähnen streckte er sich.

»Das war ja ein langer Arbeitsabend«, sagte er.

»Er wäre vermutlich noch länger geworden, aber deine Mutter hat dem ein Ende gesetzt.«

»Ja, das klingt nach meiner Mutter.«

Amelie setzte sich auf den Hocker vor ihrem Frisiertisch, mit dem Rücken zum Spiegel, sodass sie Lukas betrachten konnte. Eigentlich sah er ziemlich gut aus, was aber auch kein Wunder war, da er nach seinem Vater kam. Was Amelie an Felix anziehender gefunden hatte, war die Ernsthaftigkeit und Ruhe, die er ausstrahlte, während Lukas immer etwas Jungenhaft-Ungestümes hatte, das zwar charmant war, aber auf Amelie keinerlei Reiz ausübte. Jetzt jedoch bemerkte sie, dass er nicht weniger ernsthaft war als Felix. Man konnte nicht Medizin studieren, ohne mit Ernst bei der Sache zu sein. Ein Arzt, der die Ernsthaftigkeit seines Berufs mit Lukas' jungenhaftem Charme verband, wäre gewiss unwiderstehlich.

»Wann bist du eigentlich fertig mit dem Studium?«, fragte sie.

»In diesem Sommer mache ich mein letztes Examen.«

»Und in welche Fachrichtung willst du gehen?«

»Wahrscheinlich Chirurgie. Wobei mich auch Kinderheilkunde interessiert hätte. Aber die Chirurgie reizt mich doch noch mehr.«

Amelie nickte, hätte gerne noch etwas gesagt, wusste jedoch nicht, was. Sie wollte nicht, dass ihr Interesse an dem, was er tat, aufgesetzt klang. Er drehte sich zu seinem Schreibtisch um, schloss die Bücher und stand auf. Amelie erhob sich ebenfalls, trat zu ihm, legte ihm die Arme um den Hals und küsste ihn auf den Mund. Eigentlich war sie zu müde, um mit ihm zu schlafen, aber ihr Verhältnis besserte sich zunehmend, auch außerhalb des Bettes. Mit ihm zu schlafen war schön, und inzwischen waren sie vertrauter miteinander, lernten, welche Vorlieben der jeweils andere hatte.

Lukas ging leicht in die Knie, hob sie hoch und trug sie zum Bett. Ohne sich aus dem Kuss zu lösen sanken sie darauf, streiften sich gegenseitig die Kleider ab, liebten sich in ungeduldiger Hast. Danach war Amelies Müdigkeit zu einer satten Schwere in den Gliedern geworden, die sich wunderbar anfühlte, träge und wach zugleich, ein angenehmer Dämmerzustand.

»Falls ich mich für Chirurgie entscheide, habe ich eine Stelle für meinen Facharzt in Aussicht«, sagte Lukas, als sein Atem wieder ruhiger ging.

»Tatsächlich? Und wo?«

»Hier, in Koblenz. Wobei ich überlege, es in Bonn oder Köln zu probieren.«

»Möchtest du fort von hier?«

»Nein, eigentlich nicht. Ich würde unter einem Chirurgen arbeiten, den ich sehr schätze. Aber die gesamte Situation hier mit der Familie … Vielleicht wäre es nicht schlecht, wenn wir etwas weiter weg wohnen, damit hier wieder alles zur Ruhe kommt.«

»Das wird es auch, wenn du bleibst. Wir werden eine eigene Wohnung haben, und irgendwann wird sich alles normalisieren. Ich kann verstehen, dass Felix mir böse ist, aber du bist sein Bruder und hast nichts Schlimmeres getan als mit einer Frau zu schlafen, mit der er zu dem Zeitpunkt nicht mehr verlobt war.«

Lukas schwieg.

»Er kann nicht immer an seinem Zorn festhalten. Letzten Endes soll er froh sein, dass es auf diese Art geendet ist und er nicht erst nach der Eheschließung gemerkt hat, dass wir eigentlich nicht zusammenpassen.«

Lukas lächelte kaum merklich. »Und wir? Passen wir zusammen?«

»Das wird sich zeigen, nicht wahr? Zumindest hatten wir zu Beginn keine Erwartungen aneinander, die enttäuscht werden können.«

»Sehr weise gesagt.« Er wirkte ein klein wenig belustigt. »Dann hoffen wir mal, dass wir uns auch ohne gegenseitige Erwartungen nicht enttäuschen.«

»Daraus sollten wir einen Trinkspruch machen.«

Er lächelte, und Amelie schloss die Augen, überließ sich dem trägen Hinübergleiten in den Schlaf.

»Amelie?«

»Hm?« Sie ließ die Augen geschlossen.

»Was ich nach der Fehlgeburt gesagt habe …« Er stockte. »Es tut mir leid. Keine Ahnung, was mich geritten hat. Ich war so wütend auf dich, aber das ist natürlich keine Entschuldigung.«

»Ist schon gut.«

»Nein, ist es nicht. Es tut mir leid, wirklich.«

Sie streckte die Hand aus, umfasste seine Finger und drückte sie leicht. »Alles gut«, murmelte sie.

Felix ließ die Bombe beim Frühstück platzen.

»In die Schweiz?« Seine Mutter fand als Erste die Sprache wieder. Dass er nach langer Zeit endlich mal wieder mit ihnen morgens am Tisch saß, schien sie zuversichtlich gestimmt zu haben, vielleicht dachte sie sogar, dass ihr Vorschlag, er könne über dem Rosenpalais wohnen, zu einem Stimmungsumschwung geführt hatte.

»Ab wann?«, fragte sein Vater.

»In fünf Monaten kann ich anfangen. So lange bleibe ich noch, um hier alles zu regeln und mich um eine Nachfolge zu kümmern.«

»Innerhalb von vier Monaten?«, kam es von seiner Mutter.

»Es ist ja nicht so, als müssten wir schließen, wenn ich nicht da bin. Es gehört immer noch dir, und wenn ich niemanden finde, dann suchst du eben jemanden, der deiner Meinung nach dort hineinpasst.«

»Einfach so?«

»Ich sagte nicht, dass es einfach wird, aber es ist nun einmal die Möglichkeit, die dir bleibt.«

Schweigen senkte sich über den Tisch, wirkte schwer und erdrückend.

»Ich ziehe aus«, sagte Lukas schließlich. »Wir warten nur noch, bis ich genug Geld verdiene. Ansonsten kann Vater mir vielleicht ein Darlehen geben.«

»Rede keinen Unsinn«, entgegnete dieser. »Wenn ich euch unterstütze, dann erwarte ich keine Rückzahlung, das Geld gehört der Familie und somit euch ebenso wie mir. Aber darum sollte es hier auch nicht gehen. Wenn ihr ausziehen oder gar ins Ausland gehen wollt, sei euch das unbenommen, ihr seid erwachsene Männer. Aber wenn hinter euren Entscheidungen nur Befindlichkeiten stecken und sie nicht das Ergebnis gründlichen Überlegens sind, möchte ich euch beide ersuchen, noch einmal gründlich nachzudenken. Es kann nicht angehen, dass ihr euch gegenseitig aus dem Haus treibt.«

»Das würde nichts ändern«, sagte Felix. »Ich würde dennoch gehen. Ich habe eine Stelle in Lausanne zugesagt, es ist eine neue Erfahrung für mich, und ich kann in der Schweiz gewiss noch eine Menge lernen.«

Sein Vater nickte. »Also gut.«

»Ist das alles, was du dazu zu sagen hast?«, kam es nach einem Moment der Stille von seiner Mutter.

»Was sollte ich denn sonst noch sagen?«

Sie wandte sich an Felix. »Wie lange bleibst du fort?«

»Das weiß ich noch nicht.«

»Womöglich für immer?«

»Wenn es mir dort gefällt, kann ich mir vorstellen, sesshaft zu werden, aber das entscheide ich nicht jetzt schon.«

Seine Mutter antwortete nicht darauf, senkte nur den Blick und wirkte, als müsse sie mit den Tränen kämpfen. Das war ein ungewohnter Anblick, aber Felix wusste, dass sie es hasste, wenn man ihr Augenblicke der Schwäche ansah, die sie zu verbergen suchte, und so tat er, als hätte er nichts bemerkt.

Nach dem Frühstück ging er in den Garderobenraum und war gerade im Begriff, seine Jacke anzuziehen, als Amelie eintrat. Sie schloss die Tür und lehnte sich mit dem Rücken dagegen.

»Was wird das?«, fragte er.

»Ich muss mit dir sprechen, und sonst gehst du mir ja immer aus dem Weg.«

»Ich finde nicht, dass wir hier allein sein sollten.«

Jetzt lachte sie. »Denkst du, ich falle über dich her? Oder befürchtest du, Lukas könnte denken, du würdest die Gelegenheit ausnutzen?«

Er konnte beides schlecht bejahen, und so schwieg er.

»Ich weiß, dass ich dich verletzt habe, und das tut mir furchtbar leid. Wirklich, das musst du mir glauben. Ich hätte dir längst sagen sollen, dass ich mir meiner Gefühle für dich immer unsicherer wurde, aber ich wusste nicht, wie. Ich habe gemerkt, dass es sich zwischen uns zunehmend abkühlt und …«

»Und an wem lag das wohl?«

»An mir, das weiß ich auch. Aber dass wir nicht zusammenpassen, ist doch nicht allein meine Schuld. Oder nein, lass uns nicht von Schuld sprechen, denn wenn man nicht zusammenpasst, dann hat das nichts mit persönlicher Schuld zu tun, sondern es liegt schlicht und ergreifend an den Umständen.«

Er sah sie an, ihr blasses Gesicht, die grünblauen Augen, das honigbraune Haar. Er war so unbändig verliebt in sie gewesen – zu Beginn zumindest. Und nun, da er sie ansah, fragte er sich, wie viel davon zum Ende ihrer Verlobung hin überhaupt noch übrig gewesen war. Waren da bereits Spuren des Überdrusses gewesen?

Offenbar ermutigte sie sein Schweigen. »Ich weiß, dass ich eine andere Art und Weise hätte wählen sollen, mit dir zu brechen, aber mir hat einfach der Mut gefehlt. Aus dem Streit heraus war es so einfach. Und dann … dann habe ich mich einfach nicht gewagt, mich dir zu stellen.«

Nach wie vor schwieg Felix, sah sie nur an, wie sie dastand, seinen Blick erwiderte. »Warum hast du mit Lukas geschlafen? Ich meine, es gibt so viele Männer, mit denen du es danach hättest treiben können. Musste es da gerade mein Bruder sein?«

»Das ist einfach passiert und war gewiss nicht geplant. Danach habe ich mich so furchtbar geschämt, dass ich auch ihm nicht mehr unter die Augen treten wollte. Und ich konnte ja mit niemandem darüber sprechen, weil ich mich Fenja gegenüber auch so abscheulich verhalten habe. Aber irgendwie hing das alles miteinander zusammen. Wenn ich mit dir nicht sprechen konnte, dann auch nicht mit Fenja.«

»Mit Lennart konntest du sprechen.«

Sie lief rot an, was seltsam war bei Amelie, da sie normalerweise, anders als Fenja, nicht dazu neigte. Es brauchte einiges, um sie wirklich verlegen zu machen. Felix starrte sie an, und es dämmerte ihm. Er stieß ein ungläubiges Lachen aus. »Das glaube ich ja jetzt nicht.«

»Es war eine Gefühlsverirrung. Ich war durcheinander und dachte … Das spielt ja alles nun auch keine Rolle mehr, nicht wahr? Ich war nicht mit Lennart zusammen, wir haben geredet, aber er hat sehr deutlich gemacht, dass mehr daraus nicht werden würde.«

»Er hat mir nie etwas erzählt.«

»Um mich nicht bloßzustellen.«

Das passte zu Lennart. Er würde sich nie hinstellen und Felix erzählen, dass seine ehemalige Verlobte ihm gegenüber Avancen gemacht hatte. Er seufzte.

»Du musst nicht meinetwegen gehen. Wir ziehen hier ohnehin aus«, sagte sie.

»Überschätz dich nicht.«

»Aber warum gehst du denn dann?«

»Nicht weil du bei uns wohnst, sondern weil ich das Gefühl habe, ich brauche Abstand zu all dem hier. Im Grunde bringe ich alles in meinem jetzigen Leben mit der Zeit mit dir in Verbindung und habe mehr und mehr das Gefühl, dass es nur mit dir gepasst hat. Jetzt bist du nicht mehr da, und plötzlich passt nichts mehr.«

»Das tut mir leid.«

»Es ist nun einmal, wie es ist. Mach dir keine Gedanken darum.«

Sie nickte zögernd, trat zur Seite, um die Tür freizugeben. Felix griff nach der Klinke, hielt noch einmal inne.

»Tu ihm nicht weh, ja? Das hat er nicht verdient.«

»Ich gebe mein Bestes.«

Er öffnete die Tür und trat hinaus in die Eingangshalle, atmete tief durch und hatte auf einmal das Gefühl, als habe jemand ein Band durchgeschnitten, das ihm seit Wochen die Brust einschnürte.

Im Gegensatz zum Rosenpalais ergab sich im Schokoladenpavillon selten die Gelegenheit für etwas Geplauder neben der Arbeit. Fenjas Angestellte war zwar reizend, aber eine Freundschaft würde sich daraus nicht entspinnen, dafür waren ihre Interessen und auch der Altersunterschied zu groß. Mit ihrer Mutter trank sie natürlich hin und wieder eine Tasse Kaffee oder Tee, aber das war ja nicht dasselbe wie mit einer Freundin.

Sie vermisste die Tage mit Felix und Amelie, als sie in der Kaffeeküche gesessen und miteinander geplaudert hatten.

Das hier war Arbeit, nichts weiter, auch wenn Fenja durchaus ihre Freude daran hatte. Aber etwas fehlte eben doch. Manchmal schaute Monika nach ihrem Feierabend hier vorbei und bot Hilfe bei der Buchhaltung an, plauderte ein wenig, was Fenja sehr willkommen war, seit Lennart es nicht mehr wagen durfte, sich hier abends allein blicken zu lassen. Natürlich hatte sein Vater geahnt, dass es ihnen nicht darum ging, das Hotel zu besichtigen, und Fenja war das furchtbar peinlich gewesen. Immerhin hatte er es nicht ihrem Vater erzählt. Langsam wurde ihr das wirklich zu dumm. Sie waren beide erwachsen und mussten sich verstecken wie zwei Halbwüchsige.

Kurz entschlossen griff Fenja zum Telefon und rief im Hotel an. Sie wurde von der Zentrale in Lennarts Büro durchgestellt.

»Das ist ja ein erfreulicher Tagesbeginn«, begrüßte er sie. »Ich hoffe, es ist nichts passiert.«

»Magst du mich besuchen?«, fragte sie übergangslos.

»*Ist* etwas passiert?«

»Nein, ich möchte dich einfach nur sehen.«

»Und deine Eltern?«

»Meine Mutter mag dich, mein Vater ist nicht hier.«

Er schwieg, und Fenja hörte, wie er mit Papier raschelte. »Das ginge sogar. Was für heute Morgen ansteht, kann ich delegieren. Mittags müsste ich aber wieder zurück sein.«

»Schön, dann ist das abgemacht?«

»Wie könnte ich einer solchen Bitte widerstehen.«

Fenja lächelte in sich hinein, als sie auflegte. Sie wandte sich wieder ihren Unterlagen zu, eine Aufstellung der noch zu zahlenden Rechnungen, die das Budget, das sie für Werbung veranschlagt hatte, leicht überstieg. Aber sie hatte Sorge gehabt, dass die Maßnahmen nicht reichten und sie bei der Einführung des Tanzcafés hier womöglich vor einer leeren Tanzfläche saß. Sie wollte unbedingt junge Menschen ansprechen. Für die Jugendlichen gab es die Tanzschulen und die Treffpunkte im Pfarrhaus, es gab Jugendkonzerte und Jugendtheater. Fenja setzte auf die jungen Frauen und Männer, die aus diesem Alter gerade heraus waren, bis hin zu jungen Paaren, für die es bislang Zerstreuung gab anhand von Milchbars in der Schlossstraße und in der Löhrstraße. Natürlich gab es auch Möglichkeiten, tanzen zu gehen, mal bei einem Ball im Leseverein, mal auf dem Kirmesball, mal im Trierer Hof. Fenja jedoch wollte es noch moderner halten.

Lennart erschien eine Stunde später, als Fenja gerade selbst mit ihrer Mutter und Frau Gladeck an der Verkaufstheke stand, da an diesem Vormittag viel los war. Er war sehr elegant gekleidet, ganz so, wie man es von einem Hotelier erwartete. Fenja bemerkte, dass ihm die Blicke einiger junger Frauen folgten, und verspürte fast schon so etwas wie Besitzerstolz. Sie drehte sich zu ihm um, berührte seinen Arm.

»Setz dich doch schon einmal ins Büro, ich koche uns Kaffee.«

»Wenn du noch mehr Kaffee trinkst, springst du hier bald herum wie ein Schachtelteufel«, scherzte ihre

Mutter, ehe sie Lennart die Hand gab. »Ich erwarte, dass ihr euch benehmt.«

»Mama!«

Lennart lächelte charmant. »Etwas anderes würde mir im Traum nicht einfallen.«

Fenja dachte an ihrem Abend im Hotelzimmer, und ihr Gesicht wurde heiß. Rasch wandte sie sich ab. Sie war erwachsen und konnte im Grunde genommen tun und lassen, was sie wollte. Sie könnte sogar mit Lennart schlafen, wenn sie das wünschte. Allerdings wollte sie auch keine Schwangerschaft riskieren und die Schmach einer übereilten Hochzeit, die sie am Ende dann doch den Schokoladenpavillon kosten würde.

»Ich würde dich nie zu einer Aufgabe zwingen«, sagte Lennart, als sie zusammen in ihrem Büro saßen und Kaffee tranken. »Wir könnten heiraten, und danach bliebe alles, wie es ist.«

»Und wenn deine Eltern dich enterben?«

»Die Möglichkeit besteht, aber ich kann nicht glauben, dass sie das wirklich tun.«

»Und wenn sie dir sozusagen die Pistole auf die Brust setzen? Wenn sie dich vor die Wahl stellen zwischen deinem Erbe und meinem Schokoladenpavillon? Wie sieht es dann mit deinen Überzeugungen aus?«

Er gab lange Zeit keine Antwort. »Was denkst du?«

»Dass du dich auf gar keinen Fall gegen dein Erbe entscheiden würdest.«

»Ein Erbe ist eine Treuhand für die kommende Generation.«

»Eben, und das ist meines auch.«

»Du verlierst ja nichts. Im Grunde genommen könntest du dein Café einem Geschäftsführer überlassen, ebenso wie du das Schokoladenwerk in Gideons Obhut lässt.«

Fenja stellte die Tasse mit einem leisen Klirren ab. »Und? Was habe ich gesagt? Ich könnte mich nicht darauf verlassen, dass ich das, was ich mir hier aufgebaut habe, behalten darf.«

»Das darfst du doch, es nimmt dir ja keiner weg, denn im Gegensatz zu meinem Vater enterbt deiner dich nicht. Du kannst täglich nach dem Rechten sehen, wenn die Zeit es zulässt.«

»Du meinst neben meinen Pflichten, neben dir im Hotel nett auszusehen, und den vielen Kinderchen, die du mir machst?«

»Du musst nicht gleich in Extreme verfallen. Außerdem ist ja gar nicht gesagt, dass es überhaupt so weit kommt. Möglicherweise akzeptieren meine Eltern meinen Wunsch auch einfach.«

»Ja. Möglicherweise. Möglicherweise auch nicht, und du hast mir ja gerade sehr anschaulich dargelegt, wie es dann mit mir weitergeht.«

»Hast du mich hierhergebeten, um mit mir zu streiten?«

»Nein, natürlich nicht.« Fenja spürte, dass der viele Kaffee sie langsam etwas fahrig und zittrig werden ließ, und so verschränkte sie die Arme vor der Brust, lehnte sich auf ihrem Stuhl zurück und sah Lennart an.

»Was soll diese Diskussion dann?«

»Irgendwie muss es ja mit uns weitergehen. Ich meine, es kann ja nicht sein, dass wir die nächsten Jahre damit verbringen, uns davonzustehlen, um uns so weit auszuziehen, wie wir uns gerade noch trauen, um nicht miteinander zu schlafen.«

»Und was ist dein Lösungsvorschlag?«

»Lass es drauf ankommen. Ich habe Geld genug aus meinem Erbe, du kannst mit mir zusammen im Schokoladenwerk arbeiten.«

»Ich bin Hotelier.«

»Dann eröffnen wir eben ein eigenes Hotel, eines mit einer eigenen, hochwertigen Chocolaterie.«

»Weißt du, was das kostet?«

»Wie gesagt, an Geld mangelt es nicht.«

»Dann soll ich auf mein Erbe verzichten, um für dich zu arbeiten?«

»Umgekehrt würde ich doch auch für dich arbeiten.«

»Das ist ja wohl nicht dasselbe.«

Fenja stieß entnervt den Atem aus. »Im Grunde genommen bist du doch genauso stockkonservativ wie alle Männer um mich herum.«

»Na, besten Dank auch. Ehe wir anfangen, uns Dinge an den Kopf zu werfen, die wir später bereuen, ist es wohl besser, ich gehe jetzt.«

Das wiederum hatte sie auch nicht gewollt, aber sie wusste auch nicht, wie sie das Ruder wieder herumreißen sollte. Abgesehen davon hatte sie jedes Wort so gemeint, wie sie es gesagt hatte. »Ist vielleicht besser so.«

Er erhob sich, schien noch etwas sagen zu wollen, schüttelte dann jedoch nur den Kopf und verließ das Büro. Wenige Minuten später kam ihre Mutter herein.

»Habt ihr euch gestritten?«

»Nicht der Rede wert.«

Ihre Mutter sah sie forschend an, insistierte jedoch nicht. »Das kommt vor, nicht wahr?«

Erleichtert, weil ihr nicht *diese* Art von Gespräch ins Haus stand, gelang Fenja sogar ein Lächeln. »Ja, das kommt vor.«

»Du kannst ihr daran nicht die Schuld geben«, war Sebastians Antwort auf Ellas Zorn gewesen. »Außerdem warst du es doch, die mir stets in den Ohren gelegen hat, pragmatisch mit dem Umstand umzugehen, praktisch ohne Erben dazustehen. Und nun, da es dein Rosenpalais trifft, ist es auf einmal doch ein Problem?«

Ella wusste, dass sie ungerecht war, aber dass Felix seine Ankündigung wahr machte, traf sie schwer. Ausgerechnet Felix, der ihr in allem so ähnlich war. Aber vielleicht kam es gerade deshalb so. Da sie wusste, dass sie auf einen handfesten Streit hinsteuerten, beendete Ella das Gespräch mit Sebastian. Sie mochte es nicht, wenn sie sich morgens im Bösen trennten, noch dazu, wenn sie genau wusste, dass sie im Unrecht war. Natürlich konnte man das alles nicht Amelie anlasten.

Da Spaziergänge erfahrungsgemäß das beste Mittel waren, um sich abzureagieren, verließ Ella das Haus kurz nach Sebastian, schlug jedoch nicht den Weg zum Rosenpalais ein, sondern ging einen großen Umweg. Einige Schulknaben standen vor einem Süßwarenautomaten, die Straßenbahn der Linie zwei fuhr vorüber, und Ella las den Werbespruch darauf. »Ziel für alle KAUFHALLE«. Dort war sie auch schon gewesen, in jener in der Löhrstraße und in der am Wöllershof. Zwei junge französische Soldaten kamen ihr entgegen und machten höflich Platz. Erst vor Kurzem hatte Ella gehört, dass darüber gemunkelt wurde, die Wehrpflicht wieder einzuführen. Bei der Vorstellung von Felix und Lukas in Uniform wurde ihr übel, und sie wollte lieber nicht wissen, was Eric dazu sagen würde, wenn irgendwann einmal Fenjas Söhne – so sie welche bekommen sollte – in den Wehrdienst gezwungen würden.

Helene kam ihr auf der Löhrstraße entgegen, lächelte erfreut, als sie sie bemerkte. »Bist du auf dem Weg zum Rosenpalais?«

»Ja. Und was führt dich in die Stadt?«

»Ich wollte eigentlich nur ein wenig durch die Straßen bummeln. Es macht Spaß, zu sehen, wie immer mehr Geschäfte ihre Ladenfläche vergrößern.«

Das stimmte in der Tat. Die Schaufenster waren voll, und der Handel wuchs stetig. »Und da dachtest du, vielleicht ruft dir ja das eine oder andere Kleid zu, dass es dich gerne nach Hause begleiten möchte?«

Helene lachte. »So in der Art, ja.«

»Warst du schon bei Fenja?«

»Nein, und eigentlich hatte ich es heute auch nicht geplant. Wenn, dann kehre ich auf eine heiße Schokolade vielleicht bei euch ein.«

»Fenja wird immerhin mit großer Wahrscheinlichkeit deine Schwiegertochter.«

Helene antwortete nicht gleich. »Davon geht sie immer noch aus, nicht wahr? Heißt das, wir dürfen hoffen, dass sie ihr Café in andere fähige Hände gibt?«

»Nein, das heißt, dass sie darauf hofft, ihr würdet einlenken.«

»Du weißt, dass das nicht so einfach ist.«

Ella hatte während der letzten Jahre die Hoffnung gehegt, dass es für Frauen im Berufsleben endlich leichter werden würde. Aber jetzt bekam sie zunehmend den Eindruck, sie bewegten sich zurück ins Kaiserreich. Da waren die Zwanziger ja moderner gewesen. Allerorten hörte sie davon, dass Frauen, die während des Krieges und in der Zeit danach, als überall Arbeitskräfte fehlten, ihre Leistungsfähigkeit unter Beweis gestellt hatten, zunehmend zurück an den heimischen Herd gedrängt wurden. Frauen widmeten sich der Erziehung der Kinder und dem Haushalt, mehr war für sie nicht vorgesehen. Unverheiratete Frauen konnten sich eine Stelle suchen, konnten sie auch noch nach der Eheschließung behalten, sofern keine Kinder da waren und der Ehemann großzügig war – andernfalls durfte er die Stelle sogar ohne ihr Wissen kündigen. Dass das Geld, das die Frauen bis dahin verdient hatten, nun in der Haushaltskasse fehlte, machten die Männer wett, indem sie im Akkord arbeiteten, Überstunden leisteten oder einen Nebenberuf ergriffen. Sie ließen sich den Umstand, die Frau an den Herd zu fesseln, ganz schön was kosten.

»Ist es euch gleich, dass Lennart sie liebt?«, antwortete sie schließlich.

»Nein, natürlich nicht. Und wenn sie ihn ebenfalls liebt, wird sie nachgeben.«

»Sie möchte arbeiten und nicht nur an seiner Seite im Hotel herumstehen.«

»Du denkst, dass es das ist, was ich tue? Herumstehen?«

Ella biss sich auf die Unterlippe, dann seufzte sie. »Natürlich nicht.«

»Sie wird ihre Aufgaben im Hotel bekommen, es ist nicht so, als müsste sie den ganzen Tag Däumchen drehen.«

»Aber sie möchte nun einmal ihr Café leiten.«

»Auch im Hotel gibt es ein Café, eine Bar und Tanzabende.«

Ella wollte widersprechen, tat es aber dann doch nicht. Ihre Cousine verstand es einfach nicht. »Was, wenn sie heiraten und Lennart Fenja das Café nicht verbietet?«

»Dann wird Arvid wohl entsprechende Konsequenzen ziehen. Versteh mich bitte nicht falsch, Ella, von mir aus kann Lennart tun und lassen, was er möchte, aber die Familie von Oedinghof hat nun einmal gewisse Traditionen.«

»Und die kann man nicht brechen?«

»Derzeit ist es offenbar noch nicht so weit. Und so lange muss Lennart sich fügen. Das heißt aber nicht, dass er es bei seinen Kindern genauso handhaben muss, das ist dann seine Entscheidung. Letzten Endes kann doch jeder nur das tun, was sich für ihn richtig anfühlt.«

Ella dachte an Felix und nickte vage.

16

JUNI 1955

Nachdem der Termin immer wieder verschoben worden war, war es schließlich so weit – Fenjas Tanzcafé öffnete die Pforten. Glücklicherweise war Lennart versöhnlicherer Stimmung als sie und wenige Tage nach ihrem Streit zu Fenja gekommen, um sich auszusöhnen. Die Unstimmigkeit schwelte zwar immer noch zwischen ihnen, aber Fenja war angesichts der kommenden Eröffnung doch froh darum, den Disput zunächst nicht weiterführen zu müssen. Es war ohnehin schon alles nervenaufreibend genug.

Sie stand im Raum und sah sich um. Er wirkte modern, lässig und verströmte gleichzeitig auch eine elegante Atmosphäre. Perfekt sowohl für einen Nachmittagskaffee als auch zum abendlichen Tanzen. Sie würde abends wie gewöhnlich schließen und später für abendliche Gäste wieder öffnen. Die Beleuchtung für abends war geschickt angebracht und schuf ein warmes, leicht dämmriges Licht. Nicht so dunkel, dass es verrucht wäre, aber doch matt genug, um eine Stimmung zu erlauben, die etwas Geheimnisvolles trug. Hier galt es, Abend für Abend das Leben aufs Neue zu erobern.

Fenja war fast noch aufgeregter als bei der Ersteröffnung. Frau Gladecks Arbeitszeit endete mit dem abendlichen Schließen. Die beiden Angestellten für das Tanzcafé waren junge Männer, die bereits Erfahrung mitbrachten, genau das, was Fenja in ihrer angespannten Stimmung brauchte. Sie wirkten souverän, während sie alles für den Abend vorbereiteten. Die Tische wurden um die Tanzfläche herum gruppiert, weiter nach hinten in den Raum und etwas enger zusammen. Tagsüber nutzte sie den Platz sehr großzügig.

Lennart trat durch die seitliche Tür ein, die sie unverschlossen gelassen hatte, kam zu ihr und legte ihr die Hand an die Taille, küsste ihre Schläfe. »Aufgeregt?«

»Und wie.«

»Ist von deiner Familie noch niemand hier?«

»Meine Mutter ist heim, um sich umzukleiden, sie kommt nachher mit meinem Vater. Ella und Sebastian auch mit Felix, Lukas und Amelie. Außerdem kommt Louise noch.«

»Gideon und Monika?«

»Ja, zusammen mit Frank und Onkel Hans.«

»Ist das jetzt eigentlich etwas Festes?«

»Frag mich was Leichteres. Aber so offen, wie sie sich mittlerweile zeigen, vermute ich das beinahe.«

»Hans wird sich freuen, der war ja schon immer wenig angetan davon, dass Gideon so wenig Ernsthaftigkeit zeigt im Umgang mit Frauen.«

Fenja war froh um die oberflächliche Plauderei, lenkte sie das doch von ihrer Nervosität ab. Sie sah in den langen Spiegel, der geschickt an einer Säule angebracht war. Das dunkelblaue Kleid mit den feinen Silberfäden passte perfekt zu dem schönen Sommerabend, war elegant, aber gleichzeitig leger genug, um nicht übertrieben steif in dieser Atmosphäre zu wirken.

Noch eine halbe Stunde. Während die beiden Angestellten sich miteinander unterhielten und darauf warteten, dass geöffnet wurde, zog sich Fenja kurz mit Lennart ins Büro zurück. »Ich bin so furchtbar nervös.«

»Verständlich. Aber es wird schon alles gut gehen.«

Fenjas Hände waren ganz kalt vor Aufregung, und sie erlaubte Lennart, sie für einige Minuten mit Küssen abzulenken. Als er schließlich von ihr abließ, klopfte ihr das Herz zwar immer noch bis zum Hals, aber es fühlte sich besser an. Sie strich ihr Kleid glatt, öffnete die Tür und trat zurück in den Verkaufsraum, ehe die beiden Angestellten sich noch zu Spekulationen hinreißen ließen.

»Alles so weit vorbereitet?«, fragte sie die beiden Männer, Arthur Fink und Ralf Bregel.

»Noch genauso wie vor zehn Minuten.« Arthur Fink zwinkerte ihr zu.

Sie besaß ein großes Repertoire an moderner Musik, was teuer gewesen war, aber wenn das hier lief, würde es sich bezahlt machen. Und immerhin warf das Tagesgeschäft genug ab, um sich eine solche Ausgabe leisten zu können.

Schließlich war es so weit, und die Türen wurden geöffnet. Dass draußen schon einige Leute standen und warteten, machte Fenja Mut. Ihre Familie gehörte nicht zu den Ersten, was wohl Taktik war. Sie würden sich später zu den Gästen gesellen.

Fenja stand im Raum, begrüßte die Gäste, während Ralf Bregel sich um die Musik kümmerte und Arthur

Fink die Gäste bediente. Als die Ersten sich auf die Tanzfläche wagten, atmete Fenja auf.

»Ihr seht gut aus zusammen«, hörte sie Gideons Stimme und drehte sich um. Monika war an seiner Seite sowie sein Vater und sein Bruder, was dem Ganzen etwas Offizielles gab.

»Ihr auch«, antwortete sie.

Hans Dorn sah sich um, nickte anerkennend. »Unglaublich, wie sich die Zeiten ändern. Wenn ich bedenke, was damals los war, als Ella das Werk übernehmen wollte. Ich kann zwar diesem Gejaule, das ihr jungen Leute Musik nennt, nichts abgewinnen, aber das Café macht schon was her.«

»Vielen Dank!« Fenja deutete auf einen Tisch für vier Personen. »Wollt ihr Platz nehmen?«

»Danke, mein Kind.« Hans sah sich erneut um, während sein Sohn und Monika auf den Tisch zustrebten. »Ich bin ja auch eher konservativ, konnte mir nicht so recht vorstellen, was Ella dazu treibt, wie ein Mann arbeiten zu wollen. Aber sie war ihrer Zeit wohl voraus.« Er sah Lennart an. »Stellt sich meine Schwester immer noch quer?«

»Eher Vater als sie.«

»Stimmt, das war schon früher das Problem, sonst hätte Ella ihn ja seinerzeit genommen.«

»Ich bin mit ihrer und der Wahl meiner Mutter durchaus einverstanden.« Lennart zwinkerte ihm zu, und Hans lachte.

»Ja, so muss es sein. Hat nur damals keiner absehen können.« Er klopfte seinem Neffen auf die Schulter und gesellte sich zu seinen Söhnen.

Fenja sah Monika an, die zwischen Gideon und Frank saß. Sie wirkte gelöst und zugleich angespannt, und als Fenja sie ermutigend anlächelte, lächelte sie zurück. Gideon würde es nicht wagen, ihr wehzutun, nicht, nachdem er schon so weit gegangen war, offiziell mit ihr und seiner Familie auszugehen.

Ihre Eltern trafen kurz darauf ein, als der Raum sich schon gut gefüllt hatte. Fenja führte sie an einen Tisch für zwei Personen, der in einer lauschigen Ecke stand. »Habt einen schönen Abend«, sagte sie und freute sich darüber, dass ihr Café ein Anlass war, damit ihre Eltern miteinander ausgingen. Das taten sie viel zu selten.

»Sieht ja wirklich hübsch aus«, sagte ihr Vater. »Die Beleuchtung gefällt mir sehr.«

Jetzt, da die Nervosität von Fenja abgefallen war, fühlte sie sich fast schon aufgedreht. Lennart trat zu ihnen, um ihre Eltern zu begrüßen, und an diesem Abend traf ihn nicht einmal ein ungnädiger Blick ihres Vaters.

»Fräulein Dorn?«, sprach Arthur Fink sie an. »Kommen Sie bitte kurz mit?«

Sie nickte ihren Eltern zu und ließ Lennart allein bei ihnen. An diesem Abend war kein Streit zu erwarten. »Was gibt es denn?«

Er deutete zur Tür, die an die Kaffeeküche grenzte. Hier wurde das Geschirr gespült, und man kam von dort aus ins Lager. »Irgendwo läuft da Wasser aus.«

Jetzt sah sie es auch. Vor der Tür hatte sich bereits eine Lache gebildet, die langsam größer wurde. Mit ungutem Gefühl öffnete sie die Tür und erstarrte. Aus dem Schrank unter der Spüle suppte das Wasser schwallweise heraus, und die gesamte Küche war nass. Sie lief hindurch, ungeachtet dessen, dass ihre Schuhe gänzlich ungeeignet dafür waren, und öffnete die Tür zum angrenzenden Lager. Auch hier stand das Wasser bereits. Das durfte doch nicht wahr sein. Fenja eilte zurück, öffnete den Schrank unter der Spüle, und das Wasser spritzte ihr entgegen, durchnässte ihr Kleid. Erschrocken schrie sie auf und verriegelte die Tür wieder, in der irrigen Hoffnung, dass dies das Tempo, in dem das Wasser austrat, drosseln würde. Ein ganzer Schwall hatte sich über sie und den Boden ergossen.

Fenja stand auf, den Tränen nahe.

»Sieht nach einem Rohrbruch aus«, bemerkte Arthur Fink.

Das Wasser lief in den Tanzraum, und Fenja ging zurück, strich sich eine nasse Strähne aus dem Gesicht. »Wir müssen das Café sofort räumen lassen«, sagte sie.

Lennart hatte bemerkt, dass etwas nicht stimmte. »Was ist passiert?«

»Ein Wasserrohrbruch«, antwortete Arthur Fink an ihrer Stelle, wofür sie dankbar war, da sie ihrer Stimme nicht traute.

»Wo ist der Haupthahn?«, kam Lennart auf die praktische Seite der Angelegenheit zu sprechen.

»Im Keller.«

»Dann sollten wir den erst einmal zudrehen.« Lennart berührte ihren Arm. »Herr Fink und Herr Bregel, sorgen Sie bitte dafür, dass die Leute das Café verlassen? Geben Sie jedem als Entschädigung eine der kleinen Pralinenschachteln mit. Das sind die rotgoldenen mit der Schleife rechts im Regal.«

Fenja war froh, den Raum verlassen zu dürfen und die Tränen nicht mehr zurückhalten zu müssen. Glücklicherweise erging sich Lennart nicht in tröstlichen Floskeln, sondern ließ sich von ihr den Haupthahn zeigen und drehte ihn zu.

Als sich Amelie mit Lukas und seiner Familie dem Café näherte, verließen die Menschen es gerade scharenweise.

»Was ist denn da los?« Ella klang alarmiert.

Sie beschleunigten ihre Schritte, wobei Felix fast rannte und als Erster von ihnen am Schokoladenpavillon ankam. Er drängte an den Leuten vorbei, die das Café verließen. Als Amelie schließlich eintrat, hatten die Letzten den Raum eben verlassen, und die Musik dudelte einsam vor sich hin. Felix stand bei Fenja, die wirkte, als hätte sie geweint. Jetzt erst bemerkte Amelie die Wasserlache auf dem Boden.

»Hattet ihr einen Rohrbruch?« Das war im Haus ihrer Mutter auch schon passiert, aber da waren alte Rohre schuld gewesen, hier war noch alles neu.

Fenja nickte nur. Ihr Vater kam gerade aus der Küche, hatte sein Jackett abgelegt und die Ärmel bis Mitte der Unterarme aufgerollt. »Herr Bregel sagte gerade, dass das Rohr vermutlich schon vorher einen Knacks hatte, der nicht bemerkt wurde. Es ist genau über der Verschraubung gebrochen.«

Fenja wirkte so unglücklich, dass Amelie sie gern umarmt hätte, wagte dies aber nicht. Stattdessen stand Felix bei ihr, hatte ihr einen Arm um die Schultern gelegt und sie tröstend an sich gezogen.

»Mein Schwager ist Handwerker«, sagte Arthur

Fink. »Ich kann ihn fragen, ob er es morgen schafft, sich das mal anzusehen.«

»Was kann im schlimmsten Fall passieren?«, fragte Fenja.

»Im schlimmsten Fall ist die gesamte Wand nass, die müsste dann erst einmal trocknen. Auf jeden Fall muss das Rohr erneuert werden.«

»Und das bedeutet was?«

»Dass die Wand geöffnet werden muss.«

Fenja stöhnte auf.

»Wie auch immer«, ließ sich nun ihre Mutter vernehmen. »Zuerst einmal sollten wir das Wasser aufwischen. Meine Herren«, sie wandte sich an die beiden Angestellten. »Möchten Sie uns helfen? Ansonsten ist Ihr erster Arbeitstag heute leider früher beendet als geplant.«

Beide sagten zu, und Clara Dorn ging in die Küche, aus der sie kurz darauf mit zwei Wischern und mehreren Aufnehmern zurückkehrte. Clara und Ella nahmen die Wischer zur Hand, die Übrigen wischten den Boden mit den Aufnehmern auf und wrangen diese über Eimern aus, die sie später draußen in den Gully ausleerten. Auf diese Weise war zumindest keine Stunde später das Schlimmste beseitigt. Immerhin war es schon ein Anblick, zu sehen, wie Sebastian, Eric und Hans Dorn in ihren Abendanzügen mit anpackten. Wer sie von draußen beobachtete, dürfte sich durchaus darüber wundern, wie da eine Gruppe elegant gekleideter Männer und Frauen stand und zum Teil hockte, um den Boden zu wischen.

Als sie fertig waren und sämtliche Kleider- und

Hosensäume durchnässt, war nicht nur Amelie froh, dass es endlich geschafft war. Die beiden Angestellten verabschiedeten sich, wobei Herr Fink noch einmal zusicherte, er werde sich am kommenden Tag melden und sagen, was er von seinem Schwager in Erfahrung gebracht hatte.

»Was für ein furchtbarer Abend.« Fenja ließ sich auf einen der Stühle fallen. »Und jetzt muss ich auch noch für mehrere Tage schließen, vielleicht sogar für Wochen.«

Da gab es weder etwas Tröstliches zu sagen noch irgendetwas schönzureden, und so schwiegen sie, bis Clara Dorn schließlich das Zeichen zum Aufbruch gab. »Es bringt nichts, sich da heute Abend den Kopf drüber zu zerbrechen. Du wirst gewiss nicht gleich alle Kunden verlieren, weil du ein paar Tage schließen musst. Es ist ärgerlich, dass es gerade heute passiert ist, aber stell dir vor, du hättest heute Abend nicht das Tanzcafé eröffnet. Dann wärest du morgen früh gekommen, und das Malheur wäre noch viel größer. Also lass uns nach Hause gehen und eine Nacht über alles schlafen.«

Die pragmatische Sicht der Dinge tat Fenja offensichtlich gut, wenngleich sie immer noch geradezu verzweifelt wirkte. Aber das war angesichts der Umstände wohl verständlich. Schließlich nickte sie und erhob sich. »Heute Abend können wir ohnehin nichts mehr tun.«

»Falls der Schwager von Herrn Fink nicht kurzfristig kommen kann, frage ich bei dem Handwerksbetrieb an, der bei uns im Hotel die Instandsetzungen macht«, bot Lennart an.

Fenja nickte nur.

Sie verließen das Gebäude, Fenja schloss ab und drehte sich zu ihnen um. »Vielen Dank euch.«

»Da gibt es nichts zu danken, mein Kind«, sagte Hans.

»Wenn du noch Hilfe brauchst«, wagte Amelie sich nun vor, »sag einfach Bescheid, ja?«

Fenjas Blick traf sie kurz, und sie nickte. Immerhin. Dann wandte sie sich ab und ging mit ihren Eltern die Straße hinunter zu Eric Dorns Benz.

»Gehen wir noch ein bisschen aus?«, fragte Lennart an Felix gewandt. Der stimmte zu und verabschiedete sich von seinen Eltern.

Nachdem auch Hans mit Frank gegangen war und Gideon sich mit seiner Freundin in die entgegengesetzte Richtung aufgemacht hatte, um noch irgendwo etwas trinken zu gehen, wandten sich Sebastian und Ella an Amelie und Lukas.

»Und ihr beiden?«, fragte Sebastian.

Amelie schwieg unschlüssig, und Lukas zuckte nur mit den Schultern.

»Geht tanzen«, sagte er. »Dafür seid ihr ja aufgebrochen.« Als beide unschlüssig dastanden, seufzte er. »Ihr seid jung. Und Lukas, so schlimm, wie ich die Ehe mit deiner Mutter zu Beginn fand, kann deine Ehe gar nicht sein.«

»Komm du mir gleich nach Hause!«

Lukas musste jedoch lachen, und auch Amelie konnte nur schwer ernst bleiben. Sebastian legte den Arm um seine Frau und zwinkerte ihnen zu, dann beugte er sich zu ihr und küsste sie.

Lukas stöhnte auf. »O bitte, geht nach Hause. Komm,

Amelie.« Er ergriff ihre Hand. »Mein Vater hat gewonnen.«

»Und wohin soll es gehen?«, fragte sie, als sie ihn durch die abendlichen Straßen begleitete, auf denen schon reichlich Nachschwärmer unterwegs waren.

»Einfach drauflos.«

Letzten Endes landeten sie in einer kleinen Tanzbar, die in einem schmalen Haus untergebracht war, dämmrig wirkte, fast schon verrucht. Aber es wurde wirklich gute Musik gespielt, und so blieben sie dort, nahmen Platz, um etwas zu trinken, und tanzten später so eng umschlungen, dass es unter anderen Umständen in der Öffentlichkeit anrüchig gewesen wäre, hier jedoch niemanden interessierte. Offenbar waren das alles junge Leute, die gerade versuchten, die Grenzen dessen, was sich gehörte, zu sprengen.

»Ich habe übrigens die Stelle in Koblenz zugesagt«, erzählte er ihr, als sie wieder saßen und erneut etwas zu trinken bestellt hatten. »Umziehen werden wir aber zunächst nicht können. Wohnraum ist hier immer noch knapp, und es gibt Menschen, die ihn gerade dringender benötigen als wir.«

»Inzwischen hat sich die Situation in eurem Haus ja auch gebessert, nicht wahr?«

»Es ist auch dein Zuhause.«

Das wusste Amelie, wenngleich es sich noch nicht so anfühlte.

»Vielleicht ist Felix' Entscheidung, zu gehen, gar nicht so verkehrt, wenngleich ich es traurig finde«, sagte Lukas.

»Ich finde es falsch, alles einfach hinzuwerfen. Aber er ist ja erwachsen und muss wissen, was er tut.«

»Er wirft ja nichts hin, das Rosenpalais existiert weiterhin. Und jetzt ist ein guter Zeitpunkt, noch mal etwas anderes zu sehen, woanders zu lernen. Mit Familie wird das schwierig.«

Sie sah ihn an. »Würdest du das auch gern tun?«

»Nein, derzeit zumindest nicht. Das, was ich lernen möchte, kann ich auch hier tun. Aber Felix ist Chocolatier und Konditor, er kann in der Schweiz noch einige Erfahrungen sammeln.«

Obwohl es nicht gerade der geeignete Ort für intime Gespräche war, wollte Amelie diesen Moment nutzen, in dem sie sich außerhalb des Bettes ernsthaft unterhielten, um ein anderes Thema anzusprechen, das in ihr brannte und sich an diesem Morgen mit dem Einsetzen ihrer Blutung in Erinnerung gebracht hatte. Sie zögerte einen Moment. »Wie bald möchtest du eigentlich Kinder?«, fragte sie dann.

Er wirkte erstaunt. »Darüber habe ich, ehrlich gesagt, noch nicht nachgedacht.«

»Muss es sofort sein?«

»Möchtest du keine?«

»Wenn du einen Weg weißt, es, hm, hinauszuzögern, dann würde ich gerne noch ein wenig warten. Wir fangen doch gerade erst an, uns kennenzulernen, und das können wir zu zweit besser.«

Ein kaum merkliches Lächeln spielte um seine Lippen. »Man kann es schon verhindern«, räumte er ein. »Da gibt es Möglichkeiten.«

Sie stieß den Atem langsam aus, war erleichtert, weil er sich so zugänglich zeigte, weil er nicht darauf bestand, dass sie ihm möglichst bald einen Stammhalter zu gebären hätte. »Lass uns doch verreisen«, schlug sie vor. »Vielleicht im Herbst oder im nächsten Frühjahr.«

Er nahm ihre Hand, spielte mit ihren Fingern, dann nickte er.

»Und jetzt lass uns tanzen.«

Einen Moment schien ihn ihr rascher Themenwechsel zu irritieren, dann jedoch grinste er und erhob sich mit ihr.

Es war eine Katastrophe. Die gesamte Wand musste aufgebrochen werden, was es erforderte, Teile der Küche abzubauen.

»Das leckt schon länger«, erklärte der Handwerker, den Arthur Fink ihnen geschickt hatte. »Ist hinten in die Wand gesickert. Das Rohr war an mehreren Stellen nicht dicht. Hier ist alles durchgeschimmelt.«

Die Küche roch modrig und feucht, die offene Wand wies Schimmelflecken auf, und beim Gehen knirschte der Mörtel unter ihren Füßen. Ein Albtraum, dachte Fenja. Das alles war ein einziger Albtraum. Vermutlich würde sie jetzt auch noch ihre Stammkundschaft verlieren.

»So schnell geht das nicht«, versuchte Lennart sie zu beruhigen.

»Wie kannst du das wissen? Dir ist so etwas doch noch nie passiert.«

Er antwortete nicht, was Fenja noch mehr aufbrachte. Dabei ahnte er vermutlich, dass ohnehin jedes Wort irgendwie falsch gewesen wäre.

»Wie lange muss das Café geschlossen bleiben?«, fragte er.

»Bis die Wand getrocknet und alles instand gesetzt ist. Vermutlich mindestens für einen Monat.«

»Gibt es keine Möglichkeiten, den Trockenprozess zu beschleunigen?«

»Das weiß ich doch nicht.« Fenja sah sich das Chaos an und wollte ihren Frust am liebsten herausschreien.

»Wenigstens bleibst du nicht auf den Kosten sitzen.« Die trug der Vermieter – immerhin. Der stritt sich mittlerweile mit der Firma herum, die die Rohre geliefert hatte.

Da Fenja hier nichts tun konnte, verließ sie die Küche und sah sich in ihrem Café um, das trostlos und staubig wirkte, obwohl es erst seit einigen Tagen geschlossen war. Sie hatten alles aus den Regalen geräumt, die Tische und Stühle abgedeckt. Es fühlte sich an, als beginne sie noch einmal von vorne.

»Es hätte schlimmer kommen können«, versuchte sich Lennart an tröstenden Worten.

Natürlich hätte es das, das wusste Fenja. Einen Tag später, und der Wasserschaden wäre weitaus größer gewesen. Aber seine Worte brachten sie dennoch auf. »Wenn ich mein Café verliere, erübrigt sich für dich ja immerhin die leidige Diskussion, wer von uns im Falle einer Hochzeit verzichten muss.«

»Du weißt ganz genau, dass ich das nicht gemeint habe.«

»Aber im Grunde genommen ist es doch so.«

»Es ist ja wohl nicht meine Schuld, dass es zu dem Rohrbruch gekommen ist.«

»Nein, aber vermutlich passt es dir ganz gut in den Kram.«

Er schwieg, wirkte verstimmt, was Fenja ihm nicht verdenken konnte, sie wusste ja, dass sie ihm unrecht tat. Aber sie war so wütend. Nicht nur wegen des Wasserschadens, sondern einfach wegen der Gesamtumstände. Ständig entglitt ihr alles. Das hatte mit Jochen seinen traurigen Anfang genommen. Nein, eigentlich schon mit dem Kleinen, den sie an dem Tag nicht gehütet hatte, weil sie im Krankenhaus aushelfen wollte. Da wurde ja jede Hand gebraucht. Dann ging es weiter mit dem Werk, dessen Leitung sie, die in der Schule praktisch im Vorbeigehen Bestleistungen erbracht hatte, nicht gewachsen war. Dann die Verlobung mit Lennart, dem seine Familie nur Steine in den Weg legte. Und als sie gerade gedacht hatte, dass sie mit dem Café endlich etwas auf die Beine gestellt hatte, passierte das hier. Darüber, dass Felix sie verließ und in die Schweiz ging, wollte sie gar nicht erst nachdenken.

»Möchtest du ein wenig mit mir ins Hotel kommen? Dich ablenken?«

»An welche Art der Ablenkung dachtest du? Mit dir in einem Zimmer?« Sie wollte sich ja beherrschen, wollte ihn nicht die ganze Zeit so rüde angehen, aber irgendwie verselbstständigte sich ihr Tonfall.

»Nein, wobei ich für alles offen bin.« Er ließ es scherzhaft klingen, aber Fenja war nicht in Stimmung zum Scherzen.

»Würde sich ja lohnen, mich gerade jetzt zu schwängern, da mein Café ohnehin geschlossen ist. Dann kann ich mir die Eröffnung gleich sparen.«

Zwischen Lennarts Brauen erschien eine Falte. »Warum denkst du die ganze Zeit, dass ich dir Böses will?«

Sie wandte sich ab, sah zur Tür, die in ihre Kaffeeküche führte. »Das tue ich gar nicht«, antwortete sie kaum hörbar. »Aber mir entgleitet derzeit einfach alles.«

»So scheint es, und das tut mir leid, aber das ist doch nicht meine Schuld.«

Sie schwieg.

»Außerdem entgleitet dir nicht alles. Das Café ist ja nur vorübergehend geschlossen, und die Menschen sind froh um jede Zerstreuung. Wenn es einmal aus dem Nichts heraus lief, warum sollte es das jetzt nicht wieder tun, da die Leute es kennen?«

Wieder antwortete sie nicht.

»Was ist mit deinen drei Angestellten?«

»Die bezahle ich natürlich weiterhin. Das Werk wirft ja genug ab, und ich habe keine Kosten für Ware momentan.«

»Dann kannst du also bei der Eröffnung direkt wieder loslegen, ohne dich um leidige Personalfragen zu kümmern.«

»Na, immerhin das.«

Lennart legte den Arm um sie, vorsichtig, als befürchte er, zurückgewiesen zu werden. Fenja lehnte den Kopf an seine Schulter und ließ zu, dass er sie hielt.

»Das kann ich nicht alles allein«, sagte Lena nicht zum ersten Mal, und Felix seufzte.

»Das verlangt auch niemand. Aber Buchhaltung ist nun einmal Teil deiner Ausbildung.«

»Aber ich bin noch nicht so weit.«

»Du hast doch Unterstützung.«

Er überließ ihr die Buchhaltung im Büro und ging durch den Verkaufsraum in die Herstellung, wo er damit begann, Pralinen aus Schichtnugat herzustellen. Er hatte bereits alles am Vortag vorbereitet, hatte Platten aus Sahnenugat, Pistaziennugat und Nussnugat auf der Arbeitsfläche sowie eine Platte aus gehackten Mandeln, die er in karamellisierten Zucker mit Vanillemark gemischt und mit Marzipan verknetet hatte. Die Pralinen, die er mit dem Marzipan schichtete, würde er später mit Zartbitterschokolade überziehen, die übrigen mit Splittern aus Pistazien und Haselnüssen verzieren. Seit klar war, wo sein Weg ihn hinführen würde, widmete sich Felix wieder mit mehr Freude seiner Arbeit, war bestrebt, einen gut funktionierenden Betrieb weiterzugeben.

Als die Tür geöffnet wurde, dachte er erst, es sei Lena, aber zu seinem Erstaunen trat Lennarts Schwester Karina ein. Als sie noch sehr jung gewesen waren, war Felix ein klein wenig verliebt in sie gewesen – so, wie eigentlich jeder Junge in ihrem Umfeld. Sie hatte Ähnlichkeit mit Lennart, kam mit dem dunklen Haar und den blauen Augen nach ihrem Vater, hatte aber die aufregende Schönheit ihrer Mutter geerbt.

»Wie komme ich denn zu dieser Ehre?«, begrüßte er sie.

Sie setzte sich auf den hohen Hocker neben dem Fenster, wo sich Besucher immer gerne hinsetzten, wenn sie ihm bei der Arbeit zusahen. »Ich war gerade in der Nähe.«

»Das bist du öfter mal. Bei mir schaust du sonst aber nicht vorbei.«

»Hätte ich geahnt, dass ich dir damit eine solche Freude bereite, hätte ich es früher getan.« Sie lächelte keck.

»Was kann ich für dich tun?«

»Warum kommst du nicht mit mir nach Bonn, wenn du schon von hier weggehst?«

»Warum sollte ich das tun? Was soll ich in Bonn?«

»Ich fange dort in einer Restaurantfachschule an.«

»Ja, ganz recht, du. Und was soll ich da machen?«

»Mir das Bett wärmen?«, schlug sie vor. Er starrte sie an, und sie lachte. »Das war ein Scherz.«

»Na dann«, murmelte er.

»Würdest du es denn tun?«

»Was? Nach Bonn gehen?«

»Nein, mir das Bett wärmen.«

»Du bist die Schwester meines besten Freundes, also lautet die Antwort nein.«

»Und wenn ich es nicht wäre?«

Er sah sie an und fragte sich, worauf sie hinauswollte. »Willst du wissen, ob ich mir eine Affäre mit dir vorstellen kann?«

»Du bist ungebunden, und ich bin erwachsen.«

»Karina, mir ist nicht nach dieser Art von Gespräch.«

Sie stibitzte ein Stück Nugat, was Felix mit einem strengen Blick quittierte. »Schon gut. War ja nur rein hypothetisch. Ich werde anständig sein, sonst wird Papa mich vermutlich umgehend zurückbeordern.«

»Das kann ich mir gut vorstellen.«

»Ich fände es allerdings schön, wenn du auch dort

wärst. Wir hätten gewiss viel Spaß zusammen, wir könnten ausgehen, und es gäbe ein vertrautes Gesicht.«

»So weit weg ist Bonn ja nun nicht.«

»Ich weiß, aber wenn man das erste Mal von zu Hause auszieht, ist wohl jede Stadt irgendwie weit weg. Und ich dachte mir, wenn du ohnehin gerade fort möchtest aus Koblenz …« Sie verstummte.

»Du hast Angst?«

Sie antwortete nicht sofort. »Ich habe Angst, dass ich an dem Alleinsein scheitere. Dass ich die simpelsten Dinge nicht hinbekomme, weil sie zu Hause immer jemand für mich gemacht hat.«

»Das zu lernen gehört dazu. Du wirst es schon schaffen. Mich zieht nichts nach Bonn, jetzt zumindest nicht. Aber weißt du was? Wenn du fertig bist und ich vielleicht Lausanne über habe, komme ich, und wir gründen zusammen ein Cafèrestaurant.«

Sorgsam fuhr Felix mit seiner Arbeit fort und stellte das Blech mit den Pralinen auf die Anrichte in der Mitte des Raumes, um sich nun dem Temperieren von Schokolade zu widmen.

»Fenja hat mal gesagt, man könnte dir stundenlang zusehen, ohne dass einem dabei langweilig wird«, erzählte Karina. »Und das, obwohl sie nicht einmal besonders gerne Schokolade isst. Damit fällt sie bei euch irgendwie aus der Art.«

»Ja, vor allem angesichts dessen, dass sie die Erbin eines Schokoladenwerks ist.«

»Was wird eigentlich aus ihrem Café?«

»Wenn der Schaden behoben ist, kann sie es wieder öffnen. Bis dahin dauert es nur ein wenig.«

»Mein Vater meinte, dass sie doch jetzt eigentlich heiraten könnten.«

»Sie soll gar nicht erst wiedereröffnen?«

»Er meinte, wenn es den beiden ernst sei, dann solle man das jetzt so hinnehmen und die weitere Leitung einem Angestellten übergeben.«

»Das wird sie nicht tun.«

Karina zuckte nur mit den Schultern. »Sie können diesen Zustand der in der Schwebe hängenden Verlobung natürlich auch endlos weiterführen.«

»Du siehst es wie dein Vater?«

»Nicht so kompromisslos wie er, aber ganz unrecht hat er nicht. Was denkst du darüber?«

»Ich halte mich da heraus.« Felix gab gehackte Schokolade in die Schmelzschale.

Karina rutschte von dem Hocker. »So, ich habe dich lange genug aufgehalten, und da du mich ja nicht begleiten willst und dir den Spaß deines Lebens entgehen lässt, verabschiede ich mich. Ich bin noch mit einer Freundin verabredet.« Sie trat zu ihm, legte ihm einen Arm um den Nacken und drückte ihm, noch ehe er reagieren konnte, einen Kuss auf den Mund. »Vielleicht überlegst du es dir ja doch noch.« Sie zwinkerte ihm zu und war zur Tür hinaus.

Kurz nach Mitternacht gab Fenja den Versuch auf, einschlafen zu wollen, und stand auf, um hinunter in die Küche zu gehen. Als sie klein gewesen war, hatte ihre Mutter ihr, wenn sie nicht einschlafen konnte, diesen Schlaftrunk aus Milch, Honig und verschiedenen Gewürzen bereitet. Die Gewürzmischung kaufte sie nach wie vor, wenngleich sie den Schlummertrunk jetzt meist nur noch für sich selbst bereitete.

Fenja setzte Milch auf und blieb neben dem Herd stehen, rührte Gewürze ein und gab etwas Honig in einen Steingutbecher. Mit der Spitze ihres Zeigefingers fuhr sie über die lasierten Blumen auf blauem Grund, ertastete eine kleine Unebenheit, wo der Becher angeschlagen war. Sie hatte Jochen diesen Becher geschenkt, als sie noch klein gewesen war, und sie wusste selbst nicht, warum sie ausgerechnet in dieser Nacht, in der es ihr ohnehin schon schlecht ging, danach griff. Vielleicht war das derselbe Impuls, der einen den Schorf von einer verheilenden Wunde abkratzen ließ. Als fühlte sich alles falsch an, das Wohlbehagen ausdrückte, und als gehörte in diese düstere Stimmung nur eine von Düsternis überschattete Erinnerung.

Fenja goss die Milch in den Becher, rührte um und setzte sich an den Tisch. Sie wollte so gerne zuversichtlich sein, wollte sich sagen, dass alles nicht so schlimm war, aber sie saß in diesem finsteren Loch, um sie herum Schwärze, und die Wände waren so glatt, dass sie beim Versuch, herauszukommen, immer wieder zurück in die Dunkelheit fiel. Jochens Gesicht tauchte vor ihr auf, scherzend, lachend. Und dann von Schmerzen verzerrt, während er sie ansah und sie stumm darum bat, ihn endlich gehen zu lassen. Hatte dieser Ausdruck wirklich in seinem Blick gelegen, oder deutete sie ihn nur hinein? Sie versuchte, sich in Erinnerung zu rufen, wie er sie angesehen hatte, versuchte, Hoffnung und den Wunsch auf ein Weiterleben hineinzulegen, aber es gelang ihr nicht.

Dann ein weiterer Tag, Jahre zuvor. Die Stadt lag am Boden, jede helfende Hand wurde gebraucht. Natürlich half auch Fenja, tat es in dem Bewusstsein, dass sie ja auch wollte, dass jemand Jochen half, so er denn irgendwo in einem Lazarett lag. Tobias war bei Hans, für ihn hatte sie an diesem Tag keine Zeit gehabt, sie hatte Wichtigeres zu tun, als Kindermädchen zu spielen. Dann die Bombardierungen, die Flucht in den Luftschutzkeller des Krankenhauses. Später dann der Weg nach Hause, die Erleichterung, dass das Haus keinen Treffer abbekommen hatte. Ihre Mutter, die ihr weinend und erleichtert um den Hals gefallen war. *Wenigstens dir ist nichts geschehen.*

Wie betäubt war sie zu dem Haus von Hans Dorn gelaufen, hatte ihren Vater im Schutt graben sehen, daneben Hans, der mit bloßen Händen mitgrub und weinte, weil nicht nur sein eigenes Kind und seine Frau im Schutt begraben waren, sondern auch das seines Cousins in seiner Obhut. Fenjas Blick trübte sich, wurde wieder klarer, als sie blinzelte, trübte sich erneut. Sie schloss die Augen, wollte endlich wieder auftauchen aus diesen Erinnerungen, wollte an Schönes denken. Wie sollte sie das hier alles aushalten, wenn Felix auch noch fort war?

»Warum weinst du, Liebes?«

Die Stimme ihres Vaters ließ sie aufblicken, und rasch wischte sie sich über die Wangen. »Nichts, nur ein wenig nächtliche Trübsal.«

»Verstehe.« Er trug seinen Morgenmantel und wirkte nicht, als hätte er geschlafen.

»Soll ich dir einen Tee machen? Oder Mamas Schlaftrunk?«

»Keins von beidem, bleib nur sitzen.« Er ließ sich ihr gegenüber am Tisch nieder. »Es ist doch nicht nur dieser Rohrbruch, der dafür sorgt, dass du hier nachts weinend in der Küche sitzt, hm?«

Sie schwieg und schüttelte nur den Kopf.

»Du hast das Gefühl, dass alles, was du anfasst, schiefgeht, nicht wahr?«

Nicken.

»Möchtest du eine Zeit lang verreisen?«

»Ich soll jetzt einfach gehen?«

»Nein, nicht gehen. Verreisen. Es muss ja nicht weit weg sein, einfach mal rauskommen, etwas Neues sehen, dich ganz und gar auf dich konzentrieren.«

Das klang schon verlockend. Fenja umfasste ihren Becher mit beiden Händen, versuchte sich vorzustellen, einfach für einige Zeit in den Tag zu leben, Bücher zu lesen, spazieren zu gehen. »Aber ich kann hier doch nicht einfach alles stehen und liegen lassen.«

»Was lässt du denn liegen? Dein Schokoladenpavillon öffnet frühestens in einem Monat, und im Werk sitzt Gideon.«

»Und wo soll ich hin?«

»Überleg dir etwas.«

»Felix sagte, das Hotel, in dem er war, sei sehr hübsch. Es liegt mitten im Siebengebirge am Drachenfels. Lennarts Familie kennt die Betreiber.«

»Soll ich morgen dort anrufen und ein Zimmer buchen?«

Sie wollte nicht davonlaufen, weil sich das anfühlte, als würde sie jetzt auch noch das letzte bisschen Kontrolle abgeben. Aber je länger sie darüber nachdachte, umso verlockender war die Aussicht darauf, eine Zeit lang einfach alles hinter sich zu lassen.

»Ja, bitte tu das.«

17

JULI 1955

Neben seinen Verpflichtungen im Hotel fuhr Lennart regelmäßig nach Koblenz, um im Wechsel mit Gideon im Schokoladenpavillon nach dem Rechten zu sehen. Bisher ließ sich alles gut an, wenngleich sie mit einem Monat wohl etwas zu optimistisch gewesen waren. Wenigstens roch es im Café jetzt nicht mehr gar so modrig, die Wand trocknete gut, und die neuen Rohre waren geliefert worden und lagerten im Verkaufsraum hinter dem Tresen.

Lennart hielt es für eine gute Idee, dass Fenja eine Zeit lang verreist war, auch wenn er sie vermisste. Aber es war unschwer zu erkennen gewesen, dass die Situation ihr zusetzte, das Gefühl, in allem, was sie tat, zu scheitern. Da war es verständlich, dass sie den Schokoladenpavillon nicht aufgeben wollte, und je länger er darüber nachdachte, umso sicherer war er sich, dass sie eher auf eine Ehe mit ihm verzichtete als auf dieses Unternehmen, das sie sich selbst aufgebaut hatte. Das gestand er sich ungern ein, aber so war es eben. Allerdings war da die Frage, was für eine Alternative ihnen dann noch blieb. Miteinander zu brechen?

Er dachte den ganzen Nachmittag darüber nach,

während er im Hotel in seinem Büro saß. Sie konnten die Sache natürlich erst einmal so weiterführen wie bislang, aber das war furchtbar unbefriedigend, all diese Heimlichkeiten und die Zurückhaltung. Er war an jenem Tag im Hotelzimmer so kurz davor gewesen, mit ihr zu schlafen, und fragte sich, ob sie überhaupt ahnte, wie schwer es ihm gefallen war, sich zurückzuhalten. Aber darum allein ging es ja auch nicht, er wollte ein Leben mit ihr, Kinder – wobei er sich die Diskussionen mit seinen Eltern, wenn Fenja als junge Mutter nach Koblenz zur Arbeit fuhr, schon vorstellen konnte.

Aber wollte er verzichten? Würde er sein Geburtsrecht aufgeben, um mit ihr zusammenzuleben? Er war mit Leib und Seele Hotelier, und natürlich hätte er in jedem anderen Hotel unterkommen können – vielleicht sogar bei den Hohensteins, der Familie, die das Hotel am Drachenfels betrieb, dann wäre er nicht ganz so weit weg –, aber wollte er das? Er liebte dieses Hotel hier, liebte die Arbeit und war mit allem seit seiner Kindheit vertraut. Darauf verzichten? Nein, das konnte er nicht. Und doch würde es einer von ihnen müssen, wenn sein Vater konsequent bei seinem Nein blieb.

»Wenn das Schlafmittel dir geholfen hat«, sagte Ella, warum nimmst du es dann nicht weiterhin?«

Eric saß ihr gegenüber in seinem Salon, wirkte blass und übernächtigt. »Weil ich nicht mag, was es tagsüber mit mir macht. Ich habe das Gefühl, als würde ich die Umwelt nur durch Watte wahrnehmen, als würde ich gar nicht richtig wach.«

»Vielleicht musst du einfach weniger nehmen?«

»Ich nehme schon wenig. Wenn ich noch weniger nehme, wirkt es nicht.«

»Vielleicht kannst du es einfach alle paar Tage nehmen, damit du wenigstens zwischendurch mal erholt bist.«

»Ich bin nicht erholt, Ella. Ich schlafe nachts wie ein Stein und schleppe mich durch den Tag. Es ist lieb, dass du so besorgt bist, aber glaub mir, Claras Besorgnis reicht für zwei.«

»Wie läuft es eigentlich zwischen euch?«

»Wieso fragst du?«

»Weil ich mir Sorgen mache, dass all diese Sorgen und die schlaflosen Nächte …«

»Falls du wissen möchtest, ob wir trotz der nach wie vor getrennten Zimmer noch miteinander schlafen, frag doch einfach. Die Antwort ist ja, ich verbringe durchaus auch schlaflose Nächte auf erquicklichere Art.«

Im Grunde genommen war es genau das gewesen, was Ella wissen wollte, auch wenn sie das so nicht formuliert hätte. Sie hatte Sorge gehabt, dass die Nächte nur noch darin bestanden, dass Clara nachts ihren Ehemann trösten musste, wenn der schrie und womöglich sogar um sich schlug. Ella kannte das ja alles noch. Wenn nach all dem, was Eric erlebt hatte, auch noch seine Ehe zerbrach, würde er das nicht überstehen, das wusste sie.

»Beruhigt?« Sein Lächeln war spöttisch, erinnerte an den Eric von früher.

»Ja, wenigstens die Sorge muss ich nicht haben.«

»Du hast aber nicht vergessen, dass ich der Ältere von uns bin? Du musst nicht auf mich aufpassen.«

»Das habe ich doch immer schon getan.« Sie nahm ein Stück von dem Gebäck, das auf einem Teller angerichtet war. Offensichtlich hatte Eric einige häusliche Charakterzüge entwickelt. »Wann kommt Fenja zurück?«

»In fünf Tagen.«

»Hat Lennart sie dort besucht?«

»Falls mir dergleichen zu Ohren kommt, sei ihm dringend geraten, mir vorläufig aus dem Weg zu gehen.«

»Du kannst gar nicht verhindern, dass sie weiterhin Zeit miteinander verbringen.«

»Das dürfen sie gerne tun, aber ein gewisser Anstand sollte weiterhin gewahrt werden. Ich möchte nicht, dass Fenja als seine kleine Bettspielerei endet.«

»So ist er nicht.«

»Woher willst du das wissen?«

»Ich kenne ihn von klein auf, er ist Felix' bester Freund, wie du sicher weißt.«

»Seine Bettgeschichten wird er vor dir gewiss nicht ausbreiten.«

»Dann verlass dich eben auf Felix, der wird es noch besser wissen als wir beide. Es gibt wohl nicht viel, was die beiden sich nicht erzählen.«

»Vielleicht ist er, was Fenja angeht, diskret.«

»Nun, das spräche für ihn, nicht wahr?«

Eric schwieg.

»Ich habe mit Helene gesprochen, aber Arvid bleibt bei seiner Haltung.«

»Dann gibt es nicht viele Möglichkeiten, nicht wahr?«

Nach dem Tee mit ihrem Bruder ging Ella ins Rosenpalais, tat es mittlerweile immer mit dem Gefühl, dass die Tage, in denen sie Felix dort würde werkeln sehen können, weniger wurden. Wie sollte sie das aushalten? Natürlich war er erwachsen, durfte tun und lassen, was er wollte, aber es war so wunderbar gewesen, seine Begeisterung zu sehen, mit der er ihre mit so viel Liebe aufgebaute Confiserie weiterführte. All diese Kämpfe, die er mit Sebastian ausgefochten hatte – sollten die jetzt etwa umsonst gewesen sein?

Sie lief durch die sommerlichen Straßen, in denen wieder das Leben pulsierte. Die Menschen gingen einkaufen, erfreuten sich daran, neue Dinge zu erwerben, trafen sich zum Kaffee, junge Leute kauften in der Nähe der Kirche diese neuartigen Pommes, für die Ella sich nicht so recht begeistern konnte. Überall waren Baustellen, entstanden neue, moderne Gebäude, eckig und ohne Schnörkel. Man nutzte die Kriegsschäden, um auch viel alte Bausubstanz zu beseitigen, was bedeutete, dass auch sehr alte Häuser eingerissen wurden, die den Krieg unbeschadet überstanden hatten.

Im Rosenpalais standen Clara und Louise beisammen und plauderten, während Paula gerade eine Kundin bediente. Die Tische waren besetzt, und die Gäste wirkten zufrieden. Seit sie im Schokoladenpavillon nicht gebraucht wurde, kam Clara wieder regelmäßig hierher, worüber Ella sich freute. Es war wie in alten Zeiten, und dieses bisschen nostalgischer Beständigkeit gefiel ihr.

»Ist Felix da?«

»Hinten.« Louise deutete mit dem Kinn zur Tür, die in die Fertigung führte.

Ella trat ein, während Felix gerade die matt glänzende Oberfläche dunkler Trüffel mit feinstem Blattgold verzierte. Er blickte nicht auf, war vollkommen konzentriert. Wie würde es werden, wenn er nicht mehr da war? Er würde so fehlen, seine Kreationen würden fehlen. Natürlich war Louise eine gute Konditorin, sie musste es sein, immerhin hatte Felix von ihr und ihrem Vater gelernt. Aber er hatte seinen eigenen Stil hier hineingebracht, entwickelte stetig Neues. Zwar dokumentierte er alles schriftlich, hielt jedes Rezept für Pralinen und Trüffel fest, aber das war eben nicht dasselbe, wie wenn er es war, der sie fertigte. Und Lena war noch nicht so weit, das alles hier zu übernehmen, wenngleich sie bald ihre Abschlussprüfung ablegen würde.

Nachdem der letzte Trüffel verziert war, richtete Felix sich auf, lächelte. »Himbeersahne-Trüffel. Ich habe das Rezept noch einmal ein wenig abgeändert.«

Bald würde er hier das letzte Mal stehen, würde das letzte Mal in der Fertigung Pralinen herstellen, das letzte Mal Schokolade temperieren. Danach würde man sich in Lausanne an seinen Fertigkeiten erfreuen. Ella schalt sich rührselig, als sie an Felix vorbei zum Fenster trat und in den Hof sah. Dabei hatte sie doch immer so auf Eigenständigkeit gepocht, genau jene Eigenständigkeit, die sie ihrem Sohn nun nicht zugestehen wollte.

»Du bist es einfach gewöhnt«, hatte Louise gesagt, »immer deinen Willen zu bekommen, und das funktioniert dieses Mal eben nicht.«

Ella wusste, sie musste ihn gehen lassen und musste ihm dabei das Gefühl geben, dass er zwar vermisst würde, aber guten Gewissens seinem Weg folgen konnte. Und dafür durfte er nicht sehen, wie sehr sie gegen die

Tränen kämpfte, während sie hier stand. Sie rang mit sich, kämpfte den Kloß in ihrer Kehle hinunter und schaffte es, ein Lächeln aufzusetzen, als sie sich wieder zu ihm umdrehte.

Amelie lag seitlich auf den Ellbogen gestützt und sah Lukas an, streichelte mit den Fingerspitzen seine Brust. »Ich würde so gerne etwas machen«, sagte sie.

Er lächelte träge. »Tu dir keinen Zwang an.«

Sie gab ihm einen Klaps gegen die Rippen. »*Davon* spreche ich nicht. Ich möchte arbeiten und nicht den ganzen Tag nur zu Hause herumsitzen und darauf warten, dass du heimkommst.«

»Wie sich das für eine brave Ehefrau gehört«, antwortete er ernst, und es brauchte einen Moment, ehe Amelie begriff, dass er nur scherzte.

»Wenn wir uns mit einem Kind noch Zeit lassen, könnte ich einen richtigen Beruf ergreifen. Vielleicht sogar noch einmal Kurse besuchen und lernen.«

»Große Pläne. An was hattest du gedacht?«

»Ich möchte in euer Familienunternehmen.« Jetzt war es heraus.

»Hast du darüber schon mit meinem Vater gesprochen?«

»Nein, ich wollte erst mit dir reden.«

Seine Fingerspitzen fuhren liebkosend über ihre Wirbelsäule. »Von mir aus kannst du es gerne versuchen, das letzte Wort hat da ohnehin mein Vater. Aber der ist vielleicht sogar ganz glücklich, wenn jemand aus der Familie mit ihm arbeitet. Er spricht zwar nicht mehr darüber, aber dass Felix das nicht will, hat ihn schon tief getroffen. Und jetzt, da er geht, ist das Thema ohnehin komplett durch, jetzt braucht er nicht mehr darauf zu hoffen, dass er es sich womöglich anders überlegt und doch noch in das Unternehmen einsteigt.«

»Hatte er darauf gehofft?«

»Das weiß ich nicht, gesagt hat er es nicht, aber vorstellen kann ich es mir schon.«

Amelie richtete sich auf, küsste ihn. »Dann ist das also abgemacht.«

Er schlang seinen Arm um sie, zog sie halb auf sich. »Voraussetzung ist natürlich, dass du deine häuslichen und ehelichen Pflichten nicht vernachlässigst.«

Sie bewegte ihre Hüfte ganz leicht, spürte, wie er reagierte. »Wir können ja schon einmal ein wenig vorarbeiten, falls demnächst Überstunden anfallen.«

»Das sollten wir unbedingt.«

»Und dabei«, sagte sie zwischen zwei Küssen, »kann ich dich gleich davon überzeugen, dass ich meine Pflichten überaus ernst nehme.«

»Ich bin ein entschiedener Vertreter von ernsthafter Pflichterfüllung.«

Sie musste lachen, dann senkte sie erneut den Kopf und küsste ihn, ließ zu, dass er sie auf den Rücken drehte, sich über sie bog. Und schließlich erstarb das Lachen in Atemlosigkeit.

Der Urlaub im Hotel am Drachenfels hatte Fenja gutgetan. Sie hatte viel gelesen, lange Spaziergänge gemacht und über alles nachgedacht. Sie wusste nun ziemlich sicher, was sie wollte und was sie nicht wollte. Was sie wollte, war zum einen, dass ihr Schokoladenpavillon wieder lief – dieses Mal reibungslos. Und sie wollte Lennart. Sie hatte in Gedanken durchgespielt, mit ihm zu brechen, aber dafür hatte sie zu starke Gefühle für ihn. Es kam jedoch auch nicht infrage, nur für seine Eltern auf das zu verzichten, was sie sich seit nahezu zwei Jahren aufbaute. Ohnehin hatte es lange genug gedauert, ehe sie überhaupt so richtig wusste, wo und wie sie in dem Werk ihres Vaters Fuß fassen sollte. Und das würde sie nicht aufgeben, nur weil es Tradition in der Familie von Oedinghof war.

Nach ihrer Ankunft in der Villa rief sie als Erstes Gideon an und bat ihn, sie mit Monika zu besuchen, um eine Lagebesprechung zu machen. Und weil Amelie in der Vergangenheit immer gute Ideen gehabt hatte, sprang Fenja über ihren Schatten und rief diese ebenfalls an. Danach ging sie in die Küche, um für sich und ihren Vater Kaffee zuzubereiten.

»Dir würde eine gewisse Zeit in der Idylle auch guttun«, sagte sie.

»Du wirst es nicht glauben, aber ich habe tatsächlich schon Urlaub gemacht.«

»Ja, das letzte Mal vor dem Krieg.« Sie wusste, dass er nicht gerne in Hotels wohnte, weil er Sorge hatte, dass man ihn nachts schreien hörte. Vor dem Tod von Jochen und Tobias war es weniger geworden, da hatte er durchaus mehrere Nächte hintereinander geschlafen, ohne schreiend aufzuwachen. Fenja hatte die Hoffnung, dass ihm das irgendwann wieder gelingen würde.

Denn was einmal funktioniert hatte, konnte doch wieder funktionieren.

»Mal sehen«, antwortete er vage, und Fenja beschloss, ihre Mutter und Ella darauf anzusetzen.

»Ich erwarte gleich Besuch. Gideon, Monika und Amelie kommen.«

»Interessante Besucherzusammenstellung.«

»Ich möchte mich geschäftlich austauschen.«

»Dann war Gideon doch keine gar zu schlechte Idee meinerseits, nicht wahr?«

»Du weißt doch längst, dass ich dir voll und ganz beipflichte. Es hat nur ein bisschen gedauert.«

Er lächelte, und einträchtig tranken sie ihren Kaffee, während Fenja von ihrem Aufenthalt im Siebengebirge erzählte.

Später bereitete sie eine weitere Kanne Kaffee zu, brachte sie mit vier Gedecken in den Salon und richtete Buttergebäck an, das sie im Rosenpalais gekauft hatte. Feines Kaffeegebäck war eine weitere Spezialität, die Felix eingeführt hatte, um den Gewinn zu steigern.

Amelie erschien als Erste, und sie wirkte sogar ein klein wenig nervös. »Ich habe mich so über deine Einladung gefreut«, gestand sie, als sie im Salon Platz nahm.

»Du siehst gut aus«, bemerkte Fenja, als sie sich ihr gegenübersetzte. »Funktioniert es gut zwischen dir und Lukas?«

»Ja, mittlerweile schon. Er hat sogar eingewilligt, dass wir mit Kindern noch warten.«

»Also seid ihr immerhin so weit, dass die Gefahr besteht, schwanger zu werden.«

»Ja, Wochen nach unserer Hochzeit haben wir schließlich doch noch ehelich zueinandergefunden.«

»Das freut mich für dich.« Das tat es wirklich, denn Fenja bekam mehr und mehr den Eindruck, dass die Trennung vielleicht nicht die schlechteste Idee gewesen war. Aber die hatte sie Amelie ohnehin nicht zum Vorwurf gemacht, sondern vielmehr die Art und Weise, wie sie mit Felix umgegangen war. Mit Lukas schien sie besser zu harmonieren. »Und wie verhindert ihr das?« Es konnte ja nicht schaden, das schon mal zu wissen.

»Er hat mir ein Pessar besorgt und passt zudem auf.«

Fenja hatte keine Ahnung, was ein Pessar war, aber sie nickte erfahren. Eine Antwort darauf blieb ihr erspart, weil der Türgong in diesem Moment wieder ging. Gideon und Monika waren eingetroffen.

»Der Urlaub hat dir gutgetan.« Monika umarmte sie.

Im Salon schenkte Fenja zunächst jedem Kaffee ein und erging sich zunächst in allgemeiner Plauderei, ehe sie zum Kern ihres Anliegens kam. »Ich möchte so bald wie möglich wieder eröffnen.«

»Wie weit sind die Arbeiten?«, fragte Gideon.

»Abgeschlossen. Aber ich kann ja schlecht jetzt einfach das Geöffnet-Schild in die Tür hängen und aufschließen.«

»Du brauchst Werbeprospekte«, sagte Gideon. »Ich rechne die Kosten aus.«

»Sie braucht vor allem eine gute Idee«, kam es von Amelie.

»Neue Schokoladensorten? Andere Pralinen?«, schlug Monika vor.

»Das muss ja erst einmal kreiert und angefertigt werden.« Fenja hob die Kaffeetasse an die Lippen. »Grundsätzlich ist das eine gute Idee, aber ich weiß nicht, ob das reicht, um die Leute wieder anzulocken. Also ich denke, sie werden schon kommen, aber eine neue Pralinensorte führt sie vermutlich nicht in Scharen zu uns.«

»Nein«, pflichtete Amelie ihr bei. »Aber Rabattaktionen tun es.«

»Pralinen billiger anbieten?«, fragte Gideon.

»Nein, so etwas nicht. Jeder Besucher bekommt am Eröffnungstag ein Kännchen Kaffee umsonst.«

»Ahnst du, wie teuer uns das kommen kann?« Gideon schüttelte den Kopf. »Zum halben Preis, einigen wir uns darauf.«

»Du willst die Leute doch in Scharen anlocken. Sie bekommen ein kleines Kännchen Kaffee, aber für Gebäck bezahlen sie.«

»Und wenn sie kein Gebäck kaufen, sondern nur Kaffee trinken?«

»Mit diesem Risiko müssen wir kalkulieren. Es ist doch nur am ersten Tag.«

»So ein Tag ist lang, wenn es etwas umsonst gibt.«

»Ich finde die Idee gut«, sagte Fenja. »Vielleicht kann man an der Umsetzung noch etwas feilen.«

»Die erste Tasse umsonst, die folgenden zum halben Preis«, schlug Monika vor.

Man konnte förmlich sehen, wie in Gideons Kopf Zahlenkolonnen abgespult wurden.

»Du darfst nicht nur an die Kosten denken«, sagte Monika.

»Ich kann an nichts anderes denken.«

»Mein Liebster, du bist großartig in sämtlichen kaufmännischen Dingen, aber Werbung ist wirklich nicht dein Bereich.«

»Wir müssen uns die Werbung eben auch leisten können.«

»Ich habe ja nun auch Einblick in die Zahlen, und natürlich können wir sie uns leisten. Wir reden doch nur von einem Tag.«

»Die Werbeprospekte kosten auch.«

Fenja überlegte, wie lange ein Besucher im Durchschnitt blieb, schlug es auf den Tag und die Anzahl ihrer Tische um, falls jeder davon voll besetzt war. »Kannst du mir eine Aufstellung machen, wie hoch das Budget ist, das du mir zur Verfügung stellen kannst?«

»Du solltest nicht vergessen, dass dein Unternehmen getrennt zum Werk abgerechnet wird. Du schreibst also erst einmal Minus.«

»Wenn wir gut besucht sind, kann sich das noch am Tag der Eröffnung ändern.«

»Ganz recht«, stimmte Monika ihr zu. »Wo bleibt dein Unternehmergeist?« Sie stieß Gideon leicht an.

»Es ist deine Entscheidung«, sagte er zu Fenja. »Ich kann letzten Endes nur beraten und bin, wie ich das sehe, überstimmt. Ich mache dir die Aufstellung, Fenja, dann sehen wir weiter. Letzten Endes steht und fällt es ohnehin mit den kommenden Wochen, wenn sich zeigt, ob es etwas gebracht hat.«

Auf einmal sah alles weniger düster aus als noch vor Kurzem. Blieb nur die Sache mit Lennart, aber Fenja hatte auch da nicht vor, klein beizugeben. Nachdem sie die drei verabschiedet hatte, nahm sie den Wagen ihrer Mutter und fuhr hoch zum Hotel.

Lennart stand an der Rezeption, vertieft in ein Gespräch mit dem Concierge, als Fenja eintraf. Er freute sich sichtlich, sie zu sehen.

»Ich hätte dich heute ohnehin besucht«, sagte er.

»So lange wollte ich nicht warten. Hast du ein wenig Zeit?«

»Gewiss. Setzen wir uns in den Garten?«

Da Fenja nicht noch mehr Kaffee trinken wollte, bestellte Lennart Tee. Der hoteleigene Garten war gut besucht, hier saßen nicht nur Hotel- sondern auch Tagesgäste. Die Kaffeestunde war schon durch, und es ging auf den frühen Abend zu.

»Bleibst du zum Essen?«, fragte Lennart.

»Ja. Ich bin mit dem Wagen hier.«

»Wir geben heute Abend wieder eine Party. Wenn du also magst, kannst du gerne bleiben.«

»Ich habe für eine Party gar nichts Passendes anzuziehen.«

»Ich bin mir sicher, Karinas Kleiderschrank gibt einiges her.«

Die Aussicht darauf, mal wieder richtig zu feiern, gefiel Fenja. Und warum eigentlich nicht? Tanzen, bis ihr schwindlig wurde, und den ganzen Abend mit Lennart verbringen – das war ein sehr reizvoller Gedanke. »Ich muss nur kurz daheim anrufen, damit meine Eltern sich keine Sorgen machen.« Sie nahm seine Hand, verflocht ihre Finger mit seinen. »Du hast mir gefehlt.«

»Du mir auch.«

»Wann geht es heute Abend los?«

»Erst um acht. Zeit genug für eine komplette Garderobe.« Er zwinkerte ihr zu.

Das Herz schlug ihr in der Kehle, als sie die folgenden Worte hervorbrachte: »Können wir bis dahin ein wenig allein sein?«

Er hob kaum merklich eine Braue. »Meinst du Alleinsein im Sinne von allein im Garten sitzen oder so richtig allein?«

»Hm, wenn, dann so richtig.«

»Ich kann an der Rezeption einen Schlüssel holen. Wir sollten allerdings aufpassen, dass wir meinem Vater nicht wieder über den Weg laufen, ich möchte mich nicht darauf verlassen, dass er wieder nichts gegenüber deinen Eltern verlautbaren lässt. Er hat wohl wirklich Sorge, dass ich uns in eine Situation bringe, die nur eine Ehe zulässt, und dann womöglich so einiges nicht läuft, wie er sich das vorstellt.«

Fenja rührte etwas Sahne in ihren Tee, gab ein wenig Zucker dazu. »Auf Dauer müssen wir uns etwas überlegen, nicht wahr? Und wenn unsere Eltern uns nicht heiraten lassen, dann werden wir eben ein Liebespaar.«

Er sah sie an. »Meinst du das in dem Sinne, dass wir …« Er ließ es offen.

Sie schwieg, sah ihn an, schenkte ihm ein Lächeln, das etwas zittriger geriet als sonst.

»Du musst das nicht tun, Fenja. Ich habe nicht vor, mich von dir zu trennen.«

»Das weiß ich. Aber ich möchte es gerne.«

Er schwieg, sah in den Garten, und einen Moment lang befürchtete Fenja, ihn mit ihrer forschen Art verschreckt zu haben. Dann sah er sie wieder an und erhob sich. »Ich besorge uns den Schlüssel.«

»Nicht naschen«, sagte Felix streng, als sich Lena verstohlen eine der Himbeeren in den Mund steckte. Die frischen Himbeeren mit geschmolzener Schokolade zu reichen war eine neue Idee für den Sommer, und sie kam gut an.

»Das ist so lecker.« Lena schloss kurz die Augen und seufzte genießerisch. »Diese fruchtige Süße in Verbindung mit Zartbitter. Einfach himmlisch. Fast noch besser als mit Erdbeeren.«

»Wir könnten auch Himbeeren mit Schokolade überziehen und kühl stellen, als Dessertbeilage zum Kuchen«, schlug Felix vor. Gerade mit den noch warmen Soufflés war das gewiss eine gelungene Kombination.

»Mein Favorit sind die Sahnetrüffel mit den pürierten Himbeeren.«

Felix hatte den ganzen Vortag damit verbracht, Himbeer-Marzipan-Pralinen herzustellen, die nun in dunklem, mattem Schokoladenglanz dalagen, verziert mit hauchdünnem Blattgold. Außerdem gab es Kaffee- und Teepralinen, die sehr gut ankamen. Die weißen Kaffeepralinen schmeckten fast noch besser als die mit dunkler Schokolade, das empfand selbst Felix mit seiner Schwäche für dunkle Schokolade so. Die weißen verzierte er mit Kakaopulver, und offenbar gefiel den Gästen gerade dieser Kontrast von süß und bitter, denn bei den weißen Pralinen zuckerte er das Innere kaum, damit es am Ende nicht eine zu süße Gesamtkomposition wurde, während er die dunklen Pralinen aus Kaffee und Marzipan herstellte. Es hatte eine Weile gedauert, genau das richtige Verhältnis zu finden, damit die dunklen Pralinen weder zu bitter waren noch die Süße zu stark dominierte.

»Ich wünschte, du würdest bleiben«, sagte Lena.

»Du wirst das hier schon auch ohne mich wunderbar meistern.« Er lächelte aufmunternd, woraufhin sie nur blinzelte und sich abwandte. Er hoffte sehr, dass sie nicht mehr jene Art von Gefühlen für ihn hegte, die er nicht erwiderte. Dabei war es gar nicht mehr so, dass er immer noch Amelie nachtrauerte, er hatte sich seither auf die eine oder andere Affäre eingelassen, aber das blieb nur an der Oberfläche und diente eher der Zerstreuung. Das war mit Lena natürlich ausgeschlossen, aber selbst wenn nicht, reizte sie ihn nicht auf diese Art. Sie war entzückend, aber in Felix löste sie eher jene Art von Beschützerinstinkt aus, die man einer kleinen Schwester gegenüber empfand.

»Wer leitet das hier dann? Deine Mutter?«

»So ist es geplant.«

Lena nickte nur. Mit Ella verstand sie sich natürlich, war ihre Mutter doch deren beste Freundin. Aber das war eben etwas anderes, und vor allem leitete sie dann die Produktion, was ihr offensichtlich Angst machte. »Du hast doch auch noch deine Mutter, die dir hier beisteht. Immerhin hat sie mich ausgebildet.«

Wieder nickte Lena.

Als Felix in den Verkaufsraum trat, sah er zu seinem Erstaunen Lukas, der sich gerade mit seiner Mutter unterhielt. Er bemerkte Felix und winkte ihm zu. »Ich wäre auch noch zu dir gekommen.«

»Welchem Umstand verdanke ich diesen Überraschungsbesuch?«

»Ich dachte mir, ich nutze die Zeit, in der du noch hier bist, um mal im Rosenpalais einen Kaffee mit dir zu trinken.«

»Nur zu gerne. Wäre aber schön, wenn ihr nicht alle so tun würdet, als würde ich in Kürze das Zeitliche segnen. Ich reise nur in die Schweiz.«

Lukas grinste. »Da siehst du, wie sehr du hier fehlen wirst.«

Inzwischen war Felix froh, dass das Verhältnis zu seinem Bruder sich wieder normalisiert hatte. »Dann nimm doch Platz, da wird gerade ein Tisch frei. Oder möchtest du lieber in der Kaffeeküche sitzen?«

»Nein, lass uns hierbleiben.« Lukas ging zu dem Tisch und zog einen Stuhl heran, während Paula bereits in der Fertigung Bescheid sagte, dass Kaffee gebracht wurde.

»Möchtest du über etwas Bestimmtes sprechen, oder ist das in der Tat nur ein leicht wehmütig angehauchter Besuch?«, fragte Felix, nachdem sie kurz über Lukas' berufliche Pläne geplaudert hatten. Mittlerweile hatte Paula den Kaffee serviert und zwei Stücke Kuchen, so frisch aus dem Ofen, dass sie innen saftig waren und der Schokoladenkern zerlief. Daneben lagen Himbeeren.

»Es geht um Pläne, die Amelie hat.«

»Was habe ich mit ihren Plänen zu tun?«

»Ich wollte erst mit dir reden, ehe sie mit Vater spricht.« Lukas rührte Sahne in seinen Kaffee. »Sie möchte in das Unternehmen einsteigen.«

»In welcher Funktion? Doch wohl nicht als Kontoristin?«

»Nein, natürlich nicht, du kennst sie ja. Sie ist intelligent und möchte ihre Möglichkeiten ausschöpfen.«

Felix neigte leicht den Kopf. Ja, er kannte sie.

»Sie möchte richtig mit ihm zusammenarbeiten, womöglich sogar den Weg bereiten für eines unserer Kinder, falls dieses daran Interesse hat.«

»Das klingt doch nach einem guten Plan.«

»Du bist der Haupterbe, Felix, und so etwas können wir nicht ohne dich entscheiden.«

»Meine Haltung zu diesem Erbe sollte doch inzwischen deutlich geworden sein.«

»Es ist dennoch dein Geburtsrecht.«

Felix seufzte, nahm einen Schluck Kaffee und stellte die Tasse wieder ab, die leicht klirrend gegen den kleinen Löffel stieß. »Hör zu, Lukas, die Zeiten ändern sich. Das Geburtsrecht des Ältesten – das ist doch überholt. Früher einmal mochte das passend gewesen sein, aber das Leben hat sich verändert, vor allem seit dem Krieg. Warum sollte mir das ganze Unternehmen zustehen, wenn es dein Zweig der Familie ist, der sich darum kümmert? Vielleicht werden wir beide Söhne haben, die gemeinschaftlich in das Unternehmen einsteigen, vielleicht möchte es keiner von ihnen haben. Wir werden sehen.«

Lukas atmete tief aus, als hätte er die ganze Zeit die Luft angehalten. »Ich bin froh und erleichtert, dass du es so siehst und nicht denkst, nach all dem würde ich dir nun auch noch das Unternehmen wegnehmen.«

»Du hast mir überhaupt nichts weggenommen.«

»Amelie …«

»Ist eine erwachsene Frau und hat ihre Entscheidung getroffen. Sie ist ja keine Trophäe, die man sich gegenseitig abjagt.«

Ein kurzes Lächeln zuckte über Lukas' Gesicht.

»Ist denn ein möglicher Erbe im Anmarsch?«

»Nein, bislang ist auch keiner geplant.« Lukas schob sich ein Stück Kuchen in den Mund, und eine Weile saßen sie in einträchtigem Schweigen da. »Weißt du, die ganze Zeit hatte ich Angst, ich hätte seit der Nacht im Hotel damals alles falsch gemacht. Aber so langsam fängt es an, sich doch richtig anzufühlen.«

Felix lächelte. »Siehst du, genau so soll es sein.«

Letzten Endes hatten sie doch nicht miteinander geschlafen, vielleicht weil Lennart gespürt hatte, dass sie sich ihrer Sache nicht ganz so sicher gewesen war, dass sie Angst hatte vor dem Unbekannten und den Folgen, die sich daraus für sie ergeben konnten. Sie wollte keine ledige Mutter sein, wollte nicht mit dickem Bauch vor dem Altar stehen, wollte nicht womöglich doch ihr Café verlieren, wenn sie sich in eine Situation begab, aus der sie nicht mehr herauskam.

Schön war es dennoch gewesen, eine Art von Intimität, die Fenja atemberaubend erschien. Nun konnte sie Amelie noch weniger verstehen. Das tat man doch nicht in aller Schnelle auf einer Feier im Gras. Andererseits – was wusste sie schon? Sie war verliebt, und vielleicht funktioniert man anders, wenn man verzweifelt war, wenn man ahnte, dass man einen großen Fehler beging, und noch dazu betrunken war. Fenja indes war sich gewiss, dass Lennart der einzige Mann war, den sie wollte, und sie nur mit ihm so weit zu gehen gedachte. Nicht jedoch an diesem Abend. Allerdings war für sie auch nicht vorstellbar, dass sich dieses Verlangen noch steigern ließ. Als sie das sagte, lächelte er nur, küsste sie und setzte sein zurückhaltendes Liebesspiel fort.

Später lag Fenja an seiner Brust, hatte die Augen geschlossen und verspürte nur wenig Lust, aufzustehen. Wenn seine Eltern sich ihnen nicht so vehement in den Weg stellen würden, könnte es ganz normal sein, dass sie miteinander im Bett lagen, die Nacht zusammen verbrachten und keine Angst haben müssten, dass jemand sie erwischte. Sie streckte sich, bog den Körper durch und seufzte voller Wohlbehagen.

»Ich würde am liebsten liegen bleiben«, sagte sie seufzend.

»Ich auch. Aber tatsächlich müssen wir langsam aufstehen, wenn wir nicht zu spät kommen wollen. Und du wolltest dich ja noch umziehen.« Er bog ihren Kopf sanft zu sich und küsste sie, dann richtete er sich auf.

Mit einem weiteren tiefen Seufzer tat Fenja es ihm gleich und begann damit, ihre Bluse wieder zuzuknöpfen und sich so weit herzurichten, dass sie wieder vorzeigbar war. Dann setzte sie sich vor den Spiegel und begann damit, ihr Haar einigermaßen zu ordnen. In Ermangelung einer Bürste oder eines Kammes musste sie es mit den Fingern auskämmen und in Form bringen. Wirklich zufrieden war sie mit dem Ergebnis nicht, aber jedenfalls sah sie nicht mehr aus, als hätte sie sich gerade aus dem Bett erhoben. Für den Abend musste sie sich ohnehin noch einmal richtig frisieren.

Dieses Mal wurden sie nicht erwischt, als sie das Zimmer verließen, und sie schafften es sogar ungesehen bis in den privaten Wohntrakt der Familie. Dort brauchten sie sich nicht mehr zu verstecken, und Fenja ging in den

Salon, um Helene höflich einen guten Abend zu wünschen, danach brachte Lennart sie zu Karina.

»Natürlich kann ich dir ein Kleid leihen.« Karina ging zu ihrem geräumigen Kleiderschrank und wählte vier Kleider aus, die sie aufs Bett legte.

Nach einigem Überlegen wählte Fenja ein grünes Chiffonkleid aus, in dessen Rock winzige schwarze Pailletten schimmerten. Sie brachte ihr Haar mit einem Ondulierstab in Form und steckte eine Spange hinein, an der grüne Schmucksteine befestigt waren.

»Hier.« Karina reichte ihr einen Flakon. »Leg Parfum auf, sonst riechst du den ganzen Abend nach Lennarts Rasierwasser.«

Fenjas Wangen wurden heiß, als sie den Flakon entgegennahm. Es war ein weicher, blumiger Duft. »So besser?«, fragte sie und versuchte, sich souverän zu geben.

»Ja.« Karina schnupperte noch einmal, wie zur Bestätigung. »Sag mal, schläfst du mit meinem Bruder?«

Beim Gedanken an die letzten zwei Stunden brannten Fenjas Wangen geradezu. »Nein.«

»Hm, und warum wirst du dann so rot?«

Fenja zuckte nur mit den Schultern. Eigentlich waren sie und Karina nicht gut genug befreundet, um diese Art von Gespräch zu führen. Sie schminkte sich dezent, sah sich noch einmal prüfend im Spiegel an und stand auf.

»Ist es dir eigentlich ernst mit ihm?«, fragte Karina.

»Ja, gewiss.«

»Ich meine nur, weil du ihn so hinhältst.«

»Aber das tue ich doch gar nicht.«

»Warum gibst du dann nicht nach? Es verlangt doch niemand von dir, dass du dein Café komplett aufgibst, du stellst einfach jemanden ein.«

Fenja schüttelte nur den Kopf.

»Lennart ist mein Bruder, und mir ist wichtig, dass er glücklich wird und nicht die ganze Zeit zappelnd an der Angel hängt, nur um dann letzten Endes zurück in den Teich geworfen zu werden.«

Das Bild eines an einer Angel zappelnden Lennarts war sogar fast ein wenig zum Lachen. »Ich halte ihn nicht hin. Er versteht, dass die Entscheidung für mich nicht so einfach ist. Im Übrigen geht dich das eigentlich nichts an.«

»Er ist mein Bruder. Hättest du Geschwister, würdest du auch ...« Im letzten Moment verstummte Karina, und ihre Augen weiteten sich erschrocken. »Ach je, es tut mir leid, Fenja, wirklich.«

Fenja wandte sich ab, antwortete nicht und verließ rasch das Zimmer.

Da es Lennarts Aufgabe war, diese Art von Tanzveranstaltungen zu planen, wurde stets die modernste Tanzmusik gespielt. Er stand bereits im Saal, in dem die Party stattfand, und unterhielt sich mit einigen Männern in seinem Alter. Die Tür zur angrenzenden Bar war geöffnet, und es gab schon zu Beginn der Feier ein reges Kommen und Gehen.

»Sehr hübsch«, bemerkte Lennart, als Fenja sich zu ihm gesellte.

Die Männer sahen sie an, lächelten anerkennend.

»Meine zukünftige Verlobte«, stellte Lennart sie vor. »Fenja Dorn. Fenja, das sind ehemalige Schulkameraden von mir.« Er stellte die fünf Männer der Reihe nach vor.

»Schokoladen Dorn oder Reederei Dorn?«, fragte einer der Männer, Andreas Rhon.

»Schokoladen Dorn. Mir gehört der Schokoladenpavillon.«

»Da war ich mit meiner Frau«, entgegnete der, den Lennart ihr mit Walter Heidberg vorgestellt hatte. »Sie war sehr angetan. Wann eröffnen Sie wieder?«

»Geplant ist in zwei Wochen. Wir bereiten noch einiges vor.«

»Na so etwas«, hörte sie Felix' Stimme. »Was machst du denn hier?«

Sie drehte sich um. »Ich nehme an, dasselbe wie du, mich hoffentlich amüsieren.«

Er reichte ihr den Arm. »Dann darf ich dich auf die Tanzfläche entführen? Fangen wir an, uns zu amüsieren.«

Sie begleitete ihn, bemerkte trotz seines scherzenden Tonfalls die leise Verstimmung. »Was ist los?«

»Warum hast du mir nicht gesagt, dass du zurück bist?«

»Ich wollte morgen zu dir ins Rosenpalais.«

»Amelie hast du zu dir eingeladen.«

»Wir haben mit Gideon und Monika über die Möglichkeiten gesprochen, die Eröffnung des Schokoladenpavillons zu bewerben.«

»Das besprichst du mit Amelie und nicht mit mir?«

»Sie hat immer ganz gute Ideen, und du schienst dich in letzter Zeit nicht so richtig zu interessieren für das, was ich tue.«

Er sah sie eine Weile schweigend an. Sie standen immer noch am Rande der Tanzfläche, ohne Anstalten zu machen, diese zu betreten. »Du weißt, dass das nicht stimmt. Natürlich interessiert es mich.«

»Es machte aber nicht den Eindruck.«

»Das tut mir leid.«

Sie zuckte nur mit den Schultern.

»Und bei Amelie hattest du den Eindruck nicht?«

»Nein, zumindest in letzter Zeit nicht mehr.«

»Ich musste selbst erst einmal mit allem so richtig zurechtkommen«, sagte er. »Diese ganze Sache mit Amelie und der Ehe meines Bruders war nicht einfach.«

»Das weiß ich, aber dafür kann ich nichts. Ich hätte trotz allem erwartet, dass du für mich da bist. Natürlich ist das sehr unglücklich gelaufen, die Trennung und alles, was darauf gefolgt ist, aber letzten Endes geht das Leben weiter. Und zumindest für ihr Verhalten mir gegenüber hat sie sich entschuldigt.«

»Bei mir auch. Ein wenig konnte ich ihr Tun sogar nachvollziehen.«

»Außerdem bist du bald ja ohnehin weg.«

»Ist das der Grund? Willst du mich bestrafen, weil ich gehe?«

»Nein, natürlich nicht. So bin ich nicht, das weißt du. Es passte so einfach gut mit Gideon, Monika und Amelie.«

Er nickte. »Und? Worauf habt ihr euch geeinigt?«

»Das erzähle ich dir morgen in Ruhe, ja? Komm, tanzen wir, bis sich alles um uns dreht.«

18

AUGUST 1955

Amelie hatte sich Zeit gelassen, Sebastian auf ihre Pläne anzusprechen, hatte den richtigen Moment abpassen wollen. Und der bot sich, als sie abends mit ihm in seinem Arbeitszimmer saß und er die Bemerkung fallen ließ, dass sie ihm eine große Hilfe war.

»Hast du eigentlich eine Assistentin in der Firma?«

Er wirkte überrascht. »Ja, warum? Möchtest du die Assistenz übernehmen?«

»Das wäre zumindest eine Möglichkeit.«

Er lehnte sich zurück, legte die Fingerspitzen aneinander, dachte nach. »Meine Assistentin ist im mittleren Alter und hat bereits zwei erwachsene Kinder, der Mann ist im Krieg gefallen. Sie wird ihre Stelle also behalten, bis sie in den Ruhestand tritt.«

»Ich wollte auch, um Himmels willen, nicht anregen, dass du sie entlässt.« Sie stützte das Kinn in die Hand. »Aber ich würde so gerne richtig arbeiten, am liebsten in eurem Familienbetrieb. Ich habe so viele Ideen.«

»So?« Er wirkte ernsthaft interessiert, da war keine Spur von Herablassung in seinem Blick.

»Ich denke, wenn ich Kurse besuche und mich weiterbilde, während ich gleichzeitig schon für dich arbeite, kann ich eine Menge lernen und vielleicht irgendwann sogar …« Sie verstummte. Zu vermessen schien ihr das, was sie zu sagen im Begriff gewesen war.

Sebastian sah sie an, nickte auffordernd.

»Irgendwann werden Lukas und ich gewiss Kinder bekommen, und wenn Felix das Erbe ausschlägt, dann könnte ich dafür sorgen, dass es in der Familie bleibt. Nur eben in dem Zweig, der auf Lukas folgt, nicht auf Felix.«

Sebastian sah sie so lange schweigend an, dass sie sich gewiss war, er ordnete sie gerade innerlich als Erbschleicherin ein. Sie war dabei, sich zu überlegen, was sie sagen, wie sie es formulieren sollte, damit es einen anderen Klang bekam, als Sebastian lächelte, nicht aus Erheiterung, sondern erstaunt und auch eine Spur weit anerkennend.

»Ich habe dich wohl unterschätzt. Vielleicht war das der Grund, warum es mit Felix nicht funktioniert hat.«

»Das hatte mehrere Gründe. Wir passten einfach nicht zusammen.«

»Nein, in der Tat. Und mit Lukas passt es?«

»Ja, derzeit zumindest in jeder Hinsicht.«

»Das freut mich zu hören. Und was macht er richtig, was Felix falsch gemacht hat?«

»Felix hat nichts falsch gemacht. Lukas und ich funktionieren einfach miteinander.«

Wieder lächelte Sebastian, wirkte einen Moment sogar versonnen, als hinge er lieb gewonnenen Erinnerungen nach, dann kehrte sein Blick zu ihr zurück. »Du bist sehr tüchtig, Amelie, ich bin mir sicher, wir finden etwas für dich im Werk. Hast du schon darüber nachgedacht, wie die Weiterbildung aussehen soll?«

»Ich werde mich noch erkundigen, welche Kurse es gibt. Studieren kann ich leider nicht, da ich seinerzeit kein Abitur gemacht habe. Ich hatte gute Noten, aber meine Mutter war der Meinung, eine Frau bräuchte kein Abitur.«

»Leider eine noch recht weitverbreitete Annahme. Aber auch dort wird gewiss ein Umdenken stattfinden.«

Das hoffte Amelie zumindest, denn sollte sie Töchter bekommen, wollte sie ihnen ein Leben bieten, in denen Frauen die gleichen Möglichkeiten geboten wurden wie Männern. Vielleicht war sie da zu optimistisch, aber sie hegte die Überzeugung, dass sich die Situation langsam wieder ändern würde und sich Frauen andere Möglichkeiten eröffneten als nur die der Ehefrau und Mutter.

Das sagte sie Lukas, als sie abends mit ihm im Bett lag. Er hatte lange gelernt, in Kürze würde er seine letzten Prüfungen ablegen, und war entsprechend müde. Aber sie war so aufgeregt, weil Sebastian ihr die Hoffnung auf eine Tätigkeit in seinem Unternehmen gemacht hatte, dass sie Lukas jetzt nicht einfach schlafen lassen konnte. Entgegen seiner Gewohnheit hatte er nicht auf sie gewartet, sondern war vor ihr zu Bett gegangen. Als sie zu ihm geschlüpft war, war er wach geworden, hatte sich dann umdrehen und weiterschlafen wollen, aber sie hatte ihn daran gehindert, hatte sofort angefangen zu erzählen.

»Das ist wunderbar«, antwortete er gähnend. »Und was künftige Töchter angeht, lass uns darüber sprechen, wenn diese da sind, ja? Bisher sind wir noch nicht einmal in Produktion gegangen.«

»Denkst du, dass sich die Zeiten ändern? Dass Frauen auch so selbstverständlich Abitur machen und arbeiten können?«

»Fenja hat Abitur.«

»Ja, aber ein Ehemann kann seiner Frau die Arbeit kündigen. Wenn unsere Töchter ...«

»Amelie, bitte. Du bist noch nicht einmal schwanger und machst dir Gedanken um potenzielle Ehemänner unserer Töchter. Warte erst einmal ab. Vielleicht bekommen wir nur Söhne.«

»Würde dir das gefallen? Ein Haufen kleiner Stammhalter?«

»Ich hätte gerne Töchter.« Vorsicht hatte sich in seine müde Stimme geschlichen. Offenbar witterte er eine Fangfrage.

»Dann musst du dir um solche Dinge doch Gedanken machen.«

»Mache ich ab morgen, versprochen.«

Amelie streichelte seine Wange, sprach aber nicht mehr, sondern ließ ihn schlafen.

Die beiden jüngeren Brüder von Lennart waren in der Schweiz und in Frankreich zur Ausbildung, während der kleinste noch daheim wohnte. Lennart hatte sich mit ihnen unterhalten, hatte ihnen von Fenja erzählt und davon, dass er womöglich enterbt wurde, wenn er sie heiratete.

»Und dann?«, hatten seine Brüder gefragt. »Erben wir alles, oder was?«

»Der ältere von euch.«

»Mach dir keine Gedanken«, sagte dieser. »Vater wird uns ohnehin gleichwertig hier einführen, wir teilen den Posten auf, wie vereinbart. Es war immer klar, dass wir das Hotel gemeinschaftlich führen, vor allem, wenn wir uns wirklich vergrößern wollen.«

Solange seine Brüder noch in der Ausbildung waren, würde Lennart auf seinem Posten bleiben, denn sein Vater brauchte ihn hier. Und zumindest klang es so, als würde er im Falle einer Heirat mit Fenja auch danach nicht von jetzt auf gleich vor die Tür gesetzt. Seine Brüder würden das nicht zulassen, und vielleicht musste sein Vater endlich lernen, sich den neuen Zeiten zu beugen, zu akzeptieren, dass nicht mehr alles so starr funktionierte wie damals.

»Eine Frau gehört an die Seite ihres Mannes«, betonte er immer wieder, aber es ging ja auch gar nicht darum, dass Fenja nicht an seiner Seite blieb. Sie führte nur nebenher noch ein eigenes Leben, und vielleicht würde eines seiner Kinder irgendwann das Schokoladenwerk übernehmen wollen, anstatt Hotelier zu werden. Lennart wusste, dass er es diesem nicht so schwer machen würde, wie Sebastian Lombard es bei Felix getan hatte.

Nachmittags fuhr er zum Schokoladenpavillon, um zu sehen, wie die Vorbereitungen voranschritten. Er fand eine nervöse Fenja vor, die ihm die Tür aufschloss und dann direkt wieder herumlief, um zu überprüfen, ob wirklich alles präsentabel war, hier und da Dosen in den Regalen zurechtrückte, einen Tisch leicht zurückschob, um mehr Platz zu den beiden umstehenden zu schaffen, eine Stehlampe anders hinstellte, dann bemerkte, dass das Kabel nun eine Stolperfalle war, und sie wieder zurückstellte.

»Es ist alles wunderbar geworden«, wollte Lennart sie beruhigen.

»Findest du wirklich?«

»Ja. Was ist das dort denn?« Er ging zu einem Automaten, auf dem eine Tafel Schokolade abgebildet war. »Schokoladen Dorn« stand darauf. Oben rechts in dem Automaten war ein Geldschlitz, darunter ein Hebel und unten eine Öffnung.

»Ein Schokoladenautomat.«

»Tatsächlich?«

»Ja, vor dem Krieg hatten wir die in Koblenz und Bonn, damit man unterwegs ein Stück Schokolade aus unserer Produktion kaufen konnte. Ich würde das jetzt gerne wieder einführen.«

Lennart zog eine Münze hervor, steckte sie in den Schlitz, drückte den Hebel hinunter, und kurz darauf fiel eine kleine Tafel Schokolade in die Ausgabe. Er nahm sie, wickelte sie aus dem Papier und brach eine Rippe ab, davon wiederum ein Stück, das er Fenja zwischen die Lippen schob.

»Soll ich dich heute Abend ausführen, damit du auf andere Gedanken kommst?«

»Ich glaube nicht, dass ich bis zur Eröffnung an etwas anderes denken kann.«

Lennart zog sie an sich und gab ihr einen Kuss auf die Stirn. »Jedenfalls musst du dir um einen weiteren Rohrbruch keine Sorgen machen.«

»Die Angst bleibt irgendwie doch die ganze Zeit.«

»Ich habe mich selbst vergewissert, dass die Rohre dieses Mal hochwertig und unbeschädigt sind.«

»Na ja, angeblich waren sie das beim letzten Mal auch.«

»Gideon hat ebenfalls einen Blick darauf geworfen, er war jeden Tag hier. Mach dir keine Sorgen.«

»Ich tue mein Bestes. Es wäre schön, wenn mir endlich einmal etwas gelänge.«

»Dir gelingt eine ganze Menge.«

»Nenn mir nur eine Sache. Das Einzige, was mir gelungen ist, war mein Abitur. Danach ging es steil bergab.«

Wenn sie in dieser Stimmung war, das wusste Lennart mittlerweile, brachte es nichts, dagegen anzureden. Also beschränkte er sich darauf, sie in die Arme zu nehmen.

»Du kommst aber zur Eröffnung, nicht wahr?«, fragte sie.

»Ja, natürlich. Wofür hältst du mich?«

»Aber nicht direkt morgens, ja? Da bin ich ein Nervenbündel. Komm vormittags, da siehst du dann, ob du mich trösten oder mit mir jubeln kannst.«

»Ja, wie vereinbart.«

Sie tat einen zittrigen Atemzug, nahm ihm die Schokolade aus der Hand und hielt sich nicht damit auf, ein Stück abzubrechen, sondern biss gleich hinein.

»Du bist mittlerweile auf den Geschmack gekommen, ja?«

»Hm«, antwortete sie mit vollem Mund. »Wobei ich weiterhin lieber Herzhaftes mag.«

Das konnte Lennart gut verstehen, ihm ging es ähnlich. »Musst du hier noch etwas tun, außer nervös herumzuflattern? Ansonsten könnten wir zusammen spazieren gehen, das Wetter ist zu schön, um den ganzen Tag hier drin zu hocken.«

Sie wirkte alarmiert. »Meinst du, die Leute kommen an einem sonnigen Tag womöglich nicht? Aber wenn es regnet, werden sie vielleicht auch …«

»Das wirst du am Tag der Eröffnung erfahren.« Lennart legte ihr den Arm um die Mitte und führte sie mit sich zur Tür. »Und jetzt gehen wir aus, trinken irgendwo einen Tee und reden über etwas anderes.«

»Aber wenn …«

»Dann ist das eben so. Daran änderst du heute gar nichts, denn es wird ohnehin kommen, wie es kommt, ob du dich vorher verrückt machst oder nicht.«

Fenja ließ sich von ihm zur Tür geleiten, trat hinaus in die Sonne, blinzelte, als erwachte sie gerade aus einem Traum, dann drehte sie sich um und verschloss die Tür.

»Wohin möchtest du?«

»Ich vertraue mich deiner Führung an.«

Er grinste. »Ganz und gar wie ein braves Eheweib.«

Dafür versetzte sie ihm einen Stoß in die Rippen, wirkte jedoch nicht mehr gar so ernst.

Fenja war so aufgeregt wie am Tag der ersten Eröffnung. Sie hatte in der letzten Nacht kaum schlafen können. Die Werbeprospekte waren schon vor Tagen verteilt worden, und sie hoffte auf guten Zulauf.

»Warum sollten die Leute nicht kommen?«, hatte Monika gesagt. »Sie haben dein Café damals schon besucht, einfach, weil es sie angesprochen hat. Und wenn es deinen wunderbaren Kaffee am ersten Tag sogar umsonst und nach der ersten Tasse verbilligt gibt, kommen sie bestimmt in Scharen.«

Auch ihre Eltern waren optimistisch, wobei Fenja nicht wusste, ob sie das wirklich waren oder nur ihr zuliebe so taten als ob. Jedenfalls hatten sie am Vorabend dasselbe gesagt wie Monika jetzt. Sie und Gideon waren bereits morgens hier eingetroffen, um bei der Eröffnung dabei zu sein.

Es lief in der Tat gut an. Sie hatten gerade die Türen geöffnet, da traten bereits die ersten Gäste ein, junge Männer und Frauen, Pärchen und sogar zwei Familien mit einem und zwei Kindern. Es waren zwar noch nicht alle Plätze besetzt, aber dafür, dass sie gerade erst öffneten, war das durchaus beachtlich. Die Auslagen waren gut bestückt, ihr Confiseur im Schokoladenwerk hatte ganze Arbeit geleistet. Es waren sogar ein paar neue Kreationen darunter, die sie gesondert beworben hatten.

Gideon stand mit Fenja am Verkaufstresen und beobachtete die Gäste, während Fenjas Mutter und Frau Gladeck die ersten Kunden bedienten. »Tust du mir gleich einen Gefallen?«, bat er wie beiläufig.

»Klar. Welchen?«

Er reichte ihr eine kleine Schachtel, und es brauchte einen Moment, ehe Fenja aufging, um was es sich handelte. Ihre Augen weiteten sich, während ihr Mund ein stummes O beschrieb.

»Der ist nicht für dich«, erklärte Gideon ernst.

Schlagartig stieg Fenja das Blut ins Gesicht, und sie setzte bereits an, zu erklären, dass sie das auch nicht so verstanden hatte, als sie Gideons Grinsen bemerkte. Sie schlug ihm leicht mit dem Handrücken gegen den Arm. »Du!«

»Also pass auf. Du servierst uns gleich deine unvergleichliche Eisschokolade. Und auf dem Tellerchen, auf dem du normalerweise den Keks mit servierst, legst du den Ring.«

»In der Schachtel?«

»Ja.«

»Ist gut. Verlass dich auf mich.«

»Mache ich.« Er zwinkerte ihr zu und ging zu Monika, die sich gerade mit einer jungen Frau unterhielt, die sie wohl kannte. Kurz wechselte auch er ein paar Worte mit der Frau, die sich bald darauf verabschiedete. Fenja verschwand in der Kaffeeküche hinter dem Verkaufstresen, um die Eisschokolade vorzubereiten, die ihr mittlerweile wirklich gut gelang. Sie gab ein paar gehackte Haselnüsse hinein und schlug Sahne, um sie mit einem Spritzbeutel kunstvoll darauf zu drapieren. Danach richtete sie die Tasse mit dem Tellerchen und dem Ring auf einem Tablett an, legte noch eine Rose dazu, die sie aus einem Strauß zog, den ihr Felix mit den besten Wünschen hatte zukommen lassen. Er selbst würde sie später besuchen, morgens gab es im Rosenpalais gerade einiges zu tun, da Lena krank war und er allein in der Fertigung stand. Zu guter Letzt schenkte sie noch eine Tasse Kaffee ein und stellte diese dazu.

Fenja klopfte das Herz so wild, als sei sie es, die gerade einen Heiratsantrag bekommen würde. Sie trug das Tablett hinaus und ging damit zum Tisch, an dem Monika und Gideon saßen.

»Nanu?«, sagte Monika. »Wir haben doch noch gar nicht bestellt.«

»Wir können hier eben Gedanken lesen.« Fenja zwinkerte ihr zu und stellte alles vor ihnen ab.

Es brauchte einen Augenblick, ehe Monika aufging, was das hier war. Ihr Blick war erst fragend an dem Kästchen hängen geblieben, dann irritiert und schließlich ungläubig. Sie zögerte, griff mit zittrigen Fingern danach. Diskret zog Fenja sich zurück, beobachtete Gideon jedoch aus der Entfernung, sah, wie er sich leicht vorbeugte, lächelte, während Monika sich den Ring auf den Finger schob.

Ihr Vater betrat das Café, als Gideon Monika gerade vorsichtig umarmte und ihr einen fast schon schüchtern anmutenden Kuss auf die Stirn gab. »Gibt es etwas zu feiern?«, fragte er an Fenja gewandt.

»Gideon hat sich wohl gerade verlobt.«

»Das wurde ja auch Zeit, so oft, wie er diese junge Frau schon zu offiziellen Anlässen mitgenommen hat.«

»Es ist trotzdem so romantisch.«

Ihr Vater lächelte, während er sie aufmerksam ansah, als suchte er einen Missklang in ihren Worten, Traurigkeit, weil ihr diese Art der Romantik derzeit verwehrt blieb. »Wie ich sehe«, wechselte er das Thema, »läuft es gut an.«

»Ja, wir können uns nicht beklagen.«

»Bekomme ich eine Tasse Tee?«

»Natürlich, was für eine Frage.«

»Bleib nur«, sagte ihre Mutter, die gerade mit einem Tablett zurückkam. »Ich bereite den Tee zu.« Sie berührte ihren Vater am Arm, eine Geste in beiläufiger Zärtlichkeit.

»Gibst du mir den Autoschlüssel?« Ihr Vater sah Fenja an. »Ich möchte mit dem Wagen deiner Mutter heimfahren.«

»Und wie bist du gekommen?«

»In deinem Wagen.«

Es brauchte einen Moment, ehe Fenja verstand. »Du scherzt.«

Er hielt einen Schlüssel hoch. »Mit einem teuren Benz pflege ich nicht zu scherzen.«

Fenja schlug sich die Hand vor den Mund, wusste nichts zu sagen, schluckte nur.

»Na, was ist? Möchtest du ihn nicht ansehen? Du kannst ihn nicht verfehlen, es steht nur ein einziges rotes Auto in der Straße.«

Mit zitternden Fingern nahm Fenja den Schlüssel entgegen und verließ den Schokoladenpavillon. Schräg gegenüber parkte ein weinroter Mercedes-Benz W 187. Fenja konnte nur dastehen und den Wagen anstarren.

»Es wäre natürlich wünschenswert«, hörte sie nun Felix' Stimme, »wenn du schnellstmöglich einparken lernst, ohne dabei sämtliche Laternenmasten mitzunehmen.«

Fenja drehte sich um und sah ihren Cousin an der Hauswand lehnen und rauchen. Er grinste und zwinkerte ihr zu.

»Du wusstest davon?«

»Klar. Jemand musste ihn ja mal testfahren.«

Ihr Vater trat hinter ihr hinaus auf die Straße, begleitet von ihrer Mutter. Fenja fiel beiden nacheinander um den Hals. »Vielen Dank! Das ist wundervoll.«

»Du hast dir den Wagen wirklich verdient. Immerhin bist du jetzt eine Geschäftsfrau«, sagte ihr Vater.

»Wir müssen gleich eine Rundfahrt machen«, rief Fenja. »Sobald Papa seinen Tee getrunken hat. Und wenn heute Abend das Tanzcafé öffnet, tanzen wir die ganze Nacht durch.«

»Du lieber Himmel«, rief ihr Vater. »Aus dem Alter bin ich nun wahrhaftig raus.«

»Ihr alten Leute könnt ja früher gehen«, entgegnete Fenja feixend.

»Alte Leute?« Ella hatte sich aus der Richtung des Rosenpalais genähert. »Wen meinst du damit?«

»Jeden, der ein Jahr älter ist als du«, antwortete Felix. »Du bist also fein raus.«

»Du bist wieder ganz schön frech.« Ella gab ihm einen leichten Klaps gegen den Hinterkopf, dann wandte sie sich an Fenja. »Du sagtest etwas von tanzen gehen? Das klingt herrlich. Feiern wir die Eröffnung deines Cafés.«

»Und die Verlobung von Gideon.«

»Ach? Hat er es endlich geschafft?«, fragte Felix.

»Ja, gerade eben.«

»Das sollten wir direkt feiern, nicht erst heute Abend«, sagte Ella. »Wer ruft Hans und Frank an?«

»Das mache ich«, antwortete Felix.

Fenja hakte sich bei ihren Eltern unter, und gemeinsam mit ihrer Tante und ihrem Cousin ging sie ins

Café, wohl wissend, dass dies womöglich für lange Zeit die letzte Gelegenheit war, bei der sie sich alle gemeinsam zum Feiern einfanden.

Es dämmerte, aber Fenja machte keine Anstalten, die Fensterläden zu schließen und Licht zu machen. Sie lag eng umschlungen mit Lennart auf dem Sofa in ihrem Arbeitszimmer, und dieses Mal hatten sie sich nicht zurückgehalten. Es war die Euphorie gewesen, diese unbändige Freude an einem Tag, der so rundum glücklich und gelungen war. Lennart hatte mit ihrem Vater gesprochen, hatte gesagt, er würde sich offiziell verloben, gleich, was seine Eltern dazu sagten.

»Ich hoffe, du hast es dir gut überlegt«, hatte Eric Dorn zu ihm gesagt. »Ich möchte nicht, dass Fenja verletzt wird, weil dir das Opfer am Ende womöglich doch zu groß erscheint oder weil du dich verkalkuliert hast. Oder gar weil du dir überlegst, nach der Hochzeit dein Recht als Ehemann einzufordern und ihr die Arbeit schlicht und ergreifend zu verbieten.«

»Das würde ich nie tun.«

»Dann habt ihr meinen Segen.«

Sie würden sich bei einem Abendessen im Hotel offiziell verloben. Fenja war es wichtig, dass Felix dann noch da war.

»Hast du ein schlechtes Gewissen«, fragte Lennart nun, »weil wir nicht bis zur Hochzeit gewartet haben?«

»Wirke ich, als hätte ich eins?«

»Ein klein wenig, ja?«

Fenja zuckte mit den Schultern. »Ich bin zwiegespalten. Es war so schön, und gleichzeitig habe ich ein schlechtes Gewissen, weil ich mir in dem weißen Kleid vorkommen werde wie eine Hochstaplerin.«

Er lachte leise und küsste sie.

»Denkst du wirklich, deine Eltern werden uns heiraten lassen?«

»Das war nie die Frage, sie mögen dich. Vielmehr geht es um das Danach. Aber ich habe dir ja gesagt, wie meine Brüder reagiert haben. Und selbst wenn es zum Äußersten kommt, werden wir eine Lösung finden.«

»Falls du wirklich ins Hotel Hohenstein gehst, müsste ich trotzdem meine Chocolaterie aufgeben. Königswinter ist weit weg.«

»Dann eröffnest du dort einfach eine neue Niederlassung.«

»Das ist natürlich eine Idee.« Sie streckte sich in seinen Armen, zog ihn enger an sich, spürte, wie es ihn wieder nach ihr verlangte. »Wann heiraten wir eigentlich?«

»Ich dachte an ein halbes Jahr Verlobungszeit, um dem Anstand Genüge zu tun.«

»Das klingt gut. Ist aber auch viel Zeit, um schwanger zu werden, und ich möchte auf gar keinen Fall mit einem dicken Bauch vor den Altar. Oder ein Sieben-Monats-Kind zur Welt bringen.«

»Ja, das verstehe ich. Du meinst also, wir sollten es besser bei diesem einen Mal heute belassen?«

Sie nickte zögernd. »Auch, wenn es schwerfällt. Aber da werden wir beide vernünftig sein müssen.«

»Dann sollten wir es heute unbedingt noch einmal auskosten, um die Wartezeit erträglicher zu machen.«

»Du meinst, das hält sechs Monate vor?«

Wieder lachte er. »Nein, aber wenigstens für heute Nacht.«

Nachdem sie sich ein weiteres Mal geliebt hatten und sich atemlos voneinander lösten, drangen Geräusche an Fenjas Ohr, und daran, wie Lennart erstarrte, erkannte sie, dass sie sich das nicht eingebildet hatte.

»Das wird doch nicht dein Vater sein?«

»Dieses Mal habe ich den Schlüssel stecken lassen, eigentlich kann niemand von außen aufschließen.«

Wieder war das Geräusch zu hören, dieses Mal klang es, als klopfte jemand an die Tür. Dann war Stille, und Fenja, die jetzt doch zu unruhig war, um liegen zu bleiben, richtete sich auf und begann damit, sich anzuziehen. Lennart tat es ihr gleich, und sie schloss gerade die Knöpfe an ihrem Kleid, als an das Fenster geklopft wurde. Der Raum ging zum Innenhof raus, und Fenja fuhr heftig zusammen.

»Ein Einbrecher?«, keuchte sie.

»Die pflegen in der Regel nicht anzuklopfen.« Lennart ging zum Fenster und öffnete. Draußen war es stockfinster.

»Ich habe doch gesagt, sie sind noch da.« Gideon. »Los, seht zu, dass ihr präsentabel seid, und dann kommt. Monika wartet draußen, und wir wollen noch Felix abholen. Wir gehen zusammen aus.«

»Ah ja.«

»Was habt ihr hier eigentlich getan? Verfrüht Hochzeit gefeiert?«

»Das geht dich überhaupt nichts an.«

Fenja spürte, wie ihr Gesicht glühte. Himmel, war ihr das alles peinlich. Jetzt würden Gideon und gewiss auch Monika sie immer ansehen und dabei wissen – oder zumindest ahnen –, dass sie an diesem Abend ihre Unschuld an Lennart verloren hatte.

»Immerhin hast du nicht vehement widersprochen. Gut, dass ich euch abhole und nicht Felix.«

Fenja fuhr sich ordnend durchs Haar, tastete nach ihrer Spange und fand sie auf dem Boden vor dem Sofa. »Ich bin so weit«, sagte sie schließlich und bemühte sich um eine muntere Stimme, der niemand anhören sollte, wie sehr sie sich gerade vor Gideon, der ja immerhin für sie arbeitete, genierte. »Gehen wir feiern.«

19

OKTOBER 1955

Die Idee war ihm praktisch über Nacht gekommen. Felix fragte sich nur, warum ihm das nicht schon viel früher eingefallen war. Und so führte ihn sein Weg am Morgen nicht ins Rosenpalais sondern in den Schokoladenpavillon. In der Luft hing der Duft nach Schokolade und frisch aufgebrühtem Kaffee, und trotz der frühen Stunde hatten sich schon einige Gäste eingefunden, die hier den Tag begannen, vor sich auf dem Tisch ein Kaffeekännchen. Über der Szenerie lag die entspannte Ruhe eines beginnenden Tages.

»Ich habe mich gefragt, ob das wirklich dein roter Benz da draußen ist. Kein einziger Kratzer und keine Delle. Sind dir die Laternenpfähle aus dem Weg gesprungen?«, begrüßte er Fenja.

Die schnitt ihm nur eine Grimasse.

»Bekomme ich eine Tasse Kaffee? Und deine Gesellschaft obendrein?«

»Na, das muss ich mir noch überlegen, nachdem du schon wieder unverschämt wirst.«

»Ich zahle auch.«

»Meine Gesellschaft ist unbezahlbar.«

»Warte erst einmal ab, was ich dir zu erzählen habe.«

Ihre Neugierde war geweckt, und Felix grinste, als er sah, wie rasch sie in die Kaffeeküche ging. Er selbst ließ sich an einem Tisch nieder mit Blick auf die Straße, wo er die frühmorgendliche Geschäftigkeit beobachtete. Wie es wohl in Lausanne werden würde? Er war zum Bewerbungsgespräch dort gewesen, und es hatte ihm gut gefallen, aber dort zu leben, ein Teil der dortigen Gesellschaft zu sein, wäre wohl doch noch einmal etwas anderes.

»So, da ist der Kaffee.« Fenja stellte das Tablett ab und ließ sich ihm gegenüber nieder »Und jetzt erzähl!«

»Ich reise in zwei Wochen ab, wie du weißt.«

»Ja, aber danke, dass du mich noch einmal daran erinnerst«, antwortete sie mit Grabesmiene.

»Meine Planung sah zunächst vor, das Rosenpalais wieder unter die Leitung meiner Mutter zu stellen mit Lena in der Fertigung. Sie kann noch einen weiteren Chocolatier einstellen, der sie unterstützt.«

»Will deine Mutter denn wieder den ganzen Tag ins Rosenpalais? Ich hatte den Eindruck, dass sie die freie Zeit im Alter genießt.«

»Im Alter! Lass sie das bloß nicht hören.« Felix feixte. »Sie muss ja nicht immer den ganzen Tag da sein, aber du hast schon recht, geplant war es eigentlich anders.«

»Und was wirst du nun tun? Die Leitung Lena überlassen?«

»Nein, sie ist zu jung und unerfahren. Ich dachte, ich übergebe es an jemand ganz anderen.«

»Wie bitte?« Fenja wollte es nicht glauben. »Weiß deine Mutter das schon?«

»Nein, ich möchte erst mit der Person sprechen, die ich für diese Aufgabe ausgewählt habe.«

»Ah. Und die wäre?«

Er hob die Kaffeetasse, prostete ihr zu. Es dauerte einen Moment, ehe Fenja begriff. »Du scherzt?«

»Mit derartigen Dinge pflege ich nicht zu scherzen.«

»Aber …«, sie rang um die richtige Antwort, »aber … Ich bin doch noch unerfahrener als Lena.«

»Nein, du hast das hier«, Felix machte eine raumgreifende Handbewegung, »aufgebaut.«

»Das hätte ich ohne Gideon nie geschafft. Du hast ja gesehen, wie es war, als ich auf einmal ohne Unterstützung dastand.«

»Ja, habe ich, und es tut mir immer noch leid. Aber das Rosenpalais wurde auch nicht von meiner Mutter allein aufgebaut, sie hatte Hilfe von Louise und ihrem Vater. Also stell dein Licht nicht so unter den Scheffel, du hast das sehr gut hinbekommen. Und ich kenne niemanden, dem ich das Rosenpalais lieber anvertrauen würde.«

»Ich weiß gar nicht, ob ich das überhaupt kann.«

»Das merkst du dann ja, nicht wahr? Du wirst vor allem lernen müssen zu delegieren. Du kannst nicht gleichzeitig hier und dort sein, und es ist auch gar nicht nötig, den ganzen Tag in einem der beiden Cafés zu sein. Vor allem wirst du ja auch ein Eheleben führen, nicht wahr?«

»Das wird meine Arbeit hier aber nicht beeinträchtigen.«

»Davon bin ich überzeugt, sonst würde ich dir die Leitung nicht anvertrauen.«

»Wird deine Mutter damit einverstanden sein?«

»Du weißt, wie sehr sie dich mag.«

Er sah, wie in Fenja Angst und Aufregung rangen. Ihm war klar, dass sie Sorge hatte, sich zu übernehmen, und gleichzeitig nicht ablehnen konnte. Letzten Endes blieb so doch alles zusammen, was von Anfang an zusammengehörte.

Die Schreie hatten sie die halbe Nacht wach gehalten, und jetzt, da das Licht sich grau zwischen den Vorhängen hindurchtastete und Stille herrschte, erhob sie sich. Der Abend war lang geworden, sie hatte erst mit Lennart über alles gesprochen und später, bei einem Souper, mit ihren Eltern. Beide redeten ihr nicht drein, wollten ihre Entscheidung nicht beeinflussen, aber ihr Vater nickte ihr aufmunternd zu.

»Es wäre doch närrisch, ohne Angst an eine solche Aufgabe heranzugehen«, sagte er. »Geradezu überheblich. In diesem Falle könntest du doch nur scheitern, oder? So aber bringst du die nötige Entschlossenheit und auch Demut für diese Aufgabe mit.«

»Und wenn ich doch scheitere?«

»Dann sind immer noch wir alle da, um dir zu helfen.«

Mit diesem Gedanken war Fenja zu Bett gegangen, bis sie nachts aufschreckte, weil sie die Schreie hörte. Wenn sie verheiratet war, würde sie die Nächte nicht mehr hier verbringen, würde die Schreie nicht mehr hören, das nächtliche Grauen, mit dem ihre Eltern dann allein wären. Würden sie es überhaupt aushalten in diesem Haus, ohne sie? Natürlich war sie nicht ganz fort, aber würde es sich nicht irgendwie so anfühlen, als hätten sie gar kein Kind mehr?

Fenja stand aus dem Bett auf und zog ihren Morgenmantel über. Es war noch sehr früh, sie wusste nicht, ob ihre Mutter überhaupt schon wach war. Vielleicht war es auch für sie wieder nur eine kurze Nacht geworden, während ihr Vater, seit ihn seine Albträume geweckt hatten, vermutlich gleich wach geblieben war. Zunächst ging Fenja hinunter in die Küche und begann damit, Kaffee zu mahlen. Langsam breitete sich der Duft frischer Kaffeebohnen aus, und sie atmete ihn tief ein, genoss die morgendliche Stille und das Gefühl des langsam erwachenden Tages.

Die Kälte der Bodenfliesen drang langsam durch die Sohlen von Fenjas Pantoffeln. Fröstelnd stand sie da und drehte die Kurbel, hörte das Knirschen, mit dem die Kaffeebohnen zermahlen wurden. Sie gähnte und fachte den Herd an, um Wasser zu kochen. Während sie dastand und wartete, wurde sie doch wieder etwas schläfrig. Die kurze Nacht forderte ihren Tribut, und erneut gähnte Fenja und lauschte auf Geräusche im Haus, aber noch war alles still. Sie hatten keine Dienstboten mehr, nur noch die Zugehfrau, die jeden zweiten Tag kam. Ihre Mutter kochte selbst, und Fenja hatte es auch gelernt. Im Hotel würde sie diese Fähigkeit wohl nicht benötigen, aber grundsätzlich war es gewiss nicht schlecht, sich im Notfall selbst versorgen zu können.

Sie gab Kaffee in den Filter und goss das kochende Wasser darüber, langsam, während sie immer wieder den Kaffee rührte, damit er gleichmäßig aufgegossen wurde und nicht in der Mitte, während sich das Pulver an den Rändern häufte. Schließlich stellte sie die Kanne mit zwei Tassen auf ein Tablett. An diesem Morgen war ihr nach starkem schwarzem Kaffee, und so verzichtete sie auf das Milchkännchen. Gesüßt trank ihn ohnehin niemand in der Familie.

Sie klopfte an die Tür zum Zimmer ihres Vaters, hörte sein leises »Herein« und betrat den Raum. Ihr Vater saß im Bett, hatte die Nachttischlampe eingeschaltet, da das Dämmerlicht nicht zum Lesen reichte, trug seine Brille und hatte ein Buch auf dem Schoß.

»Na so was?« Er war erstaunt. »Habe ich einen wichtigen Termin heute vergessen?«

»Nein, ich wollte nur eine Tasse Kaffee mit dir trinken.«

Sie stellte das Tablett auf seinem Nachtschränkchen ab und zog den bequemen Stuhl heran, der vor dem Sekretär stand. Diesen Raum bewohnte ihr Vater schon sein ganzes Leben. Ihre Mutter hatte später das ehemalige Zimmer seiner Eltern bezogen, während Fenjas Zimmer das ehemalige ihrer Tante Ella war.

»Das freut mich sehr.« Ihr Vater lächelte sie an, als sie ihm eine Tasse einschenkte. Er nahm die Lesebrille ab und legte sie auf das Nachtschränkchen.

»Ich möchte heute mit Tante Ella sprechen. Also eigentlich spricht Felix mit ihr, aber ich werde dabei sein. Ich hoffe, es ist ihr alles recht, wie er es geplant hat.«

»Gewiss ist es das. Es war ja nie der Plan, dass sie das Rosenpalais wieder voll übernimmt.«

»Ich bin trotzdem aufgeregt.«

»Das ist verständlich.«

»Denkst du daran, dass wir heute Abend bei Lennarts Eltern eingeladen sind?«

»Ja, natürlich. Sie haben eure Pläne erstaunlich gut verkraftet.«

»Die Verlobung selbst war ja nicht das Thema, aber sie machen schon sehr deutlich, was sie sich danach von mir erwarten. Und wenn ich jetzt noch das Rosenpalais übernehme … Na ja, wir werden sehen.«

»Hauptsache, dein Lennart entpuppt sich nicht als Schuft, der dir deinen Traum am Ende doch verwehrt.«

»Das wird er nicht.«

Ihr Vater trank seinen Kaffee und schwieg dazu. Ihr wurde bewusst, wie groß der Schritt war, den sie zu tun gedachte. Unter seiner schützenden Hand hervor in die Abhängigkeit eines Mannes, den sie liebte und zu kennen hoffte. Denn das war sie – abhängig. Abhängig davon, wie generös er seiner Ehefrau gegenüber war, abhängig davon, was er ihr erlaubte. Wenn er sich entschloss, die Zügel nie anzuziehen, würde sie diese Abhängigkeit im Alltag kaum bemerken, aber es bedurfte nur verschiedener Lebenspläne, und schon konnte er diese Macht ausspielen. Ihr war das bewusst, aber sie vertraute ihm und hoffte, dass er es wert war.

»Papa«, sagte sie zögernd. »Du warst wieder so lange wach.«

»Es tut mir leid, wenn ich dich geweckt habe.«

»Das ist es nicht. Aber wie lange willst du das noch ertragen? All die Nächte, in denen du nicht schlafen kannst.«

»Ich möchte dieses Schlafmittel nicht nehmen. Falls Ella dich vorschickt …«

»Du weißt genau, dass sie das nie tun würde.«

»Sie liegt mir ständig damit in den Ohren.«

»Dann braucht sie mich ja nicht mehr zu schicken.«

»Vielleicht denkt sie, auf dich höre ich eher.«

»Würdest du?«

»Eher verbringe ich die Nächte auf dem Speicher, nur um deinen Schlaf nicht zu stören.«

»Ach, Papa, sag so etwas nicht.« Fenja goss ihnen beiden Kaffee nach und genoss das belebende Gefühl, das sie beim Trinken empfand. »Erzähl es mir«, sagte sie schließlich.

»Was meinst du.«

»Erzähl mir vom Krieg, von den Bildern, die du siehst.«

Er wurde blass, als reichte allein der Gedanke daran, um das Grauen in ihm aufsteigen zu lassen. »Du weißt nicht, was du da sagst. Warum, um alles in der Welt, sollte ich das tun?«

»Weil die Bilder dich nicht loslassen. Du versuchst, sie auszusperren, sie wegzuschließen, aber sie brechen hervor. Also überliste sie. Ruf sie dir absichtlich in Erinnerung, dann lassen sie dich vielleicht bei Nacht in Ruhe.«

»Vielleicht werden sie auch nur intensiver, weil ich ihnen Leben verleihe.« Er schüttelte vehement den Kopf. »Nein, Fenja, das werde ich nicht tun. Und dich möchte ich damit nicht belasten.«

»Dich seit Jahren leiden zu sehen belastet mich mehr. Ich tauge nicht zur Ärztin, das weiß ich inzwischen, aber ich tauge zur Tochter.«

»Das war nie die Frage.«

»Es ist doch ganz einfach, Papa. Der Krieg lässt dich nicht los, er verfolgt dich. Also dreh dich um und kehr zu ihm zurück, stell dich ihm mit offenen Augen, dann lässt er dich vielleicht bei Nacht los.« Zu ihrem Erschrecken schimmerte es in den Augen ihres Vaters. Das hatte sie zum letzten Mal gesehen, als sie Jochen beerdigt hatten. »Weißt du«, sagte sie leise. »Ich kann auch erst mit Jochens Tod leben, seit ich mir erlaube, an ihn zu denken, an die Momente, in denen er in seinem Bett liegt und mich ansieht.«

Jetzt schloss ihr Vater die Augen, und eine Träne schimmerte in seinem Augenwinkel. Fenja stand auf, setzte sich auf den Rand seines Bettes, nahm seine Hand, so, wie ihre Mutter es bei ihr immer getan hatte, als sie ein Kind gewesen war und Trost gesucht hatte.

»Kehr zurück in die Zeit des Großen Krieges«, sagte sie. »Du bist ja nicht allein, ich begleite dich dorthin.«

Wenn man bedachte, wie wild Ella in ihren jungen Jahren gefeiert hatte, muteten die Partys, auf die sie derzeit eingeladen wurde, fast schon zahm an. Wenigstens hatten die jungen Leute wieder ihre eigene Musik, brachen aus den starren Mustern aus, fanden ihre eigenen Tänze. Ella konnte das nur befürworten. An diesem Abend waren sie im Hotel Oedinghof eingeladen, eine private Feier unter Freunden und Familienangehörigen. Es war ein schöner Abend, und einzig Felix' in greifbare Nähe rückender Weggang stimmte sie wehmütig.

Jeder Versuch, ihn umzustimmen, war gescheitert, aber eigentlich hätte sie das wissen müssen. Wenn er sich zu etwas entschloss, war er stur und hielt daran fest, so war es schon immer gewesen, das hatte der Kampf mit seinem Vater bewiesen, als Felix sich dessen Wünschen widersetzte. Immerhin hatte Sebastian nun eine fähige mögliche Nachfolgerin. Ella mochte Amelie nicht besonders, das würde sich wohl nie ändern, aber sie ging ihren Weg als Frau sehr konsequent, und vielleicht mochte Ella sie gerade deshalb nicht – weil sie sich in zu vielen Zügen in ihr wiederfand, Züge, die nicht zu ihren liebenswertesten gehörten. Auch Ella war sehr kompromisslos gewesen in dem, was sie wollte.

Amelie hatte sich an der Höheren Handelsschule eingeschrieben, würde aber erst im kommenden Sommer dort anfangen können. Immerhin war das aber schon ein Schritt in die richtige Richtung. So lange würde sie im Betrieb lernen und ausgebildet werden, so konnte sie die Zeit bis dahin sinnvoll nutzen. Sebastian nahm sie täglich mit, und sie begleitete ihn durch das Werk und durfte dem Finanzbuchhalter assistieren.

Amelie hatte es ihr einmal beim Mittagessen beschrieben, hatte ihr gesagt, was sie fühlte, wenn sie in dem Unternehmen arbeitete. Gewürze – all dem haftete das Flair der großen weiten Welt an. Indien, Gewürzinseln – es war, als tauchte sie in ferne Länder ein, in dem Moment, wenn sie das Gewürzlager betrat und die feinen Düfte atmete. Hier und nirgendwo sonst wollte sie sein. Sie war angekommen. Da sie als Sebastians Schwiegertochter vorgestellt wurde, begegnete man ihr mit Respekt, niemand belächelte sie oder wagte es, ihr herablassend zu begegnend. Amelie wusste, dass so etwas nach wie vor nicht selbstverständlich war. Noch lieber wäre es ihr, man würde ihr diesen Respekt entgegenbringen aufgrund dessen, was sie konnte, und nicht, weil sie die Schwiegertochter von Sebastian Lombard war, aber Ella wusste, dass die Männer eben noch nicht so weit waren.

»Sie tun es also wirklich«, sagte Helene, die sich zu Ella gesellte. »Sie heiraten, trotz aller Einwände, die Arvid vorgebracht hat.«

»Was denkst du, wird nun geschehen?«

Helene zuckte mit den Schultern. »Das werden wir sehen. Wir haben den Kampf zwischen Sebastian und Felix ja mitbekommen, und Arvid war immer froh darüber, dass uns dergleichen nicht droht, da Lennart mit Leib und Seele Hotelier ist. So kann man sich täuschen, nicht wahr?«

»Felix hat aber freiwillig auf die Firma verzichtet. Lennart würde das unter Zwang tun müssen.«

»Er hatte die Wahl, wen er heiratet.«

»Er liebt Fenja.«

»Wir beide wissen doch, wie das mit der Liebe ist, nicht wahr?« Helene wandte den Kopf, als Rock 'n' Roll gespielt wurde. »Das ist doch keine Musik mehr. Und dann dieses wilde Herumgehopse.«

Ella musste lachen. »Es ist eben ein neues Lebensgefühl und vielleicht auch ein klein wenig Protest gegen die Elterngeneration. Und wenn du dir die letzten zwei Jahrzehnte ansiehst – wer kann es ihnen verdenken?«

Daran dachte Helene sichtlich ungern zurück. Die Eltern ihres Mannes waren, ebenso wie Sebastians, begeisterte Mitläufer der Nazis gewesen. Ella hätte das ihren Onkeln Heinrich und vor allem Georg auch zugetraut, aber da war nur wenig zu spüren gewesen von derartigen Umtrieben.

»Bitte macht es ihnen nicht so schwer«, bat Ella.

»Das ist vor allem Arvids Entscheidung.«

»Du wirst doch auch etwas zu sagen haben.«

»Ja, aber das letzte Wort hat er. Es ist das Hotel seiner Familie, und er hält viel von Tradition. Aber natürlich versuche ich, auf ihn einzuwirken. Ich sähe es zwar auch lieber, wenn Fenja sich dazu durchringen könnte, die Arbeit in dem Café – zwei sind es ja jetzt sogar – aufzugeben und stattdessen ihre Aufgaben hier wahrzunehmen, aber ich möchte Lennart auch nicht verlieren.«

Dass Fenja das Rosenpalais leiten würde, war eine Entscheidung, die Felix Ella erst mitgeteilt hatte, als er mit Fenja bereits alles fest vereinbart hatte. Ein wenig verärgert war Ella darüber schon gewesen, denn sie hätte gerne Bescheid gewusst, aber letzten Endes hatte sie ohnehin keine Einwände, und sie wollte nicht, dass Unstimmigkeiten ihre letzten gemeinsamen Tage überschatteten.

Felix plauderte jetzt mit Karina, den Kopf geneigt, da sie ein gutes Stück kleiner war als er. Das wäre doch eine Verbindung gewesen. Karina machte eine Ausbildung im Restaurantfach – wie wunderbar das gepasst hätte. Aber da waren keinerlei Anzeichen, dass zwischen den beiden einmal mehr sein würde als eine lose Freundschaft, wie sie durch Verwandtschaft entstand und dadurch, dass er der beste Freund ihres Bruders war. Hoffentlich erfuhr sie wenigstens zeitnah, wenn sich etwas in der Schweiz ergab, und nicht erst, wenn die Hochzeit bevorstand oder Felix ein ähnliches Geständnis ablegen musste wie sein Bruder.

»Er wird eine Lösung finden müssen«, sagte Ella schließlich. »Die Zeiten ändern sich, wir können uns nicht mehr so starr an unseren Kindern festhalten.«

»In Wahrheit feiern wir heute Abend doch Fenja«, sagte Gideon, der sich mit Monika zu ihr, Lennart und Felix gesellte. »Auf unsere neue Caféhausbesitzerin.« Er hob sein Glas, und alle taten es ihm gleich.

»Ohne dich hätte ich es nicht geschafft.« Noch vor zwei Jahren wäre ein solches Geständnis für Fenja undenkbar gewesen.

»Also auf uns alle«, sagte Lennart. »Das haben wir doch gemeinsam bestens hinbekommen.«

»Und ausgerechnet jetzt verlässt du uns.« Fenja stieß Felix leicht an.

»Tja, man soll aufhören, wenn es am schönsten ist, nicht wahr? Aber ihr dürft gerne eure Hochzeitsreise zu mir unternehmen. Das Hotel, in dem ich arbeiten werde, ist sehr hübsch.«

Lennart gab Fenja einen Kuss, ungeachtet der Gäste um sie herum. »Dann reservieren wir am besten frühzeitig, damit wir noch die Hochzeitssuite bekommen.«

»Klingt nach großen Plänen«, witzelte Gideon, und prompt wurde Fenja wieder rot. Dass er sie dabei auch noch mit diesem wissenden Blick streifte, die Brauen hob und ihr kaum merklich zuprostete, machte es nicht besser.

»Du hast wirklich mit ihm geschlafen?«, hatte Monika sie gefragt, als sie nach der Eröffnung des Schokoladenpavillons das erste Mal allein gewesen waren. »Ein Nein glaube ich dir ohnehin nicht, also komm gleich zu den Einzelheiten.« Seither wusste offiziell nur sie Bescheid, aber Gideon dachte sich natürlich seinen Teil und Felix vermutlich auch, wenngleich der es ja gar nicht mitbekommen hatte. Aber er hatte sehr beiläufig gefragt, ob es denn nach der Eröffnung abends noch spät geworden war, denn er hätte lange auf sie warten müssen.

»Wann geht es los?«, fragte Gideon an Felix gewandt.

»Ende des Monats. Und macht jetzt bitte nicht wieder alle dieses Gesicht, als ginge es dann zu meiner Beerdigung.«

»Sei doch froh, wenn wir dich vermissen.«

»Ja, aber da wäre mir doch die Wehmut, mit der man an einen in der Ferne weilenden Freund denkt, lieber als ständig diese Gesichter in Grabesstimmung.«

Damit brachte er sie immerhin zum Lachen. Als Fenja wenig später am Büfett stand und sich eine Kaltschale mit Orangencreme nahm, stand auf einmal Arvid neben ihr.

»Guten Abend. Amüsierst du dich gut?«, fragte er freundlich.

»Ja, es ist sehr gelungen, aber das sind eure Feiern ja stets.«

Er lächelte. »Das freut mich. Ich habe gehört, deine Eröffnung war sehr erfolgreich?«

»Ja. Es wäre schön gewesen, euch dort zu sehen. Ihr wart noch nie in meinem Schokoladenpavillon.«

»Das holen wir natürlich schnellstmöglich nach. Du

übernimmst nun auch das Rosenpalais, erzählte Lennart.«

»Ja, ganz recht. Ab November.« Wieder war da diese Angst, die Sorge, zu scheitern und die Erwartungen zu enttäuschen.

»Wirst du das denn alles schaffen und trotzdem deinen Pflichten als Ehefrau nachkommen?«

»Ich habe nicht vor, bis spät in die Nacht zu arbeiten.«

»Die Pflichten erschöpfen sich nicht in der Zeugung von Nachwuchs.«

Rasch nahm Fenja noch einen Löffel von der Creme, um ihre Verlegenheit zu überspielen. »Ich schaffe das schon.«

»Ich stehe eurer Verbindung nicht im Weg, das weißt du. Ich mag dich, Helene ebenso. Aber es ist auch klar, dass Lennart gewisse Verpflichtungen hat, und dazu gehört die passende Frau. Wenn ihr euch dagegen sträubt, sei euch das unbenommen, aber Lennart wird möglicherweise auf seinen Platz hier im Hotel verzichten müssen, was gewiss schwer für ihn wäre.«

»Das liegt an dir. Wenn du ihm das antun möchtest, nur zu.«

»Ich beuge mich der Tradition des Hotels.«

»Du bist ein Mann, und die können Traditionen ändern. Leichter, als wir Frauen das können. Leider.«

Jetzt lächelte er sogar. »Das könnte ich. Aber die Frage ist, ob ich etwas, das sich bewährt hat, ändern möchte.«

»Was hättest du getan, wenn ich Ärztin geworden wäre? Dasselbe gefordert?«

»Vermutlich.«

Fenja stieß den Atem in einem langen Seufzer aus. »Weißt du, ich gelte als Allcinerbin als gute Partie, daran ändern auch diese Zeiten nichts. Ich vermute, gegen mein Erbe in eurer Familie hättest du nichts einzuwenden, nicht wahr?«

»Wer hätte das schon?«

»Weißt du, warum ich keine Ärztin geworden bin?«

Natürlich wusste er es, aber er schwieg taktvoll.

»Du hast deine Kinder alle noch, du musstest keins zu Grabe tragen. Ich hingegen habe meinem Bruder zugesehen, wie er langsam starb, nachdem ich meinem Vater geholfen habe, meinen anderen Bruder aus dem Schutt zu graben. Ich dachte, ich wäre so talentiert, ich habe im Krankenhaus gearbeitet im letzten Kriegsjahr, und trotzdem habe ich es nicht geschafft, für meine Eltern wenigstens dieses eine Kind zu retten.«

»Das war nicht deine Aufgabe, Fenja«, sagte Arvid nun, weicher als zuvor. »Du warst doch selbst noch ein halbes Kind.«

»Ich wollte Ärztin sein, habe in den Jahren so viel über Krankenpflege gelesen. Und dann konnte ich nicht an die Uni, weil ich zu weit weg gewesen wäre von Jochen, ich konnte meine Eltern schließlich nicht mit ihm allein lassen. Also habe ich gewartet, habe gedacht, ich studiere, wenn er wieder gesund ist.« Fenja spürte, wie ihr der Blick verschwamm, und sie blinzelte. »Aber er wurde nicht gesund, ich habe sein Leiden mithilfe der Ärzte immer weiter verlängert, habe mich an ihn geklammert und ihn nicht gehen lassen, obwohl er so furchtbar gelitten hat. Zu was für einem Menschen macht mich das? Ich frage mich immer, für wen ich eigentlich gekämpft habe. Für ihn oder für mich? Nachdem klar war, dass ich ihn nicht retten konnte, habe ich gesagt, ich rette wenigstens unser Unternehmen. Mein Vater hatte keinen Sohn mehr, aber er würde weiterhin eine Erbin haben, die das Unternehmen weiterführte. Ich hatte es schwer genug in den letzten Jahren, da lasse ich mir, verdammt noch mal, das Glück, das ich jetzt habe, nicht von dir verderben.«

Sie war lauter geworden als beabsichtigt, verstummte und sah sich um, aber die Musik übertönte den Disput, und die Kellner am Büfett taten zumindest so, als hätten sie nichts gehört. Arvid von Oedinghof schwieg, wirkte aber nicht verärgert. Schließlich nickte er nur knapp und empfahl sich.

»Was war los?«, fragte Lennart. »Ich wollte mich nicht einmischen, aber es wirkte nicht wie eine einträchtige Unterhaltung. Zum Schluss zumindest nicht mehr.«

»Ich habe deinem Vater nur gesagt, dass sich an meiner Entscheidung nichts ändert. Und das wird er akzeptieren müssen.«

»Wirkte er, als täte er es?«

»Das wird sich zeigen.«

Epilog

Diese Kreation würde sein Abschiedsgeschenk sein – Pralinen mit Orangenmarzipan. Er hatte lange herumprobiert, ehe er das richtige Verhältnis gefunden hatte, damit weder das Marzipan noch die Orangen zu stark dominierten und der Geschmack fein ausbalanciert war. Er hatte Orangen gepresst und fein abgeseiht, damit keine Stücke mehr in dem Saft blieben. Diesen hatte er danach mit Zucker zu Sirup verkocht und zum Abkühlen beiseitegestellt.

Obwohl er sich auf die Arbeit in Lausanne freute, ja, in manchen Momenten geradezu euphorisch wurde, ergriff ihn nun doch eine gewisse Wehmut, als er hier das letzte Mal in der Fertigung des Rosenpalais stand und all die vertrauten Handgriffe tat. Hier war er praktisch aufgewachsen, und auch wenn er wusste, er könnte jederzeit wieder zurück, so ahnte er, dass sein Weg ihn woanders hinführen würde. Er würde immer wieder zu Besuch zurückkehren, wäre stets willkommen, aber es würde nie wieder auf die Art das Zuhause werden, wie es dies all die Jahre zuvor gewesen war.

Nachdem er den Marzipan mit dem Orangensirup verknetet hatte, hatte er die Mischung erneut kalt gestellt. Die Frage war gewesen, wie er die Pralinen servierte. Rund und dann geigelt oder in Würfeln? Er hatte sich für Letzteres entschieden und die Marzipanmasse bereits so in Form gebracht, dass er die Würfel nach dem Abkühlen einfach herausschneiden konnte.

Fenja war tagsüber hier gewesen, wie so oft in den letzten Tagen. Sie war von seiner Mutter eingewiesen worden und hatte dann, wie früher, in der Herstellung gesessen und ihm bei der Arbeit zugesehen. Sie wirkte gelassen und im Reinen mit sich selbst. Auf Lennarts Brüder, so ihre Worte, wäre Verlass, selbst wenn sein Vater sich weiterhin querstellte. Aber natürlich wäre es schön, wenn Lennart diese Art von Disput erspart bliebe. Felix, der das alles selbst hinter sich hatte, wusste, wie anstrengend es war, sich den Erwartungen seines Vaters zu widersetzen und für den eigenen Weg zu kämpfen, aber letzten Endes lohnte es sich. Und immerhin hatte es sich nun für alle wunderbar gefügt, auch für seinen Vater, nur eben anders als erwartet.

Felix schnitt Würfel aus der erkalteten Marzipanmasse, akkurat und gleichmäßig. Diese stellte er wieder kalt und begann damit, Sahne aufzukochen, Butter und danach Zartbitterschokolade darin aufzulösen. In diese Masse tauchte er die Marzipanwürfel und stellte sie zum Trocknen beiseite. Zum Schluss kam eine halbe Pistazie auf jede Praline. Morgen würde Lena sie in der Auslage präsentieren können.

Nachdem er alles für den kommenden Tag vorbereitet hatte, räumte er auf, wischte die Arbeitsflächen ab und verstaute sämtliche Arbeitsutensilien sorgfältig, ehe er in die Kaffeeküche ging und sich trotz der späten

Stunde einen Kaffee aufbrühte. Er würde am kommenden Morgen so früh losmüssen, dass sich das Schlafen kaum lohnte, also konnte er auch gleich wach bleiben.

Wie oft hatte er hier schon gesessen und einen langen Arbeitstag ausklingen lassen, meist mit einer Tasse heißer Schokolade? Ob es im Hotel auch so sein würde? Natürlich gab es mehr Geschäftigkeit, aber irgendwann würde auch da ein Arbeitstag zu Ende gehen. Langsam trank er den Kaffee, kostete diese letzten Momente aus, dann erhob er sich, spülte die Tasse und stellte sie zurück ins Regal. Er zog seinen Mantel an, legte den Schal um, ging in den Verkaufsraum und öffnete die Tür. Einmal noch drehte er sich um, nahm still Abschied. Dann löschte er das Licht.

Eine Hamburger Reederei-Dynastie erschüttert von Krieg, Geheimnissen und großen Gefühlen

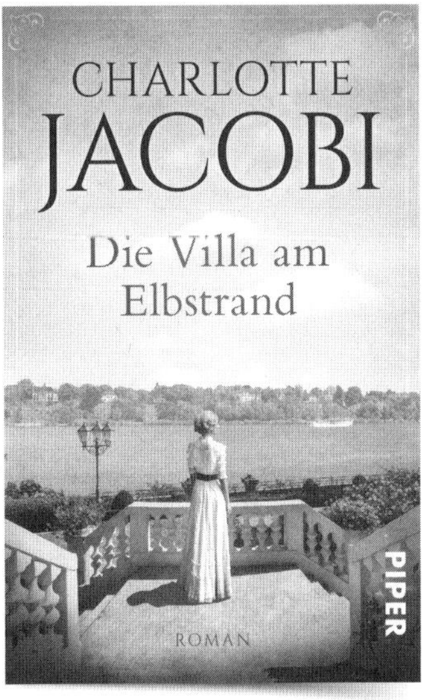

* Cover- und Preisänderungen vorbehalten

Charlotte Jacobi

Die Villa am Elbstrand

Roman

Piper Taschenbuch, 512 Seiten
€ 10,00 [D], € 10,30 [A]*
ISBN 978-3-492-31351-3

1912 rettet die Bauerstochter Sofie Brix die reiche Reederei-Erbin Anna Nieland aus einem brennenden Hotel. Zwei Jahre später darf Sofie als Gesellschafterin in die Hamburger Villa der Nielands ziehen. Obwohl sie nicht bei allen Familienmitgliedern und Angestellten willkommen ist, erfüllt sich für Sofie ein Traum – insbesondere, da der attraktive Bruder Annas ein Auge auf sie geworfen hat. Mit dem Beginn des Ersten Weltkriegs wird Sofies Leben jedoch ein weiteres Mal auf den Kopf gestellt: Als Krankenschwester muss sie auf einem Lazarettschiff über sich hinauswachsen und für ihre Träume kämpfen.

Leseproben, E-Books und mehr unter www.piper.de